Zitat aus dem Buch:

»Gefährlich waren die Geschichten, die niemand erzählte. Die Geschichten über Geschehnisse, von denen später alle so lange behaupteten, nicht dabei gewesen zu sein, bis sie es selbst glaubten. Die Geschichten, die ein ganzes Dorf vergessen konnte, noch bevor sie vorbei waren. Die Geschichten, von denen jene, die sie erlebt hatten, wenn man sie später nach ihnen fragte, nichts mehr wussten. Sie schliefen nicht mehr, aßen zu viel oder zu wenig, schlugen Frau und Kind, versoffen Haus und Hof, verwandelten sich in völlig neue Menschen, aber sie wussten von nichts.«

Zum Autor:

Daniel Alvarenga wurde 1986 in Berlin geboren, wuchs aber in Bayern auf, wo er auch heute noch mit seiner Familie lebt. Seine Leidenschaft fürs Schreiben hat er schon zu Schulzeiten entdeckt, sich bislang aber vor allem auf das Verfassen und Verfilmen von Drehbüchern konzentriert.

Daniel Alvarenga

HUNDSWUT

Roman

HarperCollins

1. Auflage 2024
Originalausgabe

Umschlaggestaltung von wilhelm typo grafisch
Umschlagabbildung von TravelPOIs.de / Everett Collection / Shutterstock.com
Gesetzt aus der Minion Pro
von GGP Media GmbH, Pößneck
Druck und Bindung von GGP Media GmbH, Pößneck
Printed in Germany
ISBN 978-3-365-00672-6
www.harpercollins.de

Klimaneutral
Druckprodukt
ClimatePartner.com/15109-2009-1001

MIX
Papier
FSC FSC® C014496

Prolog

Die vom Tau feuchten Grashalme strichen kalt um seine nackten Knöchel und die kühle Luft, die aus dem Wald drang, ließ ihn frösteln. Obwohl es schon fast Sommer war, war es so früh am Morgen noch ziemlich kalt. Die Sonne war gerade erst dabei, aufzugehen, Mitzi und Mama schliefen noch. Nur er durfte mitkommen, das erste Mal.

Papa hatte ihn ganz leise geweckt, sie waren aus dem Haus geschlichen und hatten die Schafe aus dem Stall geholt. Er wusste, dass sie eigentlich nicht viele Tiere hatten, aber er tat sich trotzdem schwer, den Überblick zu behalten. Er war für die Lämmer verantwortlich, dafür hatte er von seinem Vater den großen Stock bekommen. Er wusste, was zu tun war: zusammenhalten, aber nicht erschrecken. Er gab sich große Mühe, alles richtig zu machen, denn er wollte, dass Papa ihn jetzt öfter mitnahm. Und er wollte seinem Vater zeigen, dass er schon groß war und helfen konnte.

Lenze sah zu seinem Vater hinüber, der neben ihm über den schmalen Feldweg lief. Er trug seinen großen Hut und hatte seine Tasche über die Schulter geworfen. Obwohl Papa versucht hatte, sehr unauffällig zu sein, wusste Lenze, was darin war, und freute sich schon darauf.

Als sie bei der Lichtung angekommen waren, ging Papa auf den großen Stein in der Mitte zu und legte die Tasche darauf ab. Die Schafe wussten offensichtlich, dass sie an ihrem Ziel angekommen waren. Ohne Anweisung verteilten sie sich auf der Lichtung und begannen zu grasen. Lenze wandte seinen Blick von den Tieren und sah wieder zu seinem Vater, der ein Stück in feuchten Stoff gewickelten Schafskäse aus der Tasche hervorgeholt hatte. Aus seiner Hosentasche zog er sein Messer und schnitt bedächtig und ordentlich zwei Stücke von dem Käse ab. Dann drehte er sich um und hielt Lenze grinsend eines der Stücke hin. Lenze ging die letzten Schritte auf den Stein zu, setzte sich darauf, nahm seinem Vater den Käse ab und biss hinein.

Während er kaute, beobachtete er seinen Vater genau. Der kaute ebenfalls und zählte routiniert und mit konzentriertem Gesichtsausdruck die grasenden Tiere durch. Dann runzelte er die Stirn, schob sich den Rest seines Käsestücks in den Mund und leckte sich die Finger ab. Er zählte noch einmal, diesmal nahm er seine Hände zu Hilfe und deutete auf die einzelnen Schafe, in einer Geschwindigkeit, der Lenze kaum folgen konnte. Die Falte zwischen den Augen seines Vaters wurde tiefer, als er aber bemerkte, dass Lenze ihn beobachtete, glättete sich seine Stirn sofort und er lächelte ihn strahlend an.

»Lenze, mir ham oans von de Betzerl verlorn, i muass schnell schaun, wo's is, gell? Passt ma du auf die andern auf?«

Lenze wollte antworten, hatte aber den Mund voller Schafskäse. Deswegen nickte er nur heftig, sprang von dem Stein und nahm seinen großen Stock zurück in die Hand. Er freute sich zu sehen, dass Papas Lächeln noch breiter wurde. Er strubbelte ihm durch die Haare, dann nahm er seinen großen Hut ab und setzte ihn Lenze auf den Kopf. Natürlich war ihm der Hut viel zu groß und rutschte über seine Augen. Nachdem Lenze ihn ein wenig nach hinten geschoben hatte, sodass er wieder etwas sehen konnte, bemerkte er, dass sein Vater schon fast am Waldrand angekommen war.

Für einen Moment überkam Lenze ein schlechtes Gewissen. War er schuld? Für die Lämmer war er verantwortlich gewesen, und jetzt fehlte eines. Wenn dem Lamm etwas passiert war, durfte er dann nie wieder mitkommen? Er entschied, die düsteren Gedanken beiseitezuschieben und ließ seinen Blick über die Herde schweifen. Er hatte Papa versprochen, auf die Tiere aufzupassen, und das würde er tun.

***

Je weiter Joseph sich von der Lichtung und der Herde entfernte, umso leiser wurde auch das permanente Blöken der Tiere und die Geräusche des Waldes traten in den Vordergrund. Er hörte das Rascheln und Knacken der Blätter und Äste unter seinen Füßen, das entfernte leise Rauschen des Baches und das Zwitschern der Vögel, die gerade erwachten. Hin und wieder knackte in einiger Entfernung etwas, wobei Joseph nicht sagen konnte, ob es ein Tier war oder der Wald selbst.

Er liebte den Wald. Schon als Kind war er mit seinem Vater und den Schafen zu den entlegenen Lichtungen gewandert und er war stolz, dass er mit seinem Sohn heute dasselbe tun durfte. Leni war der Meinung gewesen, mit seinen fünf Jahren wäre Lenze noch zu jung dafür, aber er hatte ihr verständlich machen können, dass es ihm nicht darum ging, aus Lenze einen Schäfer zu machen. Der Junge sollte lediglich ein Gefühl für die Natur bekommen, für die Tiere, und für den Wald. Und dafür war man nie zu jung.

Natürlich war er ihm nicht böse, dass eines der Lämmer verschwunden war. Die Lämmer waren neugierig, ungeschickt und dumm. Es wäre nicht das erste Mal, dass er eines aus einer Felsspalte oder aus dem Bach ziehen oder auch einfach zur Herde zurückbringen musste, nachdem es orientierungslos durchs Unterholz gestolpert war.

Jäh wurde Joseph aus seinen Gedanken gerissen, als es hinter ihm plötzlich laut knackte. Ruckartig drehte er sich um. Das Sonnenlicht war noch nicht bis ins dichte Unterholz vorgedrungen und so verschmolzen in der Entfernung Bäume, Steine und Gräser zu einem Sumpf aus Schatten. Joseph glaubte, eine Bewegung im Dunkel auszumachen. Doch obwohl er den Wald und seine Bewohner gut kannte, konnte er das, was er zu sehen geglaubt hatte, nicht zuordnen. Für ein Reh war der Schatten zu klein gewesen, für einen Fuchs hingegen viel zu groß, und das verlorene Lamm konnte es erst recht nicht gewesen sein.

Joseph starrte angestrengt ins Unterholz und ließ die Stelle, an der er die Bewegung ausgemacht hatte, nicht aus den Augen. Er wagte kaum, zu blinzeln, und versuchte, angestrengt einzelne Umrisse aus dem Schatten zu lösen. Nach einiger Zeit war er sich sicher, dass etwas aus dem Dunkel zurückstarrte. Sein Herzschlag beschleunigte sich, doch er ermahnte sich selbst zur Vernunft, rieb sich die Augen und verbot seinem Gehirn, ihm Streiche zu spielen.

Gerade als er sich wieder auf die Stelle konzentrieren wollte, hörte er aus der entgegengesetzten Richtung ein leises, ängstliches Blöken und erinnerte sich daran, warum er die Lichtung verlassen hatte. Er eilte den Lauten entgegen und entdeckte schon nach wenigen Metern das vermisste Lamm.

Das verängstigte Tier steckte in einer engen Felsspalte fest, nicht fähig, sich zu bewegen. Joseph kannte den gewaltigen Riss, der sich durch einen Großteil des Waldes zog. Das Lamm musste an einer der breiteren Stellen hineingelaufen sein und dem sich mehr und mehr verjüngenden Spalt gefolgt sein, bis es schließlich nicht mehr vorwärtskam und auch das Umdrehen unmöglich geworden war. Auf die Idee, rückwärtszugehen, war das Tier in seiner Panik dann offensichtlich nicht gekommen und schrie stattdessen erbärmlich um Hilfe.

Joseph kniete sich über die Spalte, schob das Lamm ein paar Schritte nach hinten, packte es schließlich am Rumpf und hob es heraus. Kaum befreit, versuchte das Tier, sich loszureißen und zu fliehen. Da Joseph keine Lust hatte, das verängstigte und orientierungslose Lamm durch den halben Wald zu treiben, packte er es kurzerhand an den Schultern und nahm es in den Arm.

Er streichelte sanft seinen Kopf und spürte, wie sich der Herzschlag des Tieres an seiner Brust langsam normalisierte, während er mit ihm wieder auf die Lichtung zuging. Als er dem Waldrand näher kam, wurde das vertraute Blöken der Herde wieder lauter. Da das Lamm seine Artgenossen ebenfalls hörte und daher die eigenen Rufe verstärkte, dauerte es deutlich länger als gewöhnlich, bis Joseph merkte, dass die Tiere anders klangen als sonst.

Er beschleunigte seine Schritte, als er den Wald verließ, rannte er mehr als dass er lief. Die Herde war in heller Panik. Eines der größeren Schafe stieß mit ihm zusammen, worauf er das Lamm fallen ließ, welches blökend davonrannte. Joseph sah das Schaf vor sich an und stellte fest, dass sein linkes Hinterbein mit Blut getränkt war.

Noch unfähig, das Gesehene zu verarbeiten, und überfordert von den vier Dutzend panisch durcheinanderrennenden, teils verletzten und laut blökenden Tieren drehte Joseph sich zu dem großen Stein um, auf dem er Lenze zurückgelassen hatte.

Josephs Augen und Mund weiteten sich vor Entsetzen, doch kein Laut verließ seine Kehle. So stand er nur stumm mit vom Schmerz verzerrten Gesicht inmitten des Chaos und starrte auf das blutige Bündel, das zehn Meter von ihm entfernt in der Wiese lag.

Erster Teil

DER WOLF

1

Endlich bahnte sich der Schrei seinen Weg aus Josephs Kehle.

Er fuhr aus seinem Bett hoch und wusste, wie beinahe jeden Morgen im ersten Moment nicht, wo er war. Die ersten Sonnenstrahlen fielen durch das schmutzige Fensterglas in seine Kammer. Joseph sah sich suchend um, spürte seinen eigenen kalten Schweiß auf den Laken und wusste augenblicklich, dass er dabei war, erneut in das Loch zu fallen. Die letzten Wochen, sogar die letzten Monate waren gut gewesen. Doch rückblickend musste er zugeben, dass er es kommen gesehen hatte und es sich nur nicht hatte eingestehen wollen.

Das Knallen der Tür zu seiner Kammer holte Joseph ins Hier und Jetzt zurück. Das Holz war verzogen und müsste dringend abgeschliffen werden. Und der Riegel des Schlosses hing schief in der Zarge, sodass sich die Tür nicht öffnen oder schließen ließ, ohne ein Krachen zu erzeugen, das durch das gesamte Haus hallte.

Seine Tochter Mitzi polterte in die Kammer. Ihre Augen waren geweitet, sie sah gehetzt aus, ihr Atem ging stoßweise. Ihr bebender Brustkorb und ihre schmutzige Schürze ließen Joseph vermuten, dass sie seinen Schrei im Hof gehört haben und sofort losgerannt sein musste.

»Papa?«, stieß sie hervor, während sie sich hektisch in dem kleinen Raum umsah. Joseph hatte sich inzwischen wieder weit genug unter Kontrolle, um ein unschuldiges Lächeln aufzusetzen, das, wie er hoffte, die Sorge seiner Tochter verfliegen lassen würde.

»Mitzi?«, erwiderte er, als wüsste er nicht, weshalb sie gekommen war.

Mitzi kniff verärgert die Augen zusammen, sie hatte das schweißnasse Laken und das verknüllte Kissen entdeckt und wusste genau, was die Ursache für den unterdrückten Schrei ihres Vaters gewesen war.

Joseph sah seine Tochter einen Moment lang an. Wann war aus seinem kleinen Mädchen eine Frau geworden? Mitzi war erst im Frühjahr zwanzig Jahre alt geworden, wirkte jedoch wesentlich reifer. Natürlich wusste er, woran das lag. Sie hatte viel schneller erwachsen werden müssen als andere Kinder, vor allem seit sie beide allein waren. Joseph war schmerzlich bewusst, dass er ihr nicht immer der Vater gewesen war, der er sein wollte. Und wenn das Dunkel ihn einholte, war er ihr wirklich keine Hilfe. In diesen Momenten wusste Joseph oft nicht genau, wer sich eigentlich um wen kümmerte.

Doch weder ihr Schicksal noch die harte Arbeit oder die kargen Nachkriegsjahre hatten es geschafft, Mitzi ihr Strahlen zu nehmen. Im Gegenteil wurde sie mit jedem Jahr schöner. Die großen blauen Augen, die leicht gewellten blonden Haare, Joseph wurde zum ersten Mal wirklich bewusst, wie ähnlich seine Tochter ihrer Mutter sah.

»Du schaust aus wie dei Mama«, sagte er mehr zu sich selbst als wirklich zu Mitzi. Sie verdrehte daraufhin genervt die Augen und schüttelte den Kopf.

»Überhaupt ned! Du schaust auf jedn Fall aus, als solltst di mal waschn. Du wolltst no zum Kramer heid«, fügte sie mit einem kritischen Blick auf sein zerschlissenes Unterhemd und seine fleckigen Wollhosen hinzu. Dann wandte sie sich zur Tür. Sie war schon fast hinaus, als sie sich noch einmal grinsend umdrehte.

»Ah ja: Guadmoang!«

2

Nachdem er sich gewaschen, rasiert und ordentlich angezogen hatte, fühlte sich Joseph tatsächlich erheblich besser. Aus Erfahrung wusste er, dass er das Dunkel damit nicht aufhalten würde, für den Moment aber war er ganz er selbst.

Obwohl die Sonne bereits etwas höher am Himmel stand, lag der Geruch des Morgens noch in der Luft und Joseph genoss ihn auf seinem Weg ins Dorf mit jedem Atemzug. Von seinem Haus brauchte er zu Fuß etwa eine Viertelstunde bis zum Dorfplatz, wo sich das Wirtshaus mit dem Kramerladen befand.

Das Haus von Josephs Familie lag auf einer kleinen Anhöhe am Waldrand. Es zeugte noch immer vom einstigen Wohlstand der Familie, auch wenn es in den letzten Jahren ein wenig von seinem Glanz eingebüßt hatte. Sein Großvater hatte es bewusst in dieser Lage erbaut. Nah genug am Dorf, um dazuzugehören, aber weit genug entfernt, um seine Ruhe zu haben, wie er bei jeder Gelegenheit betont hatte. Während dieser Plan für seinen Großvater noch gut aufgegangen war, ergab sich bereits zu Lebzeiten seines Vaters, aufgrund der abgelegenen Position des Hofes auch eine persönliche Distanz zu den anderen Dorfbewohnern. War der Großvater als hart arbeitender Bauer und zeitweise sogar Bürgermeister des Dorfes noch ein geachteter Mann gewesen, neidete man seinem Sohn das geerbte Vermögen. Und Joseph war spätestens nach allem, was nach dem Tod seines Bruders geschah, schon lange kein Teil des Dorfes mehr.

Eine Zeit lang hatte ihn dieser Umstand beschäftigt, ihn sogar verletzt. Immerhin war er in diesem Dorf geboren, seine Familie lebte seit fünf Generationen an diesem Ort, hatte den Aufstieg von einem losen Zusammenschluss einiger Höfe zu einer florierenden Marktgemeinde, deren Einwohnerzahl mittlerweile vierstellig war, beobachtet und begleitet. Und er selbst, genau wie sein Vater und Großvater, hatte ihren Wohlstand stets zum Wohle der Gemeinschaft eingesetzt. Doch Joseph war bewusst, dass seinen Ruf nicht allein die Lage seines Wohnhauses zu verantworten hatte. Er war einfach zu lange fort gewesen.

Während Joseph seinen Erinnerungen nachhing, hatten seine Füße ihn ins Dorf getragen. Und wieder einmal waren es nicht seine Augen, sondern seine Nase, die ihm verriet, dass er beinahe angekommen war. Sosehr er die Gerüche des Waldes liebte, so sehr hasste er die des Dorfes. Er war noch nicht an den ersten Häusern angelangt, dennoch drängten sie bereits auf ihn ein. Am prägnantesten roch er den säuerlichen, im Sommer manchmal auch leicht fauligen Geruch, der die Metzgerei umgab, und wusste, noch bevor er aufblickte, welche Szene ihm sich bieten würde.

Als er nun zur Metzgerei aufsah fand er seine Vermutung bestätigt. Der Metzger machte einem Mädchen Avancen, dem dies nicht nur sichtlich unangenehm war, sondern das auch höchstens halb so alt war wie er. In der Hand hielt sie ein Päckchen aus Wachspapier. Sie hatte also offenbar Fleisch gekauft und kam jetzt nicht mehr los. Sie lächelte den Metzger zwar tapfer an, aber Joseph erkannte an der Art, wie ihre Finger sich in das verpackte Stück Fleisch gruben, ihre wahren Gefühle. Als das Mädchen ihn aus dem Augenwinkel wahrnahm, drehte sie den Kopf ein wenig zur Seite und ihre Augen trafen sich. Ihr Lächeln schien für einen Moment ein wenig entspannter. Joseph glaubte in dem Mädchen die Wirtstochter zu erkennen, sicher war er sich jedoch nicht. Er erwiderte ihr Lächeln kurz, dann wandte er den Blick ab und setzte seinen Weg fort.

3

Konrad wischte sich den Schweiß von der Stirn und betrachtete sein Werk. Er wusste nicht, wie es im Winter aussehen würde, aber zumindest für die nächsten warmen Monate waren die Fenster wohl zu gebrauchen. Zumindest hoffte er das, immerhin war er kein Handwerker. Aber so war das offenbar auf den Dörfern. Hier war man nicht nur Lehrer, sondern gleichzeitig auch noch Hausmeister, Gärtner und Köchin.

Er war einmal mehr froh, dass er mit beiden Beinen im Leben stand und wusste, wo er anpacken musste. Er war kein Jungspund mehr, und auch wenn er im Nachhinein vielleicht einige Entscheidungen anders getroffen hätte, bereute er doch keine davon. Direkt nach der Universität hatte er noch nicht gewusst, was er wollte, er musste seinen Weg zuerst finden.

Dass seine darauffolgende Suche ein wenig länger gedauert hatte als geplant und letztlich dazu geführt hatte, dass ihm diese wenig begehrte Stelle im Ödland zugeteilt wurde, konnte er nicht mehr ändern. In den Jahren nach seinem Abschluss hatte er mehr vom Leben gelernt als in seiner gesamten Schulzeit. Seine Persönlichkeit hatte sich weiterentwickelt und gefestigt. Konrad bildete sich ein, dass ihn das zu einem besseren Lehrer machte, als er es mit fünfundzwanzig hätte sein können.

Er ließ seinen Blick kritisch über das marode Schulhaus streifen. Das Gebäude war in einem desaströsen Zustand und Konrads Sorge darüber, dass er in dem Haus nicht nur wohnte, sondern auch täglich eine Horde Kinder darin unterrichtete, war größer, als er zugeben wollte. Er hatte das Problem mehrfach im Gemeinderat angesprochen, doch zuletzt war ihm recht unmissverständlich klargemacht worden, dass er als Schullehrer zwar satzungsgemäßes Mitglied des Rates sei, ansonsten aber das Maul zu halten habe. Die Prioritäten der Dorfältesten lagen offensichtlich nicht auf der Allgemeinbildung ihres Nachwuchses.

Als Konrad auf dem Weg hinter sich den Kies knirschen hörte, drehte er sich um. Er erblickte Joseph Köhler, der ihn wie es schien seinerseits noch nicht entdeckt hatte. Da Konrad mit seinen knappen zwei Metern Körpergröße und dem dichten Vollbart eigentlich schwer zu übersehen war, musste es damit zu tun haben, dass Joseph einen kleinen Strauß Blumen in der Hand hielt und gerade eine weitere vom Wegesrand pflückte.

»Do schau her, da Einsiedler!«, rief Konrad mit seiner tiefen Stimme, was Joseph kurz zusammenzucken ließ. Dann aber begann er zu grinsen, bevor er zu dem Lehrer aufblickte.

Konrad lächelte ebenfalls und stichelte weiter. »Wos na? I sogs da wenigstns ins Gsicht.«

Joseph ging auf Konrad zu, woraufhin der ihm freundschaftlich auf die Schulter klopfte.

»Konrad, griasdi. Mit de Tafeln hod ois basst?«

Konrad nickte kräftig und sah Joseph dankend an, was dieser mit einem freundschaftlichen Zwinkern quittierte.

Ohne die Hilfe von Joseph Köhler hätte Konrad seinen Unterricht mittlerweile im Freien abhalten können, das war ihm mehr als bewusst. Was der Bürgermeister an Unterstützung vermissen ließ, glich Joseph aus, ohne darüber große Worte zu verlieren. So hatte das kleine Klassenzimmer nicht nur zwei nagelneue Tafeln bekommen, auch die Reparatur des Dachstuhls im letzten Herbst wäre ohne ihn nicht möglich gewesen.

War Konrad anfangs noch misstrauisch wegen der offenbar gänzlich uneigennützigen Unterstützung gewesen, war die Beziehung zwischen den beiden Männern im Laufe des letzten Jahres immer vertrauter geworden. Ob sie wirklich Freunde waren, wusste Konrad nicht, zumindest war der Köhler ihm aber lieber als so manch anderer Bewohner des Dorfes.

Das mochte auch daran liegen, dass sie beide nicht wirklich zur Gemeinschaft gehörten. Konrad war kein Mann vieler Worte. Da er als Lehrer wie auch der Pfarrer und der Jäger zum Inventar des Dorfes gehörte und schon nach kurzer Zeit nicht mehr als echtes Individuum wahrgenommen wurde, bekam er umso mehr mit.

Er wusste nicht, wie es dazu gekommen war, dass Joseph von den anderen Bürgern gemieden wurde, und es war ihm auch egal. Auf Gerüchte gab er nichts und wenn Joseph es ihm nicht erzählte, ging es ihn offenbar auch nichts an. Trotzdem war sein Ruf im Dorf allgegenwärtig und sorgte für allerlei Gesprächsstoff. Das Wort »Einsiedler«, das Konrad ihm gegenüber im Spaß selbst gern benutzte, zählte eindeutig zu den nettesten Vokabeln, mit denen Joseph dabei bedacht wurde.

»Ah, host de Fenster fertig?«, riss Joseph ihn aus seinen Gedanken. »Guad schauns aus.«

»De Fenster san oba scho des Oanzige, wos an dem Kastn guad ausschaut«, erwiderte Konrad grimmig. »I sogs da, des Schulhaus is in am Zuastand … Du wennst ned dauernd helfa dadst, kannt i den Scheißdreck eh bleim lassn.«

Joseph lachte amüsiert auf. »Redst du mit deine Kinder aa a so?«

»I? Du woaßt scho, wia de Fratzn mitnand redn, oder? Do falln unseroans de Ohrwaschln ab. Und i bin wirklich ned in da Kirch großworn.« Konrad schüttelte nachdenklich den Kopf, mehr amüsiert als verärgert. Dann fiel sein Blick wieder auf den Blumenstrauß in Josephs Hand. »San de für mi?«

Joseph sah auf die Blumen in seiner Hand, als würde er den Strauß gerade erst bemerken. Etwas veränderte sich in seinem Gesichtsausdruck. Es war nur eine Nuance, doch Konrad fiel es überdeutlich auf. Es ließ ihn seine blöde Frage augenblicklich bereuen.

Joseph sah ihn an, sein Lächeln war etwas müder und seine Augen etwas trauriger geworden.

»Na, für mei Frau.«

»Is eh gscheider«, sagte Konrad gespielt gleichgültig. »Sogst ihr an schena Gruaß unbekannterweis.«

»Ollaweil.« Joseph nickte ihm zu und setzte seinen Weg

fort. Konrad verabschiedete ihn mit einem Handzeichen und versuchte zu wirken, als betrachte er wieder seine Arbeit am Schulhaus.

4

Der Grabstein war schlicht, ein einfacher Reihenstein aus Granit, in den lediglich ein Kreuz, zwei Namen und vier Jahreszahlen graviert waren.

Joseph hatte mit Prunk nie viel anfangen können, vor allem aber wollte er vermeiden, durch einen auffälligen Stein den Blick zufällig Vorbeigehender auf das Grab zu lenken. Dieser Ort gehörte ihm, und Fremde könnten nie den Schmerz nachvollziehen, den es bedeutete, so kurz nacheinander zwei Namen in die kalte Oberfläche schlagen lassen zu müssen.

Er hatte nie verstanden, was Menschen auf Friedhöfen empfanden. Der Platz, an dem der Körper eines Verstorbenen vergraben war, hatte für ihn keine Bedeutung. Er war kein gläubiger Mann und wusste nicht, ob es so etwas wie eine unsterbliche Seele gab. Aber falls doch, würde sie sich bestimmt nicht auf einem Friedhof aufhalten. Für ihn war der Ort der Trauer dort, wo die Verstorbenen gelebt hatten. Doch er hatte lernen müssen, wie schnell ihr Geruch aus dem Haus verschwand. Leni hatte nach Blumen geduftet. Nicht aufdringlich, wie der Geruch von Rosen, eher wie der kaum wahrnehmbare Duft von Frühlingsblumen nach dem Regen. Auch als sie fort war, hing ihr Geruch noch für ein paar Wochen im Haus.

Er wusste nicht, ob Mitzi es auch hatte riechen können, sie hatten nie darüber geredet. Aber je mehr Zeit verging, desto schwächer wurde der Duft, bis irgendwann selbst die Erinnerung daran verblasst war. Und genau wie diese verblassten auch alle anderen Erinnerungen an Leni und Lenze, ohne dass er etwas dagegen unternehmen konnte.

Erst als ihm auffiel, dass er sich nicht mehr an die Stimme seines Sohnes erinnern konnte, begann er, das Grab regelmäßig zu besuchen. Zwar fand er auch dort weder eine besondere Verbindung noch wirklichen Trost, aber er wusste auch nicht, wo er mit seiner Trauer sonst hinsollte. So konnte er sie zumindest für einige Stunden von seiner Tochter fernhalten.

Joseph legte den Blumenstrauß vor den Grabstein und erhob sich.

5

Lugg fluchte innerlich, diese verdammte Liste machte ihn verrückt. Organisatorisches war nie seine große Stärke gewesen, und so sehr er es liebte, Wirt zu sein, so sehr hasste er das Drumherum.

Es war ja auch nicht so, als wären sie darauf vorbereitet worden. Mini und er hatten früh geheiratet, und da Lugg sein erlernter Beruf als Hufschmied ohnehin nicht sonderlich zugesagt hatte, hatten sie beide im Wirtshaus ihrer Eltern mitgearbeitet. Nach dem Tod ihres Vaters hatte Mini den Anspruch gehabt, aus dem Wirtshaus mehr zu machen als die einfache

Trinkstube, die sie war. Von da an war die Aufgabenteilung klar gewesen. Lugg stand am Ausschank, Mini arbeitete in der Küche und kümmerte sich um die Gäste. Ein Jahr später hatten sie Vroni bekommen. Sie war quasi in der Wirtsstube aufgewachsen, war als Kleinkind zwischen den Gästen herumgekrabbelt und hatte später ihren Eltern geholfen. In letzter Zeit hatte Vronis Engagement deutlich nachgelassen, aber im Gegensatz zu seiner Frau konnte Lugg das gut verstehen. Seine Tochter war zwanzig Jahre alt, würde nächstes Jahr ihr Abitur machen und war längst vom Mädchen zur Frau geworden. Sie hatte anderes im Kopf als das Geschäft ihrer Eltern.

Doch gerade jetzt hätte Lugg die Hilfe seiner Tochter gut gebrauchen können. Er war beileibe nicht dumm, hatte lesen und schreiben gelernt und rechnete die Bierdeckel seiner Gäste ohne Probleme im Kopf aus. Doch seine Eltern waren nicht in der Lage gewesen, ihm die hohe Schulbildung angedeihen zu lassen, die Minis Eltern dank des gut laufenden Wirtshauses ihrer Tochter bieten konnten.

Natürlich würden die paar Pfennige, die die örtlichen Trinker hierließen, nicht reichen. Und auch die seltenen Gelegenheiten, an denen Hochzeiten oder Beerdigungen die Stube füllten und Mini sogar zwangen, eine der Frauen als Küchenhilfe anzustellen, waren nicht genug, um reich zu werden. Mini hatte den Pachtvertrag geerbt, doch das Wirtshaus gehörte Steiner, so wie das halbe Dorf.

Doch auch hier hatten Minis Ambitionen sie einmal mehr einen Schritt weitergebracht. Nachdem die alte Hotter gestorben war und damit der Kramerladen ohne Besitzer war, hatten sie das Geschäft kurzerhand in ihr Wirtshaus integriert. Platz war hinter dem Ausschank genug und die Tatsache, dass das

Wirtshaus mitten im Dorf lag, sorgte für einen stetigen Strom an Kundschaft.

Da das Regal mit den Kurzwaren, den Konserven, den Waschpulvern, Seifen, den Bonbons, Nägeln und Mausefallen hinter seinem Tresen stand, fiel es auch in Luggs Aufgabengebiet. Der Verkauf der Waren störte Lugg nicht im Geringsten, bald kannte er seine Kundschaft und wusste in der Regel, was sie wollten, noch bevor sie es ihm sagten.

Doch einmal im Monat musste das Regal wieder aufgefüllt werden, und dazu musste er diese elendige Liste schreiben. Da es im Dorf kein Telefon gab, nicht einmal das Rathaus war angeschlossen, musste er die Liste entweder mit der Post verschicken oder gleich selbst nach München fahren, um das Benötigte zu kaufen. Das kostete ihn jedes Mal einen halben Tag und eine Menge Nerven.

Joseph überlegte, ob er noch etwas vergessen hatte, und sah sich dabei in der Gaststube um. Obwohl es gerade erst zehn Uhr morgens war, saßen die üblichen Verdächtigen schon an ihren Plätzen. Unter dem Deckmantel des Frühschoppens hockten sie fast jeden Tag an den Tischen, hielten sich an einer längst warm und schal gewordenen Halben Bier fest, bis ihre Frauen sie irgendwann nach Hause zerrten. So sie denn welche hatten. Im letzten Eck saß der Jäger, dessen Blick trotz der frühen Stunde schon recht glasig war. Lugg wusste, dass Edi den Effekt seines Bieres jedes Mal, wenn Lugg sich umdrehte, durch einen Schluck aus dem Flachmann in seiner Brusttasche ergänzte. Anfangs hatte er ihm regelmäßig mitgeteilt, dass er, wenn er in seinem Wirtshaus Schnaps trinken wolle, ihn gefälligst auch dort zu kaufen habe, doch das hatte er mittlerweile aufgegeben. Edi tat ihm leid, und er wusste, dass er sich von seinem mageren Einkommen kaum das Bier leisten konnte.

Edi und er waren ungefähr im gleichen Alter, der Jäger würde aber auch problemlos als zwanzig Jahre älter durchgehen. Die Tage und Nächte im Wald und nicht zuletzt der Alkohol hatten ihre Spuren hinterlassen. Auch mit Edis Körperpflege war es nicht weit her. Lugg musste ihm zugutehalten, dass er selten stank, doch das war es dann auch schon. Er lebte allein und kinderlos in der Jagdhütte am Waldrand und trug eigentlich jeden Tag seine Jagdkluft.

Als ein Knarren ertönte, sah Lugg zur Eingangstür. Noch bevor der Besucher in die Gaststube trat, ahnte Lugg aufgrund des Geräuschs, das dessen Schuhe auf dem Schuhabstreifer erzeugten, wer hereinkommen würde. Seine übliche Klientel würde nicht im Traum auf die Idee kommen, sich den Dreck von den Stiefeln zu kratzen, bevor sie hereinkamen. Bei manchen von ihnen war Lugg froh, dass sie zumindest zum Urinieren von ihren Stühlen aufstanden.

Auch die Zecher sahen interessiert zur Tür, senkten die Blicke jedoch schnell wieder auf ihre Gläser, als Joseph Köhler den Raum betrat. Lugg musste sich ein Grinsen verkneifen. Der Einsiedler war ein beliebtes Thema in der Wirtsstube, auf ein Gespräch mit ihm wollte sich aber offenbar keiner einlassen.

Im Gegensatz zu den meisten im Dorf mochte Lugg den Köhler. Er gab nichts auf Gerüchte und mit Hölle und Teufel konnte er erst recht nichts anfangen. Außerdem glaubte er zu verstehen, wo das Misstrauen der Dorfbewohner in Wahrheit herrührte. Er konnte an seiner Vroni sehen, wie empfindlich einige von ihnen auf überdurchschnittliche Bildung reagierten. Während ihre Freundinnen alle bereits ihre Haberer hatten, teils verheiratet und schon schwanger waren, war Vroni noch allein. Auf dem Dorf wurde eben gearbeitet und nicht studiert, und wozu gerade eine Frau einen Abschluss brauchte, verstanden die wenigsten. Selbst Mini war lange dieser Meinung gewesen, und vermutlich war sie es noch immer. Doch so bestimmend seine Frau oft war, hier hatte sie ihn gewähren lassen. Vroni hatte mit vier Jahren lesen und schreiben können, mit sieben hatte sie die Bierdeckel schneller zusammengerechnet als ihre Eltern. Sobald sie herausgefunden hatte, was ein Gymnasium war und dass es so etwas in der nächsten Stadt gab, hatte sie angefangen, zu betteln.

Lugg musste bei der Erinnerung daran lächeln, und sein Lächeln wurde noch breiter, als er bemerkte, dass Joseph, der mittlerweile vor ihm stand, es erwiderte.

»Morgen«, sagte dieser freundlich, was Lugg mit einem Nicken quittierte. Als sein Gegenüber ihn daraufhin nur erwartungsvoll ansah, war Lugg für einen Augenblick verwirrt, bis er sich erinnerte, weswegen der Köhler in den meisten Fällen zu ihm kam. Er drehte sich zum Regal um und ließ seinen Blick darüber schweifen. Auf dem untersten Boden entdeckte er schließlich, was er suchte. Er ging in die Knie, griff ins Regal, beförderte einen Beutel aus grobem Leinen hervor, erhob sich wieder und warf ihn auf den Tresen. Die Kaffeebohnen im Beutel gaben dabei ein befriedigendes Klackern von sich. Lugg glaubte sogar, kurz den Duft der gerösteten Bohnen wahrnehmen zu können, gleichzeitig war ihm bewusst, dass dies in der verrauchten und nach abgestandenem Bier stinkenden Gaststube nur Einbildung sein konnte.

Er schob den Beutel ein Stück zu Joseph herüber, der bereits einige Münzen aus seiner Hosentasche geholt hatte. Er legte ein paar davon neben den Beutel. Lugg warf einen Blick darauf und strich sie sich mit einem zufriedenen Nicken in die Hand. Während er die Münzen in die kleine Holzkiste, die ihm als Kasse diente, fallen ließ, sagte er:

»Dir is scho klar, dass dei Kaffee a Fünftel kostn dad, wennst ned immer bloß a Pfund nehmerdst, oder?« Joseph, der sich bereits halb zum Gehen abgewandt hatte, blickte sich mit einem angedeuteten Lächeln noch einmal um.

»Und wenn mi dann morgn da Schlog trifft? Dann steht da Kaffee bei mir umanand. D Mitzi trinkt nan ned.« Daraufhin hob er vielsagend die Augenbrauen, drehte sich endgültig um und ging zur Tür.

Im selben Moment wurde diese von außen aufgezogen. Lugg beobachtete, wie Joseph zwei Schritte zurückwich und für Vroni Platz machte, die mit etwas gehetztem Gesichtsausdruck und einem Packen Fleisch vom Metzger in der Hand ins Wirtshaus kam. Sie schenkte Joseph ein kurzes Lächeln, dann eilte sie an ihrem Vater vorbei in die Küche und ignorierte dabei gekonnt die lüsternen Blicke der Trinkenden, die Lugg nicht entgingen.

Nur Edi schien sich für Vroni nicht zu interessieren, sein Blick war noch immer auf die Tür gerichtet, durch die der Köhler inzwischen verschwunden war.

»Und wenn mi dann morgn da Schlog trifft? D Mitzi trinkt nan ned«, äffte er dessen letzten Satz mit viel zu hoher Stimme nach.

Normalerweise kümmerte Lugg sich nicht um das Gerede der Zecher, besonders nicht um das des Jägers. Ob es die verdammte Liste war oder die lüsternen Blicke auf seine Tochter, die ihn so reizbar gemacht hatten, wusste er nicht, doch Edi hatte das Fass mit seinen Worten zum Überlaufen gebracht.

»Host du a Problem zufällig?«, bellte er ihm entgegen. Auch Edi war sichtlich überrascht von der Reaktion des Wirtes.

»I?«, fragte er.

»Na, dei Großvatter! Fralle du!«

»Mir is da Köhler einfach ned geheuer«, verteidigte der Jäger sich. Als er sah, dass Lugg daraufhin bloß die Augenbrauen hob, wandte er sich Zustimmung suchend den übrigen Anwesenden zu. »I moan, der wohnt da obm am Woid, aloans mit seiner Tochter, koa Frau, koa …«

»Do konn ja aber er aa nix dafür, dass eam d Frau gstorm is«, unterbrach ihn Gustl, der am Nebentisch tief über sein Glas gebeugt saß. Es war nur der frühen Stunde zuzuschreiben, dass dieser sich überhaupt noch so differenziert an dem Gespräch beteiligen konnte, was Edi aber nicht davon abhielt, sich ihm sofort in verschwörerischem Ton zuzuwenden.

»Sicher? So wos passiert schnell, wennst di mitm Deife eilasst. Und de Mitzi …«

»Wos is mit da Mitzi?«, unterbrach Gustl ihn erneut. Bei der Erwähnung von Josephs Tochter war das Interesse des Zechers endgültig geweckt. Dieser Zuspruch ließ Edi regelrecht aufblühen.

»A so a scheens Madl, der laufa de Burschn im Dorf doch noch wia d Katzn da Maus. Und sie hockt bei ihrm Vatter.«

»Wos solls na macha?«, gab Gustl zu bedenken, »an Köhler alloans lassn? Sie führt eam hoid an Haushalt.«

Der Jäger lehnte sich mit selbstgefälligem Grinsen auf seinem Stuhl zurück.

»Ja, obs eam ned no wos ganz anders führt, frog i mi.«

Als Lugg mit seiner mächtigen Faust auf den Tresen schlug, was die dort zum Spülen aufgereihten Gläser erzittern ließ, blickten alle Anwesenden in seine Richtung. Er ließ die Stille nach dem Knall für einige Sekunden wirken, blickte dem Jäger ohne eine erkennbare Gefühlsregung in die Augen und sprach mit fester Stimme.

»So Edi, etz moane langts.«

Edi schluckte schwer, doch sein Stolz und die Wirkung des Alkohols befahlen ihm dennoch eine Antwort.

»Wosn? I sog bloß, wos d Leid redn.«

»I hear do bloß di redn«, antwortete Lugg ruhig, auch wenn sein Ärger in seiner Stimme langsam hörbar wurde, »und bei dir waars gscheider, du lasserds bleim. I hob mitm Köhler koa Problem, des is a feiner Kerl, und er zahlt sei Zech ohne Aufstand.« Mit einem Blick in die Runde fügte er hinzu »Wos i ned vo jedm do herin sogn konn.«

Von Luggs letztem Satz fühlte sich wohl jeder der Anwesenden angesprochen, denn schlagartig endete die Diskussion und alle wandten sich wieder ihren Gläsern zu. Nur Edi legte Wert darauf, das letzte Wort zu haben. Da er aber auch keine Lust verspürte, das Wirtshaus vor der Zeit zu verlassen, sagte er dieses letzte Wort so leise, dass nur er selbst es hören konnte.

»Der is midm Deife im Bund, wenn i's doch sog.«

Daraufhin bekreuzigte Edi sich schnell und spuckte über die Schulter aus. Kaum hatte er das getan, zuckte der Jäger zusammen, als die Faust des Wirtes erneut auf den Tresen donnerte. Mit seiner Ruhe war es nun endgültig vorbei. Mit hochrotem Kopf brüllte er Edi an.

»Und wennst ma numoi auf mein Fuassbodn rotzt, dann konnst du heid aufd Nocht aussewischn, du Gloife, du staubiger!«

6

»Kommt er auch?«, fragte Hias mit kritischem Blick auf Joseph Köhler, der mit einem Kaffeesäckchen in der Hand die Dorfstraße entlangschlich. Matthias Lechner, der Dorfpfarrer, war des bairischen Dialektes zwar durchaus mächtig, hatte sich aber vor Jahren dazu entschlossen, zugunsten eines – wie er fand – ehrwürdigeren Auftretens ausschließlich Hochdeutsch zu sprechen. Es war ihm sehr daran gelegen, dass seinen Schäfchen bewusst war, dass er über ihnen stand. Und dieser Köhler war ihm schon immer ein Dorn im Auge.

Bernhard – Hartl – Aichinger, der Bürgermeister und damit nach ihm offiziell zweiter Mann in der Gemeinde, folgte seinem Blick.

»Da Einsiedler? Um Gotts willn.«

Hias war beruhigt. »Das hätte mich auch gewundert. Es wäre das erste Mal, dass ich den in der Kirche sehen würde.«

»Mei, versteh konnst as ja fast scho …«, murmelte Hartl nachdenklich, was ihm einen scharfen Blick des Pfarrers einbrachte. Die beiden waren alte Freunde, aber wenn es um den Herrgott und um seinen Gottesdienst ging, verstand Hias keinen Spaß. Hartl schien bemüht, das Thema zu wechseln, und fasste das Ergebnis ihres bisherigen Gesprächs noch einmal zusammen.

»Also um Neune Kirch, danoch dann Frühschoppen beim Wirt, du bist natürlich herzlich eiglodn. Ois andere dann im Kreise der Familie, i wui ned, dass des so a große Sach werd.«

Hias konnte sich ein Lachen nicht verkneifen.

»Der Bub vom Bürgermeister heiratet die Brenner Fanny. Ich fürchte, da wirst du um eine große Sache nicht herumkommen.«

»Plärrs halt glei übern Dorfplatz, bitte!«, fauchte Hartl ihn an. »Des braucht etz no koana wissen. San eh no a paar Dog hi.«

Hias grinste Hartl an. Durch das Wissen um die Hochzeit seines Sohnes war er ihm aktuell überlegen, ein Gefühl, das er sehr genoss. Ein Geheimnis zu kennen, mit dem er den mächtigen Hartl in der Hand hatte, war eine seltene Freude, auch wenn sie nur von kurzer Dauer war. So konnte der Pfarrer sich nicht verkneifen, ihn noch etwas mehr zu reizen.

»Was hast du denn? Ist doch keine schlechte Partie? Und den alten Brenner in der Familie zu haben … Wer weiß, für was es noch gut ist.« Dann setzte er seine Gottesdienstmiene auf und deklamierte »Wo die Liebe hinfällt, da bleibt sie liegen, und wär' es ein Misthaufen.«

7

Joseph betrat sein Haus und ließ das Lächeln, welches er bis hierher getragen hatte, fallen wie einen schweren Mantel. Dieser einfache Fußmarsch, diese knappe Stunde außerhalb seiner vertrauten vier Wände hatten ihn so viel Kraft gekostet, dass er nur noch zurück in sein Bett wollte. Er wusste, dass seine Erschöpfung keine körperlichen Ursachen hatte. Er war ein gesunder Mann. Trotzdem konnte er nichts dagegen tun. Sein Kopf dröhnte, er hörte sein Blut in seinen Ohren pumpen, selbst das wenige Licht, das durch die schmutzigen Scheiben drang, blendete ihn schmerzhaft. Von einem Moment auf den anderen erfasste eine Müdigkeit seinen Körper, durch die er sich kaum noch auf den Beinen halten konnte.

Joseph schleppte sich in die Stube. Mitzi kniete vor dem Herd und war gerade dabei, Holzscheite hineinzustapeln. Ihr Haar war etwas durcheinander und ihr Kleid war staubig, neben ihr stand der Weidenkorb, mit dem sie das Holz vom Schuppen holten. Als sie ihren Vater bemerkte, drehte sie sich um. Sie wischte sich eine Strähne aus dem Gesicht und hinterließ dabei einen Streifen Ruß über ihrer linken Augenbraue. Beim Anblick dieses kleinen Makels breitete sich in Josephs Innerem eine wohlige Wärme aus, die allerdings sofort wieder verschwand, als er den kalten Blick seiner Tochter sah.

Zuerst verstand er nicht, was sie so verärgerte. Dann folgte er ihrem Blick. Er ruhte auf seiner rechten Hand, und auf dem Kaffeebeutel, den er noch immer damit hielt. Als wüsste Mitzi, dass er jetzt sah, was sie sah, begann sie leise zu sprechen.

»Wos is des?«

Joseph, der noch immer nicht verstand, wo das Problem lag, zuckte mit den Schultern. »Kaffee?«

Jetzt endlich löste seine Tochter ihren Blick von dem Kaffeesäckchen und sah ihm direkt in die Augen. In ihrem Gesicht lag eine Mischung aus Wut, Traurigkeit und verzweifelter Belustigung.

»Kaffee?«, wiederholte sie ungläubig. »Papa, du wolltst Nägel holn vom Kramer!«

Jetzt fiel Joseph alles wieder ein. Die Nägel. Das kaputte Dach, das Gespräch mit Mitzi darüber. Wie sie sagte, sie müsse Nägel vom Kramer holen, und wie er erwiderte, er müsse sowieso ins Dorf. Ihr dankbares Lächeln, das im drastischen Gegensatz stand zu dem, was er jetzt in ihrem Gesicht las. Er wusste, was jetzt zu tun gewesen wäre. Eine flapsige Bemerkung über die eigene Dummheit, dass man in den Füßen habe, was man nicht im Kopf hatte, und dann der Weg zurück zum Kramer.

Aber er konnte es nicht. Sosehr er es wollte, er war nicht fähig, seinem Körper zu befehlen, sich umzudrehen und das Haus zu verlassen. Resigniert stellte er den Kaffee auf dem Esstisch ab und sah seine Tochter traurig an.

»Mitzi, i konn nimmer.«

Mitzi sprang auf, wischte sich die Hände an ihrer Schürze ab und fuhr ihn an.

»Du konnst nimmer? Aber für dein gschissan Kaffee hods no glangt, ja? Papa, mir braucha de Nägel! Es regnt durchs Doch, und wenn da Sommer rum is, dann brauch mas nimmer macha!«

Joseph hatte nicht mehr die Energie, die Tirade seiner Tochter über sich ergehen zu lassen. Er wusste, dass sie recht hatte, und sie wusste es ebenfalls. Diskussionen waren also unnötig und eine Entschuldigung würde sie noch mehr in Rage bringen. Deshalb ging er, seine letzten Kräfte mobilisierend, in seine Kammer und schloss die Tür, während Mitzi aus der Stube hinter ihm herbrüllte.

»Und etz? Etz derf i nommal zum Kramer? Wos soll i na no ois macha? Ich mach doch eh scho ois!«

Joseph lag wie betäubt auf seinem Bett, er war nicht einmal fähig gewesen, seine Schuhe auszuziehen. Obwohl er die letzten Sätze seiner Tochter nicht mehr bewusst mitbekommen hatte, so hatte sich einer von ihnen doch tief in sein Gehirn gebrannt.

I mach doch eh scho ois.

Nicht nur Mitzi war durch sein Verhalten regelmäßig gezwungen, diesen Satz zu sagen. Auch ihre Mutter hatte ihn oft zu ihm gesagt. Nachdem Lenze fort war, hatte ihn die Dunkelheit zum ersten Mal in die Knie gezwungen. Damals hatte sie ihn komplett unvorbereitet getroffen, ihn von einem glücklichen Ehemann und Vater in ein Wrack verwandelt. Er hatte nicht verstanden, wie Leni einfach weitermachen konnte, konnte nicht verstehen, warum sie von dem Haus sprach, von den Feldern und vom Vieh. All das hatte keine Bedeutung für ihn. Sein Sohn war tot, und er allein trug die Schuld daran. Die Dunkelheit lag dumpf auf ihm, und nichts konnte sie durchdringen. Keine Worte, keine Geräusche. Sogar die Gerüche waren verschwunden.

Leni versuchte lange, ihn zu erreichen. Sie sprach zu ihm, obwohl er sie nicht hören konnte. Sie berührte ihn, obwohl ihre Finger auf seiner Haut wie Feuer brannten. Sie sagte, dass sie ihn liebte, obwohl er wusste, dass sie das nicht tat. Nicht mehr tun durfte. Manchmal hatte er versucht, die Dunkelheit zu bezwingen. Hatte gebrüllt, um den Lärm in seinem Kopf zu übertönen. Hatte seine Frau und seine Tochter angebrüllt, hatte sie noch mehr verletzt.

Leni hatte geweint. Hatte ihm erklärt, dass die kleine Mitzi nicht verstehen konnte, warum er sie nicht mehr ansehen konnte, warum er nicht mehr mit ihr sprach. Sie hatte ihm gesagt, dass er schon seinen Sohn verloren habe, er solle nicht auch noch seine Tochter verlieren.

Das war nicht passiert. Mitzi war noch immer bei ihm.

Leni war fort.

8

An der frischen Luft entfaltete der Alkohol erst seine ganze Wirkung. Edi musste sich kurz am Türrahmen festhalten. Er atmete kurz durch, wartete, bis sich die Häuser um ihn herum nicht mehr bewegten, und schulterte dann sein Gewehr. Immerhin war es inzwischen dunkel, auf blendendes Sonnenlicht konnte er jetzt wirklich gut verzichten.

Nach Hause brauchte er um diese Zeit nicht mehr gehen, aber das war nicht tragisch. Für den größten Hunger hatte er einen Kanten Brot in seinem Rucksack und für den Durst war sein Flachmann noch halb gefüllt. Dass es vollkommen unsinnig war, heute auf den Hochsitz zu gehen, war eine andere Sache. Doch es war nun einmal sein Beruf, und wenn er sich eines nicht nachsagen lassen wollte, dann dass er diesen nicht ordentlich ausführte. Er hatte nur ein kleines Revier, aber bei ihm war stets alles in Ordnung.

Da es ihm zu spät war, um seine gewohnte Strecke zu gehen, nahm er den direkten Weg in den Wald, obwohl der ihn am Köhlerhaus vorbeiführte. Lange bevor er dort war, sah er, dass die Stube hell erleuchtet war, und der leichte Rauchgeruch, der in der Luft lag, sagte ihm, dass der Kamin gut eingeschürt war. Manche konnten es sich offenbar leisten. Warum das Schicksal gerade zum Köhler so gut war, musste er nicht verstehen. Sein Leben lang nichts gearbeitet, und trotzdem war ihm alles in den Schoß gefallen.

Als Edi am Haus vorbeiging, bekreuzigte er sich erneut und spuckte aus. Sicher war sicher.

Der alte Köhler, das war noch ein aufrechter Mann gewesen. Zwar mochte Edi auch ihn nicht besonders, doch er hatte ihm das Revier überlassen. Fünfzehn Abschüsse im Jahr, dazu das bisschen Geld von den Bauern, wenn er sich um ihre Bäume kümmerte, das war ein gutes Auskommen gewesen. Aber nachdem die Sache mit dem Buben passiert war, hatte die junge Frau vom Köhler nach und nach alles verkauft. Und seit der Wald, in dem sein Revier lag, dem Steiner gehörte, zahlte er eine saftige Pacht.

Edi quälte sich die Leiter des Hochsitzes hinauf. Er wusste nicht, wie lang er das noch machen konnte. Er beobachtete in letzter Zeit einen Generationswechsel, den er als Einziger zu verpassen schien. Sein Bruder war schon letztes Jahr in den Ruhestand gegangen und hatte die Metzgerei seinem Sohn Mortl übergeben. Immerhin blieb sie in der Familie und Mortl zahlte Edi weiterhin einen fairen Preis für das Wildbret. Außerdem nahm er es ihm in der Decke ab, was ihm sehr recht war. Das Zerwirken war nicht nur eine anstrengende und ekelhafte Arbeit, das Zittern seiner Hände hatte Edi auch nicht unbedingt geschickter werden lassen.

Nachdem der Jäger einen wärmenden Schluck aus dem Flachmann genommen hatte, hob er das Fernglas an seine Augen und sah sich im Wald um. Wie er es schon geahnt hatte, lag der Wald wie ausgestorben unter ihm, kein einziges Tier war zu sehen. Der Vollmond stand tief am Himmel, die Nacht war beinahe so hell wie der Tag und die Bäume warfen lange Schatten. Genauso gut hätte er im strahlenden Sonnenschein auf die Jagd gehen können.

Er ließ das Fernglas sinken und lehnte sich zurück. Er lauschte in die Stille und war kurz davor einzunicken, als er mit einem Mal doch Geräusche vernahm. Er kannte den Wald wie vermutlich kein zweiter, doch musste man kein Jäger sein, um zu erkennen, dass es sich hierbei um kein Tier handelte. Daher brauchte er auch nicht lange horchen, aus welcher Richtung das lauter werdende Rascheln und Flüstern kam. Er wusste genau, wo dessen Verursacher hinwollten.

Er setzte sich aufrecht hin, setzte das Fernglas ein weiteres Mal an und hatte die beiden nach wenigen Sekunden im Blickfeld. Sie waren noch halbe Kinder, höchstens sechzehn Jahre alt. Das Mädchen hatte aber bereits eine dralle Figur und, soweit er es im Mondschein erkennen konnte, rotblondes Haar. Sie gefiel ihm. Mit Sicherheit hatte er sie im Dorf schon einmal gesehen, an ihren Namen konnte er sich aber nicht erinnern. Der Bursche, der schüchtern neben ihr her trottete, wirkte dagegen noch wesentlich kindlicher. Er war dünn, schlaksig und von einem Mann so weit entfernt wie ein Rehkitz von einem Zwölfender.

Edi beobachtete, wie die beiden dem Waldweg zur Lichtung folgten. Seine Vorfreude stieg von Sekunde zu Sekunde, wusste er doch ganz genau, zu welchem Zweck sich die jungen Leute nachts dort trafen.

***

Michl war unglaublich aufgeregt, als sie die Lichtung erreichten. Fast drei Wochen hatte er gebraucht, um Evi zu überreden, ihn zu begleiten. Er hatte sie überzeugt, dass die Lichtung der perfekte Ort war, um den riesigen Vollmond zu betrachten. Er mochte Evi eigentlich seit er sie kannte. Und in der letzten Zeit hatte er das Gefühl gehabt, sie könne seine Gefühle erwidern, was ihm den Mut verliehen hatte, sie nach diesem Treffen zu fragen. Natürlich hatte sie gezögert, immerhin waren sie Freunde und auch ihr musste klar sein, dass es ihm auf der Lichtung nicht darum ging, einen guten Blick auf den Mond zu haben.

Er sammelte seinen Mut zusammen und griff nach Evis Hand. Sanft zog er sie zu dem Felsen, der wie ein Monument in der Mitte der Lichtung aufragte. Sie setzten sich und Michl holte den Flachmann hervor, den er aus dem Mantel seines Vaters gestohlen und im Keller mit dessen Selbstgebranntem gefüllt hatte. Er nahm einen kräftigen Schluck daraus, als wäre es nichts Besonderes, und gab sich große Mühe, keine Miene zu verziehen. Das Zeug schmeckte, als sollte man damit hartnäckigen Schmutz entfernen oder Traktoren betanken. Doch schon während er Evi den Flachmann reichte, erkannte er den wahren Vorteil des ekelhaften Gebräus. Nicht nur wurde das Brennen in seiner Kehle rasch von einer wohligen Wärme abgelöst, auch seine Aufregung sank merklich. Nachdem Evi ebenfalls einen kleinen Schluck getrunken hatte, wobei sie ihr Gesicht nicht ganz so gut im Griff gehabt hatte wie er, verstaute Michl den Flachmann wieder in seiner Hosentasche.

Er atmete tief durch und sah Evi direkt in die Augen. Dann rutschte er das letzte Stück zu ihr hinüber, beugte sich vor und küsste sie. Ihre Hände drückten gegen seine Brust und versuchten, ihn wegzuschieben. Michl wollte dem Druck gerade nachgeben, da erstarb Evis Gegenwehr plötzlich und sie begann, seinen Kuss zu erwidern. Sie öffnete ihre Lippen und ihre Zungen berührten sich. Nach wenigen Augenblicken verschwand der Geschmack des Schnapses aus ihren Mündern und er schmeckte einen zarten Hauch von Pfefferminze, Honig und Salz. Er glaubte, noch nie etwas Besseres geschmeckt zu haben.

Je intensiver ihr Kuss wurde, umso mutiger wurde Michl. Zuerst legte er noch recht vorsichtig die Hand auf Evis Knie, um sich dann immer weiter an ihr entlangzutasten. Er strich über die Außenseite ihres Oberschenkels und ihre Taille, um kurz unter ihrer Brust innezuhalten. Doch Evi vermittelte ihm keineswegs den Eindruck, er solle aufhören. Vielmehr spürte er, wie ihre Atmung immer schwerer wurde, und auch ihre Lippen, die anfangs leicht wie Federn auf seinen lagen, drängten jetzt stärker gegen die seinen. Er glitt mit seiner Hand weiter nach oben und spürte die Wölbung von Evis Brust unter seinem Daumen, als plötzlich vom Waldrand ein greller Pfiff ertönte.

Als hätten sie den Bewegungsablauf einstudiert, rückten Evi und Michl voneinander weg. Sie schenkten sich einen letzten sehnsüchtigen Blick, dann sahen sie zu der Stelle, aus welcher der Pfiff ertönt war.

Am Waldrand standen Ferdi und Wastl, die andere Hälfte ihres eingeschworenen Quartetts. Michl hätte sie verfluchen können. Er hatte sich große Mühe gegeben, damit die beiden nichts von seinem nächtlichen Treffen mit Evi erfuhren, und er war sich sicher, dass auch sie nichts erzählt hatte. Ob sie ihnen gefolgt waren oder eine Ahnung sie auf die Lichtung getrieben hatte, wusste er nicht, doch gerade wünschte er sich einfach nur, sie würden schlafend in ihren Betten liegen. Das Grinsen, das beiden breit im Gesicht stand, zeigte ihm, dass ihnen das absolut bewusst war.

»Servus! Störn ma euch?«, fragte Wastl mit unschuldigem Tonfall und setzte sich in Bewegung, ohne eine Antwort abzuwarten. Michl holte gerade Luft, da ergriff Evi das Wort.

»Schmarrn, wieso?«

Ferdi und Wastl antworteten nicht, bedachten Michl aber weiter mit ihrem wissenden Grinsen. Als die beiden Jungen an dem Felsen angekommen waren, warf Wastl sich in die frisch entstandene Lücke zwischen Michl und Evi. Ferdi hatte weitaus größere Probleme, Platz zu nehmen, da er auch heute diese lächerliche Uniform trug und mit all den Gürteln, Bändern und Ketten daran sichtlich überfordert war. Seit Ferdi, wie er behauptete, dieser Hitlerjugend beigetreten war, ging er ohne sein seltsames Gewand überhaupt nicht mehr aus dem Haus. Michl musste zugeben, dass er sich mit Hitler und dessen Arbeiterpartei nicht sehr gut auskannte. Bei ihnen zu Hause wurde über so etwas nicht gesprochen. Er kannte aber genug von den Kriegsgeschichten seines Vaters, um kein Bedürfnis zu verspüren, sich freiwillig in eine Uniform stecken zu lassen. Und ganz abgesehen davon sah die Kluft mit ihrem kackbraunen Hemd und den kurzen Hosen auch einfach dämlich aus.

Evi schien seine Ansicht zu teilen, denn sie beäugte Ferdis Versuche, sich zu setzen, mit äußerst skeptischem Blick.

»Also … Gmiatlich schaut des ned aus«, resümierte sie schließlich.

»Na, überhaupts ned«, stimmte Ferdi ihr nach einem kritischen Blick auf seine Uniform zu.

Damit war zu dem Thema offenbar alles gesagt und die vier saßen eine Weile stumm auf dem kalten Felsen. Was an einem anderen Tag ein normaler Zustand bei ihnen war, brachte Michl jetzt fast um den Verstand. Er wollte, dass die beiden wieder verschwanden und er mit Evi allein sein konnte. Er traute seinem Glück noch immer nicht, dass sie sich für ihn und nicht für den fast einen Kopf größeren und wesentlich breiter gebauten Wastl entschieden hatte. Dieses zarte Band zwischen ihnen wollte er nicht gleich aufs Spiel setzen. Als er erkannte, dass sich von selbst kein Gespräch mehr entwickeln würde, kam er auf eine Idee, wie er seine Männlichkeit trotz der Anwesenheit ihres Anführers behaupten konnte. Wortlos holte er den Flachmann seines Vaters heraus, nahm einen kräftigen Schluck und verzog keine Miene. Das fiel ihm beim zweiten Mal sogar noch schwerer als beim ersten Mal, da er jetzt bereits wusste, welcher beißend scharfe Geschmack ihn erwartete. Die Brühe spülte zwar die letzte Ahnung von Evis Geschmack von seiner Zunge, doch er hatte beschlossen, dass dies der einzige Weg war. Er wischte sich über den Mund und hielt den Flachmann mit gelangweilter Miene seinen Freunden hin.

Wastl drehte sich zu ihm und sah ihn mit gespielt schockiertem Blick an.

»Michael! Ist das etwa Alkohol?« Wie um dies überprüfen zu wollen, griff er mit einer bestimmten Geste nach dem Flachmann, trank daraus und sprach, jetzt wieder in normalem Tonfall weiter. »Host du koa Angst vorm Schauflmo?« Er blickte Michl väterlich an, der seine Verwirrung nicht verbergen konnte.

»Vor wem?«

»Vorm Schauflmo!«, wiederholte Wastl. »Hom dir deine Eltern überhaupt nix beibrocht? Des sollt doch Allgemeinwissn sei! Wennst du an Rausch host, und nachts durchn Woid hoam gehst, dann kummt da Schauflmo vo hintn und haut da mit seiner Schaufl aufn Schädl. Deswegn host am Dog nochm Rausch immer so Schädlweh.«

Einige Augenblicke schaffte Wastl es noch, seine todernste

Miene beizubehalten, dann fing er an zu grinsen. Michl verdrehte die Augen.

»Also du bist scho a seltn blöder Depp«, erkannte Michl trocken. Wastl lehnte sich ein wenig zurück und nickte nachdenklich.

»Ja, des hom etz scho mehr gsagt. Anscheinend is wos dro.« Noch immer nickend nahm er einen weiteren Schluck und wollte den Flachmann an Ferdi weitergeben. Doch dann stockte der Junge mitten in der Bewegung und blickte in den Wald.

»Hobts des gheard?«, flüsterte er.

»Ja, da Schauflmo. Saulustig«, meinte Evi mit genervtem Tonfall, wurde aber von Wastl sofort unterbrochen.

»Na, ernsthaft. Da war irgendwos. Und gseng hob i aa wos.«

Ohne auf seine Freunde zu achten, erhob Wastl sich und ging auf den Waldrand zu. Michl nahm ihn zwar immer noch nicht ganz ernst, war aber froh über die Abwechslung. Er folgte Wastl und auch Ferdi und Evi hatten sich erhoben und tauchten beinahe gleichzeitig mit ihm in das Dunkel des Waldes ein.

So hell der Vollmond die Lichtung hatte erscheinen lassen, so tief war die Dunkelheit im Holz. Das dichte Blätterdach ließ kein Mondlicht bis zum Boden durchdringen. Michls Stimmung schlug mehr und mehr um, je tiefer er Wastl in den Wald folgte. Auch die anderen schienen nervös. Anfangs hatten sie noch herumgealbert und diskutiert, ob das Klappern und Klingeln von Ferdis Uniform die Waldgeister wohl eher anlocken oder verjagen würde, jetzt waren sie ganz still und wagten kaum zu atmen. Michl lauschte den Geräuschen des Waldes und jedes Rascheln und Knacken im Unterholz ließ ihn zusammenzucken.

Obwohl er niemals zugegeben hätte, Angst zu haben, war er immer dichter an seine Freunde herangerückt, sodass sich ihre Körper beim Gehen berührten. Als hinter ihnen plötzlich ein lautes Knacken ertönte, das sich deutlich von den natürlichen Geräuschen des Waldes unterschied, drehten sich alle vier gleichzeitig um.

***

Edi schreckte aus dem Schlaf auf. Ein Moment verstrich, den er brauchte, um voll zu Bewusstsein zu kommen. Er glaubte, einen Schrei gehört zu haben, war sich aber jetzt nicht mehr sicher, ob er vielleicht bloß geträumt hatte. Nachdem die beiden Jungen zu dem Pärchen gestoßen waren und Edi kurz darauf begriffen hatte, dass er weder einen Liebesakt noch eine deftige Prügelei würde beobachten können, hatte er schnell das Interesse verloren und war kurz darauf eingenickt.

Jetzt blickte er durch das Fernglas und sah zur Lichtung. Sie war verlassen. Entweder hatte er länger geschlafen, als er gedacht hatte, oder die Neuankömmlinge hatten die beiden anderen erfolgreich von allem abgehalten, was sie vorgehabt hatten. Edi beschloss, dass er diese Nacht jetzt endgültig abhaken konnte. Sollte sich wirklich irgendwelches Wild in der Gegend aufgehalten haben, so hatten die Kinder es mit Sicherheit verjagt. Direkt nach Hause zu gehen, verbot ihm dennoch sein Berufsethos, also schloss er einfach die Augen und war nur Sekunden später wieder tief eingeschlafen.

***

Nur wenige Meter von dem Hochsitz des Jägers entfernt versuchte Evi, ein weiteres Mal zu schreien. Doch sie vernahm nur ein ersticktes Gurgeln, das aus ihrem Rachen drang. Evi verstand nicht, was gerade passiert war, und sie verstand auch nicht, was diese warme Flüssigkeit, die in der Dunkelheit der Nacht schwarz aussah und ihre gesamte Haut bedeckte, zu bedeuten hatte. Schmerzen spürte sie keine.

Obwohl ihr nackter Leib von zahlreichen tiefen Wunden übersät war, kroch sie weiter in die Richtung, in der sie das Dorf vermutete. Als der Strom, der aus ihrer zerfetzten Kehle floss, schließlich schwächer wurde, brachen Evis Augen. Doch Erlösung lag keine in ihnen. Mit einem Ausdruck verzweifelter Angst, den ihr Gesicht nicht mehr verlieren würde, starrte das Mädchen in den Nachthimmel, während etwas ihren toten Körper zurück ins Unterholz zog.

9

Mitzi ging die Dorfstraße entlang, das noch warme Brot, das sie unter dem Arm trug, duftete köstlich. Sie hatte es gerade vom Schlossbeck geholt und freute sich jetzt schon darauf, die erste Scheibe davon abzuschneiden.

Obwohl das Dorf nicht groß war, gab es zwei Bäcker, den Schlossbeck und den Kirchbeck. Während die Namensherkunft von Zweiterem aufgrund seiner Nachbarschaft zur Kirche recht einfach herzuleiten war, war die des Schlossbecks deutlich undurchsichtiger. Denn dessen kleiner Laden, der

Mehllager, Backstube und Verkaufstheke in einem einzigen Raum vereinte, stand auf einer kleinen Anhöhe hinter dem Rathaus, ein Schloss hatte es hier ihres Wissens nie gegeben.

Die Entscheidung für einen der beiden Bäcker war eine Glaubensfrage und innerhalb einer Familie fest vorgeschrieben. Man ging nicht mal zu dem einen und mal zu dem anderen. Die Entscheidung war teilweise schon vor Generationen getroffen worden und an ihr wurde nicht gerüttelt. Die Kinder einer Familie, die beim Kirchbeck einkaufte, wussten oft nicht einmal, wie ein Brot vom Schlossbeck schmeckte. So seltsam dieser Umstand für Außenstehende wirken mochte, war er doch einer der vielen kleinen Aspekte, die das Dorf im Gleichgewicht hielten. Aufgrund dieses ungeschriebenen Gesetzes gab es zwischen den beiden Bäckern auch keinerlei Konkurrenz oder Missgunst. Im Gegenteil waren die beiden gute Freunde und im Wirtshaus oft am gleichen Tisch zu finden.

Mitzi war mit dem Brot vom Schlossbeck aufgewachsen, hatte bei Fanny auch schon das vom Kirchbeck probiert und war mit der Entscheidung ihrer Familie zufrieden. Obwohl es seit Jahren sie war, die sich um den Einkauf kümmerte und sie frei hätte wählen können, dachte sie nicht daran, sich gegen dieses ungeschriebene Gesetz aufzulehnen. Allein um ihren Außenseiterstatus nicht noch zu vertiefen. Natürlich wusste auch sie um das Stigma ihres Vaters, hatte darunter jedoch viel weniger zu leiden. Die Alten warfen ihr zwar oft unmissverständliche Blicke zu, aber daran hatte sie sich längst gewöhnt.

Mitzi ging im Dorf zur Schule und sie hatte Freunde. Mit Fanny verbrachte sie fast jeden Tag, in ihrem Haus ging sie ein und aus. Sie waren wie Schwestern. Deswegen fiel es ihr auch so schwer, ihrer Freundin gegenüber die Sache mit Toni geheim zu halten. Sie verstand Toni, wenn sein Vater davon wüsste, würde er ihn windelweich prügeln. Und anfangs fand sie das Spiel mit der Heimlichkeit, die verstohlenen Blicke in der Öffentlichkeit und die geheimen Treffen im Wald auch aufregend und spannend. Doch inzwischen war die Sache so ernst geworden. Er hatte ihr gesagt, dass er sie liebte, und sie glaubte ihm. Er war ihr Erster gewesen, und er wollte sie heiraten. Er musste nur den richtigen Zeitpunkt abwarten, es seinen Eltern beizubringen.

Es zerriss sie innerlich, niemandem von ihrer Liebe erzählen zu dürfen. Sie wusste, dass sie nicht hässlich war, trotzdem war sie stolz, dass »Der schöne Toni«, wie er von den Mädchen hinter seinem Rücken genannt wurde, sich ausgerechnet für sie entschieden hatte. Und auch jetzt, als sie ihn in einiger Entfernung am Schuppen lehnen sah, hätte sie am liebsten das Brot fallen lassen und wäre auf ihn zugerannt.

Sie musste ihren Füßen regelrecht befehlen, ihren Schritt nicht zu beschleunigen. Als Toni sie ansah, lächelte Mitzi ihm zu, ließ sich ansonsten ihre Anspannung aber nicht anmerken. Sie trug ein einfaches Werktagsdirndl und war nicht besonders zurechtgemacht, trotzdem schien es ihr, als wolle Toni sie mit seinen Blicken regelrecht verschlingen. Mitzi mochte, wie er sie ansah, wie er sie berührte, wenn sie allein waren und wie er ihr das Gefühl gab, das schönste Mädchen des Dorfes zu sein.

Kurz bevor sie ihn erreichte, stieß er sich von der Wand ab und verschwand um die Ecke des Schuppens. Unauffällig sah Mitzi sich um, doch außer zwei alten Weibern, die sich unterhielten, war niemand auf der Straße unterwegs. Und so folgte sie Toni in den Halbschatten hinter dem Schuppen. Einige Augenblicke standen sie sich in einem Abstand von wenigen Zentimetern still gegenüber.

Dann schnellte Toni ohne Vorwarnung vor, packte sie im Genick, zog sie zu sich und presste seine Lippen auf ihre. Sie roch eine leise Ahnung seines Schweißes und spürte seine Zunge an ihrer. Seine Hände wanderten von ihrem Nacken nach unten und pressten sie an ihn. Sie spürte seinen muskulösen Körper, umarmte ihn ebenfalls und ihr Kuss wurde noch intensiver. Dann löste er sich, so plötzlich, wie er sie gepackt hatte, von ihr und ließ sie schwer atmend zurück.

Er lächelte sie selbstsicher an.

»Servus.« Als Mitzi ihren Körper wieder unter Kontrolle hatte, tat auch sie, als sei nichts gewesen.

»Griasdi.«

»Wia geht's da?«, fragte Toni. Sie wusste, dass er diese Frage aus reiner Höflichkeit stellte, trotzdem traf sie sie unerwartet hart. Ihre Reaktion schien auch Toni bemerkt zu haben, denn er sah sie fragend an und entfernte sich unbewusst einige Schritte von ihr.

»Toni, des ewige Heimliche mach i nimmer lang mit«, gab sie schließlich zu, worauf er ein wenig die Schultern sinken ließ.

»Ja, i woaß scho …«, gab er kleinlaut zurück, versuchte sich jedoch gleich darauf zu rechtfertigen. »Es is einfach ned so einfach.« Dieser Satz, den sie von ihm schon so oft hatte hören müssen, brachte sie heute zur Weißglut.

»Wos is ned einfach?«, fuhr sie ihn an, »Willst du mi heiratn oder mein Vatter? Er is ned i, und i bin ned er! I konn für mein Vatter genauso wenig wia du für dein!«

Toni, der von ihrem Ausbruch sichtlich erschrocken war, sah sie irritiert an.

»Wos bistn etz so aggressiv?«

»Duad ma leid«, bemühte sie sich wieder um einen versöhnlicheren Tonfall. »I mecht einfach, dass jeder des mit uns woass. I bin so glücklich mit dir, des mecht i zoagn kinna.«

Sie blickte ihm traurig in die Augen und suchte in ihnen nach Zustimmung. Anstatt zu antworten, legte er seine Hand auf ihre Wange und fuhr mit dem Daumen über ihre Unterlippe. Mitzi wusste nicht, ob sie seine Geste als zärtlich oder abwertend empfand, schob ihre Zweifel letztlich aber beiseite, als er sie erneut küsste, dieses Mal viel sanfter. Kurz darauf zuckten beide zusammen, als eine Stimme laut Tonis Namen rief. Er bewegte sich auf den Rand des Schuppens zu, während Mitzi sich tiefer in den Schatten zurückzog.

Durch die Lücken in der Schuppenwand konnte Mitzi nicht viel erkennen, doch das war auch nicht nötig. Sie hatte diese Szene schon mehr als einmal erlebt. Tonis Mutter wiederholt ihren Ruf, während er aus dem Schatten des Schuppens heraustritt. Sie fragt irritiert, was er hinter dem Schuppen macht, er erwidert achselzuckend, dass er gar nix gemacht hätte. Sie glaubt ihm nicht, will die Wahrheit aber anscheinend lieber nicht wissen und teilt ihm mit, dass sein Vater und das fertige Essen drinnen warten. Er folgt ihr nach drinnen, ohne noch einen Blick oder auch nur einen Gedanken an sie zu verschwenden.

Nachdem die Haustür ins Schloss gefallen war, wartete sie noch einige Augenblicke. Dann richtete sie sich Haare und Gewand, trat hinter dem Schuppen hervor und wusste nicht, ob sie sich mehr über Tonis Verhalten ärgerte oder über ihre eigene Dummheit.

***

Als Toni sich an den Tisch gesetzt hatte und zu essen begann, nahm auch Fine ihren Löffel in die Hand. Ihr Mann Hartl hatte wie immer bereits angefangen, sein Teller war schon halb geleert. Als ihr Sohn in die Stube gekommen war, hatte er nur kurz aufgeblickt, jedoch kein Wort gesagt. Alle drei aßen jetzt schweigend.

Es gab Eintopf und Fine hatte wirklich versucht, das Bestmögliche herauszuholen. Trotzdem waren es nur ein paar grob geschnittene Kartoffeln und Karotten, die zusammen mit etwas Salz und einigen Kräutern aus dem Garten in einem Topf voller Wasser schwammen. Dieses Mittagessen war weder optisch noch geschmacklich eine Offenbarung, das war Fine schmerzlich bewusst. Als Frau des Bürgermeisters ging es ihr besser als den meisten anderen, trotzdem waren die Zeiten hart. Und was nicht vorhanden war, konnte sie eben auch nicht kaufen. Fleisch gab es nur am Sonntag und auch das nur, wenn Mortl noch ein Stück auf Lager hatte, das noch nicht grün schimmerte. Die meiste Zeit bediente sich Fine also aus dem eigenen Gemüsegarten und sie fand, dass sie im Rahmen ihrer Möglichkeiten keine schlechte Köchin war. Dennoch wünschte sie sich manchmal fast, Hartl würde sich über das Essen beschweren. Immerhin würde er dann überhaupt einmal wieder mit ihr reden.

Das Klappern von Besteck riss sie aus ihren Gedanken. Hartl hatte seinen Löffel auf den leeren Teller gelegt und war aufgestanden. Kurz war Fine versucht, ihm nachzusehen, ihn vielleicht sogar zu fragen, wohin er ging. Dann besann sie sich, senkte den Blick wieder auf ihren Teller und löffelte weiter den Eintopf, der langsam kalt wurde.

10

Paula Sackl hatte die Katze nach ihrer toten Schwester benannt. Das war ihr weder ironisch noch seltsam vorgekommen. Ihre alte Mietzi war vor einem guten Jahr gestorben, und ihre Schwester nur wenige Wochen darauf. Ihre Schwester war nur zwei Jahre älter als sie selbst gewesen, gerade einmal vierundsiebzig hatte sie werden dürfen. Paula vermisste beide, ihre Schwester und die Katze. Mann und Kinder hatte sie nie gehabt, daher war Helga ihre einzige Familie gewesen. Sie hatten zusammen in dem kleinen Häuschen gewohnt, welches nach ihrem Tod schrecklich leer und ruhig geworden war. Als sie sich schließlich für eine neue Katze entschieden hatte, hielt sie die Wahl des Namens für eine gute Idee. Und Helga war ja eigentlich auch ein schöner Name für eine Katze.

Wo war das Viech eigentlich schon wieder? Gerade war sie ihr doch noch um die Füße gestrichen und im Weg herumgesessen. Jetzt war sie nirgends zu sehen. Paula bückte sich und nahm ein weiteres Laken aus dem Waschkorb. Sie hängte es über die lange Wäscheleine, die zwischen den beiden Zwetschgenbäumen in ihrem Garten gespannt war, und befestigte es mit zwei Wäscheklammern.

Als sie sich wieder umdrehte, sah sie Helga. Das Tier hatte es sich ausgerechnet auf der frisch gewaschenen Wäsche gemütlich gemacht.

»Grutzifix, Mistviech, bleds!«, schrie Paula und warf eine der Holzklammern nach der Katze. Diese ließ sich aber weder von dem Geschrei noch von dem schlecht gezielten Wurf stören und blieb seelenruhig liegen. Also ging Paula auf den Waschkorb zu, hob sie heraus und ließ sie unsanft auf den Boden fallen. Im gleichen Moment sah sie die Katastrophe. Helga hatte auf der weißen Wäsche rötlichbraune Flecken hinterlassen. Paula holte schon Luft, um dem Viech allerhand wüste Flüche um die Ohren zu hauen, da fiel ihr auf, dass die Flecken nicht wie der übliche Dreck und Matsch aussahen, den die Katze sonst ins Haus schleppte. Sie besah sich einen der Flecken genauer und wurde bleich. Dann schnappte sie sich Helga, untersuchte die Pfoten und Schnauze des Tieres und entdeckte auch an ihnen eindeutig die rostrote Farbe von Blut.

Paula erstarrte und ließ die Katze los, die sich sofort ein paar Meter entfernte und begann, sich zu putzen. Das Tier war nicht verletzt, woher kam also das Blut? Paula sah sich um. Die Hintertür war geschlossen, im Haus konnte Helga also nicht gewesen sein. Im Garten fand Paula ebenfalls nichts, es blieb also nur der Wald, der an der Nordseite direkt an ihr Grundstück angrenzte. Mit weichen Knien ging Paula auf die Bäume zu. Sie liebte Tiere, und wenn eines verletzt im Wald lag, wollte sie an dessen Leid keine Mitschuld tragen. Bis zum Jäger war es ihr zwar zu weit, doch bei einem kleinen Tier konnte der Nachbarsbub mit einem Holzprügel helfen. Und falls es doch ein Reh war, würde sie den Jungen eben zu Edi schicken.

Paula musste noch nicht einmal ganz in den Wald hinein, da sah sie bereits etwas Blutverschmiertes im Unterholz liegen. Für ein Karnickel war es definitiv zu groß, es sah aber ohnehin nicht aus, als würde es noch leben. Da ihre Augen nicht mehr die besten waren, musste sie bis auf wenige Meter herangehen.

Als sie schließlich erkannte, was dort vor ihr lag, riss sie ihre Hände vor ihr Gesicht. Und obwohl Paula später stets behauptete, sie habe nur ganz kurz ein wenig aufgeschrien, weil sie so erschrocken war, beharrte ihre Nachbarin darauf, der markerschütternde Schrei wäre sogar durch die geschlossenen Fenster zu hören gewesen und habe bestimmt eine Minute angehalten.

11

Hartl stand am Waldrand und betrachtete die Leiche. Er wunderte sich, dass sie nicht stank. Es war ein warmer Tag, sie lag vollkommen ungeschützt da, und er hatte erwartet, dass sie stinken würde. Das Einzige, was in der Luft lag, war ein recht intensiver Kupfergeruch. Das hatte er sich schlimmer vorgestellt.

Er hatte versucht, die Aufregung im Zaum zu halten. Die Alte war ins Rathaus gehumpelt und hatte einen Mordsaufstand gemacht, es würde ein zerfetztes Mädchen in ihrem Garten liegen. Hartl hatte zunächst Hans aus der Verwaltung mit ihr geschickt. Dieser war wenig später käseweiß zu ihm gekommen und hatte ihre Geschichte bestätigt. Daraufhin hatte Hartl Xaver Brenner holen lassen und fünf weitere Männer, um den Wald abzusuchen. Eigentlich war alles recht flott und ohne großes Aufheben organisiert worden. Spätestens am Mittag würde es trotzdem das ganze Dorf wissen.

Er roch den Brenner, bevor er ihn sah. Die Wolke Pitralon, die ihn umgab, war unverkennbar. Seit der Wirt diesen neumodischen Scheißdreck im Regal stehen hatte, schien Brenner offenbar darin zu baden. Hartl war in dieser Hinsicht Purist. Wer zu blöd war, sich ordentlich zu rasieren, musste es eben bleiben lassen.

Hartl versuchte, sich den Brenner beruflich wie privat so weit wie nur möglich vom Hals zu halten, was dank des exzellenten Frauengeschmacks seines Sohnes in absehbarer Zeit nicht unbedingt einfacher werden würde. Doch in diesem Fall hatte er ihn dazuholen müssen, immerhin war er das, was in ihrem Dorf einem Polizisten noch am nächsten kam.

Nun ja, Xaver Brenner, seines Zeichens Landgendarm, war genau genommen nicht nur kein richtiger Polizist, sondern auch kein richtiger Landgendarm. Als ranghöchster Veteran war eigentlich Steiner zum Landgendarmen, oder Landjäger, wie es ja jetzt hieß, berufen worden. Natürlich hatte er sich aber durch die Anführung seiner immensen Arbeitsbelastung durch seine beiden Höfe und die vielen Pachten aus der Verantwortung ziehen können und hatte kurzerhand Xaver zu seinem dauerhaften Stellvertreter ernannt. Und wie zu erwarten war, riss dieser sich in dieser Rolle nicht gerade ein Bein aus. Die einzige Amtshandlung, die Xaver zuverlässig verrichtete, war es beim Feuerwehrfest sein Bier nicht bezahlen zu müssen.

Brenner stellte sich wortlos neben Hartl und blickte ebenfalls auf die Leiche. Aus dem Augenwinkel sah Hartl, wie er das Gesicht verzog. Der Mann war im Krieg gewesen. Es war Hartl unverständlich, wie er trotzdem so eine Memme sein konnte.

»Drei?«, fragte Brenner schließlich.

»Vier«, gab Hartl zurück. Er ignorierte den schockierten Gesichtsausdruck des Landgendarms und deutete mit dem Kinn erst auf das tote Mädchen vor ihnen, dann in den Wald. »Des is'd Evi, weider drin hamma no an Michl, an Wastl und an Ferdi gfundn. An Ferdi hamma bloß no an da Uniform erkannt.« Natürlich kannte auch Brenner die Kinder, trotzdem fragte er nach.

»Uniform?«

»Pimpf«, antwortete Hartl, führte seine Erklärung jedoch weiter aus, als Brenner ihn nur fragend ansah. »Hitlerjugend.« Brenner hob die Augenbrauen.

»Öha.«

Hartl runzelte die Stirn und sah in den Wald. Zwischen den Männern, die er selbst zur Suche abgestellt hatte, stolperte ein weiterer auf ihn zu, den er hier gar nicht brauchen konnte. Der Jäger sah abgerissen aus wie immer, wirkte heute aber erstaunlich nüchtern. Schon aus mehreren Metern Entfernung rief er ihnen seine Meinung entgegen.

»Der war a Wolf!«

»A Wolf?«, entgegnete Brenner interessiert, was Edi zu einer Erklärung motivierte.

»Ja sog i doch! I bin dreißg Jahr Jager, i kenn de Spurn von am Wolf, wenn i's seg. Schauts eich de Kinder doch o! Komplett zerfetzt. Von dem oan seim Gsicht is quasi nix mehr übrig, wos soll des sunst gwesn sei?« Brenner folgte den Ausführungen des Jägers mit wachsender Bestürzung.

»Und warum erfahr i erst etz, dass mir an Wolf im Woid ham?«

Edi zuckte mit den Schultern.

»Weil i nan no ned gseng hob.«

Hartl hatte das Gefühl, er müsse eingreifen. Zwar fand er es ganz amüsant, wie Brenner sich hier als Polizist aufspielte, doch die aufgekratzte Stimmung, in welche die beiden geraten waren, nervte ihn.

»Und warum bist da dann so sicher, dass ma oan ham?« Mit dieser nüchternen Frage wollte Hartl dem Jäger eigentlich den Wind aus den Segeln nehmen, erreichte aber genau das Gegenteil.

»Es lieng seit a paar Wochn scho immer wieder Viecher im Woid, zerfetzt und teilweise gfressn. Und genau so jagt a Woif! Der greift ned de drei Burschn und des Madl mitnand o. Der trennts und packt si a jeds einzeln. Deswegn sans ja im hoibn Woid verteilt!«

Während Hartl sich weiterhin nicht aus der Ruhe bringen ließ, blickte Brenner gehetzt zwischen ihm und dem Jäger hin und her wie ein Hund, der gleichzeitig zwei Hasen folgen soll. Jetzt war es an der Zeit, die Führung des Gesprächs zu übernehmen. Hartl sah Edi mit kaltem Blick an.

»Guad, dankschön Edi. Gibst uns an Moment bitte?« Der Jäger konnte mit höflichen Floskeln offensichtlich nichts anfangen und starrte Hartl nur begriffsstutzig an. Erst als der Bürgermeister ihm tief in die Augen sah und in Richtung des Waldes nickte, verstand er. Er setzte eine beleidigte Miene auf, zog jedoch kommentarlos ab. Hartl wartete, bis Edi außer Hörweite war, dann sprach er zu Brenner, ohne ihn anzusehen.

»Des war koa Wolf.« Der Polizist blickte erstaunt auf.

»Ned?«

»Sicher ned«, entgegnete Hartl. Brenner schien nicht überzeugt.

»Wia konnst da du do so sicher sei? I moan, de Spurn … Und er hod gsagt, vom Ferdi seim Gsicht …« Hartl drehte langsam den Kopf und sah dem Landgendarm zum ersten Mal an diesem Tag direkt in die Augen.

»I schatz, de warn scho doud, wiad Viecher drüber san.« Er sah zurück zu der Toten. »A Wolf duad sowos ned.«

Auch Brenner sah jetzt erneut auf Evis Leiche hinab. Es war wirklich kein angenehmer Anblick. Das junge Mädchen war komplett nackt, lediglich Fetzen ihrer Unterwäsche hingen noch an einem ihrer Oberschenkel. Ihre Kehle war vom Schlüsselbein bis zum Kiefer aufgerissen, ihre untere Gesichtshälfte und ihre Brust von Blut getränkt. Ihr Mund war leicht geöffnet und ihre glanzlosen Augen starrten leblos in den Himmel. In den Armen und Beinen des Mädchens befanden sich tiefe, parallele Kratzer, die wie die Spuren riesiger Krallen aussahen. Ihr Unterbauch war komplett aufgerissen. Die Wunde sah nicht aus wie ein Schnitt, sondern als wäre ihre Haut und die Muskeln darunter mit einer unglaublichen Gewalt auseinandergerissen worden. Ein Teil ihrer Gedärme hing aus ihrem Leib heraus. Doch das Grausigste, so fand Hartl, war, dass es ganz danach aussah, als wäre ein Teil ihrer Innereien und ihres Fleisches gefressen worden. Ein blutiges Loch klaffte in Evis linker Wade, ihre linke Brust fehlte vollständig und auch ihre Unterlippe war verschwunden.

»Aber … Wer duad sowos?«, riss Brenners Stimme Hartl aus dem Bann, in den die grausam entstellte Leiche ihn gezogen hatte. Er reagierte nicht. Die Antwort auf diese Frage wollte Hartl sich nicht einmal selbst eingestehen, und ganz sicher wollte er sie nicht Brenner geben.

12

Xaver Brenner sah sich in der Amtsstube des Bürgermeisters um. Hartl und der Pfarrer unterhielten sich leise. Lugg sah noch immer recht verärgert drein. Er war scheinbar nicht davon begeistert, sein Wirtshaus an einem Montagabend allein zu lassen. Doch die Geschehnisse aus dem Wald hatten im Dorf bereits die Runde gemacht, sodass sie alle verstanden, warum die außerordentliche Gemeinderatssitzung vonnöten war. Hartl hatte Brenner direkt vom Waldrand aus losgeschickt und er hatte die übrigen Mitglieder des Rates in Rekordzeit zusammengetrommelt, selbst den Lehrer und Steiner. Hartl hatte ihm unmissverständlich zu verstehen gegeben, dass er in dieser Angelegenheit Wert auf Vollzähligkeit legte. Doch während der Lehrer gerade in eine der geräucherten Würste biss, die Hartls Dienstmagd aufgetischt hatte, war Steiners Stuhl leer.

Xaver war nervös. Noch war Hartl in das Gespräch mit Hias vertieft und hatte Steiners Abwesenheit offenbar noch nicht bemerkt, doch Xaver wusste nicht, wie lange dies so bleiben würde. Andererseits war Steiner niemand, dem man etwas anschaffte. Als Xaver ihn über die Sitzung informiert hatte, hatte er kurz genickt und sich dann wieder seinen Blumen zugewandt. Xaver hatte die Geste als Zusage interpretiert, sicher war er sich aber nicht gewesen. Und mit jeder weiteren Minute, die verstrich, wuchs seine Unsicherheit.

Als sich die Tür öffnete und Steiner eintrat, machte sich Erleichterung bei Xaver breit, ein Gefühl, das er bisher noch nie beim Anblick des Großbauern empfunden hatte. Als auch die anderen Steiners Eintreten bemerkten, verstummten die Gespräche. Hartl mochte der gewählte Bürgermeister und damit formal das Oberhaupt des Dorfes sein, dennoch war jedem im Raum klar, wer die wahre Macht innehatte. Einzig der Lehrer kaute unbeeindruckt weiter.

Steiner grüßte nicht, beachtete keinen der Anwesenden besonders und setzte sich auf den freien Platz. Nachdem er sich niedergelassen hatte, beschloss Xaver die bedrückende Stille zu beenden.

»So …«, begann er zögerlich. Dann räusperte er sich und fuhr mit fester, amtlich klingender Stimme fort.

»Nach festgestellter Vollzähligkeit eröffne ich hiermit die außerordentliche Gemeinderatssitzung am 22. August 1932. Anwesende Mitglieder des Gemeinderats san Bernhard Aichinger, Bürgermeister …«

Während er sprach, zeigte er kurz auf die jeweilige Person. »Wirt Ludwig Kramer, Landwirt Georg Siegfried Steiner sowie Xaver Brenner, heute zusätzlich in Funktion der Landgendarmerie, und als Vertreter von Kirche und Schulamt Pfarrer Matthias Lechner und Schullehrer Konrad Zankl.«

Nachdem Xaver die Formalitäten abgehakt hatte, nickte er Hartl zu, der daraufhin das Wort ergriff.

»Guad, warum ma do san, muas i ja wohl koam mehr erklärn. Wos bassiert is, wissts aa, de meistn vo uns«, er warf einen kritischen Blick auf den Lehrer, »warn ja eh mit im Woid. De Eltern vo de Kinder san informiert, Aussegnung und Beerdigung hod da Hias dankenswerterweis aa scho organisiert.«

Hartl deutete mit der Hand kurz in Richtung des Pfarrers, der mit einem gönnerhaften Lächeln in die Runde blickte.

»De Frage is etz, wia ma weider vorgeh«, fuhr Hartl fort. »Mir hom de Verpflichtung, de Leid und am Dorf gegenüber, dass ma de Sach aufklärn und an Schuldign findn. De Art und Weise, wia …«

»Wos sogt da Jaga?«, fiel Steiner ihm mit seinem tiefen Bariton ins Wort. Hartl verstummte sofort und sah gereizt zu dem Landwirt hinüber, hatte sich jedoch schnell wieder im Griff, wie es Xaver schien.

»Da Edi sogt, es war a Wolf«, antwortete Hartl.

»Dann wars a Wolf«, schloss Steiner mit kühlem Ton.

»Georg«, kam Xaver dem Bürgermeister jetzt zu Hilfe, »mir hom de Leichn gseng, des war koa Wolf. Grad de Evi, de …«

Steiner würgte ihn mit einem einzigen Blick ab. »Da Edi is da Sachverständige, und wenn der sogt, es war a Wolf, dann wars a Wolf.« Da Steiner offenbar spürte, dass sich weiterer Widerspruch regte, bedachte er jeden der Anwesenden mit einem kalten Blick, während er weitersprach.

»Bis etz hamma de Sach im Griff. Ihr habts schnell reagiert, und trotz dera Suchaktion hom de Leichn ned allzu vui Leid gseng. Wos etz wichtig is, is, dass ma den Vorteil nutzn und schaun, dass ma as Dorf ruhig haltn. Da Xaver, und natürlich aa da Rest vo uns, mir dan wos ma kinna, um den Schuldign zum findn. Und i bin ma sicher, bei so na Sach werd des ned lang dauern. Aber wenn im Dorf Panik is, hilft des koam. Also so lang mir nix anders wissn, und i moan wirklich wissn, ned glaum! So lang war des a Wolf.«

Nach dieser Ansprache, die keinerlei Raum für Diskussionen mehr bot, war die Stille im Raum förmlich greifbar. Als Hias schließlich den Mund öffnete, war es Xaver, als spräche er mehr zu sich selbst als zu den anderen.

»Was für ein Wahnsinniger tut so was?«

Steiner beugte sich vor, sah dem Pfarrer in die Augen und gab ihm die Antwort, die der Bürgermeister Xaver wenige Stunden zuvor verweigert hatte.

»Oana vo uns.«

13

Hass war wichtig.

Nichts hielt eine Gemeinschaft so effektiv zusammen wie der gemeinsame Hass auf jemand anderen. Am weitesten verbreitet, weil allgemein akzeptiert und ohne großen Aufwand praktizierbar, war der Hass auf das Nachbardorf. Die Abneigung gegen die ungeliebten Nachbarn schwelte seit Jahrhunderten und wurde von Generation zu Generation zuverlässig weitergereicht.

Natürlich hatte der Konflikt einen historischen Ursprung, der klar darlegte, dass man selbst im Recht war und seit jeher die Nachbardörfler Verbrecher waren. Dass es auf der anderen Seite vermutlich mindestens eine ähnlich lautende Legende gab, interessierte dabei nicht.

Das Dorf lag in einer kleinen natürlichen Senke und wurde in östlicher Richtung von einem etwas größeren Hügel beschützt, der von den Einwohnern trotzdem ehrfurchtsvoll Schlossberg genannt wurde. Seinen Namen trug besagter Hügel deswegen, weil in mittelalterlichen Tagen eine herrschaftliche Burg seinen Gipfel zierte. Von dieser Burg war nach dem Niedergang dieses speziellen Adelsgeschlechts nur eine Ruine geblieben, und von dieser Ruine standen nach den Jahrhunderten des Verfalls einzig noch ein halber Turm und eine Mauer. In schöner Regelmäßigkeit gründeten sich Bürgerbewegungen und Vereine, die den beklagenswerten Zustand der Burg anmahnten und für Erhalt oder Wiederaufbau Geld sammelten.

Da der Umfang der Burg etwa in derselben Geschwindigkeit abgenommen hatte, wie die beiden Dörfer westlich und – etwas weiter entfernt und daher absolut nicht besitzberechtigt – nördlich von ihr gewachsen waren, war das Mysterium der verschwindenden Ruine schnell geklärt: Die verbrecherischen Nachbardörfler stahlen des Nachts die großen Steine aus den Burgmauern, um damit ihre eigenen Häuser zu errichten. Dem diebischen Bergvolk von jenseits der Burg war ohnehin nicht zu trauen und deren unlautere Mittel seit Menschengedenken bestens dokumentiert, daher gab es auch keinerlei Anlass, an dieser Erklärung zu zweifeln. Und wann immer eines der einheimischen Häuser abgerissen oder umgebaut wurde und dabei große Steine auftauchten, die in Farbe und Material denen der Burgruine ähnelten, wurde darüber nicht gesprochen und die wertvollen Steine ohne viel Aufhebens in den neuen Mauern wieder verbaut.

Der einzige Anlass, den Hass auf das Nachbardorf kurzzeitig ruhen zu lassen, war, wenn dort Volksfest war. Die Aussicht auf Schausteller, fahrende Händler und vor allem auf das große Bierzelt reichten aus, den sonst stets gemiedenen Weg zu den Grattlern vom Hinterland auf sich zu nehmen. Jedoch war es gerade Letzteres, was dem kurzzeitigen Frieden schnell eine weitere Kerbe zufügte, denn noch mehr als Schiffsschaukel und Steckerlfisch gehörte zu einem Volksfest eine vernünftige Schlägerei, nachdem genug Bier geflossen war.

Bei dieser Gelegenheit wurden jahrelange Konflikte ausgefochten und die aufgestaute Wut ordentlich herausgelassen. Dabei musste derjenige, auf den man einschlug, gar nicht zwingend derjenige sein, dem die Wut eigentlich galt, dies war sogar in den seltensten Fällen so. Wichtig war nur, es musste einer der anderen sein, die aber ja für jede Seite leicht zu erkennen waren, da sie hässlicher, ungepflegter und insgesamt schlicht dümmer aussahen als die Bewohner des eigenen Dorfs.

Wirklich schwere Verletzungen gab es dabei selten, nur ein Mal hatte jemand beinahe ein Auge verloren, es war ihm im Schwitzkasten aus dem Schädel gedrückt worden, wie der Viehberger Sepp, der Zeuge dieses Vorgangs gewesen war, so oft und ausführlich jedem, der es hören wollte, erzählte, bis schließlich fast jeder Bewohner des Dorfes selbst und aus nächster Nähe in allen blutigen Details gesehen hatte, wie der Augapfel bloß noch am Nerv baumelnd aus dem Schädel gehangen hatte und wie er von dem Opfer dieses verheerenden Schwitzkastens unter übermenschlicher Selbstüberwindung zurück in die Augenhöhle gestopft worden war.

Diese und ähnliche Geschichten wurden bei jeder sich bietenden Gelegenheit weitergegeben und zementierten die Meinung, dass mit diesen Verbrechern aus dem Nachbardorf in Herrgotts Namen nichts anzufangen war. So war im Notfall stets ein Schuldiger gefunden und das kollektive Wissen, dass das eigene Dorf und seine Bewohner in allem, was sie taten, besser waren als die anderen, schweißte zusammen und stärkte die Identität, als Gemeinschaft wie auch als Individuum.

Wer clever war, konnte dieses Gemeinschaftsgefühl für seine Zwecke nutzen, wer hinterhältig genug war, konnte die eigenen Fehler dem Nachbardorf in die Schuhe schieben, und wer wirklich gewieft war, schaffte es, beide Seiten so gekonnt gegeneinander auszuspielen, dass er selbst den größtmöglichen Vorteil daraus zog. Diese Instrumente der Macht musste man zu spielen wissen, und an ihren Tasten saßen traditionell die wirklich Mächtigen eines jeden Dorfes: der Bürgermeister, der Wirt und der Pfarrer.

Hass, Gemeinschaft, Macht!

14

»… und da oane Arm komplett obgrissn, überall Bluad … Des kinnts eich ned vorstelln.«

Paula erzählte die Geschichte vom Fund der Leiche mit schriller Stimme, die beinahe nach Begeisterung klang. Trotz der grausamen Bilder, die sie wohl für den Rest ihres Lebens in Erinnerung behalten würde, genoss sie es offenbar sichtlich, für den Augenblick die interessanteste Frau des Dorfes zu sein.

Fanny und ihre Mutter Irmi waren schon lange genug im Waschhaus, um mittlerweile der vierten Wiederholung zu lauschen, trotzdem folgten sie Paulas Erzählung, der sie immer neue grausige Details hinzufügte, noch immer gebannt. In dem kleinen Raum war es immer heiß und dampfig, aber heute war es beinahe unerträglich. Angelockt durch die Gerüchte über die toten Jugendlichen befanden sich sieben Frauen im Waschhaus, obwohl es eigentlich schon für die Hälfte von ihnen zu wenig Raum zum Waschen gab. Auf dem kleinen Ofen in der Ecke kochte unbeirrt das Waschwasser auf und der Dampf ließ den Frauen Schweiß auf der Stirn stehen. Fanny war trotzdem froh, dass sie ihre Mutter begleitet hatte. Eigentlich war sie aus einem ganz anderen Grund mitgekommen, doch jetzt erfuhr sie die Neuigkeiten aus erster Hand und musste deren Verbreitung nicht Hanni überlassen, die im hintersten Eck die fleckigen Unterhosen ihres Vaters wusch.

»De arma Kinder«, schloss Paula die aktuelle Version ihrer Erzählung.

»De arma Eltern«, ergänzte Irmi, und Fanny spürte ihren besorgten Blick auf sich ruhen. Sie kannte ihre Mutter. Von jetzt an würde es nicht einfach werden, allein das Haus verlassen zu dürfen, und den Wald konnte sie sicher ganz vergessen. Aber gut, dafür würde sie in naher Zukunft sowieso keine Zeit mehr haben. Sie dachte über Michl, Wastl, Ferdi und Evi nach. Sie waren fast drei Jahre jünger gewesen als Fanny, hatten also in einer vollkommen anderen Welt gelebt. Trotzdem kannten sie sich natürlich, und der Gedanke, dass sie nicht mehr lebten, ging ihr nicht in den Kopf.

Fanny hatte noch nie einen Wolf gesehen, für sie waren das eigentlich nur Gestalten aus Märchen gewesen als eine reale Bedrohung. Sie war nicht mit der Angst vor dem Wolf, wie sie die Alten noch hatten, aufgewachsen. Bisher hatte sie sich einen Wolf immer wie einen etwas größeren Hund vorgestellt. Doch diese Vorstellung passte nicht zu den Dingen, die Paula ihnen erzählte. Abgerissene Arme und Beine, zerfetzte Gesichter … Sie hätte nicht gedacht, dass ein Wolf zu so etwas in der Lage wäre.

»Dass a Wolf so a Gwalt hod?«, sagte sie, ohne richtig zu merken, dass sie ihren Gedanken laut ausgesprochen hatte. Ihre Frage ließ die Wirtin, die sich bisher schweigend einigen Geschirrtüchern gewidmet hatte, aufsehen.

»Host du scho mal an Wolf gseng?«, fragte Mini beschwörend. »Des san riesen Viecher, zwoa Meter lang. Der zerfetzt di, so schnell schaust du gar ned.« Fanny antwortete nicht auf ihre Frage, sondern sah sie nur schockiert an. Die Wirtin erwiderte ihren Blick, und der Ernst, der in ihren Augen lag, bewirkte bei Fanny mehr als jede Warnung ihrer Eltern es vermocht hätte.

»Früher hods an Haufen Wölf geben bei uns im Woid«, erklang plötzlich eine dünne, brüchige Stimme. Augenblicklich unterbrachen alle Frauen ihre jeweiligen Tätigkeiten und verstummten. Selbst das Wasser auf dem Ofen schien etwas leiser zu köcheln. Walli hatte sich auf der Bank sitzend etwas aufgerichtet, sah aber niemanden direkt an. Fanny wusste nicht genau, wie alt die Mutter der Wirtin war, schätzte sie aber auf weit über neunzig. Auf jeden Fall war sie mit großem Abstand die älteste Frau im Dorf. Als sie langsam weitersprach, genoss sie die ungeteilte Aufmerksamkeit.

»Aber bassiert is ganz seltn wos. A gsunder Wolf halt si vo de Dörfer fern.«

»Wos moanst damit, a gsunder Wolf?«, fragte Paula nach.

»Tollwut, sogt ma heid. Hubertuskrankheit homs mir früher gnannt, oder Hundswuat. Bloß dann is da Wolf gfährlich. Sunst musst scho Glück ham, dassd überhaupt oan zum seng griagst. Aber d Hundswuat wenns hom, dann fallns an jedn o, erwachsane Männer, Frauen, Kinder, ganz egal. Und wennst des überlebst, is fast no schlimmer.«

Als wäre damit alles gesagt, hörte Walli auf zu sprechen und widmete sich wieder ihrer Wäsche. Das Schweigen der Frauen hielt an, jede von ihnen wartete gespannt ab. Als nach einiger Zeit klar war, dass Walli nicht von selbst weitersprechen würde, beugte Irmi sich vorsichtig zu ihr und sprach sie an.

»Wos is no schlimmer?«

»Wos?« Walli sah Irmi an, als habe diese sie geweckt. Dann fiel ihr offenbar wieder ein, worüber sie gerade gesprochen hatte, und ihre Augen wurden wacher. »Aso … Wenn di a kranker Wolf beißt, und du überlebst as, dann host du die Hundswuat a. Dann bist verfluacht und muasst wia a Wolf lebm.«

Als die Alte anfing, von Flüchen zu reden, fühlte sich Fanny in die Welt der Märchen zurückversetzt. Sie fing an zu grinsen, sah Walli jedoch an, dass diese es todernst meinte. Als sie auch in den Mienen der anderen Frauen keinerlei Belustigung sah, machte sich Angst in ihr breit.

»Wos hoasst des?«, fragte sie zögerlich.

»Du werst ganz irr, konnst nimmer redn, dir wird so hoaß, dassd koa Gwand mehr ohom konnst … Und du muasst … fressn.« Nachdem sie schon den letzten Satz stockend hervorgebracht hatte, schwieg Walli wieder. Diesmal war aber auch keine weitere Ausführung nötig. Paulas Erzählung war allen deutlich genug vor Augen, um zu wissen, was sie meinte. Erst nach einer endlos scheinenden Zeit traute Fanny sich, eine weitere Frage zu stellen.

»Und dagegn hod ma nix macha kinnt?«

»Früher scho. Des warn andere Zeitn«, entgegnete Walli nüchtern. »D Leid hom glaubt, wennst de Bisswundn mit am Hubertusschlüssel ausbrennst, dass dann an Deife wieder ausm Körper ausse kriagst.«

Fanny hatte keine Ahnung, was ein Hubertusschlüssel war. Sie wollte sich aber auch nicht die Blöße geben, nachzufragen, zumal keine der anderen Frauen verwirrt zu sein schien. Nicht einmal Hanni. Sie nahm sich vor, ihre Mutter später danach zu fragen. Stattdessen entschied sie sich, Wallis Erzählung am Laufen zu halten.

»Und des hod funktioniert?«

»Manchmoi«, erwiderte die Alte trocken. »D meisten san gstorm.«

Fanny wurde bleich. Die Abgeklärtheit, mit der Walli den letzten Satz hervorgebracht hatte, schockierte sie mehr als jede blutige Einzelheit, die Paula vom Fund der Leichen berichtet hatte. Ihre Mutter schien ihren erschrockenen Gesichtsausdruck falsch zu deuten, denn sie legte ihr mitfühlend eine Hand auf den Arm.

»Fanny, des is ois bloß Aberglaum«, sagte sie mit sanfter Stimme zu ihr. Da schnellte Walli plötzlich hoch und wandte sich ihr direkt zu. In ihren Augen brannte ein Feuer, das Fanny bei einer so alten Frau niemals erwartet hätte.

»Aberglaum?«, zischte sie. »Ihr moants, dassds alles besser wissts, aber ihr wissts doch überhaupts nix mehr! Und mir Oidn waarn olle bled …« Walli funkelte die Frauen finster an. »In d Kirch rumpelts scho, und betn dads aa recht brav, oba glaum dads nix! Aber ihr werds as scho no lerna, dass am Deife wurscht is, obs ihr an eam glaubts!«

Wallis plötzlicher Ausbruch hatte alle Anwesenden sichtlich überrascht, Fannys Mutter versuchte schnell, sich zu entschuldigen.

»Walli, so hob i des ned gmoant. I wollt da Fanny bloß sogn, dass koa Angst hom muass.«

»Vielleicht waars oba besser, wenns Angst hätt«, gab Walli mit blitzenden Augen zurück. »Hättn de Kinder Angst ghabt, dadns no leben.«

Irmi starrte die alte Frau fassungslos an. Die Wirtin ließ das

Geschirrtuch, das sie gerade bearbeitete, zurück in die Waschschüssel gleiten und sah böse zu ihrer Mutter hinüber.

»Mama, etz langts. Willst etz sogn, dass selber schuld san, oder wos? As letzte Mal, dass bei uns an Wolf gem hod, des is …« Als Mini klar wurde, was sie gerade in Begriff war zu sagen, stockte sie mitten im Satz. Ihre Mutter war weniger feinfühlig.

»Des is sechzehn Jahr her«, beendete sie die Ausführung ihrer Tochter. Unter den Älteren herrschte betretenes Schweigen. Fanny und Hanni, beide selbst kaum älter als sechzehn Jahre, sahen sich fragend an. Schließlich war es erneut Fanny, die das Schweigen brach.

»Was war vor sechzehn Jahr?«

»Nix«, zischte ihre Mutter sie an. Fanny, die eine solch harsche Antwort von ihrer Mutter nicht gewohnt war, beschloss zu schweigen und auch diese Frage auf einen passenderen Zeitpunkt zu verschieben. Walli jedoch ignorierte Irmi und sah Fanny verschwörerisch an.

»Do hod da Wolf an Buam vom Köhler gholt. Der hod si nämlich aa mitm Deife eiglassn.«

Um ihren Worten die nötige Wirkung zu verleihen, sah sie der sprachlosen Fanny noch einige Sekunden tief in die Augen. Dann wurde sie durch ein Geräusch hinter dem Mädchen abgelenkt und sah erschrocken an ihm vorbei. Als Fanny sich umdrehte, entdeckte sie Mitzi, die in der Tür zum Waschhaus stand.

Sie sah, wie ihrer Freundin eine einzelne Träne über die Wange lief. Dann drehte Mitzi sich wortlos um und lief davon. Fanny brauchte einige Augenblicke, um zu verstehen, was gerade passiert war. Dann sprang sie auf und rannte ihrer Freundin hinterher.

15

Mitzi stapfte die Dorfstraße entlang in Richtung ihres Zuhauses. Staub löste sich von dem trockenen Boden und legte sich auf ihren Schuhen nieder.

Sie war stocksauer. Was bildete Fanny sich eigentlich ein? Behauptete, ihre beste Freundin zu sein, nur um dann bei der ersten Gelegenheit hinter ihrem Rücken mit den Waschweibern zu tratschen. Und der hatte sie das mit Toni erzählen wollen?

Sie war schon ein gutes Stück vom Waschhaus entfernt, als sie Schritte hinter sich hörte. Sie drehte sich nicht um und ging stur weiter, auch als sie die flehende Stimme ihrer Freundin vernahm.

»Etz bleib halt a mal steh!«, keuchte Fanny. »Mitzi, bitte!«

Ohne ihren Gang zu verlangsamen oder Fanny anzusehen, antwortete Mitzi mit eiskalter Stimme.

»Fangst du etz aa no o?«

»Na!«, gab Fanny zurück.

»De Dochter vom Einsiedler? De komische, de si koan Mo suacht? De kocht und wascht und putzt und as Dach repariert, weil ihr gstörter Vatter bloß im Bett liagt? Fangst du damit etz aa o?«, giftete sie ihre Freundin an.

»Mitzi, so war des doch überhaupts ned!«, beteuerte Fanny und klang dabei so aufrichtig und traurig, dass Mitzi nun doch stehen blieb. Ihr Ärger war trotzdem noch nicht verklungen. Fanny trat vor sie, hielt Mitzi an den Schultern fest und sah ihr direkt in die Augen.

»De oide Walli hod vom Wolf gredt und vom Deife und vo böse Geister und wos woass i. Du woasst doch aa, dass de nimmer ganz bacha is.« Mitzi versuchte noch immer, Fannys Blick auszuweichen. Je mehr ihre Wut verschwand, umso schwerer war es für sie, ihre Tränen zurückzuhalten. Als sie schließlich nicht mehr gegen die Trauer ankämpfen konnte, wischte Fanny mit schwesterlicher Zärtlichkeit einige der Tränen von ihrem Gesicht und sprach mit sanfter Stimme weiter.

»Etz kumm, bitte. I wollt bloß wissn, wos passiert is vor sechzehn Jahr. I hob ja ned gwusst, dass des des mit deim Bruada …« Fanny verstummte und sah Mitzi ängstlich an. Die schwieg und sah durch ihre Freundin hindurch.

»Ekelhafte greisliche oida Wedahex«, sagte Mitzi schließlich mit kalter Stimme.

Fanny riss schockiert die Augen auf. »De Walli oder i?«

Ob beabsichtigt oder nicht, mit dieser Reaktion schaffte Fanny es, Mitzis Ärger von einer Sekunde auf die andere verpuffen zu lassen. In ihrem Gesicht breitete sich ein Grinsen aus, schließlich fing sie an zu lachen.

In dem Moment, als das Lachen Mitzis Ärger vertrieb, schien auch von ihrer Freundin eine gewaltige Last abzufallen. Die beiden umarmten sich und ließen sich erst wieder los, als sie spürten, dass nichts mehr zwischen ihnen stand. Dann trat Fanny mit gerunzelter Stirn einen Schritt zurück und sah prüfend auf Mitzis Hände.

»Was wolltst du eigentlich im Waschhaus, ohne Wäsch?«

Mitzi zögerte für einen Moment. Die Frage hatte sie zurück ins Hier und Jetzt geholt und kurz hatte sie Zweifel, ob sie Fanny wirklich einweihen sollte.

»I wollt zu dir«, sagte sie schließlich.

»Zu mir?«, erwiderte Fanny erstaunt. »Wieso des?«

»Weil i dir wos song muass.« Mitzi holte Luft für ihren nächsten Satz, kam aber nicht mehr dazu, ihn auszusprechen, da ihre Freundin plötzlich die Augen aufriss.

»Gottswilln, ja!«, schrie Fanny aufgeregt. »I muass dir aa wos song! Des hob i etz bei der ganzn Rennerei komplett vergessn! Aber erscht du!«, forderte sie Mitzi auf.

»Na, sog ruhig du erscht«, erwiderte Mitzi, die über den Aufschub ganz froh war. Um die Neuigkeit wirken zu lassen, sammelte Fanny sich einen Moment, atmete durch und grinste in den Boden. Dann sah sie auf und strahlte Mitzi an.

»I werd heiratn!«, platzte es aus ihr heraus. Mitzi war von der Aussage ihrer Freundin überrumpelt. Schnell fing sie sich jedoch und ihr Erstaunen schlug in Freude um.

»Heiratn? Wos … oba … Glückwunsch!«, rief sie. Dann runzelte sie doch noch einmal irritiert die Stirn und fragte: »Oba wen?«

»An Toni!«, entgegnete Fanny freudestrahlend. Mitzis Lächeln gefror in ihrem Gesicht. Die Welt schien vor ihren Augen zu verschwimmen und die Geräusche wurden dumpf. Sie fühlte sich plötzlich, als wäre sie unter Wasser. Ihr Blut rauschte in ihrem Kopf und auf ihrer Brust lag ein zentnerschweres Gewicht. Sie war nicht fähig, zu atmen. Sie musste sich verhört haben. Oder vielleicht wusste Fanny längst alles über sie und Toni und erlaubte sich einen üblen Scherz?

»An …« Als sie dieses eine Wort schließlich hervorstoßen konnte, klang ihre Stimme fremd und nicht, als würde sie aus ihrem eigenen Körper kommen. Fanny dagegen schien von dem Chaos, das auf Mitzi einstürzte, nichts mitzubekommen.

»An Aichinger Toni!«, stieß sie aufgeregt hervor. »An Buam vom Bürgermeister!«

»An Aichinger Toni«, wiederholte Mitzi tonlos. Es kostete sie einige weitere Sekunden, ihre Fassung zurückzugewinnen. Sie hatte das Gefühl, als wäre ein weiterer kleiner Teil von ihr gestorben. Doch abgesehen davon, dass Fanny nicht diejenige war, die die Schuld daran trug, war jetzt auch nicht der richtige Zeitpunkt für einen weiteren Gefühlsausbruch. So nahm Mitzi all ihre Kraft zusammen und setzte ein strahlendes Lächeln auf, mit dem sie ihrer Freundin um den Hals fiel.

»Herzlichen Glückwunsch!«, rief sie und war selbst überrascht, wie aufrichtig sie klang. »Des gfreid mi so für di!«

Fanny strahlte übers ganze Gesicht und schloss Mitzi ebenfalls in die Arme. Als die beiden sich voneinander lösten, sah Fanny sie gespannt an.

»Und wos wolltst du mir song?«

»Ah wa, vollkommen wurscht!«, winkte Mitzi mit einem gönnerhaften Lächeln ab. »Etz gehts um di! Wann is so weit?«

Als hätte sie nur auf ein Zeichen gewartet, brach ein nicht enden wollender Redeschwall aus Fanny heraus. Mitzi versuchte zumindest einige Einzelheiten der Hochzeitsplanung mitzubekommen, während der Sturm in ihrem Herzen unverändert tobte. Zum Glück bekam Fanny in ihrer Euphorie nicht mit, dass der sonst so kraftvolle Gang ihrer besten Freundin sich in ein mutloses Schlurfen verwandelt hatte.

Zum ersten Mal glaubte Mitzi, wirklich zu verstehen, warum ihr Vater die Einsamkeit vorzog.

16

Seine Glieder fühlten sich an wie Blei. Joseph lag auf dem Bett, starrte an die Decke und war nicht fähig, sich zu bewegen. Er glaubte, jeden Zentimeter seiner Haut spüren zu können, jedes Haar und selbst die Knochen in seinem Inneren. Er fühlte sich gefangen in diesem Körper, der nicht sein eigener zu sein schien, nicht fähig, zu entkommen, sosehr er es auch versuchte. Allein zu atmen, kostete ihn unendlich viel Kraft. Am Leib trug er einzig eine dünne, bereits zerschlissene Leinenhose, doch selbst deren Gewicht schien ihn einzuengen und am Aufstehen zu hindern. Er wusste nicht, wann er die Hose angezogen hatte, es konnte drei Tage oder drei Monate her sein.

Die Dunkelheit hatte ihn fest im Griff, daran änderte auch das Sonnenlicht nichts, das ihm beinahe schmerzhaft ins Gesicht brannte. Seine Haut war heiß, doch die Kälte in seinem Inneren war undurchdringlich. Er versuchte zu rekonstruieren, wie lange er schon hier lag. Allzu lang konnte es noch nicht sein, denn er verspürte keinen Hunger, und zumindest in dieser Hinsicht funktionierte sein Körper noch recht zuverlässig. Er schaffte es, seinen Blick von der Zimmerdecke zu lösen, und sah an sich herab. Er war schlank, aber das war er schon immer gewesen. Die Muskeln, die er einst durch die harte Arbeit auf dem Hof erworben hatte, waren längst verschwunden. Seine Rippen waren zwar sichtbar, unterernährt war er aber wohl nicht. Durst hatte er allerdings, und dieser lieferte ihm schließlich den nötigen Funken, den er brauchte, um sich von seinem Bett zu erheben.

Er hielt sich nicht damit auf, sich anzuziehen, schließlich hatte er nicht vor, das Haus zu verlassen. Barfuß und mit nacktem Oberkörper stieg er die Stiegen hinab und schlich zur Küche. Er nahm eine Handvoll Bohnen aus dem nur noch halb vollen Leinensäckchen und ließ sie bedächtig in die Kaffeemühle rieseln. Als er an der Kurbel drehte, fiel ihm auf, dass sie nicht mehr quietschte. Mitzi musste sie geölt haben.

Er war dem Mädchen so dankbar für alles, was sie für ihn tat, und wusste, dass er es ihr viel zu selten zeigte. Er nahm sich fest vor, heute für sie da zu sein. Er musste es. Wo war sie überhaupt?

Joseph genoss das mahlende Geräusch, mit dem die Mühle die Kaffeebohnen zu einem feinen Pulver zerrieb. Mit der Mühle in der Hand ging er zum Fenster und sah hinaus. Joseph erstarrte. An der Stelle, an der die Vegetation dichter wurde und der Garten in den Wald überging, stand ein Wolf.

Das schlanke Tier stand reglos da und schien ihn direkt anzusehen. Sein Kopf war leicht gesenkt, sein Schwanz hing locker hinab. Trotz seiner beeindruckenden Größe, Joseph schätzte ihn auf fast zwei Meter Länge, wirkte er nicht bedrohlich. Sein Fell war weiß und grau, um die Augen herum sogar fast schwarz. In der gelbgrünen Iris erkannte Joseph eine Weisheit und Erhabenheit, die nur ein einsamer Jäger wie dieser ausstrahlen konnte.

Joseph stand ebenfalls bewegungslos in seiner Küche. Die Kaffeemühle lag in seinem Arm, längst hatte er aufgehört, an der Kurbel zu drehen. Er hatte in seinem ganzen Leben noch keinen Wolf gesehen. Schon vor sechzehn Jahren hatten sie ihm versichert, der Wolf sei in dieser Gegend ausgerottet, nicht wenige hatten hinter seinem Rücken seine Geschichte angezweifelt. Er hätte den Wolf hassen müssen, ihn zumindest fürchten. Und er war bis jetzt überzeugt gewesen, das auch zu tun.

Doch als das Tier jetzt vor ihm stand, keine zehn Meter entfernt und nur durch eine dünne Glasscheibe von ihm getrennt, fühlte er weder Angst noch Wut. Er fühlte die Ruhe, die von dem Wolf ausging, in seinen Körper eindringen und seinen Herzschlag verlangsamen. Er sah ihm direkt in die Augen und versuchte, nicht zu blinzeln.

Das Schlagen der Eingangstür riss Joseph aus seiner Konzentration. Er drehte sich zur Tür und sah, wie Mitzi die Stube betrat. Seine Tochter ließ den Blick an ihm herabgleiten und in diesem Moment wurde Joseph klar, welchen erbarmungswürdigen Anblick er, nur mit einer alten, fleckigen Hose bekleidet und einer Kaffeemühle in der Hand, bieten musste. Mitzis Augen füllten sich mit Tränen und ohne ein einziges Wort zu sagen, verschwand sie in ihre Kammer.

Joseph sah ihr nach, ohne ihre Reaktion zu verstehen oder etwas dagegen unternehmen zu können. Dann richtete er seinen Blick zurück zum Waldrand. Der Wolf war fort.

17

Georg Steiner hielt sich dicht am Rand des Fensterrahmens und achtete darauf, von außen nicht gesehen zu werden. Das Fenster gewährte den Blick auf Kathis Gemüsegarten, der sein Haus von der Dorfstraße trennte. Die Aufteilung war klar geregelt. Ihm gehörten die Blumenbeete im Innenhof, um den kleinen Garten vorne am Haus kümmerte sich seine Frau. Dort hatte sie ihr Gemüse und hängte die Wäsche auf. Es machte Steiner nicht unbedingt glücklich, dass theoretisch das halbe Dorf einen Blick auf seine Unterhosen werfen konnte, doch im Innenhof war einfach zu wenig direkte Sonne. Für die empfindlichen Blumen, die er seit mehreren Jahren hegte und pflegte, war das ein Segen, für nasse Wäsche eher nicht.

Der Gemüsegarten war mit einem etwa hüfthohen Jägerzaun von der Straße abgegrenzt, und an diesem stand Kathi gerade. Auf der anderen Seite des Zaunes standen Irmi Brenner, Xavers Frau, und Fine, die Frau von Hartl, beide mit Waschkörben zu den Füßen. Steiner konnte sehen, wie das Wasser aus der nassen Wäsche auf die Straße lief und vermischt mit dem Staub matschige Rinnsale bildete. Die beiden Frauen schenkten den Körben keinerlei Beachtung und redeten aufgeregt und gestikulierend auf Kathi ein. Da seine Frau mit dem Rücken zum Haus stand, sah er ihren Gesichtsausdruck nicht, genauso wenig konnte er verstehen, was die Frauen redeten. Das war aber auch gar nicht nötig.

Er hätte es besser wissen müssen. Eigentlich hatte er es sogar besser gewusst, hatte sich aber in einem Anflug von naiver Hoffnung eingeredet, dass es klappen würde. Er hatte sein ganzes Leben hier verbracht und kannte die Menschen im Dorf besser, als er wollte. Trotzdem hatte er die Dynamik unterschätzt, die sich entwickelte, wenn einmal etwas passierte, das über den üblichen Trott hinausging. Seine Miene verfinsterte sich. Er musste jetzt handeln, bevor ihm die Situation entgleiten konnte.

18

Es waren Tage wie heute, da ärgerte Kathi sich maßlos, dass sie nicht mehr selbst ins Waschhaus ging. Georg verkaufte ihr die Tatsache, dass er mittlerweile das Hausmädchen schickte, natürlich so, als sollte sie dieser Umstand einzig entlasten, doch sie kannte die Wahrheit. Georg Siegfried Steiner, Großbauer von Gottes Gnaden, war der reichste Mann im Dorf, und sie war seine Frau, und so eine ging nicht selbst ins Waschhaus.

Nicht dass sie sich darüber grundsätzlich beschweren wollte, dort war es heiß, es stank, und das Waschen an sich überließ sie gerne dem Hausmädchen. Das Aufhängen jedoch nicht. Kathi hatte es sie anfangs ein paarmal machen lassen, aber das war eine Katastrophe gewesen. Erstens brachte sie nur die Hälfte der Wäsche auf die Leine, weil sie sich den Platz nicht richtig einteilte, zweitens waren danach an den unmöglichsten Stellen Abdrücke von den Wäscheklammern. Deswegen ließ sie sich inzwischen den Korb mit der nassen Wäsche bringen und hängte diese dann selbst auf.

Was sie sich vom Hausmädchen jedoch nicht ohne Weiteres bringen lassen konnte, war der neueste Tratsch, und der war ja eigentlich viel wichtiger. Fast jede von ihnen hatte einen Brunnen im Hof und einen Herd hatten sie alle, jede von ihnen hätte also bequem zu Hause waschen können. Trotzdem traf man sich im Waschhaus, um mitzubekommen, was im Dorf vor sich ging. Und von diesem Informationsfluss war sie jetzt abgeschnitten worden. Natürlich kamen ihre Freundinnen vorbei, wenn es etwas wirklich Interessantes zu berichten gab, trotzdem erfuhr sie jetzt immer alles zuletzt. Manchmal fragte sie sich, ob das auch zum Plan ihres Mannes gehört hatte.

Heute schmeckten die aufgewärmten Neuigkeiten noch fader als sonst, denn so ungeheuerlich waren sie noch nie gewesen. Einen Werwolf sollten sie im Dorf haben?

Als Irmi damit herausgeplatzt war, hatte Kathi zuerst laut aufgelacht. Doch das Lachen war ihr im Hals stecken geblieben, als sie die Gesichter der beiden Frauen gesehen hatte. Irmi neigte generell zur Hysterie, und hätte jemand ihr gesagt, in München habe jetzt ein Rudel Schwarzbären die Regierung übernommen, hätte sie es vermutlich auch geglaubt. Doch auch Fine war ungewohnt ernst gewesen. Natürlich glaubte Kathi nicht an so einen Unsinn wie Werwölfe, und sie war sich sicher, dass Fine das ebenfalls nicht tat, aber wenn sie bei einer so haarsträubenden Theorie ernst blieb, musste etwas Gewaltiges im Busch sein.

Und Aberglaube hin oder her, Tatsache war doch, vier Kinder waren auf grausigste Art umgebracht worden. Sie dachte für einen Moment an die armen Eltern, schob den Gedanken jedoch schnell wieder von sich weg. Es gab Dinge, die wollte sie sich nicht vorstellen, konnte sie sich nicht vorstellen, und eigentlich durfte sie es nicht einmal. Sie würde am Sonntag in der Kirche vier Kerzen anzünden, so wie vermutlich jeder anständige Mensch. Aber den Schmerz der Angehörigen zu teilen oder ihnen gar Hilfe anzubieten, das stand ihr nicht zu.

Was die Frauen im Waschhaus – und auch Kathi selbst – fast noch mehr beunruhigte als die Untat an sich, war die Tatsache, dass scheinbar niemand auch nur eine Idee hatte, wer es gewesen war. Abgesehen von der Theorie des Wolfes oder gar

Werwolfes, die Kathi jedoch stark anzweifelte. Es waren zwar ein paar Namen gefallen, doch die jeweiligen Verdächtigungen basierten auf nicht viel mehr als persönlicher Abneigung. Von ihren Männern würden sie nichts erfahren, sie nicht, Fine nicht und Irmi schon gar nicht. Es machte bisher vielmehr den Eindruck, als versuchten alle, die Sache totzuschweigen.

Wie sie so an Georg dachte, glaubte sie plötzlich, seine Blicke im Rücken zu spüren. Doch als sie sich zum Haus umdrehte, war der Fensterrahmen dunkel und leer.

19

Hanni beeilte sich, nach Hause zu kommen. Sie hatte nicht viel Wäsche dabeigehabt und dafür sowieso schon viel zu lange gebraucht. Vermutlich würde sie zu spät zum Mittagessen kommen. Wenn sie ihrer Mutter jedoch brühwarm berichten konnte, was sie im Waschhaus erfahren hatte, würde diese es aber verstehen.

Getroffen hatten Hanni die Neuigkeiten nicht. Evi war eine überhebliche Ziege gewesen und dieser Trottel Wastl hatte ihr beim letzten Feuerwehrfest an den Busen gefasst. Natürlich war es tragisch, dass sie gestorben waren, aber waren sie nicht auch selber schuld? Es war wirklich kein Geheimnis, warum man auf die Lichtung ging. Sie war auch schon gefragt worden, doch für sie kam so etwas nicht infrage. Nicht, weil sie nicht neugierig gewesen wäre, aber wenn ihr Vater das herausbekäme, würde ihm vermutlich doch einmal die Hand ausrutschen. Ihre Eltern waren streng gläubig, sogar der Pfarrer kam regelmäßig zum Essen.

Aber auch, wenn sie sich niemals auf etwas einlassen würde, so war sich Hanni ihrer Wirkung auf die Burschen doch bewusst und genoss sie. Allein durch ihre feuerroten Haare stach sie unter den anderen Mädchen hervor, und auch ihre Rundungen waren an den richtigen Stellen ausgeprägt. Und so achtete Hanni darauf, dass ihr Rock immer gerade kurz genug und das Mieder eng genug geschnürt war, dass die Burschen auf Gedanken kommen konnten, ohne dass es ihr einen gewissen Ruf einbringen würde.

Als sie jetzt an Ignaz und Flori vorbeikam, die lässig auf einem der alten Mühlsteine am Rathausplatz herumsaßen, ärgerte sie sich allerdings ein wenig, dass sie nicht besser zurechtgemacht war. Immerhin waren die Jungen heute nur zu zweit. Wäre Toni auch noch bei ihnen gewesen, hätte sie vor Scham im Boden versinken müssen. Im Waschhaus war es unerträglich heiß gewesen, und auch wenn die frische Luft draußen sie schnell abgekühlt hatte, war ihre Haut noch immer gerötet und die Schweißflecken unter ihren Armen deutlich zu sehen. Außerdem hatte der Dampf des Waschkessels ihre Haare ein wenig gekräuselt, was sie überhaupt nicht mochte.

Die beiden schienen davon aber nichts zu bemerken. Sie versuchten, ihre Blicke zwar zu verbergen, doch Hanni entgingen sie nicht. Vor allem Flori tat sich sichtlich schwer, sie nicht offen anzustarren. Sie wusste selbstverständlich längst, dass er auf sie stand. Sie bemühte sich ein Grinsen zu verkneifen und sich nichts anmerken zu lassen. Allerdings war Flori in der eingeschworenen Dreiergruppe derjenige, der sie am wenigsten interessierte. Der schöne Toni war mit Abstand der attraktivste von ihnen, aber auch Ignaz hatte sich in letzter Zeit ganz schön gemacht. Seit er bei seinem Onkel im Holz mitarbeitete, war sein Kreuz breiter und seine Oberarme ein gutes Stück dicker geworden. Dies schien ihm durchaus bewusst. Seine Blicke waren nicht so verschämt wie die seines Freundes. Es grinste ihr ins Gesicht und traute sich sogar, seinen Blick kurz über ihren gesamten Körper wandern zu lassen. Hannis Selbstbewusstsein stieg wieder merklich, sie konnte es sich nicht verkneifen, Ignaz im Vorbeigehen keck zuzuzwinkern.

***

Ignaz schenkte dem Hintern der Rothaarigen noch einen letzten Blick, amüsiert darüber, wie sie ihm zuliebe plötzlich begonnen hatte, damit herumzuwackeln. Leider war sie überhaupt nicht sein Fall, sonst hätte er sich vielleicht sogar auf ihr Spiel eingelassen. Aber nachdem Toni es sich mit den Mädchen vorerst verbockt hatte, hatte er ohnehin ganz andere Eisen im Feuer. Grinsend sah er zu Flori hinüber, nur um ihn dabei zu erwischen, wie er der Rothaarigen noch immer hinterherschaute. Er schlug seinem Freund kräftig auf die Schulter, was ihn förmlich aufschrecken ließ.

»Scho a Schoarfe, as Hannerl, ha?«, raunte er ihm mit süffisantem Unterton zu. Flori sah ihn perplex an, als wüsste er gar nicht, wen er meinte.

»Woasst eh, wos ma über de Rodn sogt, oder?«, setzte Ignaz deshalb nach.

Flori verdrehte die Augen. »Ja, woass i.«

Ignaz ließ sich von dem genervten Ton seines Freundes nicht bremsen. »Des san de Wuidesten!«, fuhr er unbeirrt fort.

»D Hanni doch ned«, erwiderte Flori leise, als könnte sie ihn noch hören.

»Ned?«, gab Ignaz zurück, der irritiert war von dieser überzeugten Aussage.

»I glaub ned, dass sie scho … hod«, sagte Flori vorsichtig.

»Ah Schmarrn!«, stieß Ignaz hervor. Er sah zu seinem Freund, der jedoch wieder der Rothaarigen hinterherschaute, obwohl sie kaum noch zu sehen war. Dann grinste er Ignaz plötzlich herausfordernd an. »Woll ma wettn?«

20

Er hatte diesen Geruch in der Nase, konnte ihn aber nicht genau deuten. Schließlich schob er ihn auf das Wetter, das schon die ganze Zeit so seltsam war, auf das nasse Laub und auf die Kremplinge und Bovisten, die wie Unkraut aus dem Boden schossen.

Gewehr und Rucksack geschultert, schlurfte Edi durch den Wald. Seine Motivation hielt sich in Grenzen, doch diese Arbeit musste eben auch gemacht werden. Noch eine halbe Stunde, dann war er auch in der Südrichtung durch und konnte sich beim Wirt mit einer Halben belohnen. Erst die Arbeit, dann das Vergnügen, so handhabte er das.

Edi ließ seinen Blick über den unteren Stammbereich einiger Birken streifen, als er tatsächlich noch Bruchzeichen entdeckte. Er hatte die Fährte eines Stücks Rotwild ein gutes Stück nördlich entdeckt und war dem Abtritt gefolgt, glaubte aber, die Spur verloren zu haben. Mit einem Stöhnen ging er in die Knie und sah sich die Bissspuren an dem Stamm genauer an. Wären sie von einer Wildsau verursacht worden, würde das zumindest den Geruch erklären. Ein Keiler war es auf keinen Fall, diese Viecher roch man vier Kilometer gegen den Wind. Trotzdem musste er vorsichtig sein. Auch einer Bache, die ihre Frischlinge beschützte, wollte er nicht unvorbereitet begegnen. Die Spuren wiesen bei genauerem Betrachten jedoch eher auf ein Reh hin. Edi entspannte sich etwas. Als er sich wieder erheben wollte, spürte er, dass seine linke Hand, mit der er sich auf dem Waldboden abgestützt hatte, nass war. Er sah sie sich an und wusste jetzt, woher der Geruch kam. Alarmiert betrachtete er die Rückseite des Stammes. Er war voller Blut.

Ohne darüber nachzudenken, wischte er sich die Hand an seiner Hose ab, erhob sich und sah mit frischem Blick auf die Umgebung. Er fragte sich, wie er die Wundfährte hatte übersehen können. Das Unterholz wies in regelmäßigen Abständen Blutspuren auf, wie er nun erkannte, kleinere Äste waren abgeknickt. Hier hatte sich ein verletztes Tier entlanggeschleppt.

Edi nahm vorsichtshalber das Gewehr von der Schulter und folgte den Spuren. Seine Hände zitterten, und er wusste, dass dieser Umstand ausnahmsweise nichts mit seinem Wunsch nach einem Bier zu tun hatte. Es dauerte nicht lange, bis er den Kadaver fand, der mitten auf einem der ausgetretenen Wege lag.

Es handelte sich um ein Reh, doch viel war von dem Tier nicht übrig. Der Bauchraum war komplett aufgerissen, der Brustkorb und Teile der Wirbelsäule waren dadurch sichtbar und auch die Kehle des Tieres war weit aufgeschlitzt. Die Eingeweide waren nirgends zu sehen, auch ein Großteil der Hinterkeulen war, wie es schien, gefressen worden. Der Kopf und die Vorderbeine hingegen wirkten beinahe unberührt. Der Kadaver war noch frisch. Das Blut war teilweise noch nicht einmal geronnen und es gab kaum Insekten auf dem leblosen Tier. Der schwere Kupfergeruch lag Edi unangenehm in der Nase. Er starrte das tote Reh eine gefühlte Ewigkeit an und versuchte, gegen sein Unwohlsein anzukämpfen.

Er wusste, was er zu tun hatte, Hartl hatte sich diesbezüglich sehr klar ausgedrückt, und irgendwie machte es Edi auch stolz. Immerhin wurde hier eine ganze Menge Vertrauen in ihn gesetzt. Natürlich hatte er mitbekommen, dass das halbe Dorf von einem Wolf redete. Er überlegte kurz, ob er vielleicht selbst an der Verbreitung des Gerüchts beteiligt gewesen war, verwarf den Gedanken jedoch schnell wieder. So oder so, es galt eine Panik zu vermeiden, das hatte Hartl ihm klargemacht, und auch, dass er der richtige Mann dafür war. Hartls Dorf, Edis Wald, so war das.

Schließlich griff er in seine Tasche und holte den Flachmann heraus. Nach einem kräftigen Schluck legte er sein Gewehr auf den Boden und stellte den Rucksack daneben. Er packte den Kadaver an den Vorderbeinen und zog ihn ins Gebüsch. Da an dem Tier kaum noch Fleisch war, ging das leichter, als er befürchtet hatte. Er hoffte nur, dass es nicht reißen würde. Nachdem das Reh in einiger Entfernung zum Pfad auf dem Waldboden lag, bedeckte er es mit herumliegenden Ästen und Blättern. Dann ging er zurück zum Weg und warf einen Blick ins Dickicht. Er stellte erleichtert fest, dass der Kadaver kaum zu sehen war. Mit dem Fuß verwischte er noch die Blutspuren auf dem Weg und im umliegenden Gestrüpp.

Nach getaner Arbeit strich er seine Hände erneut an seiner Hose ab und setzte seinen Weg durch den Wald fort.

21

Hartl ließ den Blick über die Anwesenden streifen. Eigentlich hatte er weiß Gott Besseres zu tun, als hier zu sitzen. Aber spätestens, seit er die Waschweiber beobachtet hatte, merkte er, dass ihm die Sache entglitt. Es war schon immer sein Talent gewesen, mehr mitzubekommen, als alle anderen dachten. Dieses Talent hatte ihm letztlich zu seinem Amt verholfen und dafür gesorgt, dass er die kleinen und großen Probleme seines Dorfes recht unbürokratisch regeln konnte.

Doch dieser Fall war einige Nummern größer. Mit einem Mord hatten sie es im Dorf noch nicht zu tun gehabt. Deswegen waren auch zu dieser zweiten Sitzung alle ohne Widerstand erschienen. Xaver, Lugg, der Lehrer und der Pfarrer waren anwesend, und sogar Steiner war diesmal pünktlich gewesen.

Steiners Geschichte mit dem Wolf hatte das Dorf gespalten. Während die einen unumstößlich davon überzeugt waren, dass sich im Wald ein riesiger Wolf, wenn nicht gar ein Werwolf oder ein anderes Monster herumtrieb, glaubten die anderen nicht an dessen Existenz und betonten, dass seit fast zwanzig Jahren niemand mehr einen Wolf gesehen hatte. Ihre

Väter und Großväter hatten alles dafür getan, den Wolf auszurotten, und zumindest in ihrer Gegend hatte bisher nie ein Zweifel bestanden, dass sie erfolgreich gewesen waren. Die Jungen wussten nicht einmal mehr, wie ein Wolf aussah, doch aus den Köpfen der Älteren war die Angst vor dem Tier nicht verschwunden.

Grundsätzlich war ihm das Gerede im Dorf egal, in der aktuellen Lage jedoch war es ein großes Problem. Die Leute redeten über nichts anderes als die toten Kinder, und Hartl wusste, je höher ein Feuer loderte, desto schwieriger war es unter Kontrolle zu halten. Er war noch immer fest entschlossen, die Sache im Dorf zu regeln, doch er musste zugeben, dass ihm langsam die Ideen ausgingen.

»D Leid redn.« Hartl schreckte hoch, als Steiner mit trockenem Tonfall aussprach, was ihm selbst durch den Kopf ging. Wie ein Schauspieler auf einer Bühne blickte Steiner in die betretenen Gesichter der Anwesenden, offensichtlich darauf bedacht, dass seine Worte, obwohl er nur aussprach, was ohnehin alle wussten, ihre Wirkung nicht verfehlten.

»D Leid san halt ned ganz so blöd, wiast as du gern hättst«, murmelte Hartl mehr zu sich selbst, und bereute die Worte im gleichen Moment. Doch es war zu spät, selbst ohne zu ihm zu sehen, spürte er Steiners kalten Blick auf sich.

»Wos?«, zischte Steiner, und in dieser einzelnen Silbe lag eine Kälte, die Hartl frösteln ließ.

Kurz überlegte er, ein weiteres Mal klein beizugeben, nichts weiter zu sagen und Steiner seinen Heldenmonolog halten zu lassen. Doch er schaffte es nicht. In ihm brannte eine Wut, die jede Rationalität verblassen ließ. Deswegen machte er seinen Rücken gerade, erwiderte Steiners Blick mit einer ebensolchen

Intensität und ließ die feste, durchdringende Stimme erklingen, die seinem Dorf bei offiziellen Anlässen klarmachte, warum er der Bürgermeister war.

»Ja wos? Du host mi scho verstandn! D Leid san ned dumm! Es san vier Kinder doud, vier Kinder aus unserm Dorf! Und du moanst, bloß weil da große Steiner sogt, dass des a Wolf war, glaubn des olle und san zfriedn? D Leid wolln Antwortn!«

Hartl zitterte innerlich, doch er ließ sich nichts anmerken. Für eine Sekunde schien Steiner fassungslos, seit Jahren hatte niemand gewagt, so mit ihm zu sprechen. Doch der Augenblick verging und Steiners Miene wurde wieder kalt.

»Und, host du Antwortn?«, fragte er Hartl herausfordernd, was diesen noch mehr aus der Fassung brachte.

»Na! Und du aa ned!«, gab er zurück, bemüht, nicht zu brüllen. »Des is ja as Problem! Mir wissn olle ganz genau, dass des koa Wolf war! Aa koa tollwütiger! A Wolf jagt, wenn er Hunger hod! A Wolf zerfetzt ned vier Kinder und lassts dann im Wald verrecken. Und a Wolf vergeht si aa ned an am junga Madl, bevor ers umbringt.«

Hartl, der während seiner Tirade sämtliche Mitglieder des Gemeinderats fixiert hatte, bemerkte den schockierten Blick des Pfarrers.

»Ja Hias, do konnst deine Augn scho aufreißn!«, fuhr er ihn an. »Etz kummt amol de ganze Wahrheit am Tisch, wenn ma scho beinand sitzn! Des war koa Viech, des war a Mensch!« Hartl atmete zum ersten Mal, seit er zu sprechen begonnen hatte, tief durch.

»Wenn ma sowos no Mensch nenna ko«, fügte er leiser hinzu. Dann wandte er sich wieder an Steiner. »Und wos unternimmst du? Außer vertuschn und liang?«

Steiner hatte die Zeit genutzt, seine Fassung zurückzugewinnen. Die Ruhe, die er jetzt ausstrahlte, ließ ihn nur noch bedrohlicher wirken. Ohne Hast beugte er sich nach vorne und sah Hartl ernst an.

»Wos unternimmst du denn, Herr Bürgermeister?«

Noch nie war Hartl sein Amtstitel mit so viel Verachtung ins Gesicht gespuckt worden. Langsam wandelte sich seine Wut in dumpfe Hilflosigkeit. Er verachtete Steiner, daran würde sich in diesem Leben nichts mehr ändern. Aber er wusste, dass sie nur eine Chance hatten, wenn sie zusammenarbeiten würden. Um ihre persönlichen Befindlichkeiten konnten sie sich kümmern, wenn die Sache ausgestanden war. Daher bemühte er sich, seine Stimme zu senken.

»Nix, weil i's ned ko. Genau wia mir olle.« Er ließ seinen Blick über den Tisch gleiten und glaubte, in jedem Gesicht Zustimmung zu erkennen. Selbst Steiners Miene schien einen Hauch weicher zu werden, wobei das auch Einbildung sein konnte.

»Mir san do ned in München«, fuhr Hartl fort. »Mir san a kloans Dorf. Mir hom koa Polizei, da Xaver werd vielleicht a Mal gholt, wenn oana im Wirtshaus sei Zech ned zahln mog, aber des wars aa.«

»Ja, i sog aa gar ned, dass i a Polizist bin!«, rief da Xaver, der sich von Hartls letztem Satz offenbar angegriffen fühlte. »I hob mi ned grissn um den Postn. Sogts ma doch, wos i macha soll, wenns as so vüi besser wissts!«

Hartl verkniff sich jede Antwort. Immerhin war der Brenner ehrlich zu sich selbst, und das machte ihn ja beinahe schon wieder sympathisch, dachte er.

»Melden miassts as.« Als der Lehrer, der seinen Platz im

Rat gewöhnlich stumm wahrnahm, sich plötzlich zu Wort meldete, sahen ihn alle irritiert an. Hartl witterte eine Gelegenheit, seine Autorität, die unter der gerade erfolgten Niederlage gegen Steiner deutlich gelitten hatte, wiederzugewinnen.

»Aha, da Stoderer lasst si zu am Kommentar herab«, entgegnete er abschätzig. »Wos moanst?«, fügte er schließlich noch hinzu, weil er, überrascht durch die Tatsache, dass der Lehrer überhaupt etwas gesagt hatte, nicht zugehört hatte. Konrad wiederum ließ sich von dem bissigen Unterton des Bürgermeisters nicht im Geringsten irritieren.

»Gar nix moan i«, fuhr er ungerührt fort. »Des is Vorschrift. A Kapitalverbrechen miassts ihr als Gemeinde am Regierungssitz melden. In eierm Fall also Minga.«

»Du woasst aber scho, wos in Minga zurzeit los is, oder?«, entgegnete Hartl, in dessen Kopf langsam, aber sicher ein Plan reifte.

»Glaubs ma, des woass i besser wia ihr alle beinand«, gab Konrad kühl zurück, ohne sich weiter zu erklären.

»Bevor i dene wos meld und dann oan vo dene Nazis im Dorf hob, regel i's liaber selber.« Hartls Worte ließen den Lehrer zwar kurzzeitig verstummen, dafür beugte Steiner, der die letzten Minuten schweigend zugehört hatte, sich jetzt vor und lächelte selbstgefällig.

»Dann samma ja etz wieder beinand«, sagte er gönnerhaft. »Und wos is dei großartiger Vorschlag? Meiner daugt eich ja ned«, forderte er Hartl erneut heraus.

Bevor Hartl antworten konnte, fiel jetzt auch Lugg in das Gespräch ein. »Nix dua is koa Vorschlag«, brummte er trocken, worauf Steiner sich an ihn wandte.

»Wos wuist na macha? Woast du, wers war?«, fragte er.

Lugg runzelte die Stirn, als würde er gerade zum ersten Mal ernsthaft über diese Frage nachdenken. Dann fing er an, mit nach innen gekehrtem Blick zu nicken. Hartl vermutete, dass er gerade seine Kundschaft durchging und überlegte, wem er eine solche Tat zutrauen würde. Hartl tat unwillkürlich dasselbe und musste beinahe schmunzeln, als er zeitgleich mit Lugg zu einem Ergebnis kam.

»Da Edi«, presste der Wirt hervor.

»Da Jäger?«, fragte Xaver ungläubig. »So ein Schmarrn. Dann no eher da Mortl. So wia der de Weiber nachsteigt …«

Damit war das Eis gebrochen. Fast willkürlich warfen sich der Wirt, der Pfarrer und der Landgendarm weitere Namen um die Ohren, wobei auf den Metzger, den Jäger und den Köhler die meisten Stimmen fielen.

Hätte Hartl gewusst, dass sie im Grunde gerade dasselbe taten wie die Waschweiber, nämlich Verdächtige aufgrund ihrer persönlichen Abneigung auszuwählen, hätte es ihn vermutlich amüsiert. So fragte er sich nur, an wie vielen Tischen gerade auch die Namen der hier Anwesenden diskutiert wurden.

Irgendwann verlagerte sich das Gespräch von der Tätersuche zu Erwägungen über Motiv und Gelegenheit. Die mutmaßliche Vergewaltigung der kleinen Evi wurde dabei ebenso angesprochen wie die übermenschlichen Kräfte, die nötig waren, die Opfer derart zuzurichten.

Nachdem Steiner, genau wie Hartl und der Lehrer, einige Minuten schweigend zugehört hatten, beendete er die Diskussion mit einer einzigen Frage. »Und wem davo trauts ihr des wirklich zua?«

Schlagartig wurde es still, alles, was jetzt noch gesagt werden würde, käme einer offiziellen Anschuldigung gleich, und die Konsequenzen einer solchen wollte im Moment noch niemand tragen.

Von den anderen unbemerkt, begann Hartl zu lächeln. Er hatte seinen Plan während der Diskussion um den Täter bereits in allen denkbaren Variationen durchgespielt und war sich sicher, die Lösung ihres Problems gefunden zu haben. Aber noch war nicht die Zeit, die anderen einzuweihen. Zuerst musste er ein paar Einzelheiten klären. Trotzdem beschloss er, den Männern einen kleinen Happen hinzuwerfen.

»I woass, wo ma macha.« Dieser Satz brachte ihm wieder die ungeteilte Aufmerksamkeit des Rates ein. Hartl lächelte und genoss die Spannung, mit der ihn alle ansahen, sprach jedoch nicht weiter. Lugg verlor zuerst die Geduld.

»Und?«, bellte er angespannt.

»De Woch no garnix«, antwortete Hartl geheimnisvoll. Der Tag, an dem er die anderen einweihen würde, würde bald kommen, doch zunächst war es an der Zeit, ihnen einmal mehr ins Gedächtnis zu rufen, warum er der Bürgermeister war. Er sah Lugg in die Augen und beantwortete dessen Frage, bevor er sie aussprechen konnte.

»Am Sonntag heirat erschtmal mei Bua.«

22

Es gab einige unumstößliche Weisheiten, und die galten in der Stadt genauso wie auf dem Dorf. Der Unterschied war, auf dem Dorf wurden sie deutlicher ausgesprochen. Die Weitergabe dieser Weisheiten war seit Jahr und Tag die Aufgabe der Großmütter, welche sie, je nach Dringlichkeit der Erkenntnis und Folgsamkeit der Zuhörenden, verpackt in Geschichten oder mit dem Rohrstock in das Bewusstsein ihrer Nachkommen einbläuten.

Dass bei diesem Vorgang stets eine Generation übersprungen wurde, hatte System. Waren die eigenen Eltern zumindest in deren Abwesenheit doch gelegentlich das Ziel von Hohn und Spott, wagte selbst der frechste Lausbub an der Lebenserfahrung der Großeltern nicht zu zweifeln.

Auch bei Hanni zu Hause wurde es so gehandhabt, und eine dieser Weisheiten lautete: A guade Partie is a guade Partie.

Hanni war mit ihren neunzehn Jahren ein Bild von einer Frau. Doch sosehr dem Herrgott Hannis äußere Erscheinung gelungen war, an anderen Stellen schien er ein wenig gespart zu haben. Man konnte sie nicht unbedingt als dumm bezeichnen. Aber dass sie es mit Ach und Krach durch die Volksschule geschafft hatte, war wohl hauptsächlich dem ehemaligen Schullehrer zu verdanken, einem siebzigjährigen Junggesellen, den der Inhalt von Hannis Bluse zeitlebens mehr interessiert hatte als der ihres Kopfes.

Auch ihren Eltern war, auch wenn sie es nicht einmal voreinander zugegeben hätten, dieser Umstand bewusst. Und so hatten sie sich stets darauf konzentriert, die gottgegebene Schönheit ihrer Tochter zu pflegen und zu fördern, indem sie die harte Hausarbeit auf ihre weniger gesegneten Geschwister verteilten. Hanni dagegen war mit sanftem Druck ermutigt worden, sich nach der von der Großmutter indoktrinierten guten Partie umzusehen.

An ihre Großmutter dachte Hanni nicht, als sie jetzt mit Toni, der ihr neuerdings recht unverhohlen schöne Augen machte, unter der Linde am Dorfplatz stand, wohl aber an ihre Worte. Sie wusste, was für ein Weiberheld Toni war. Zwei seiner immer recht kurzen Beziehungen hatte sie unter ihren eigenen Freundinnen mitbekommen, und noch einmal mindestens doppelt so viele wurden ihm nachgesagt. Aber er war eben auch der Sohn des Bürgermeisters und damit definitiv das, was ihre Oma eine gute Partie genannt hätte.

Toni redete mit ihr. Sie hörte ihm schon seit einer Viertelstunde nicht mehr zu, aber was er sagte, war auch nicht wichtig. Wichtig war, dass er mit ihr sprach. Und zwar hier, wo es alle sehen konnten. Sie würde keine seiner Eroberungen werden. Sie würde ihn heiraten, da war sie sich sicher. Und wenn sie erst einmal den Ring am Finger hatte, dann würde er schon merken, wie viel ihm von seiner Weiberei noch bleiben würde.

Da Hanni seine Worte nur auf sich einprasseln ließ, bekam sie nicht gleich mit, warum sich Tonis Blick veränderte. Erst als er sich von ihr abwandte, begriff sie, dass er sich offenbar gerade recht abrupt von ihr verabschiedet hatte. Mit säuerlichem Blick sah sie ihm hinterher, während er mitten auf dem Dorfplatz auf ein anderes Mädchen zuging.

Sie erkannte das Mädchen als die Tochter des Einsiedlers. Ausgerechnet die. Hanni hatte die beiden schon öfter zusammen gesehen. Wenn sie im Moment eine ernst zu nehmende Konkurrentin hatte, dann wohl Mitzi.

Umso überraschter war sie, als sie in Mitzis Gesicht keine Freude sah. Sie lächelte zwar, doch ihre Augen waren kalt. Hätte jemand Hanni so angesehen, wäre sie unwillkürlich ein paar Schritte zurückgewichen. Toni dagegen schien nichts aufzufallen. Er kam bis auf zwei Schritte auf Mitzi zu und begrüßte sie.

Die beiden waren zu weit entfernt, als dass Hanni ihr Gespräch hätte verstehen können, aber es kam ihr so vor, als hätte die Köhlertochter Toni gerade gefragt, ob sie ihm schon gratulieren dürfe. Hanni war verwirrt. Wozu denn gratulieren? Auch Toni konnte mit der Frage offenbar zuerst nichts anfangen, dann veränderte sich aber plötzlich sein Gesichtsausdruck, ja seine ganze Körperhaltung, und er stammelte etwas, das Hanni für eine Erklärung oder eine Entschuldigung hielt.

Als Mitzi Toni ohne jede Vorwarnung eine schallende Ohrfeige verpasste, zuckte Hanni zusammen, als wäre sie selbst getroffen worden. Während Toni fassungslos stehen blieb, setzte Mitzi immer noch lächelnd ihren Weg fort und war dadurch nah genug, dass Hanni ihre wenig schmeichelhaften Abschiedsworte deutlich verstehen konnte.

Hanni lächelte. Ob sie sich einer unliebsamen Nebenbuhlerin entledigt sah oder ob sie insgeheim wusste, dass Toni, wofür auch immer er sich diese Schelle eingefangen hatte, sie auf jeden Fall verdient hatte, blieb ihr Geheimnis.

23

Lugg ließ seinen Blick die Dorfstraße entlangschweifen. Sie lag verlassen da, was ihn nicht weiter verwunderte. Jeder, der nichts Unaufschiebbares zu tun hatte, dürfte sich im Moment um die Kapelle herum drängen. Sehen und gesehen werden, wie an Heiligabend. Lugg schüttelte den Kopf.

Er ging zurück ins Wirtshaus, schloss die Tür und schob den Riegel vor. Er konnte sich nicht erinnern, wann er das letzte Mal bei Tageslicht die Tür versperrt hatte. In der Gaststube sah er, wie Mini den letzten Vorhang zuzog und das Wirtshaus damit in ein blutrotes Zwielicht tauchte. Lugg fühlte sich wie ein Verschwörer, und das in seinem eigenen Haus.

An einem der hintersten Tische saß im Dämmerlicht der ungebetene Gast. Lugg ließ sich auf den Stuhl gegenüber sinken und sah den Mann für einige Sekunden eindringlich an.

Mini, deren Zutun zu diesem Gespräch mit dem Zuziehen der Vorhänge erledigt war, fuhr inzwischen damit fort, die übrigen Tische mit den feinen Tischdecken und den kleinen Blumensträußen, die Paula vor einer halben Stunde gebracht hatte, einzudecken. Trotz der jetzt deutlich schlechteren Lichtverhältnisse tat sie das genauso akkurat wie zuvor. Vermutlich hätte sie es selbst mit verbundenen Augen gekonnt.

»I woass trotzdem ned, warumst damit zu mir kummst.« Lugg war selbst davon überrascht, wie kratzig seine Stimme klang. Er hatte das Gefühl, seit Monaten kein Wort gesprochen zu haben.

»Weil i denkt hob, mir san sowos wia Freind. Und weil du a vernünftiger Mensch bist. I versteh des ned, wos da los is mit am Steiner und am Aichinger.«

Lugg lachte herzlich. Natürlich verstand der Lehrer nichts.

»Ja, weil du ned vo do bist, ganz einfach.« Er blickte Konrad an, wie ein Vater sein Kind anblickt, das die einfachsten Zusammenhänge des Lebens von ihm erklärt bekommen möchte. »Da Hartl sogt uns, wos zum macha is, und da Steiner sogt am Hartl, wos zum macha is. Wos dann wer macht, is aber wieder ganz a andere Gschicht.«

Lugg grinste. Er war mit seiner Zusammenfassung der Dorfverhältnisse äußerst zufrieden und fand sich außerdem saukomisch. Konrad schien diese Ansicht nicht zu teilen.

»Und zwecks wos gibt's dann an Gemeinderat bei eich?« Schon wieder so eine dumme Frage. Lugg zuckte mit den Achseln.

»Mei, weils halt oan gem muass.« Er dachte kurz nach. »Und weil si da Hartl gern redn hört. Aber unser Meinung is dene zwoa scheißegal.«

»Und warum mochst du do mit?«, fragte Konrad und traf damit unwissentlich einen wunden Punkt bei Lugg.

»Glaubst, des Wirtshaus gheard mir? Des gheard genauso am Steiner wia as halbe Dorf. Fast jeder Bauer pacht seine Felder, d Mühl gheard eam und as Kirchdach hod aa er zahlt.« Er blickte den Lehrer ernst an. »Wennst im Dorf überlebn willst, dann machst, wos da Steiner sogt.«

Obwohl er wusste, dass niemand, von Mini einmal abgesehen, sie hören konnte, sprach Lugg jetzt leiser weiter.

»Glaub bloß ned, der Widerstand vom Hartl hod irgendwos mit de Nazis zum dua. Dem geht's einfach bloß drum, dass er sei Macht bhalt. In dem Dorf is scho immer ois intern gregelt worn. Wurscht, mit welche Mittel.«

»Aber de kennan doch koan Mord vertuschn!«, zischte Konrad, der sich der Lautstärke des Wirts unbewusst angepasst hatte.

Ohne Vorwarnung stand Lugg auf und half seiner Frau dabei, das gute Geschirr auf den Tischen zu verteilen. Für einige Sekunden schien es, als hätte er den Lehrer vergessen, der noch immer auf seinem Platz saß und den Wirt fassungslos anstarrte. Erst einige Augenblicke später sprach Lugg weiter, jetzt im besten Plauderton.

»I woass nix vo am Mord. I woass bloß, dass a Wolf vier Kinder dawischt hod. Des is tragisch, aber des passiert. Halt du deine Fiaß liaba still, Lehrer. Du bist a paar Monat do, und in a paar Monat bist vielleicht scho wieder ganz woanders, wos bringts dir, wennst di eimischst? Glaubs ma, an Hartl, und bsunders an Steiner willst ned zum Feind ham.«

»Und etz?«, gab Konrad zurück »Schau ma einfach zua, bis wieder wos passiert?«

»Wos soll passiern?«, fragte Lugg mit aufgesetzter Ahnungslosigkeit. Konrad starrte den Wirt an, als habe er gerade vorgeschlagen, man könnte den Mörder ja auch ermitteln, indem man einfach das gesamte Dorf Lose ziehen ließe.

»Bist du so blöd oder stellst di bloß so?«, fragte er ihn deshalb, ohne zu versuchen, seine Enttäuschung zu verbergen. »Von dir hob i echt mehr erwartet.«

Lugg stellte den Teller, den er gerade in der Hand hielt, mit etwas mehr Wucht auf den Tisch, als nötig gewesen wäre. Dann ging er zur Tür und entriegelte sie. Während er nacheinander die Vorhänge wieder aufzog, sprach er weiter.

»Schleich di. D Hochzeitsgsellschaft kummt glei. Und es gibt Leid, de miassn für ihr Geld was arbeiten.«

Ohne den Lehrer eines weiteren Blickes zu würdigen, ging Lugg hinter seinen Tresen und kramte in den Regalen herum, ohne wirklich nach etwas zu suchen.

Konrad blieb noch einige Augenblicke sitzen, vielleicht um Lugg die Gelegenheit zu geben, seinen Stolz hinunterzuschlucken und das Gespräch wieder aufzunehmen. Doch der Wirt dachte nicht daran. Der Moment verstrich und Konrad erhob sich.

Als sein Blick beim Hinausgehen dem von Mini begegnete, glaubte der Wirt, in den Augen seiner Frau so etwas wie Bedauern zu erkennen.

24

»Spinnst du?« Hanni sah Ignaz fassungslos an. Jetzt verstand sie, warum er unbedingt mit ihr alleine hatte reden wollen und warum sie sich unter der Rampe zu einem Heuboden herumdrücken mussten. Bis gerade eben hatte sie seine Nähe als angenehm und sogar ein wenig prickelnd empfunden, das änderte sich jetzt auf einen Schlag. Ignaz dagegen sah sie nur fragend an.

»Wieso?«, fragte er mit Unschuldsmiene. Hanni fragte sich, ob er nur so naiv tat oder ob ihm wirklich nicht klar war, was er gerade vorgeschlagen hatte.

»Weil genau da d Evi und de andern umbracht worn san?«,

gab sie fassungslos zurück. Während sie sprach, achtete Hanni genau auf Ignaz, der keine Miene verzog. Naivität war sein Vorschlag also nicht geschuldet. Stattdessen sprach er weiter, als hätte er ihren Einwand nicht gehört.

»I wui da wos zoang.«

»Wosn?«, fragte sie mit einer Mischung aus einer immer größer werdenden Abneigung und einer leider trotzdem noch immer vorherrschenden Neugier. Ignaz grinste.

»Waar doch etz a Schmarrn, wenn i's dir vorher sog, oder?«, raunte er geheimnisvoll und ließ seine Augen auf diese verschwörerische Art blitzen, die der einzige Grund war, warum Hanni überhaupt weiter mit ihm redete. Sie atmete durch und ließ ihren Widerstand fallen, zumindest für den Moment. Was sollte schon passieren? Es war helllichter Tag und sie waren zu zweit, selbst wenn es einen Mörder im Wald gab, wovon sie ohnehin nicht überzeugt war, würde der sicher auf ein leichteres Opfer warten.

»Wo?«, fragte sie forsch und erwischte Ignaz damit offenbar kalt, denn er sah sie nur irritiert an.

»Ja, wo is des, wosd ma zoang mogst?«, konkretisierte sie ihre Frage, woraufhin die Furche zwischen Ignaz' Brauen wieder verschwand.

»Aso … Des is …«, gab er zögernd zurück und drehte sich zum Wald um, »glei da hintn. Gar ned weit.«

Statt eine weitere Antwort abzuwarten, hielt er Hanni seine Hand hin, die sie nach kurzem Zögern ergriff und sich an ihr von dem Jungen in den Wald ziehen ließ.

Sie folgten dem Weg ein ganzes Stück und wieder einmal war Hanni fasziniert, welch eigene Welt der Wald seinen Besuchern eröffnete. In ihm war es ruhiger, es war kälter und es roch ganz anders als im Dorf. Doch diese andere Welt, die sie normalerweise so genoss, machte ihr heute Angst. Sie wusste nicht genau, woran es lag, doch je weiter Ignaz sie ins Unterholz zog, desto unwohler wurde ihr.

Als ihre Haut zu prickeln begann und sie nur noch sehr flach atmen konnte, blieb sie abrupt stehen. Ignaz registrierte dies erst zwei Schritte später, sodass sich ihre Hände endlich voneinander lösten. Er drehte sich um und war sichtlich erschrocken, als er sah, wie böse Hanni ihn anfunkelte.

»Wos is denn?«, fragte er zögerlich. Sein selbstsicheres Lächeln war verschwunden.

»Ignaz, wos soll des?«, zischte Hanni. So wütend sie war, so interessant fand sie es doch, in diesem Moment Ignaz' Mienenspiel zu beobachten. Er wusste sichtlich nicht, wie er reagieren sollte, seine Gesichtsmuskeln deuteten ein arrogantes Lächeln, einen lieben Dackelblick, ein erbostes Stirnrunzeln und ein fragendes Heben der Augenbrauen an, ohne sich auf einen Ausdruck festzulegen. Sie beschloss, ihn zu erlösen.

»Du wuist ma doch überhaupt nix zoang, oder?«, fragte sie, jetzt mit etwas sanfterer Stimme.

»I... I...«, stammelte Ignaz. Zwar hatte er seine Mimik wieder halbwegs unter Kontrolle, trotzdem wirkte er plötzlich wie ein geprügelter Hund. Hanni war erstaunt, so hatte sie ihn noch nie erlebt. Doch sie war zu sauer, um ihn so leicht davonkommen zu lassen. Sie straffte ihre Schultern und wollte sich gerade umdrehen und gehen, da stieß er plötzlich hervor:

»I bin verliebt in di!«

Hanni fing unwillkürlich an zu lachen, hatte sich aber nach einem kurzen Moment der Irritation wieder im Griff.

»Verarsch mi bitte ned«, sagte sie ernst.

»Wia moanst des?«

»Du bist in mi verliebt?« Sie sah ihn ungläubig an. »Du?«

»Wos soll des hoassn, i?«, antwortete er und wirkte aufrichtig erstaunt.

»Du bist doch da selbe Weiberer wia da Toni und da Flori aa«, entgegnete Hanni belustigt. »Und etz waarst plötzlich in mi verliebt? I glaub da koa Wort.«

Ignaz trat einen Schritt zurück, sah Hanni in die Augen und wirkte so ehrlich verletzt, dass sie ihre Worte sofort bereute. Hatte sie ihn doch falsch eingeschätzt? Als er weitersprach, war seine Stimme so weich wie sein Blick. Überhaupt schien ein anderer Mensch vor ihr zu stehen. Das hier war nicht der überhebliche Aufschneider, der auf dem Dorfplatz den Mädchen nachpfiff. Vor ihr stand ein schüchterner junger Mann, der sie freundlich anlächelte. Ihre Abwehrhaltung schwand.

»Hanni, i moans ernst«, sagte Ignaz. »I bin ned so, wia du denkst. I wui wos Ernsthafts.«

Zögerlich trat er einen Schritt auf Hanni zu und legte ihr eine Hand auf die Hüfte. Im ersten Moment zuckte sie zusammen und wollte seine Hand wegschlagen, wie sie es schon unzählige Mal hatte tun müssen. Doch die Zurückhaltung, mit der diese Berührung diesmal erfolgte, ließ sie sie zulassen. Er sah ihr tief in die Augen.

»I wui di.«

Hanni spürte, wie ihre Wangen sich rot verfärbten. Ihr Atem wurde schneller und ihr Körper fing an zu kribbeln. Sie spannte ihre Muskeln an, wollte weg, gleichzeitig wollte sie bleiben. Als sie Ignaz' Gesicht auf ihres zukommen sah, duckte sie sich weg, bevor er sie küssen konnte. Ignaz sah sie fragend an.

»I wui des ned«, keuchte Hanni. »Des geht ma z schnell.«

Ignaz unternahm noch einen Versuch, Hanni näher zu kommen, hielt jedoch inne, als sie abermals zurückwich.

»Wieso denn? I hob da doch gsagt, dass i wos Ernsts wui. Glaubst ma des ned?«

Hanni war irritiert. Sie glaubte, eine gewisse Härte in Ignaz' Stimme zurückkehren zu hören. Oder bildete sie sich das nur ein? Sie zögerte.

»Na … I … Doch. Aber … Trotzdem.«

»I versteh di ned«, unterbrach Ignaz ihr Gestammel. Jetzt war die Härte nicht mehr zu überhören. »Du findst mi doch aa guad, oder?«

»Ja. Scho«, gab sie zögerlich zu. Daraufhin sah Ignaz sie fragend an. Sie schaffte es nicht, seinem Blick standzuhalten, und senkte den Kopf.

»I hob no nie an Freind ghabt«, murmelte sie kaum hörbar.

»Wos?«, gab Ignaz zurück.

»I hob no nie an Freind ghabt!«, schrie Hanni jetzt fast. Jetzt war es ohnehin heraus, und sie hatte keine Lust mehr, sich dafür zu schämen. Sollte er davon halten, was er wollte, sollte er es doch seinen Freunden erzählen, sollten sie doch ihre Sprüche machen. Im ersten Moment schien Ignaz genauso zu reagieren, wie sie es erwartet hatte. Ein Grinsen breitete sich in seinem Gesicht aus, das er aber sofort zu unterdrücken versuchte.

»Ehrlich? No nie?«, fragte er.

»Na.«

»Des hoasst …«, er schien nachzudenken. »Du host no nie?«

»Wos hob i?« Sie wusste nicht, was er meinte. Erst als sie wieder aufblickte und das Grinsen, das er jetzt nicht mehr verstecken konnte, sah, verstand sie. Jetzt platzte es aus ihr heraus.

»Wos geht di des o?«, keifte sie, setzte sich endlich in Bewegung und stapfte zurück in Richtung des Dorfes. Ignaz folgte ihr, umrundete sie und versuchte, ihr den Weg abzuschneiden.

»Sog halt«, forderte er. Er hatte zwar seinen Dackelblick wieder aufgesetzt, die Gier in seiner Stimme war aber nicht zu überhören.

»Na!«, spie Hanni ihm entgegen und drängte sich an ihm vorbei.

»Na, so sogst ma's ned, oder na, du host no nie?«, forderte er sie grinsend heraus. Sie ahnte, dass er nicht aufgeben würde.

»Na, i hob no nie! Und etz?«

Schon einen Wimpernschlag später bereute sie ihre Worte. In den nächsten Tagen würde sie das Thema Nummer eins im Dorf sein. Doch als sie zu Ignaz sah, war dort nicht das triumphierende Grinsen zu sehen, das sie erwartet hatte. Er sah vielmehr enttäuscht aus, was Hanni verwirrte. Als hinter ihr ein toter Ast knackte, drehte sie sich um und sah Flori aus einem Gebüsch kommen. Auf seinem Gesicht lag der Ausdruck, den sie bei Ignaz gesucht hatte.

»Gwunna!«, rief er, sah aber nicht sie dabei an. Hanni folgte seinem Blick und drehte sich wieder zu Ignaz um. Der grinste jetzt ebenfalls, all die Sanftheit war aus seinen Augen gewichen. Hanni wurde augenblicklich kalt. Jetzt, viel zu spät, verstand sie endlich, was hier gespielt wurde. Sie hatte sich einwickeln lassen wie ein dummes Kind. Wie hatte sie auch nur eine Sekunde glauben können, dass einer dieser Idioten ernsthafte Gefühle haben könnte? In einem Moment fror sie, im nächsten fühlte sie sich, als würde sie in Flammen stehen. Sie hoffte, dass ein Teil dieses Feuers aus ihren Augen lodern würde, als sie Ignaz und Flori anstarrte. Sie wollte sie anbrüllen und auf sie einprügeln.

»Ihr blödn Arschlöcher«, zischte sie stattdessen.

Offensichtlich waren weder Flammen aus ihren Augen geschossen, noch hatte ihre Beleidigung sonderlich einschüchternd gewirkt. Denn die beiden lachten nur, kamen auf sie zu und wirkten nun ihrerseits zunehmend bedrohlich. Da Ignaz immer noch direkt vor ihr stand und Flori von hinten kam, hatte sie auf dem engen und von dornigem Gestrüpp umwucherten Weg keine Möglichkeit, zu entkommen.

»Wos denn?«, raunte Ignaz ihr jetzt zu. »Is doch ned schlimm, dassd no Jungfrau bist. Do muass ma si ned schama.« Bei seinen Worten wurde Hanni augenblicklich schlecht. Sie hatte noch nie eine so starke Abneigung empfunden, dass sie sie körperlich spüren konnte. Sie wollte Ignaz vor – oder noch besser auf – die Füße kotzen, und sie glaubte, dass sie es auch gekonnt hätte. Aber sie hatte zu viel Angst.

»Ja, manche findn des sogar recht anregend«, stieg jetzt auch Flori mit ein und stachelte Ignaz damit noch weiter an.

»Ja, wer isn ned gern da Erste?«, kicherte der lüstern.

Die beiden kamen immer näher. Während sie versuchte, Ignaz' Händen auszuweichen, glaubte sie von hinten schon Floris Atem im Nacken zu spüren. Sie konnte nicht mehr atmen, sah sich panisch nach einem Fluchtweg um und versuchte, den Jungen irgendwie zu entkommen.

»Lassts mir in Ruah etz!« Sie hatte schreien wollen, so laut, dass es bis ins Dorf zu hören war und jemand ihr zu Hilfe kam. Doch aus ihrem Mund kam nur ein gepresstes Keuchen, das kaum zu hören war.

»Wos host denn? Du host doch grod no gsagt, dassd mi aa mogst«, raunte Ignaz, der mit seinen Lippen jetzt beinahe ihr Ohr berührte.

Flori lachte hämisch, während Ignaz Hanni umarmte und ihren Körper fest an seinen presste. Er drückte seine Hüfte an ihre und sie glaubte, etwas Hartes zu spüren. Das löste sofort wieder einen Würgereiz bei ihr aus, mobilisierte aber offenbar auch eine versteckte Kraftreserve, denn plötzlich schaffte sie es, einen Arm loszureißen.

Sie zögerte keine Sekunde, kreischte laut und zog Ignaz mit aller Kraft ihre Fingernägel durchs Gesicht. Ignaz schrie daraufhin gequält auf und ließ Hanni los.

Sie wartete nicht ab, welchen Schaden sie angerichtet hatte, sondern nutzte ihre Chance zur Flucht. Sie stieß den verdutzten Flori zur Seite, sprang direkt in die Dornenranken und nach einigen Metern zurück auf den Weg. Ohne sich noch einmal umzudrehen oder den Schmerz in ihren vermutlich blutenden Waden zu beachten, rannte sie zurück ins Dorf.

25

Die kleine Kapelle hatte schon alles erlebt, Positives wie Negatives. Sie hatte von Taufen über Hochzeiten bis zu Beerdigungen ganze Leben dieses Dorfes begleitet, hatte Generationen kommen und gehen sehen. Sah manche jeden Sonntag dem Pfarrer lauschen, während andere nur zu Heiligabend in den Gottesdienst kamen.

Obwohl von den Bewohnern des Dorfes stets als »d Kirch« betitelt, war die Kapelle kaum mehr als ein Schuppen, auf dessen Dach ein mannshoher Turm samt Glocke aufgezimmert worden war. Mangels eines ordentlichen Mesners läutete diese Glocke nur zu hohen Feiertagen. Oder wenn es brannte.

Im Inneren der Kapelle befanden sich, getrennt vom mit schweren Dielen ausgelegten Mittelgang, links und rechts je zehn Bänke, auf die jeweils vier Personen passten, wenn sie eng an eng saßen. Zu den besagten hohen Feiertagen kam es aufgrund dieses begrenzen Platzangebotes regelmäßig dazu, dass Teile der Gemeinde im hinteren Bereich der Kapelle stehen mussten. Gewitzte und weniger tiefgläubige Dorfbewohner hatten daher schnell ein System entwickelt, vor Beginn des Gottesdienstes darauf zu achten, vom Pfarrer, missgünstigen Nachbarn und möglichst einem Mitglied des Gemeinderates gesehen zu werden, um darauf im allgemeinen Gedränge die Kirche wieder zu verlassen und sich erst zum Schlussläuten wieder einzufinden, um vor dem Kirchenportal dem Pfarrer zu seiner bewegenden Predigt zu gratulieren.

Joseph saß weit genug entfernt von dem Treiben auf dem Kirchenvorplatz auf einem Stein und sah dem Sehen und Gesehenwerden der übrigen Dorfbewohner zu. Als ohnehin Geächteter nahm er sich die Freiheit heraus, dem Gottesdienst selbst zu Ostern und Heiligabend fernzubleiben. Er war nie ein gläubiger Mensch gewesen, und auch seine Zeit im Priesterseminar hatte er stets als Pflicht und nicht etwa als Berufung empfunden. Auch sein Vater war der Kirche nie sonderlich verbunden, dafür ein großer Verfechter von Tradition gewesen. Und gemäß dieser war auch die Erbfolge klar geregelt.

Josephs älterer Bruder war der Erbe des Hofes und hatte seit frühester Kindheit alles gelernt, was er dafür wissen musste. Natürlich hatte auch Joseph auf dem Hof mithelfen müssen, doch direkt nach der Firmung hatten ihn seine Eltern in das

Seminar gebracht. Dort hatte er glücklicherweise neben der theologischen auch eine fundierte sprachliche und naturwissenschaftliche Ausbildung genossen. Seine Intelligenz und sein Interesse an allem Neuen hatten ihn diese Zeit trotz seiner düsteren Zukunftsaussichten als Priester überstehen lassen.

Doch dann war alles sehr plötzlich ganz anders gekommen. Sein Bruder war stets glühender Anhänger des Kaisers gewesen, und so musste sein Ableben noch im Jenseits eine schwere Schmach für ihn gewesen sein. Mehr als ein Jahr, bevor er die Chance bekommen hätte, sich an der Westfront für sein Vaterland über den Haufen schießen zu lassen, fiel er schnell und unspektakulär einer Blutvergiftung zum Opfer, die er sich durch einen eingetretenen rostigen Nagel zugezogen hatte.

Seinem Vater, selbst schwer krank und plötzlich seines Nachfolgers beraubt, blieb nichts anderes übrig, als seinen zweiten Sohn aus dem Seminar zurück nach Hause zu holen. Ob reine Nächstenliebe oder eine Zuwendung finanzieller Art ihn aus dem festen Arm der Kirche befreit hatten, hatte Joseph nie erfahren.

Sein Vater nutzte die wenigen Monate, die ihm noch vergönnt waren, dazu, Joseph möglichst viel über die Führung des Hofs und die Pflege von Vieh und Feldern beizubringen. Joseph war wissbegierig und zeigte auch ein gewisses Talent, trotzdem war ihm immer klar gewesen, dass es seinem Vater lieber gewesen wäre, der rostige Nagel hätte seinen anderen Sohn getroffen. Zum Missfallen seines Vaters trug bei, dass Joseph schnell begann, seine unerwartet zurückerhaltene Freiheit ausgiebig zu nutzen. So hart er tagsüber auf den Feldern und im Stall arbeitete, so ausdauernd verbrachte er die Nächte auf dem Dorfplatz.

Damals war es ihm nicht klar gewesen, aber zu dieser Zeit legte Joseph selbst den Grundstein für den Ruf, den er heute genoss. Er sprach fließend Latein und Französisch und konnte fehlerfrei lesen und schreiben, was damals auch noch keine Selbstverständlichkeit war. Zudem konnte er zu fast jedem Bereich des Lebens etwas Wissenswertes beitragen und machte aus seiner überlegenen Bildung keinen Hehl.

Doch auch wenn die Arroganz der Jugend sicherlich ihren Teil beigetragen hatte, so war seine Absicht keineswegs, sich selbst zu profilieren. Das Ziel seines öffentlich zur Schau gestellten Wissens war selbstverständlich eine Frau.

Leni war die Tochter eines Großbauern, unbeschreiblich schön und ebenfalls sehr gebildet. Geld und Einfluss ihrer Familie hatten es ihr ermöglicht, als einzige Frau, von der Joseph wusste, die Universität zu besuchen. Und je mehr Josephs zur Schau gestelltes Wissen ihn von den Menschen entfernte, die er noch Jahre zuvor seine Freunde genannt hatte, desto näher brachte es ihm Leni.

Waren ihre Begegnungen zuerst zufällig in geselligen Runden gewesen, so waren die geselligen Runden bald Ausreden für sie, um sich wiederzusehen. Schon nach wenigen Wochen hatten sie sich heimlich zu zweit getroffen und nach einigen weiteren Wochen ganz offen. Ihre Beziehung war wie aus einem Bilderbuch, sie waren wie die beiden Hälften eines Ganzen und ergänzten sich perfekt. So kam es schnell zur Hochzeit, wenn auch mit einiger Gegenwehr von Lenis Familie.

Ob das Gerede bereits am Tag ihrer Hochzeit begann oder erst im Jahr darauf, als ihre Felder brach lagen, konnte Joseph nicht sagen. Einiges war ihm im Nachhinein zugetragen worden, vieles hatte er jedoch bereits zu seiner Zeit mitbekommen, und schon damals hatte er beschlossen, nicht auf die Gerüchte zu reagieren.

Der Köhlersohn, der aus dem Priesterseminar zurückkam, den zweitgrößten Hof der Gegend erbte und sich das schönste Mädchen des Dorfs schnappte, war natürlich eine Sensation. Aus Bewunderung wurde schon immer schnell Neid, und als die Dürre im nächsten Jahr fast alle Feldfrüchte hatte vertrocknen lassen, ausgenommen die auf den Feldern, welche vom Köhlerhof bewirtschaftet wurden, wurde aus Missgunst blanker Hass. Joseph hätte ihnen erklären können, dass sein Vater damals natürlich die fruchtbarsten Ländereien für sich selbst behalten und die weniger günstigen verpachtet hatte, doch das hätte zu nichts geführt. Die Erklärung, er habe einen Pakt mit dem Teufel geschlossen, um seine Ernte und seinen Nachwuchs zu sichern, war offenbar leichter zu glauben. Vielleicht hatte er an bierseligen Abenden einmal zu oft einen lateinischen Trinkspruch durchs Wirtshaus gerufen, der in den Ohren der anderen wie eine Beschwörungsformel klang.

Joseph hatte diesen Anschuldigungen keine Beachtung geschenkt und den Bauern, deren Felder ihm gehörten, stattdessen die Pacht erlassen. Doch der Dank war ausgeblieben, und Joseph hatte sich immer weiter vom Dorf entfernt. Ihm reichte das Glück seiner kleinen Familie, Leni, Lenze und Mitzi, die er über alles liebte und die ihm jeglichen sozialen Status ersetzte.

Drei Jahre später hatte er nicht nur den letzten Funken seines Glaubens an Gott verloren, sondern auch den an das Dorf.

Er sah zur Kirche hinüber und freute sich, dass seine Tochter geschafft hatte, woran er gescheitert war. Sie war ein Teil der Gemeinschaft. Dort drüben heiratete ihre beste Freundin, und sie stand glücklich an ihrer Seite.

Joseph war sich sicher, dass auch Mitzi bald ihr Elternhaus verlassen würde. Er wusste nicht, wer ihr Verehrer war, aber er erkannte die Anzeichen. Er gab sich vielleicht noch ein paar Monate, dann wäre er endgültig allein. Obwohl ihm diese Aussicht ein wenig Angst machte, hoffte er, dass seine Tochter nicht seinetwegen ihre Zukunft aufgeben würde. Das könnte er sich nicht verzeihen.

***

Für einen Moment war Toni geblendet vom hellen Sonnenlicht. Die Zeremonie hatte gefühlt Stunden gedauert. Als er jetzt neben Fanny, seiner Frau – wie ungewohnt und irgendwie falsch das klang – stand und die nicht enden wollende Reihe von Gratulanten an seiner Hand herumdrücken ließ, dabei im halbwegs richtigen Augenblick nickend und lächelnd, versuchte er sich den Rest seines Lebens vorzustellen. Er war nie ein Mann großer Planung gewesen, hatte eigentlich immer in den Tag hineingelebt und war damit, wie er fand, recht gut gefahren. Sein Stand hatte ihn vor ernsthafter Arbeit und sein Aussehen vor ernsthaftem Ärger bewahrt – bis jetzt.

Seit heute war er nicht nur verheiratet, er würde auch bald Vater werden. Er wusste nicht, was es bedeutete, Vater zu sein, selbst seinen eigenen kannte er kaum. Noch glaubte er nicht, dass sich sein Leben allzu sehr ändern würde, auch wenn er sich fest vorgenommen hatte, Fanny im Rahmen seiner Möglichkeiten ein guter Ehemann zu sein. Das Problem daran war nur, dass er sie eigentlich nicht besonders mochte. Recht hübsch war sie ja, mit ihren rehbraunen Augen, den langen Haaren in fast derselben Farbe und ihrer kleinen, zierlichen

Gestalt. Und Spaß hatte es auch gemacht mit ihr. Sie hatten sich nicht nur einmal getroffen, im Wald, im Heuschober und einmal sogar in ihrer Kammer. Danach hatte sie panisch alle Fenster im Haus aufgerissen, weil sie sich plötzlich ganz sicher gewesen war, ihre Mutter würde, wenn sie vom Waschhaus kam, sofort riechen, was sie getan hatten.

Er war nie besonders vorsichtig gewesen, hatte bisher jedoch immer Glück gehabt. Natürlich wusste er, was Pariser waren, und gerüchteweise hatte der Wirt sogar welche in der hintersten unteren Ecke seines Regals. Wie aber hätte er da herankommen sollen? Wenn er dem Wirt seinen Wunsch offeriert hätte, wäre das Ergebnis vermutlich eher eine saftige Schelle gewesen, und zu Hause gleich eine zweite von seinem Vater, den der Wirt selbst oder einer der anwesenden Säufer selbstverständlich umgehend informiert hätte. Also blieb nur Rausziehen und Hoffen, und es lag in der Natur der Sache, dass diese Methode nicht für immer gut gehen würde. Trotzdem wäre es ihm lieber gewesen, es wäre nicht ausgerechnet mit Fanny passiert.

Er wurde aus seinen düsteren Gedanken gerissen, als er aus der Masse der Gäste heraus Flori und Ignaz auf sich zukommen sah. Er fing sofort an zu grinsen. Als die beiden vor ihm standen, begutachtete er interessiert vier tiefe, mit braunem Schorf verkrustete Kratzer, die sich quer über Ignaz' Gesicht zogen.

»Öha. Wos is na mit deim Gsicht passiert?«, fragte er seinen Freund belustigt, obwohl er schon eine Vermutung hatte, wobei der sich die Wunden eingefangen haben könnte.

»Nix. Mir warn im Woid und mi hod a Ast dawischt«, antwortete Ignaz genervt und offensichtlich nicht zum ersten Mal an diesem Tag.

»Ja, a recht a hantiger Ast«, fügte Flori kichernd hinzu, was ihm einen bösen Blick seines Freundes einbrachte.

Toni hätte gerne mehr über die Kratzer erfahren, musste das Gespräch aber leider vorzeitig beenden, da er seine Ehefrau, die mit steigender Intensität an seinem Ärmel herumzupfte, nicht länger ignorieren konnte. So drehte er sich folgsam zu zwei weiteren Gästen um, deren Namen ihm von Fanny genannt wurden und die er eine Sekunde später schon wieder vergessen hatte.

***

Während Ignaz noch etwas unschlüssig herumstand, hatte Flori sich bereits zum Gehen gewandt und stand unvermittelt direkt vor Hanni, die ihn wutentbrannt anstarrte.

Flori zuckte nicht zurück, nicht einmal das Lächeln verschwand aus seinem Gesicht. Er sah dem rothaarigen Mädchen direkt und tief in die Augen. Dann verdeutlichte er ihr, indem er langsam mit dem Daumen seine Kehle entlangstrich, welche Folgen es haben könnte, wenn sie jemandem von ihrem gemeinsamen Abenteuer im Wald berichten würde.

Mit einer gewissen Befriedigung beobachtete er, wie sämtliche Farbe aus Hannis Gesicht wich und sich der Hass in ihren Augen in Angst verwandelte.

Letztlich waren sie doch alle gleich.

26

Das Dorf hatte in den letzten Tagen förmlich vibriert. Es war nicht viel gesprochen worden, trotzdem war die Anspannung allgegenwärtig gewesen. Es waren Kisten geöffnet und kleine Fläschchen von hohen Regalböden geklaubt worden, die teilweise seit Jahren verschlossen und versteckt geblieben waren. Stumme Blicke waren zwischen gestandenen Männern gewechselt worden und die Rangkämpfe unter den Jungen hatten eine neue Intensität erreicht.

All diese Energie entlud sich beinahe spürbar, als Edi zur Sammlung blies.

Die Sonne war gerade erst aufgegangen und suchte noch zögerlich ihren Weg durch die Blätter der Bäume, um den morgendlichen Bodennebel aufzulösen. Am Rand des Waldes standen etwa zwei Dutzend Männer, Jugendliche und Jungen, und bildeten einen lockeren Halbkreis um den Jäger, der in voller Montur, das Jagdhorn in der Hand, dastand und so nüchtern und gewaschen aussah wie seit Wochen nicht mehr.

Edi blickte sich unter den Anwesenden um. Er hätte nicht mit völliger Gewissheit beantworten können, ob wirklich alle aus dem Dorf gekommen waren, die körperlich dazu in der Lage waren, doch jedes Gesicht, das er suchte, fand er früher oder später auch. Natürlich war der gesamte Gemeinderat vertreten, wie es sich gehörte. Außerdem sah er seinen Neffen Mortl, der aber so angespannt und aufgeregt wirkte, dass Edi ihm am liebsten eigenhändig das Gewehr abgenommen hätte. Die Älteren dagegen waren ruhig und hatten schon routiniert mit ihren Blicken den Wald abgesucht, bis er sich mit dem Horn ihre Aufmerksamkeit verschafft hatte.

Sie alle trugen Gewehre, darunter waren verhältnismäßig neue Jagdflinten genauso wie Beutestücke aus dem Krieg und archaische Donnerbüchsen, die oft älter waren als ihre Besitzer. Edi hoffte inständig, dass keine dieser Kanonen heute abgefeuert werden würde, denn hierbei war der Verlust einer Hand deutlich wahrscheinlicher als ein gezielter Treffer. Die Jugendlichen mit Jagderfahrung hatten ebenfalls Flinten, die Kinder dagegen trugen lange, dicke Stöcke, was einigen von ihnen sichtlich missfiel.

Edi verstaute das Jagdhorn an seinem Gürtel, genoss die volle Aufmerksamkeit der Männer noch für einen Augenblick, dann setzte er zu seinem Monolog an, wohl wissend, dass die Tradition jede Unterbrechung verbot.

»So, danke dassds so zahlreich do seids. As Grobe hamma eich ja im Vorfeld scho erklärt, für die paar, de heid no spontan dazuakumma san, nommal ganz kurz zamgfasst: Des ist koa normale Treibjagd, Hosn, Reh und Sauen wern in Ruah glassn. Es geht ausschließlich um den Wolf oder eventuell mehrere, falls ma a ganz Rudl im Woid ham solltn.«

Er machte eine kurze theatralische Pause, um den Anwesenden die Gelegenheit zu geben, sich ein ganzes Wolfsrudel vorzustellen. Er war sich sicher, dass kein Rudel im Wald war, aber das musste er ja niemandem sagen. Als er das Gefühl hatte, seine Worte hätten ihre maximale Wirkung entfaltet, fuhr er fort.

»Mir genga etz dann in Aufstellung, d Treiber linksumme, d Jager rechts. Wann as Ganze blosn werd, fang ma o. Schluss is, wann Hahn in Ruh blosn wird. As Ziel is, dass ma an Wolf im

Idealfall aufd Lichtung treim und an saubern Abschuss macha. Treiber, machts an gscheidn Lärm, und Jaga, legts gscheid o. Und schauts, dassts eich ned gegenseitig daschiaßts.«

Sein letzter Satz lockte vereinzeltes Lachen hervor, auch das war Tradition. Insgesamt war die Anspannung während seines Vortrags aber merklich gestiegen. Jeder wusste, dass es jetzt darauf ankam. Edi blies ein weiteres kurzes Signal, teilte damit die Jäger und die Treiber in zwei Gruppen, die daraufhin in entgegengesetzte Richtungen aufbrachen.

Kurz blickte er den Treibern nach, bevor er sich der anderen Gruppe anschloss. Edi war zufrieden mit sich. Er hatte nicht nur sein Organisationstalent bewiesen, indem er diese Treibjagd in Rekordzeit auf die Beine gestellt hatte, er stand auch endlich einmal wieder im Mittelpunkt. Es war ihm sehr bewusst, was über ihn geredet wurde. Aber heute brauchten sie den Jäger. Und der Jäger, das war er.

***

Kurz hatte Beppo gezögert, als er sich von seinem Vater trennen musste, der natürlich zu den Jägern gehörte. Er hielt sich an dem Stock fest, der fast genauso groß war wie er selbst, und ging, schweigend wie alle anderen, zum vereinbarten Treffpunkt. Er kannte die meisten der Burschen aus der Schule, auch wenn er mit seinen sieben Jahren zu den Jüngsten gehörte. So wenig es einer Absprache bedurft hatte, schweigend zum Sammlungsort zu gehen, so stillschweigend war ihr Anführer auserkoren worden. Flori war der älteste Bursch im Dorf ohne Jagdschein. Das hatte ihm nicht nur den Hohn seiner besten Freunde beschert, sondern auch seine Laune dermaßen in den

Keller fallen lassen, dass ohnehin niemand gegen seine Führerschaft protestiert hätte.

Beppo sah sich kurz um, versuchte aber zu vermeiden, jemandem direkt in die Augen zu sehen. Sie waren zu acht, und alle traten angespannt auf der Stelle. Es verging eine gefühlte Ewigkeit, bis endlich vom anderen Ende des Waldes das Signal zur Treibjagd ertönte.

Als hätten sie es vorher ausgemacht, blickten alle zu Flori, der nur nickte und tief durchatmete. Dann brüllte er laut und schlug mit seinem Stock auf den Waldboden, dass Blätter und lose Zweige durch die Luft sausten. Sekunden später taten alle anderen es ihm gleich und die Treiber stapften lärmend in einer breiten Reihe in den Wald hinein. Auch Beppo ging los und versuchte, seine Stimme beim Brüllen genauso tief klingen zu lassen wie die der anderen.

***

Als Edi das Gebrüll der Treiber dumpf aus dem Wald kommen hörte, nickte er. Direkt neben ihm stand Hartl, daneben dessen Sohn Toni, beide mit den Gewehren im Anschlag. Zusammen schafften es die Männer, fast die gesamte Breite des Waldstücks abzudecken. Edi setzte sich langsam in Bewegung, die anderen folgten. Die Spannung war beinahe mit Händen zu greifen und Edi hoffte inständig, dass niemand im Übereifer einen unbedachten Schuss abgeben würde.

Viele von ihnen hatten kaum Erfahrung mit der Flinte und einige der Gewehre sahen ohnehin nicht gerade schussbereit aus, aber er wusste auch, dass jeder von ihnen derjenige sein wollte, der den Wolf erlegte. Im Zweifel würden sie auf alles schießen, was sich bewegte, Regeln hin oder her. Das Einzige, was ihre Finger am Abzug ruhig halten würde, war das Wissen, dass es ihre Söhne und Enkel waren, die ihnen als Treiber entgegenliefen. Zumindest hoffte Edi, dass sie das nicht vergaßen.

***

Lautes Brüllen machte nur für recht kurze Zeit Spaß, und so hatte es nach und nach aufgehört. Doch die Treiber erzeugten mit ihren Stöcken, mit denen sie auf Waldboden und Bäume einprügelten, trotzdem ausreichend Lärm. Hin und wieder schreckten sie einen Hasen oder vereinzelte Vögel auf, was aber auch nur die ersten paar Male interessant gewesen war. Insgesamt hatte Beppo sich so eine Jagd spannender vorgestellt, und den anderen ging es offenbar genauso.

Er überlegte gerade, ob er auch damit aufhören sollte, mit seinem Stock herumzuschlagen, was ebenfalls langsam anstrengend wurde, als er plötzlich, nur wenige Schritte von ihm entfernt, etwas sehr Großes aus einem Gebüsch brechen und vor ihnen fliehen sah. Er brauchte zwei Herzschläge, um das Gesehene zu verarbeiten. Dann brüllte er los.

»Wolf!« Er sah sich um, ob noch jemand etwas gesehen hatte. Dann schrie er noch lauter »Wolf!«

Sofort wiederholten die anderen Treiber seinen Ruf, sodass sie lauter waren als je zuvor. Ihr Geschrei, zwischen Panik und Begeisterung schwingend, hallte durch den ganzen Wald.

***

Auch die Jäger hörten es. Edi war für einen Moment verwundert, wie nah die Stimmen klangen. Es war unmöglich, dass ihnen das Tier entkam. Die Männer erhöhten ihr Tempo und die Gewehre, die zuletzt nur noch wenig motiviert in der Hand gehalten wurden, wurden wieder in Anschlag gebracht. Edi hörte von rechts plötzlich ein leises Kichern und blickte zur Seite. Dort erblickte er aber weder Hartl noch dessen Sohn, sondern Mortl. Dessen Augen waren beinahe unnatürlich geweitet, sein Mund zu einem breiten Grinsen verzogen, auf seiner Kleidung zeichneten sich große Schweißflecken ab trotz der kühlen Luft im Wald. Dem Jäger blieb jedoch nur ein kurzer Augenblick, um sich um seinen Neffen zu sorgen. Dann sah er, wie die übrigen Männer sich zu einem Halbkreis zusammenschlossen und sich den Rufen der Treiber näherten. Mit dem Geisteszustand von Mortl musste er sich zu einem anderen Zeitpunkt beschäftigen.

***

Flori war bereits mehrere Hundert Meter von den anderen Burschen entfernt und rannte unbeirrt weiter. Er hatte den Schatten im Gebüsch ebenfalls gesehen, und im Gegensatz zu dem Jungen hatte er nicht gezögert, nicht gebrüllt, sondern hatte die Verfolgung aufgenommen. Er würde Toni und Ignaz zeigen, wer hier zu den Jägern und wer zu den Treibern gehörte. Jagdschein hin oder her, er würde derjenige sein, der den Wolf stellte, und wenn er ihn mit seinem Stock totprügeln müsste.

Er war so fokussiert wie noch nie in seinem Leben. Und auch das Schicksal schien ihm unter die Arme greifen zu wollen. Immer wenn er drohte, die Spur des Tieres zu verlieren, hörte er vor sich ein Rascheln oder sah einen Schatten, der ihn wieder in die richtige Richtung lenkte. Er wusste, dass er dem Wolf dicht auf den Fersen sein musste, und bildete sich ein, sein stinkendes Fell riechen zu können.

Als hätte dieser Geruch, eingebildet oder nicht, in Flori urzeitliche Instinkte geweckt, verwandelte sich seine Euphorie schlagartig in Zweifel. War es wirklich schlau gewesen, sich so weit von der Gruppe zu entfernen? Was, wenn er im nächsten Moment wirklich einem ausgewachsenen und blutrünstigen Wolf gegenüberstand? So groß und mächtig er sich mit dem massiven Prügel in der Hand eben noch gefühlt hatte, kam er ihm mit einem Mal vor wie ein erbärmlicher Zweig.

Flori überlegte, ob er seinen Schritt etwas verlangsamen sollte, um zu den anderen zurückzugelangen, ohne sein Gesicht zu verlieren, als ihm beide Beine weggezogen wurden. Er flog in vollem Lauf nach vorne und schaffte es gerade noch, die Arme schützend vor sein Gesicht zu bringen, bevor er hart aufschlug und die Welt um ihn herum verschwand.

Als Flori wieder zu sich kam, wusste er nicht, wie lange er weg gewesen war. Doch da er noch immer das Brüllen der Treiber in einiger Entfernung hörte, konnten nur Sekunden vergangen sein. Er rappelte sich auf, strich sich eine Strähne aus dem Gesicht und stellte irritiert fest, dass seine Hände klebten. Als er an sich hinabblickte, stockte ihm der Atem. Seine Hände, seine Arme und, wie er mit Schrecken erst jetzt spürte, offenbar auch sein Gesicht waren mit Blut verschmiert. Als hätte sein Gehirn diese visuelle Bestätigung gebraucht, war jetzt auch der Geruch wieder da. Was er vor wenigen Augenblicken für den Gestank des Wolfes gehalten hatte, war jetzt schier unerträglich.

Es roch nach Kupfer, doch gleichzeitig süß und fremdartig. Doch wieso hatte er das Blut bereits vor seinem Sturz riechen können? Und warum fühlte er keinen Schmerz, wo er doch offensichtlich schwer verletzt war? War das der Schock?

Flori kroch einen halben Meter zurück, um herauszufinden, worüber er eigentlich gestolpert war. Es schien, als weigerte sein Gehirn sich, das, was er sah, zu verarbeiten. Er erkannte einzelne Bilder, aber war nicht fähig, sie zusammenzusetzen. Er sah Blut, das rotes Haar dunkler färbte. Er sah eine junge Frau, die nackt auf dem Rücken lag. Er sah eine grauenerregende Wunde, wo ein Bein hätte sein sollen, jetzt aber keines mehr war. Er sah etwas, das er für innere Organe hielt, die aus einem zerfetzten Bauch hingen. All das würde er nie wieder vergessen. Doch was er nie jemandem erzählen würde und wofür er sich noch lange schämen würde, war, dass er Hanni im ersten Moment nicht an ihrem Gesicht oder an ihrem Haar erkannte, sondern an dem Leberfleck unter ihrer linken Brust. Hannis Brüste, die er so oft heimlich am Weiher angestarrt hatte und von denen jetzt nur noch die linke übrig war.

Als der Schmerz in seiner Brust unerträglich wurde, realisierte Flori, dass er seit Minuten nicht geatmet hatte. Er sog tief Luft ein und als er sie wieder ausstieß, folgte ihr ein angsterfüllter Schrei, der im allgemeinen Gebrüll der Treiber unterging.

***

Er hatte den Wolf gesehen, da war er sich ganz sicher. Doch bevor Xaver das Gewehr ansetzen konnte, war der Schatten, der sich gerade noch auf ihn zubewegt hatte, verschwunden.

Widerwillig ließ er seine Waffe sinken, blieb einen Moment unschlüssig stehen und wurde deshalb von Hartl, der an ihm vorbeistürmte, beinahe umgerissen. Der Bürgermeister hatte die Gestalt also auch gesehen. Und offenbar war er nicht der Einzige, denn mehr und mehr Jäger hetzten an ihm vorbei. Der ehemals breite Halbkreis zog sich unerbittlich zusammen.

Da Xaver sich noch immer nicht bewegt hatte, rauschten die Gesichter wie Schemen an ihm vorbei. Von Ruhe und Konzentration war nichts mehr zu spüren. Viele der Männer lachten lauthals, Xaver sah in weit aufgerissene Augen, und es hätte ihn nicht gewundert, hätte der ein oder andere Schaum vor dem Mund gehabt. So etwas hatte er damals in Allenstein beobachtet. Die Männer waren im Blutrausch, und er war wieder mittendrin. Für einen Moment verengte sich sein Sichtfeld wieder, und er wollte überall sein, nur nicht hier. Dann riss er sich zusammen, bemühte sich, zu den Männern aufzuschließen, und stieß nun seinerseits fast mit Hartl zusammen, der in diesem Moment am Rand der Lichtung stehen blieb. Bei ihm standen sein Sohn Toni und Edi, die Gewehre halb erhoben.

Dann passierte sehr viel auf einmal.

In einer ungeordneten, bestimmt zwanzig Meter breiten Front brachen die Treiber aus dem Wald. Sie wirkten von der plötzlich betretenen hellen, freien Fläche der Lichtung verwirrt, sie stolperten und stießen aneinander. Durch das entstandene Durcheinander dauerte es einen Sekundenbruchteil, bis die Jäger bemerkten, dass mit den Jungen auch eine große, dunkle Gestalt am Waldrand erschienen war. Hektisch versuchte sie sich wieder im Unterholz zu verstecken, wurde jedoch von den mittlerweile vollzählig erschienenen Treibern zurückgetrieben und fiel hilflos auf die Lichtung.

Hartl war der Erste, der seine Flinte erhoben hatte und auf die Erscheinung anlegte. Xaver, der als Einziger noch ganz bei Sinnen war, sprang vor den Lauf von Hartls Waffe, riss sein Gewehr über den Kopf und schrie:

»Stopp!«

Als hätte Xavers Ausruf die Männer aus einem Bann befreit, ließen sie einer nach dem anderen ihre Gewehre sinken. Xaver blickte zu Hartl. Der Bürgermeister sah ihn hasserfüllt an und richtete seine Flinte mit deutlichem Widerwillen in Richtung Boden. Hätte Xaver es nicht besser gewusst, er müsste glauben, dass der Bürgermeister ganz genau wusste, dass es kein Wolf war, was sie da auf die Lichtung getrieben hatten.

Denn das war im hellen Tageslicht und mit einem klaren Kopf eindeutig zu erkennen. Es war ein Mann, einzig mit einer in Fetzen hängenden Leinenhose bekleidet und über und über mit Dreck und Blut bedeckt. Sein Gesicht war ausdruckslos und seine Augen starr nach vorne gerichtet, ins Leere blickend. Der Mann schien sich seiner Situation nicht im Geringsten bewusst zu sein und wirkte eher wie ein verängstigtes Tier als wie ein Mensch. Wäre er ein Fremder gewesen, Xaver hätte vermutet, dass er seit Wochen im Wald gehaust hatte, so dreckig und mager war die Gestalt. Doch Xaver hatte nur einen kurzen Moment gebraucht, um den Köhler zu erkennen.

Die entstandene Stille auf der Lichtung wurde durch das laute Knacken eines Astes, einem Gewehrschuss gleich, jäh unterbrochen. Alle Anwesenden drehten sich ruckartig in die Richtung, aus der das Geräusch gekommen war, und manch nervöser Finger näherte sich bereits wieder dem Abzug, als Flori gut dreißig Meter von den übrigen Treibern entfernt aus dem Wald brach. Auch er war von Blut und Dreck verschmiert, doch im Gegensatz zu Joseph war sein Blick wach und angsterfüllt. Er wankte ein paar Schritte auf die Lichtung und blickte zwischen den Männern umher. Offenbar wollte er etwas sagen.

Doch als er den Mund öffnete, beugte er sich nach vorne und erbrach zähe Magensäure in das dichte Gras.

Zweiter Teil

DER PROZESS

27

»Und wia lang wollts so weidamacha?«

Jetzt schrie er doch. Konrad hatte sich bemüht, Ruhe zu bewahren, doch so viel Ignoranz, so viel Hinterlist und so viel Dummheit brachte eine Wut in ihm hervor, die er selbst nicht kannte.

»So lang, bis ers zuagibt!«, zischte Hartl. Ganz im Gegensatz zum Gebrüll des Lehrers war er kaum zu hören und sah sich sogar hin und wieder nervös zum Fenster um.

Je leiser der Bürgermeister sprach, umso lauter wollte Konrad sein. Sollte ihnen doch das ganze Dorf zuhören, das wäre ihm nur recht. Doch natürlich war ihm klar, dass nichts von ihrer Auseinandersetzung nach draußen dringen würde. Die dicken Rathausmauern würden die Worte verschlucken wie schon unzählige Geheimnisse zuvor und wie noch unzählige in der Zukunft. Doch an diesem hier wollte Konrad nicht beteiligt sein.

»Es san etz fast drei Wocha!«, brüllte er. »Der werd nix zugem!«

»Und wenn i'n drei Jahr im Kammerl lass!«, antwortete Hartl mit einer Kälte in der Stimme, die niemanden an seiner Aussage zweifeln ließ.

Konrad sah sich Hilfe suchend unter den anderen Ratsmitgliedern um. Er suchte nach einem Hauch von Gewissen in ihren Augen. Sie waren heute nicht vollzählig, neben Hartl und ihm waren nur Lugg und Xaver anwesend. Während Xaver seine Aufmerksamkeit den Tiefen seines Bierkrugs widmete, folgte der Wirt dem Streit aufmerksam. Eine Meinung zu dem Gesagten ließ aber auch er nicht erkennen, und sich einzumischen, fiel ihm scheinbar erst recht nicht ein.

Konrad zählte innerlich bis drei, dann sah er dem Bürgermeister tief in die Augen und versuchte noch einmal, mit ruhiger Stimme an dessen Vernunft zu appellieren.

»Du muasst des meldn.«

»I meld an Scheißdreck«, antwortete Hartl. »Des is mei Dorf.«

Wieder kochte die Wut in Konrad hoch. Er dachte ernsthaft darüber nach, über den Tisch zu springen und Hartl die Überheblichkeit aus dem Gesicht zu prügeln. Konrad war zwanzig Jahre jünger, hatte ein entschieden breiteres Kreuz und war sich außerdem recht sicher, dass Lugg und Xaver sich auch dann nicht von ihren Plätzen bewegen würden. Doch er verwarf den Gedanken schnell wieder. Erstens kam er ohnehin mehr und mehr zu dem Schluss, dass er der Einzige in dieser Runde war, der noch so etwas wie Anstand besaß, und zweitens würde er sich daraufhin wohl neben Joseph in der Zelle wiederfinden.

Er wusste nicht, wo sich das ominöse »Kammerl« befand. Er war bei der Treibjagd nicht dabei gewesen und hatte sich das wenige, das er im Nachhinein über sie in Erfahrung bringen konnte, aus einem halblauten Bericht von Xaver und dem Gerede im Dorf zusammenklauben müssen. Nach der Jagd war der Köhler, ohne großen Widerstand zu leisten, festgenommen und seitdem nicht mehr gesehen worden. Niemand schien zu wissen, wo er sich genau befand, oder zumindest wollte es

Konrad niemand sagen. Joseph freizulassen, kam für keinen der Verantwortlichen infrage, ihm ein Geständnis zu entlocken, war in den vergangenen drei Wochen jedoch ebenfalls niemandem gelungen.

Konrad sah zurück zu Hartl, der ihn noch immer kühl anstarrte. Nein, diesem Mann Dummheit oder Ignoranz zu unterstellen, war ein Fehler gewesen. Der Bürgermeister wusste ganz genau, was er tat. Aber Konrad glaubte nicht daran, dass es wirklich böse Menschen gab. Niemand hielt sich doch selbst für böse, sondern jeder war der Meinung, seine Taten aus den richtigen Gründen zu tun, wie verblendet diese auch sein mochten. Die Motive des Bürgermeisters zu durchschauen, war nun wirklich keine Kunst. Trotzdem hoffte Konrad, dass noch genug Menschlichkeit in Hartl steckte, um sich überzeugen zu lassen. Noch war es nicht zu spät.

»Willst nan verhungern lassn?«, fragte Konrad ruhig.

»Mir fuadan an eh«, gab Hartl ebenso ruhig zurück.

»Du woasst, wos i moan«, antwortete Konrad. Er fasste einen neuen Plan. Er würde sich als Teil der Verschwörung bezeichnen, anstatt als Außenseiter auf Hartl einzuwirken.

»Mir haltn an Menschen in na winzign Kammer fest, ohne Prozess, ohne dass sei Schuld bewiesen is …«

»Wos?«, unterbrach Hartl ihn. »Mir hom nan bluadverschmiert im Woid gfundn, koane hundert Meter von na zerfetzten Leich. Wia vui mehr sollt sei Schuld no bewiesen wern?«

»Da Flori war aa voller Bluad, und er is sogar über de Leich drüber gfalln. Soll ma eam vorsichtshalber aa eisperrn?«, fragte Konrad trocken.

Hartl konnte seinen Ärger nicht mehr im Zaum halten. Und seine Wut ließ ihn in die Falle des Lehrers tappen.

»Spinnst etz komplett? Willst etz sogn, da Flori ...«

»Na!«, rief Konrad. Jetzt war es an ihm, Hartl das Wort abzuschneiden. Er hatte den Bürgermeister da, wo er ihn haben wollte.

»Und i sog a ned, dass da Joseph unschuldig is. I woass nämlich ned! Oba des is genau da Punkt, mir wissns ned, du genausowenig wia da Rest vo uns! Deswegn gibt's Gerichte und deswegen werd ma bei am Verdacht ned einfach weggsperrt! Des san Nazimethoden, nix anders! Genau de Nazis, wega dene du angeblich nix in Minga meldn willst!«

»Willst ma du irgendwos unterstelln?« Hartls Augen sprühten Funken.

»I unterstell dir, dass du de Sach ned im Griff host!«, setzte Konrad seine Rede fort. »Du woasst ned weider, und etz probierst as so, wias bisher immer funktioniert hod: Einfach vertuschn und nimmer drüber redn, bis des Problem vo selber verschwindt! Aber des werd desmal ned funktioniern!«

Bei diesen Worten stockte Konrad. Er runzelte die Stirn, als ihm die Frage einfiel, die ihn die ganzen letzten Wochen beschäftigt hat.

»Wos is eigentlich mit seiner Tochter?«, fragte er.

Bevor Hartl antworten konnte, öffnete sich die Tür der Amtsstube, und alle vier wandten ihre Köpfe zur Türschwelle, die der Pfarrer, mit einer kleinen Ledertasche in der Hand, überschritt. Sichtlich außer Atem platzte er ohne Gruß oder Entschuldigung für seine Verspätung herein und begann zu sprechen, noch bevor er seinen Platz am Tisch erreicht hatte.

»Ich habe vielleicht eine Idee.«

Nachdem er sich gesetzt hatte, holte Hias aus der Tasche ein kleines Buch. Es war in rotes Leder gebunden, die Farbe war ein wenig verblasst, der Einband schien sehr alt zu sein. Der Titel war in Gold eingeprägt, was dem Druckwerk ein klerikales Aussehen verlieh. Doch bevor Konrad die Worte entziffern konnte, schlug Hias das Buch auf und blätterte darin. Als er die gesuchte Textstelle gefunden hatte, fuhr er mit dem Finger über die Zeilen.

»… dass die Verwandlungen der Menschen in Tiere, die durch die Künste der Dämonen geschehen sein sollen, nicht in Wahrheit, sondern nur dem Scheine nach vorhanden gewesen sind. Dies könnte aber nicht möglich sein, wenn die Dämonen nicht die menschlichen Sinne verändern könnten. Ferner passt hierzu auch …«

Er brach ab, übersprang einige Zeilen, murmelte etwas Unverständliches und fuhr schließlich fort.

»… was auch früher schon angeführt ist: Dies Übel des Teufels schleicht durch alle Zugänge des Sinnes.« Er blickte auf. »Und so weiter.«

Dann sah er sich nach Zustimmung heischend in der Runde um, als müssten sie alle mit diesem Vortrag etwas anzufangen wissen. Er wirkte ein wenig enttäuscht, als er nur irritierte Blicke erntete.

Lediglich Konrad wusste jetzt, welches Buch sie vor sich hatten. Er reagierte nicht sofort, sondern sah den Pfarrer aufmerksam an und gab ihm Zeit, durch ein Zwinkern oder ein Schmunzeln zu erkennen zu geben, dass es sich hierbei um einen makabren Scherz handelte. Als Konrad klar wurde, dass dem nicht so war, streckte er den Rücken und setzte sich gerade hin.

»Etz seits vollkommen wahnsinnig worn, oder?«, fragte er scheinbar in die Runde, gab Hias durch seinen durchdringenden Blick aber deutlich zu verstehen, dass er ausschließlich ihn meinte.

Der Pfarrer ließ sich von Konrads Frage nicht im Geringsten aus der Ruhe bringen. Er zuckte mit den Achseln und hielt dem Blick des Lehrers dabei mühelos stand.

»Die Leute wollen einen Werwolf, also geben wir ihnen einen Werwolf.«

28

Der Mann, der ihr an ihrem Küchentisch gegenübersaß, war klein und von eher schmächtiger Statur. Dennoch ging von ihm eine solch spürbare Gefahr aus, die Mitzi für keine Sekunde unvorsichtig werden ließ.

Es kostete sie ihre letzten Kräfte. Sie hatte, seit ihr Vater weg war, keine Nacht mehr richtig geschlafen und sie wusste, dass ihr Haar durcheinander war und ihre Haut fettig glänzte. Dass sie die Nähte ihres Kleides hatte notdürftig auslassen müssen, um ihren wachsenden Bauch zu kaschieren, trug auch nicht gerade zu einer würdigen Erscheinung bei. Doch sie gab sich Mühe, Selbstbewusstsein auszustrahlen.

Und offenbar gelang ihr das, denn auch Steiner wirkte unter seiner herrschaftlichen Fassade äußerst vorsichtig. Sie waren wie Hunde, die sich umkreisten, bei der kleinsten falschen Bewegung des anderen bereit, zuzuschnappen.

»Wo is mei Papa?«, fragte Mitzi mit fester Stimme.

»Mitzi, des is koa Spiel, des is dir klar, oder?«, sagte Steiner ruhig und ignorierte ihre Frage.

»Wo is mei Papa?«, wiederholte sie.

»Du konnst eam helfa. Sog uns einfach, wo er in da Nocht aufn zwoarazwanzigstn und in da Nocht aufn neinazwanzigstn war.«

Mitzi sah Steiner ins Gesicht und gab sich keine Mühe, ihren Hass zu verbergen. Dann schloss sie kurz die Augen und atmete tief durch, bevor sie erneut fragte:

»Wo is mei Papa?«

Steiner lachte laut auf. In seinem Lachen schwang Anerkennung mit.

»Du bist wirklich a seltn sturs Luada.«

»Des hob i vo meim Vattern.« In Mitzis Worten lag kein Hauch von Sarkasmus, was Steiners Miene sofort wieder gefrieren ließ.

»Ja, des hob i ma scho dacht«, gab er zurück. »Aber des werd dir genauso wenig bringa wia eam. Eich zwoa vergeht de Sturheit scho no.«

Er ließ das Gesagte einen Augenblick wirken, dann erhob er sich und ging zur Tür. Dort angekommen, drehte er sich noch einmal um, offenbar, um ein paar letzte Worte an Mitzi zu richten. Diese blieben ihm aber scheinbar im Halse stecken, als er die junge Frau aufrecht, selbstsicher und mit einem freundlichen Lächeln auf den Lippen am Tisch sitzen sah. Mitzi gab sich alle Mühe, nicht im Geringsten eingeschüchtert zu wirken, sondern so, als hätten sie ein nettes Gespräch über das Wetter und die gestiegenen Preise beim Metzger geführt. Steiner schloss daraufhin den offen stehenden Mund und verließ das Haus schweigend.

Kaum dass sich die Tür hinter ihm geschlossen hatte, fiel Mitzis Lächeln in sich zusammen. Sie atmete mit einem schweren Schluchzer ein und die Tränen liefen ihr unkontrolliert über das Gesicht. Ihr ganzer Körper zitterte und ihr Bauch verkrampfte sich nicht zum ersten Mal an diesem Tag.

29

Hätte ein Fremder vermocht, an beiden Orten gleichzeitig zu sein, so hätte er nicht einmal die offensichtliche äußere Ähnlichkeit zwischen den beiden gebraucht, um zu wissen, dass er hier Vater und Tochter vor sich hatte.

Denn so stark und selbstbewusst Mitzi am Küchentisch Steiner gegenübergesessen hatte, so ungebrochen saß auch Joseph auf dem Stuhl in seinem Verließ.

Der Raum, in dem er eingesperrt war, roch nach kalter Erde und Feuchtigkeit. Die Wände bestanden aus groben Bruchsteinen und es gab nur ein winziges Fenster, kaum mehr als eine Schießscharte, direkt unter der Decke. Außer ein paar Steintrögen, drei ausrangierten Holzstühlen und einer groben modrigen Decke, auf der Joseph die Nächte verbrachte, befand sich nichts darin. Er hatte sich die Stelle gemerkt, an der am Morgen der erste Sonnenstrahl auf den Boden der Zelle fiel, und schlief mit dem Kopf dort, die Beine in Richtung Tür. So wollte er sicherstellen, im ersten Morgengrauen zu erwachen und seinen Peinigern nie unvorbereitet zu begegnen.

Die Fetzen, die er trug, waren nicht seine eigenen und stanken. Doch die Tatsache, dass sie ihn nicht halb nackt in der kalten Zelle hatten sitzen lassen, gab ihm Hoffnung, dass er sie eines Tages wieder verlassen würde. Er glaubte, seit etwa drei Wochen eingesperrt zu sein. Sein Haar war strähnig, sein Bart juckte und obwohl ihm an einem der ersten Tage ein Eimer Wasser und eine Bürste gebracht worden waren, glaubte er, noch immer Reste von Blut unter seinen Fingernägeln zu spüren.

Reste von Blut, das nicht seines war. Seine Verhaftung, seinen Gang durch das Dorf, bei dem ihn die Dorfbewohner voller Angst, Verachtung und Hass angeblickt hatten, wie Hartl und Lugg nach einigem Überlegen den alten Bierkeller des Wirtshauses als Unterbringungsort für ihn erkoren hatten, all das hatte er mitbekommen. Doch es war gewesen, als hätte er sich selbst dabei beobachtet. Er war nicht fähig gewesen, aktiv am Geschehen teilzunehmen oder sich zu äußern. Wie er auf die Lichtung gekommen war, wusste er nicht.

Ihm wurde unterstellt, die vier Kinder und eine junge Frau getötet zu haben.

Joseph hatte Angst vor seinen Träumen, aber er war sich sicher, dass er niemanden getötet hatte. Er saß aufrecht, sammelte seine Kräfte und ließ die schwere Holztür nicht aus den Augen.

Er war sich fast ganz sicher.

30

Diesmal waren sie wieder vollständig, von einer Lösung waren sie jedoch noch immer weit entfernt. Steiner hatte beschlossen, seine persönlichen Gefühle außen vor zu lassen. Er hörte sich alles genau an, unterbrach niemanden, sprach selbst wenig. Jeder hatte eine Meinung zum weiteren Vorgehen, zuletzt hatte er sich den Plan des Pfarrers angehört, doch überzeugt hatte ihn nichts.

Ihm war früh beigebracht worden, den Mund zu halten, wenn man nichts Sinnvolles zu sagen hatte, und so schwieg er. Je länger er stumm blieb, desto leiser wurden auch die anderen, bis es sehr still geworden war in der Amtsstube.

Es war an ihm, eine Entscheidung zu treffen, das wusste er. Der Gemeinderat verließ sich auf ihn. Das Dorf verließ sich auf ihn. Seine Entscheidungen waren nicht immer willkommen, doch sie wurden befolgt. Denn insgeheim wussten im Dorf alle, dass sie richtig waren.

Er überlegte einige Zeit, ob er sich eine Pfeife anzünden sollte. Doch selbst diese stille Arbeit wäre in dem Schweigen des Raumes zu laut gewesen. Schließlich traf er einen Entschluss.

»So blöd is de Idee ned«, stellte er sachlich fest.

Obwohl der hektisch vorgebrachte Vortrag von Hias bereits einige Minuten zurücklag, wusste jeder im Raum, worauf sich Steiners Aussage bezog.

»So blöd is de Idee ned?«, polterte der Lehrer los, als habe er mit diesem Urteil gerechnet und nur darauf gewartet, endlich Widerworte geben zu können.

»Sads etz alle wahnsinnig worn? Mir san ned im Mittelalter! Ihr kinnts doch koan Hexenprozess anzetteln!«

»Werwolfprozess«, korrigierte ihn Hias automatisch, was Konrads Hass augenblicklich auf den Pfarrer lenkte.

»Du halt di raus!«, zischte er Hias an. Dann wandte er sich wieder an Steiner und die anderen Ratsmitglieder.

»Ihr glaubts doch bittschön ned wirklich, dass da Joseph a Werwolf is? Sogts mal, wo samma denn?«, fragte er ungläubig.

Steiner sah den Lehrer an und versuchte, Ruhe und Gelassenheit auszustrahlen. Offenbar gelang ihm das, denn Konrad schien sich tatsächlich ein wenig zu beruhigen. Als Steiner zu sprechen anfing, tat er dies mit ruhiger Stimme.

»Konrad, koana vo uns glaubt, dass da Köhler a Werwolf is. Darum geht's aa ned. Aber so kimma des im Dorf regeln. Und des is, wos alle wolln.«

»Eich is ned klar, wos ihr vorhabts, oder?«

»Mir ham vor, dass ma an Wahnsinnign, der mindestens fünf Leid umbracht hod, zur Verantwortung ziang.«

»Mindestens?«, fragte Konrad irritiert. Genau diese Frage hatte Steiner provozieren wollen.

»Je diafa ma grabt, desto mehr daucht auf. Wennst de Leid bloß fragst, do erfahrst Sachan, de mechst kaum glaum. Mit seim Buam, mit seiner Frau … Des war vielleicht alles ned so eindeutig, wie ma glaubt.«

Steiner machte eine kunstvolle Pause.

»Und etz mit seiner Tochter …«

»D Leid hom seltn wos anders zum dua wia bled daherredn. Wenn mas frogt, wos über di ois auf Lager hom, da kannt ma di a vor Gericht stelln«, gab Konrad trocken zurück.

Steiner achtete darauf, sich nichts anmerken zu lassen, doch innerlich zollte er dem Lehrer Anerkennung. Er hatte ihn unterschätzt. Zuagroaster oder nicht, dieser Kerl war ein harter Hund und weder auf Kopf noch Maul gefallen. In einem anderen Leben hätten sie Freunde werden können. Doch in diesem schien das Schicksal sie zu Feinden machen zu wollen.

»I hob aber koane Kinder umbracht«, entgegnete Steiner trocken.

Jetzt war es mit Konrads Zurückhaltung vorbei.

»Da Joseph aa ned!«, brüllte er Steiner ins Gesicht. »Des is a herzensguader Kerl, ders sei Lebdog ned leicht ghabt hod! Der hilft an jedm, wo er ko! Ohne eam kanntn eire Kinder ned ind Schul geh, und ohne seine Felder hätt d Hälft vo eich nix zum Fressn!«

»Ma konn ind Leid ned neischaun«, entgegnete jetzt der Bürgermeister achselzuckend. »Und es duad ma leid, aber i hör lieber auf de Leid, de ihr Lebn lang do san, wia auf an zuagroastn Schullehrer.«

Obwohl Hartl ihn noch nie so direkt auf seinen Stand im Dorf hingewiesen hatte, zuckte der Lehrer mit keiner Wimper, was Steiner beeindruckte. Der Mann war kein Idiot, natürlich wusste er, dass man nicht einfach zum Dorf dazugehörte. Selbst wer ordentlich einheiratete, in die Kirche ging und ein vernünftiges Tagwerk zur Gemeinschaft beitrug, brauchte Jahrzehnte, um nicht mehr als der Auswärtige behandelt zu werden. Zumindest bei Begegnungen von Angesicht zu Angesicht. Hinter dem Rücken blieb er es natürlich, teils über Generationen hinweg.

Wer wie Konrad ungefragt aus der Stadt zu ihnen kam, und sich zudem für etwas Besseres hielt, der brauchte sich halt auch nicht zu wundern.

»Ja, vielleicht waars aber gscheider, wenns ab und zu amal aus eierm Dorf aussa kammads! Dann hättst vielleicht scho mitgriagt, dass a Polizei gibt und Gerichte und dass d Leid ned einfach am nächsten Baum aufghängt wern!«

Steiner sah, wie Hartl kochte. Zwar hatte Konrad seine Kritik an den gesamten Gemeinderat gerichtet, doch jeder wusste, dass sie eigentlich dem Bürgermeister galt. Es bedurfte keines außerordentlich scharfen Verstandes, um Hartls Gedanken in diesem Moment zu lesen. Dies war sein Dorf, er war verantwortlich dafür und er beschützte es. Was bildete der Lehrer sich eigentlich ein? Steiner bemerkte, wie Hartl sich weiter um eine ruhige Stimme bemühte, doch ganz gelang es ihm nicht.

»Wo is denn eigentlich dei Problem?«, presste er hervor. »Da Köhler griagt an ordentlichen Prozess, sogar mit kirchlicher und weltlicher Instanz.«

»Nach Regeln, die a Fanatiker vor fünfhundert Jahr aufgstellt hod, damit er a Rechtfertigung hod, dass er Hexen verfolgen konn!«, brüllte Konrad, der sich nicht im Geringsten um Ruhe bemühte.

»Der Hexenhammer ist ein päpstlich bestätigtes Regelwerk und wird bis heute publiziert«, mischte sich Hias ein.

Kurz hoffte Steiner, der Lehrer würde in seiner Rage jetzt gegen Papst und Kirche wettern. Dann hätte er verloren. Darauf, wie gläubig jeder Einzelne am Tisch tatsächlich war, kam es hierbei nicht an. Auf Herrgott und Kirche wurde nicht geflucht, genauso wenig wie es einer von ihnen gewagt hätte, dem Gottesdienst fernzubleiben.

Doch so dumm war der Lehrer natürlich nicht. Stattdessen schaute er Hias mit traurigen Augen und stummer Verzweiflung an.

»Ja, weil koana glaubt, dass des no wer benutzt!«, antwortete er, und auf einmal klang seine Stimme müde und erschöpft. »Des Ding sollt a Abschreckung sei, koa Handbuch!«

Bevor der Pfarrer etwas erwidern konnte, setzte Hartl sich auf und ergriff das Wort.

»Zankl, do konnst di querstelln, wiast mogst, aa mit fünf zu oans is des a gültige Entscheidung.«

Allein aufgrund der Tatsache, dass Hartl den Nachnamen des Lehrers verwendete, statt ihn wie sonst mit dem Vornamen oder seinem Berufsstand anzusprechen, wusste Steiner, dass die Diskussion damit beendet war. Hier sprach nicht mehr Hartl zu ihnen, sondern der Bürgermeister.

»Da Fall Joseph Eustachius Köhler«, fuhr dieser in hochoffiziellem Tonfall fort, »wird nach Legitimation des Hexenhammers verhandelt und da Köhler offiziell von der kirchlichen wie weltlichen Gerichtsbarkeit« – bei diesen Worten zeigte er erst auf Hias, dann auf sich selbst – »als Hexer angeklagt. Die Verhandlung beginnt am morgigen Tage. Guad Nacht.«

Ohne Widerworte, eine Reaktion oder auch nur einen Blick der anderen abzuwarten, erhob sich Hartl und verließ die Amtsstube.

Steiner dagegen ließ sich alle Zeit der Welt, blickte jedem einzelnen Anwesenden in die Augen, ohne in der eigenen Miene etwas erkennen zu lassen. Noch immer war er von dem Lehrer beeindruckt. Trotz dieser gewaltigen Watschn verhielt sich dieser äußerlich gefasst, er erhob sich ohne Hektik und grüßte in die sich auflösende Runde, bevor er mit aufrechtem Gang aus der Tür trat. Doch Steiner erkannte ein getroffenes Tier, wenn er es sah.

Diese Sache würde noch sehr interessant werden.

31

Mini hob den Deckel von der großen Emailleschüssel und war froh, deren Inhalt noch so vorzufinden, wie sie ihn hinterlassen hatte. Viermal hatte Lugg in den letzten Wochen die Essensreste, die sie dort versteckt hatte, in den Hof zum Hund gebracht.

In der Gaststube hatte heute reger Betrieb geherrscht, und an diesem Abend war die Schüssel gut gefüllt. Mini legte die Brotscheiben, das Stück kalten Schweinebraten und einen halben Kartoffelknödel auf eines der runden Holzbretter. Dann sah sie die Platte unschlüssig an, griff schließlich in die Obstkiste und legte noch einen Apfel darauf. Sie glaubte kaum, dass Lugg das Obst abzählte, und selbst wenn, dann hatte sie eben davon gegessen. Nachdem sie zusätzlich einen Krug mit Wasser gefüllt hatte, griff sie mit der freien Hand nach dem Holzbrett und verließ die Küche durch die Hoftür.

Der Hund hob den Kopf, als sie an ihm vorbeiging, machte sich aber nicht die Mühe, aufzustehen. Selbst im Halbdunkel konnte Mini sehen, wie sich seine Nasenlöcher blähten, als er den Schweinebraten roch. Doch spätestens seit er einmal so vehement gebellt und an der Kette gerissen hatte, dass Mini sich nur noch mit einem gut gezielten Pantoffel zu helfen wusste, hatte der Köter gelernt, ruhig zu bleiben.

Mini wusste weder, wie alt der Hund war, welche Rasse, einen Namen hatte er ebenfalls nicht. Lugg hatte ihn angeschafft, nachdem zwei Saufbrüder auf ihn losgegangen waren und es ihn mehrere zerbrochene Bierkrüge sowie einen Eckzahn gekostet hatte, sie auf die Straße zu befördern. Danach hatte er die beiden zwar selbst noch ordentlich zugerichtet, trotzdem war ein paar Tage später der Hund mit einer schweren Eisenkette im Hof angebunden worden. Die meiste Zeit war er friedlich und Mini war ihm so egal wie er ihr. Wenn sie nicht gerade kalten Braten durch den Hof trug.

Ob er auf mögliche Einbrecher genauso lautstark reagieren würde, wusste Mini nicht. Sie wusste auch nicht, ob er gebellt hatte, als sie Joseph über den Hof geschleift hatten.

Mini balancierte Wasser und Essen nun in einem Arm und kramte mit der freien Hand nach dem Schlüssel in ihrer Schürzentasche, sperrte die Eichentür, die halb versteckt hinter dem für den Winter aufgeschichteten Holz auf der gegenüberliegenden Hofseite lag, auf, stemmte sich in den staubigen Boden, um sie aufzubekommen und ging in den alten Bierkeller hinunter. Unten angekommen, schob sie den Riegel von der zweiten etwas leichteren Tür auf und betrat den Kellerraum. Sie stellte das Holzbrett und den Krug auf dem Boden ab. Dann atmete sie tief durch, noch immer, ohne den Blick zu heben. Sie musste sich auf den Anblick erst vorbereiten.

»Dank dir, Mini.«

Mini sah auf und betrachtete Joseph. Sofort kochten Wut und Schmerz in ihr hoch, als sie den Schatten des Mannes erblickte, der er einmal gewesen war. Joseph war dreckig, seine Kleidung zerlumpt, und die Mangelernährung sowie das Fehlen von Tageslicht hatten ihr Übriges getan. Doch als sie in seine Augen sah, erkannte sie den alten Joseph wieder. Das Feuer in ihm brannte noch. Er lächelte sie an. Dankbar, aber nicht flehend. Ein Lächeln, als würde sie ihn zu Hause besuchen und nicht in einer kalten und stinkenden Gefängniszelle.

Sie wusste den Gefallen zu schätzen, den er ihr damit tat, und beschloss, ihn dadurch zu erwidern, dass sie nicht sofort in Tränen ausbrach.

»Mei, des is ja eh as Mindeste«, antwortete sie stattdessen resigniert. Ihr Hals war plötzlich so rau, dass sie jedes ihrer Worte schmerzhaft spüren konnte.

Sie sah Joseph zu, wie er den Krug fast in einem Zug leerte. Zwei dünne Rinnsale liefen an seinen Mundwinkeln hinab und hinterließen dünne Spuren in seinem mit Staub bedeckten Gesicht. Nachdem Joseph seinen Durst gestillt hatte, setzte er sich auf den dreckigen Boden und fing an zu essen. Mini sah, wie gierig er aß, und wie schwer es ihm fiel, ein Mindestmaß an Manieren beizubehalten. Sie lächelte innerlich und fragte sich, wie es wohl aussehen würde, wäre sie nicht im Raum. Sie setzte sich ebenfalls und hoffte, dass Lugg den Staub an ihr später nicht bemerken würde.

»Isst as Schweinerne ned?«, fragte sie ihn, als ihr auffiel, dass er ausgerechnet den kalten Braten, den zu verstecken wirklich nicht einfach gewesen war, keines Blickes würdigte. Es entstand eine Pause, in der Joseph sie kauend ansah. Offensichtlich wollte er nicht mit vollem Mund antworten.

»I iss doch koa Fleisch«, stieß er schließlich hervor, ehe er einen weiteren tiefen Schluck aus dem Krug nahm.

Mini verdrehte die Augen. Über diesen Schmarrn hatte Joseph ihr in besseren Zeiten schon öfter Vorträge gehalten, und sie hatte nie wirklich zugehört. Deswegen wusste sie auch nicht mehr, ob er aus Tierliebe kein Fleisch aß oder ob er es gesünder fand, und es war ihr auch egal. Nicht dass es oft Fleisch gäbe. Wenn sie überhaupt welches bekamen, dann sah sie zu, es den Gästen vorzusetzen. Die waren bereit, dafür gut zu zahlen und merkten dank ihrer Soßen meist nicht, wenn es schon ein bisschen ranzig war. Trotzdem kam Mini aus einem Elternhaus, in dem gegessen wurde, was auf den Tisch kam. Sie erinnerte sich zu gut an den täglichen Hunger, als freiwillig auf etwas zu verzichten, nur weil ihr eine Sau leidtat. War dieser Hitler nicht auch Vegetarier?

Als sie wieder zu Joseph sah, bemerkte sie, wie er sie kauend angrinste, als könnte er ihre Gedanken lesen. Für einen kurzen Moment war sie versucht, einfach für ein paar Sekunden so zu tun, als wäre alles in Ordnung. Doch dann wurde sie wieder ernst. Für sie war das Hungern vorbei. Für Joseph fing es gerade erst an.

»Aber moanst ned vielleicht, dass wos essn etz gscheider waar wia deine Prinzipien?«, fragte sie ihn.

»Wos hob i denn no, außer meine Prinzipien?« Joseph ließ den Blick durch seine Zelle schweifen. Weder sein Tonfall noch sein Gesichtsausdruck hatten sich verändert, doch sie kannte ihn gut genug, um den Ernst in seiner Stimme herauszuhören. Sie blickten sich für einige Sekunden in die Augen, bis Joseph schließlich weiteraß. Sie beobachtete ihn einige Zeit schweigend dabei. Als sie schließlich zu sprechen begann, wusste sie nicht, ob sie mit ihm oder mit sich selbst sprach.

»Joseph, du woasst, dass ned as ganze Dorf gega di steht, oder? A jeder, der di kennt, woass, dass du des ned warst. Do brauchst da koane Sorgn macha.«

»I mach ma koane Sorgen«, antwortete Joseph so schnell und mit einer solchen Überzeugung, dass Mini ihn erstaunt ansah. »De solln mi anklagen, dann werd genau des rauskumma. Letztlich schneidt si da Steiner damit ins eigne Fleisch.«

Als er Minis irritierten Blick sah, lächelte Joseph wissend.

»I woass scho, wem i des zu verdanken hab.«

»Joseph, de hom di im Wald gfundn …«, setzte Mini vorsichtig an.

»I bin Schlafwandler, Mini. I bin scho oft im Woid aufgwacht.«

»Des is aber aa ned normal«, entgegnete sie. »Wia lang geht des scho?«

Joseph wandte sich ab und nach einiger Zeit war Mini sich sicher, dass sie auf ihre Frage keine Antwort mehr erhalten würde.

Dann atmete Joseph tief durch. »Seitm Lenze«, murmelte er kaum hörbar.

Mini wurde abwechselnd heiß und kalt und sie verfluchte sich für ihre Dummheit. Wenn sie immer erst einmal nachdenken würde, bevor sie jeden Gedanken gleich laut aussprach, wäre allen geholfen. Statt für Joseph da zu sein und ihm Trost und Hoffnung zu spenden, riss sie lieber alte Wunden auf. Er ließ sich jedoch nichts weiter anmerken und verschlang den letzten Kanten Brot. Dennoch versuchte sie, schnell das Thema zu wechseln.

»Da Mitzi geht's guad.«

Bei der Erwähnung des Namens seiner Tochter zuckte Joseph zusammen und starrte Mini an, was ihr neuerliche Schauer durch den Körper trieb.

»Du host ihr ned gsagt, wo i bin, oder?«, fuhr er sie an. Seine Stimme klang plötzlich eiskalt.

»I hob ihr nur gsagt, dass da guad geht«, beschwichtigte sie ihn. »Und des war scho glogn …«, fügte sie nach einer kurzen Pause resigniert hinzu.

Von einem Moment auf den anderen schien Josephs Wut

verschwunden. Er lächelte Mini an und griff nach ihrer Hand. Sie zuckte im ersten Moment zurück, ließ es dann aber zu.

»Mini, wia lang kenna mir uns etz scho?«, fragte er sie. »Do samma doch scho aus härtere Gschichtn wieder sauber raus, oder?«

Mini erwiderte sein Lächeln zwar, war aber nicht annähernd überzeugt. Josephs warme Hand in der ihren fühlte sich vertraut und gut an. Zu gut.

Sie zog ihre Hand weg und stand auf. Sie hob das Holzbrett und den Krug auf und ging zur Tür. Erst als sie dort angekommen war, sprach sie erneut, jedoch ohne sich umzudrehen.

»I woass ned, ob du de Sach ned vielleicht unterschatzt.«

Sie gab Joseph keine Gelegenheit, zu antworten, öffnete die Tür und verließ die Zelle.

Nachdem sie den Riegel vorgeschoben hatte, drehte sie sich um und ihr Herz blieb für einen Moment stehen.

Im Schatten des Ganges stand Lugg und funkelte sie mit bösen Augen aus dem Dunkeln heraus an. Mini musste einen Schrei unterdrücken und ließ das Brett fallen. Beide sagten kein Wort. Weder als Mini Teller und Braten aufhob, noch als sie zum Haus zurückgingen und Mini das Fleisch im Vorbeigehen dem Hund zuwarf, der es sofort gierig verschlang.

Erst als sie in der Gaststube angekommen waren und die Tür zum Hof fest verschlossen war, sprach Lugg sie an. Seine Stimme war kaum mehr als ein Flüstern und schien die Temperatur im Raum um einige Grad zu senken.

»Wos hoast du bei eam gmacht?«

»Zum Essen hob i eam wos bracht!«, antwortete Mini scharf, fest entschlossen, sich aus ihrer Menschlichkeit keinen Vorwurf machen zu lassen. »Derf i des etz aa nimmer?«

Lugg holte tief Luft und Mini wappnete sich bereits für einen handfesten Streit. In all den Jahren hatte ihr Mann nie die Hand gegen sie erhoben, und sie glaubte auch nicht, dass es heute passieren würde. Zum Jähzorn neigte er dennoch, und wenn er mit einem Sachverhalt nicht gänzlich einverstanden war, brachte er ein sehr buntes Arsenal an Flüchen und Verwünschungen hervor. Auch warf er in einer Wut gerne das ein oder andere Glas, wenn auch bisher nie in ihre Richtung. Doch Mini sah nur zu deutlich, wie die letzten Wochen Lugg zugesetzt hatten, und beschloss, im jetzt unweigerlich folgenden Wortgefecht zurückzustecken und nicht auf ihrer Sturheit zu beharren.

Doch dann wich die eben noch eingesogene Luft aus ihrem Mann und es schien, als würde er dabei um einen halben Kopf schrumpfen. Kraft- und mutlos schleppte er sich an den nächstgelegenen Tisch, stützte seinen Kopf schwer auf seine Arme und fuhr sich mit beiden Händen über Gesicht und Kopf. Als er wieder zu ihr aufblickte, sah er so müde aus, wie sie es noch nie bei ihm gesehen hatte.

»Wos soll i denn macha?«

Mini wartete ab, ob er noch etwas hinzufügen würde, doch er sah sie nur mit einer Traurigkeit an, die sie nicht von ihm kannte und die ihr das Herz brach. Als sie sich endlich überwunden hatte, den ersten Schritt zu tun, setzte sie sich neben ihn und nahm ihn in den Arm.

Er vergrub sein Gesicht in ihren Haaren und sie tat, als würde sie seine Tränen nicht bemerken. Es hätte eine Minute oder eine Stunde sein können, in der sie unbeweglich dasaßen. Dann rückte Mini einige Zentimeter von ihm ab und sah ihm in die geröteten Augen.

»Du musst bloß schaua, dassd a Mensch bleibst«, sagte sie zärtlich, aber bestimmt. »Da Steiner is gfährlich. Lass di ned mitm Deife ei.«

32

Hias ging durch den Mittelgang seiner Kapelle und berührte jede der Bänke auf der linken Seite kurz, als würde er sie einzeln begrüßen. Er konnte den Weg blind gehen, kannte jede knarrende Diele und jeden Kratzer in den Kirchenbänken. Er spürte den minimalen Unterschied in der Bodenbeschaffenheit an der Stelle, an der das Wasser hereingekommen war, bevor sie das neue Dach bekommen hatten. Seine Füße umgingen automatisch das schlecht abgeschliffene Astloch, das schon manchen Kirchgänger zum Stolpern gebracht hatte.

Er konnte nicht mehr zählen, wie oft er diesen Gang schon entlanggegangen war, in beide Richtungen, allein wie unter den andächtigen Augen der Gemeinde. Doch so gut er seine Kirche kannte, wenn es Nacht wurde, beeindruckte sie ihn noch immer. Wenn es dunkel war und nur die beiden ewigen Lichter am Altar brannten, senkte sich eine Stille und Erhabenheit über den Raum, die ganz ihm allein gehörte. Die Kerzen ließen die Schatten sanft tanzen und die dicken Kirchtüren sperrten selbst das Zirpen der Grillen aus.

Die Gottesdienste hatten nichts Spirituelles, Hias verstand sie weniger als Dienst an Gott als vielmehr als Dienst am Dorf. Wenn sie ihm einmal in der Woche mit halbem Ohr zuhörten, ihren Leib Christi hinunterwürgten und ihr Vaterunser beteten, erteilten sie sich damit selbst die Erlaubnis, außerhalb der Kirche mit ihren Leben genauso weiterzumachen wie immer. Mehr als einmal hatte Hias sich selbst dabei ertappt, wie er das schwitzende, tuschelnde, Nasen bohrende, Füße scharrende, auf den Bänken herumrutschende Dorfvolk stumm beobachtet hatte und nichts als Verachtung empfand.

Doch diese nächtlichen Momente, in denen die Kirche still und leer war, in denen spürte er die Gegenwart Gottes noch.

Er setzte sich in die erste Reihe und betrachtete das Kruzifix, das sich im Schein der Kerzen zu bewegen schien. Jetzt, als er saß und eigentlich zur Ruhe kommen sollte, fing die Mauer in seinem Inneren plötzlich an zu bröckeln. Während er zum Altar blickte und seine Hände auf das kühle Holz der Kirchenbank legte, fing er an, die Entscheidungen der letzten Tage zu hinterfragen.

»Was mach ich da eigentlich?«, fragte er sich.

Dass er seine Frage laut ausgesprochen hatte, wurde ihm erst gewahr, als ein leises Echo von den Wänden der Kapelle zu ihm zurückhallte.

»Des is a guade Frage.«

Hias fing an zu lächeln, als er den sonoren Bass des Altpfarrers neben sich hörte. Er drehte sich nicht zu ihm, sondern blickte weiter zum Altar, als er antwortete.

»Tja, wohin geht der Seelsorger zur Seelsorge?«, fragte Hias leise.

»Zum Wirt normal, oder?«, gab der Altpfarrer zurück.

Hias schmunzelte kurz, dann wurde er wieder ernst.

»Wenn man das Falsche tut, aber aus den richtigen Gründen, wird es dann richtig?«

»Na. Es bleibt auf jedn Fall as Falsche«, antwortete der Alte ohne Zögern. »Die Frage is, obs da's wert is. Wiaviel Schaden entsteht durch die Tat und wiaviel Nutzen? Und obst as mit deim persönlichen Seelenfrieden ausmacha konnst.«

»Was sagt die Bibel dazu?«

Der Altpfarrer überlegte kurz.

»Mei ... Viel«, sagte er dann. »Richtig und falsch is ja quasi as Kernthema. Es gabat do so zehn Gebote, wennst di daran haltst, liegst scho ned komplett falsch. Andrerseits steht drei Seiten weiter ›Wer einen Menschen schlägt, dass er stirbt, der soll des Todes sterben‹, also aa wieder Auslegungssach. Über de vorsätzliche Verwendung vo antiquierte Anklagemethoden zur Vermeidung aktueller Rechtsprechung steht etz zuagemermaßen ned vui drin. Aber letztlich ...« Er schien erneut nachzudenken. »D Bibel is aa bloß a Buch. Wos sogst du?«

Hias spürte, auch ohne den Kopf zu drehen, den stechenden Blick seines Vorgängers auf sich lasten. Als er antwortete, klangen seine Worte sogar für ihn selbst auswendig gelernt und unaufrichtig.

»Der Hartl sagt, wenn wir den Köhler nach München schicken, geht er zehn oder zwölf Jahre ins Zuchthaus, und dann lassen sie ihn raus. Und wenn die Nazis vorher an die Macht kommen, dann geht eh alles drunter und drüber.«

Er sammelte sich kurz, dann sprach er weiter. »Man darf nicht vergessen, der Köhler ist immer noch ein reicher Mann. Vielleicht kann er sich sogar ganz rauskaufen. Und das darf nicht passieren. Ich hab in der Kirch die Eltern von fünf toten Kindern sitzen. Die wollen Antworten. Und die wollen ...«

»Vergeltung?«, unterbrach der Altpfarrer ihn. Unter seinem

gespielt naiven Tonfall lag eine versteckte Härte. »Auge um Auge?«

»Blut um Blut …«, ergänzte Hias das zweite Buch Mose automatisch und glaubte zum ersten Mal die Bedeutung dieser Worte zu verstehen.

»Du muasst da halt überlegn, wem gegenüber dassd verpflichtet bist«, fuhr der Alte fort. »Und du muasst da sicher sei, dass ers war.«

Der Altpfarrer machte eine Pause, und Hias brauchte den Kopf nicht zu drehen, um zu wissen, dass der eindringliche, gleichzeitig mitfühlende Blick seines Vorgängers auf ihm ruhte.

»Bist da sicher?«, fragte ihn der Mann, der ihm so vieles beigebracht hatte, jetzt direkt.

»Sicher nicht«, gab Hias zu. »Aber ich traus ihm zu«, sagte er schnell hinterher.

»Weil er ned ind Kirch geht? Oder weil d Leid sogn, dass er an Bund midm Deife hod?«

Als der Altpfarrer es aussprach, kam es Hias plötzlich lächerlich vor. Aber was sollte er noch tun? Das Unheil war doch bereits angerichtet. Verzweiflung machte sich in Hias breit.

»I woaß doch aa ned …«, murmelte er und bemerkte nicht, dass er vor dem Alten die Fassade des ehrwürdigen Pfarrers abgelegt hatte und einfach nur ein hilfloser Mann war. »Wos sogst du denn?«

Wieder entstand eine Pause. Dann antwortete der Alte und Hias konnte hören, dass er dabei lächelte.

»I konn dir nix sogn, wosd ned eh scho woasst.«

Hias nickte resigniert, dann fuhr er sich mit den Händen über das Gesicht und versuchte, sich zusammenzureißen. Für seine persönlichen Befindlichkeiten war keine Zeit mehr. Er war der Pfarrer, die heilige Instanz des Dorfes. Zu ihm kamen seine Schützlinge mit ihren Problemen, und seine Aufgabe war es, sie auch aus diesem finsteren Tal zu führen. Der Hirte durfte keine Angst zeigen, er musste vorangehen, auch wenn er den Weg einmal selbst nicht kannte. Wenn er zweifelte, wie sollte er dann seiner Gemeinde den rechten Pfad aufweisen? Er beschloss, sich auf die Führung des Herrn zu verlassen. Sollte sein Weg wirklich der falsche sein, so würde der Herr ihm ein Zeichen schicken. Bis dahin würde er tun, was in seiner nicht unerheblichen Macht stand, um seine Schäfchen zu beschützen und ins Licht zurückzuführen.

Hias richtete sich zu voller Größe auf, strich sein Hemd glatt und verließ die leere Kapelle.

33

Das Holz schmeckte vermodert, und je mehr es seinen Speichel aufsog, desto schwammiger wurde seine Konsistenz. Als Kind hatte er oft an den noch grünen Ästchen der Bäume herumgekaut, hatte sie je nach der Rolle, die er in seiner Fantasie gerade verkörperte, in Zigarren, Pfeilspitzen oder – nach bester kannibalistischer Manier – abgekaute Knochen seiner Feinde verwandelt. Joseph glaubte sich noch immer an den frischen, leicht bitteren Geschmack in seinem Mund erinnern zu können. Das, was er jetzt schmeckte, hatte damit nichts zu tun. Schon nach ein paar Minuten hatte er ernsthaft darüber nachgedacht, sein Werk aufzugeben und den widerlichen Geschmack, der beinahe an etwas Lebendiges erinnerte, loszuwerden. Doch wenn er mit einer Sache angefangen hatte, wollte er sie auch zu Ende bringen. Außerdem regte das Herumkauen auf dem Holzstück seinen Speichelfluss an, was seinen Durst für den Moment deutlich erträglicher machte.

Nach einiger Zeit spuckte er die Holzspäne aus, die sich in seinem Mund gesammelt hatten, und betrachtete das Ergebnis seiner gefühlt stundenlangen Beschäftigung. Es war etwas krumm und schief, und die Proportionen stimmten nicht, trotzdem erinnerte das Holzstück jetzt zumindest entfernt an einen Hasen, dessen linkes Ohr nach vorne abgeknickt war. In Anbetracht der Tatsache, dass ihm als Schnitzwerkzeug lediglich seine Schneidezähne zur Verfügung gestanden hatten, konnte sich das Ergebnis durchaus sehen lassen.

Wäre er an einem anderen Ort, in einer anderen Zeit, hätte er den Hasen vielleicht seinen Kindern geschenkt.

Doch sein Sohn war tot und das Schicksal seiner Tochter ungewiss. Er selbst saß in einem schimmligen Keller und hatte inzwischen aufgehört, die Tage und Nächte zu zählen. Er betrachtete das Holztier noch einen Moment, dann warf er es mit aller Kraft gegen die gegenüberliegende Wand. Es fiel zu Boden und der im Verhältnis zum Körper zu groß geratene Kopf brach ab und rollte noch einige Zentimeter weiter. Joseph starrte den zerstörten Hasen an, ohne ihn wirklich zu sehen.

Dass er in diesem Keller eingesperrt war, wunderte ihn nicht. Sie hatten einen Schuldigen gebraucht, und er war ihnen buchstäblich vor die Füße gefallen. Er wusste nicht, wie er auf die Lichtung gekommen war, wie so oft, aber alle Zeichen sprachen gegen ihn. Er konnte ihnen keinen Vorwurf machen. Doch seit seiner Inhaftierung schien nichts passiert zu sein. Sie brachten keine Beweise, obwohl sie mit Sicherheit sein Haus auf den Kopf gestellt hatten.

Mitzi hätte sich zwar mit Händen und Füßen gewehrt, doch einem halben Dutzend erwachsener Männer war sie schlicht und einfach körperlich unterlegen. Und wie viel Bedeutung Recht und Ordnung im Dorf zurzeit noch hatten, erfuhr er ja gerade am eigenen Leib.

Er war überzeugt, dass er unschuldig war, und auch Hartl und die anderen fanden offenbar nichts Belastendes, sonst würden sie nicht so vehement versuchen, ihn zu einem Geständnis zu überreden. Hatten sie mit seiner Verhaftung die Suche eingestellt? Oder gab es weitere Verdächtige?

Natürlich hatte Joseph die Tage und vor allem die Nächte in seinem Kellerloch auch dafür genutzt, sich Gedanken darüber zu machen, wer wirklich für die Morde verantwortlich sein konnte. Er selbst hatte die Leichen nie gesehen, doch die Ratsmitglieder hatten sie ihm, vermutlich, um ihn zu quälen und zu schockieren, in allen Einzelheiten beschrieben. Aufgrund der Wunden war klar, dass es auf jeden Fall ein Mann gewesen sein musste, und zwar ein kräftiger. Joseph lebte schon zu lange neben dem Dorf her, um alle männlichen Dorfbewohner, die infrage kommen würden, zu kennen oder auch nur gesehen zu haben. Trotzdem tauchten in seinem Kopf unwillkürlich Namen auf. Der Metzger, der Jäger, der Sohn des Bürgermeisters, eigentlich sogar Hartl selbst. Der war zwar nicht mehr der Jüngste, aber ein Kreuz wie ein Stier hatte er noch immer. Einen Moment dachte Joseph sogar über Konrad nach, verwarf den Gedanken jedoch schnell wieder.

Doch selbst wenn er alle Moral beiseiteließ und sich ernsthaft auf einen dieser Verdächtigen einschoss, spätestens wenn er sich denjenigen bei der Tat vorzustellen versuchte, verweigerte ihm sein Hirn diese Imagination. Er konnte sich nicht vorstellen, wie Edi sich an einem vierzehnjährigen Mädchen verging, das zu diesem Zeitpunkt schon zumindest schwer verletzt sein musste. Er konnte sich nicht vorstellen, wie Mortl einem Jungen die Kehle aufriss, mit den bloßen Händen, den Zähnen oder einem stumpfen Messer. Er konnte sich nicht vorstellen, wie irgendein Mitglied der Dorfgemeinschaft, wie jemand, der vielleicht selbst Kinder, zumindest aber doch Neffen und Nichten hatte, wie überhaupt irgendein Mensch zu solch unbeschreiblichen Grausamkeiten fähig war. Und doch stand außer Frage, dass jemand sie begangen hatte. Und es schockierte ihn, trotz seines Standes im Dorf, immer noch zutiefst, dass sie ihm diese Grausamkeiten wirklich zutrauten.

Ihm waren alle möglichen Varianten über den weiteren Verlauf der Dinge durch den Kopf gegangen. Bis jetzt hatte er sein Schicksal stoisch ertragen, hatte darauf gehofft, dass Steiner und seine Laufburschen zur Vernunft kommen würden. Er hatte überlegt, ob es helfen würde, sich aufzuregen, herumzubrüllen, mit Dingen herumzuwerfen. Würde das etwas ändern? Vermutlich würden sie ihn dann nur wieder fesseln. Der feuchte, kalte Lehmboden war zwar alles andere als gemütlich, aber immerhin konnte er sich in seiner Zelle frei bewegen.

Er könnte auch einen der drei Stühle nehmen, sich damit neben die Tür stellen, ihn demjenigen, der seine Zelle betreten würde, über den Schädel ziehen und fliehen. Doch was dann? Ganz abgesehen davon, dass eine Flucht einem Schuldeingeständnis gleichkommen würde, wo sollte er hin? Sich den Rest seines Lebens als Vagabund durch das Land stehlen? Mitzi mitnehmen, mit ihr in den Wäldern leben? Nichts davon klang besonders reizvoll. Er würde abwarten müssen, er würde der anscheinend einzig Vernünftige im Dorf bleiben müssen und er würde Hartl, Steiner und alle anderen davon überzeugen müssen, dass sie falschlagen.

Bis jetzt hatte er nicht viel Gelegenheit gehabt, irgendjemanden von irgendetwas zu überzeugen, da niemand mit ihm sprach. Sie hatten ihn in die Zelle gesteckt, kamen in regelmäßigen Abständen vorbei und versuchten, sich ihre Ratlosigkeit nicht anmerken zu lassen. Wahrscheinlich hofften sie, wenn sie ihn nur lange genug hungern und frieren lassen würden, würde er die Morde gestehen und ihnen die Arbeit ersparen.

Das schleifende Geräusch des Türriegels riss Joseph aus seinen Gedanken. Kurz dachte er an den Hasen und wie er da zerstört im Eck lag, als die Tür sich öffnete.

Wortlos betraten Hartl, Hias und Lugg die Zelle, und nachdem Letzterer die Tür hinter sich geschlossen hatte, nahmen sie nebeneinander vor ihm Aufstellung. Bei dem Anblick der drei Männer fühlte Joseph sich an eine besonders traurige Version der Sternsinger erinnert, und er konnte sich trotz seiner Lage ein Schmunzeln nicht verkneifen.

Josephs Grinsen und die Tatsache, dass er demonstrativ auf dem Boden sitzen blieb, irritierten den Pfarrer und den Wirt sichtlich. Hartl dagegen schien nichts davon zu bemerken und fing in hochoffiziellem Tonfall an, zu sprechen.

»Joseph Eustachius Köhler …«

»Öha, so offiziell glei? Guadmoang erschtmal«, unterbrach Joseph ihn amüsiert. Dass die Erwähnung seines zweiten Vornamens nie etwas Gutes zu bedeuten hatte, hatte er schon als kleines Kind gelernt. Wenn seine Mutter ihn Eustachius rief, hieß es, die Beine in die Hand zu nehmen.

Jetzt war auch Hartl kurz verwirrt und Joseph erkannte mit stiller Freude, dass er den Bürgermeister offensichtlich aus dem Konzept seiner vorbereiteten Ansprache gebracht hatte.

»Joseph Eustachius Köhler«, setzte Hartl neu an, »am heutigen Tag, dem 20. September 1932, machma dir offiziell den Prozess zwecks Mordes in Tateinheit mit …«

»Machts ihr mir den Prozess? Ihr?«, unterbrach Joseph den Bürgermeister erneut. Er wusste um den Ernst der Situation, schaffte es aber nicht, seine Belustigung zu verbergen. »Wos sogt do Minga dazua?«

»… in Tateinheit mit Hexerei sowie Verbrüderung mit dem Teufel«, beendete Hartl seinen Satz unbeeindruckt.

Joseph starrte die drei Männer einen Moment fassungslos an. Er wartete darauf, dass einer von ihnen sich verriet, grinste oder die Augen verdrehte. Als er verstand, dass sie es ernst meinten, konnte er sich endgültig nicht mehr zusammenreißen. Er fing lauthals an zu lachen. Tränen liefen ihm über das Gesicht, er lachte, bis er keine Luft mehr bekam und seine Ohren von dem dumpf von den Wänden zurückprallenden Lärm klingelten …

Dann wischte er sich über die feuchten Augen und sah Hartl, Hias und Lugg an, die ihn betreten und verwirrt anblickten und jetzt mehr noch als zuvor wie im Regen stehende Sternsinger aussahen.

»Wollts ihr mi verarschen?«, fragte Joseph sie, während er sich die letzte Träne von der schmutzigen Wange wischte. Die Heiterkeit war aus seiner Stimme verschwunden. »Hexerei? In welcham Jahrhundert lebts ihr?«

»Du wirst nach geltendem kirchlichem Recht auf Basis des Malleus Maleficarum angeklagt«, schaltete sich Hias in das Gespräch ein. Hätte er es nicht sowieso schon geahnt, wäre Joseph spätestens jetzt klar gewesen, wem er diese plötzliche Wendung der Ereignisse zu verdanken hatte. Die Erwähnung des roten Buches trieb ihm einen kalten Schauer den Rücken hinunter. Wie verzweifelt mussten sie sein, dass sie sich auf diesen Pfad begeben hatten?

»Da Hexenhammer?«, fragte er den Pfarrer direkt und versuchte, sich seinen Schock nicht anmerken zu lassen. »Hias, bist du etz komplett wahnsinnig worn?«

Joseph war tatsächlich ein wenig beeindruckt, wie lange der Pfarrer es schaffte, seinem Blick standzuhalten, ehe er den Kopf senkte. Eine Antwort blieb er dennoch schuldig, deswegen wandte Joseph sich an die beiden anderen.

»Und ihr Schweine machts da mit?«

Lugg schien etwas erwidern zu wollen, presste jedoch nur ein paar unartikulierte Laute hervor. Dieses Herumgedruckse entflammte eine angestaute Wut in Joseph, und er war selbst überrascht, wie kalt seine Stimme klang, als er weitersprach.

»Du brauchst di ned blöd stelln, Lugg«, sagte er zu dem Wirt, der kreidebleich wurde. »A kirchliche Anklage muss von da weltlichen Instanz gstützt wern. Und des sads ihr«, er blickte von Lugg zu Hartl und zurück.

»So traurig des aa is«, fügte er hinzu.

»Da Gemeinderat hod de Anklage einstimmig beschlossn«, entgegnete Hartl ruhig. Sein eisiger Tonfall stand Josephs in nichts nach.

»Einstimmig, hm?«

Joseph sah wieder zu Lugg, der in diesem Moment in sich zusammenzufallen schien. Ihm hätte klar sein müssen, dass er von dem Wirt keine Hilfe zu erwarten hatte. Von keinem von ihnen. Niemand stellte sich offen gegen Hartl oder Steiner. Trotzdem hatte ihn die Aussage tiefer getroffen, als er sich anmerken lassen wollte.

Würde es nicht gerade um sein Leben gehen, wäre er von der Kreativität des Pfarrers vermutlich beeindruckt gewesen. Joseph wurde klar, welch gefundenes Fressen die Anklage im Sinne des Hexenhammers für Steiner und den Bürgermeister war. Er kannte beide lange genug, um zu wissen, dass ein reines Gewissen nichts war, worauf sie besonderen Wert legten. Xaver Brenner war ein Mitläufer und Idiot, doch im Gemeinderat saßen eben auch noch Lugg und Konrad.

Gerade der Gedanke an den Lehrer weckte in Joseph eine Verzweiflung, die er in den letzten Wochen erfolgreich unterdrückt hatte. Er hatte in Konrad das gesehen, was einem Freund wohl am nächsten kam, hatte seinen Humor und seine Intelligenz geschätzt. Und er hatte ihm vertraut. Wenn die Abstimmung einstimmig ausgefallen war, so hatte auch Konrad gegen ihn gestimmt. Zum ersten Mal, seit er in dieser Zelle saß, fühlte Joseph sich wirklich gefangen.

»Und da Rest vo eich hod si ned amal hertraut? A scheene weltliche Instanz seids ihr.« Joseph war plötzlich den Tränen nahe und redete gegen einen roten Schleier an, der sich unaufhaltsam vor sein Sichtfeld schob. Er erinnerte ihn an die Dunkelheit und war doch etwas völlig anderes. Etwas, das er noch nicht kannte.

»Sauhaufen, elendiger«, presste er mit letzter Kraft hervor.

Er ließ den Kopf sinken und erlaubte seiner Seele kurz, den

Hass, die Wut, die Verzweiflung und die blanke Angst zu fühlen, nach der sie seit Tagen und Wochen verlangte. Nur für wenige Momente ließ er zu, dass er kein starker Mann war, kein Vater, kein Ehemann, kein Sohn, auf dem das Erbe einer ehrenvollen Familie lastete, nichts von alldem, was er sein musste, seit er denken konnte. Für einige wenige Momente war er ein frierender, verletzter und zu Unrecht eingesperrter Mann, der Angst hatte und sich von Gott und der Welt verlassen und verraten fühlte.

Dann verbannte er seine Gefühle dorthin, wo er sie, wie er nach und nach gelernt hatte, vor der Welt und vor sich selbst verbergen konnte, schloss die schwere Tür zu diesem Ort und hob den Kopf. Als er in Hartls Augen blickte, war er sich relativ sicher, dass dieser seinen inneren Zusammenbruch nicht bemerkt hatte. Joseph bemühte sich, in ruhigem, sachlichem Ton weiterzusprechen.

»So, etz red ma mal bitte vernünftig mitanand wia erwachsne Leid. Hartl, i woass, mir hom unsere Probleme, und für di is des Ganze grod a gfundns Fressn, dassd mi los werst.«

Joseph sah den Bürgermeister aufmerksam an und versuchte, eine Emotion in Hartls Gesicht zu erkennen, doch es war wie aus Stein gemeißelt. Für einen kurzen Augenblick drohte die Verzweiflung zurückzukehren, doch gleichzeitig breitete sich Wut in Josephs gesamten Körper aus. Für den Moment hielten sich die Gefühle die Waage und Joseph wusste nicht, welche Seite gewinnen würde.

»I woass bis heid ned, wos i dir eigentlich dua hob, und es is ma a schon lang egal. Aber etz bist an am Punkt, wost kurz davor bist, a Grenz zum überschreiten, wost nimmer zruck kummst«, fuhr er fort.

Jetzt glaubte er eine Veränderung in Hartls Miene zu erkennen. Er konnte sie nicht eindeutig lesen, sprach jedoch mit neuem Selbstbewusstsein weiter.

»Hartl, du bist koa Depp, du woasst, wos du duast. Und du woasst, dass i des ned war. Ihr brauchts an Sündenbock, des ist ois. Wennts moants, schickts mi auf Minga, dann sollns ma an Prozess macha, i wars trotzdem ned. Aber des ...«

Joseph deutete auf Hias, der unwillkürlich zusammenzuckte, als würde Joseph statt seines Zeigefingers eine Waffe auf ihn richten.

»Machts eich ned unglücklich. Wennts mit dem ofangts, des hobts nimmer im Griff. Glaubts mas. Des hilft koam wos.«

***

Hartl wartete noch einige Augenblicke ab. Er genoss es, zuzusehen, wie die Arroganz des Köhlers schwand. Mit jedem Satz, mit jedem Wort, auf das er nicht reagierte, wich Josephs Überheblichkeit nackter Angst. Hartl sah aus dem Augenwinkel, wie Lugg und Hias sich wanden und vom eigenen schlechten Gewissen gebeutelt am liebsten die Flucht ergriffen hätten, doch das störte ihn nicht. Je schwächer die anderen wirkten, desto stärker wirkte er selbst.

Der Köhler war ein ernst zu nehmender Gegner gewesen, doch als der Pfarrer den Hexenhammer erwähnt hatte, wusste Hartl, dass er gewonnen hatte. In Sekundenbruchteilen sah er Joseph alle Möglichkeiten im Kopf durchspielen, und sie wussten beide, dass es keinen Ausweg gab. Zumindest keinen, der dem Köhler gefallen würde. Hartl dämmerte, dass der Köhler bis jetzt tatsächlich geglaubt hatte, sie würden es nicht ernst meinen. Dass er nicht dumm war, wusste Hartl, also warum sollte er so naiv sein? Entweder war er ein hervorragender Schauspieler, oder er war tatsächlich unschuldig.

Hartl wartete ab, bis in Josephs flehenden Augen leise Hoffnung erwachte. Dann endlich erlaubte er sich das Lächeln, das ihm schon die ganze Zeit auf den Lippen lag, und sah der Hoffnung beim Sterben zu.

»Köhler, du werst wega Mord und Hexerei oklagt, da Entschluss steht fest. Mir hom dir mehr als gnua Zeit gem, ois zuazugem. Etz is z spät«, sagte Hartl in seinem sachlichsten Tonfall.

Josephs Erwiderung kam schnell und laut.

»Wos soll i denn zuagem? I wars ned!«, schrie er mit sich überschlagender Stimme. Durch diese weitere zur Schau getragene Schwäche riss Hartl der Geduldsfaden.

»Freile warst as! Des woaß jeder!«, brüllte er deshalb nun ebenfalls, hatte sich jedoch schnell wieder unter Kontrolle.

»Köhler, du konnst da's recht leicht macha oder sehr schwer. Gibs einfach zu, dann is de Sach schnell vorbei«, fuhr er ruhiger fort.

»Bist du komplett durchdraht? Ihr wollts mi zum Tode verurteiln. Und i solls ma leicht macha, damits schneller geht?«, fragte Joseph ihn matt.

Hartl kämpfte gegen den Anflug von Zweifeln. Dafür war jetzt keine Zeit. Er musste handeln, zu viel stand auf dem Spiel.

Er ging einen Schritt auf den am Boden sitzenden Köhler zu, ging in die Hocke und sprach so leise zu ihm, als wären die folgenden Worte allein für den Gefangenen bestimmt. So würden sie die gewünschte Wirkung entfalten. Es gab keine bessere Möglichkeit, Neuigkeiten zu verbreiten, als wenn ein großes Geheimnis aus ihnen gemacht wurde.

»Am Ergebnis werst nix ändern«, raunte er Joseph zu. »Bloß an Weg do hi konnst da aussuacha. Denk an den Rest vom Dorf.« Hartl machte eine theatralische Pause.

»Und denk aa an dei Tochter.«

Dann stand er auf und ging auf die Tür zu. Hias folgte ihm wie ein treuer Hund, während Lugg zögerte.

Hartl hatte erwartet, dass Joseph ihn noch einmal ansprechen würde, die abgeklärte Ruhe allerdings, mit der er es tat, überraschte ihn.

»Ihr hobts des ned z'End dacht«, sagte Joseph ruhig und Hartl fiel auf, dass er die beiden anderen an diesem Punkt bewusst wieder mit einbezog.

»Da Hexenhammer hod an großn Nachteil«, fuhr Joseph fort. »Solang i ned gesteh, kinnts mi ned verurteiln. Und des werd ned passiern! Also wenns mi ned foltern wollts, werd eich des Ganze umd Ohrn fliang!«

Hartl drehte sich um, sah Joseph emotionslos an.

»Hartl, etz konnst no zruck«, sagte Joseph und klang jetzt wieder deutlich flehender. »I versteh dei Idee, und i versteh, dass du de Leid wos liefern muasst. Aber des is ned da Weg. So stürzt du as ganze Dorf ins Unglück.«

Hartls Fassade drohte zu bröckeln. Er beeilte sich, Joseph den Rücken zuzukehren und den kleinen Kellerraum zu verlassen. Beinahe wäre er schwach geworden, beinahe hätte er dem Köhler geantwortet. Denn obwohl dieser oft richtiglag, hier lag er falsch. Nicht Hartl hatte das Dorf ins Unglück gestürzt, das war ein anderer gewesen. Ob Joseph es gewesen war, spielte keine Rolle. Das Dorf brauchte einen Schuldigen, und als Bürgermeister hatte Hartl ihm diesen geliefert.

Während er die Stufen hinauf zum Hof stieg, hörte er Joseph

hinter sich dumpf an die verschlossene Tür trommeln und Hartls Namen brüllen. Ein weiteres Zeichen dafür, dass er gewonnen hatte. Doch dieser Sieg schmeckte bitter. Denn in einem weiteren Punkt irrte sich der Köhler.

Es gab schon lange kein Zurück mehr.

***

Obwohl Lugg bereits das obere Ende der Treppe zum Kellergeschoss erreicht hatte, hallte Josephs Gebrüll noch laut in seinen Ohren. Zuletzt klang es mehr nach dem eines wilden Tieres als nach dem eines Menschen. Lugg verstand nicht, wie es die anderen so kaltlassen konnte.

Die frische Luft im Wirtshaushof traf ihn wie ein Schlag ins Gesicht und riss ihn aus dem dunklen Tunnel seiner Gedanken, in den er tiefer und tiefer hineingeraten war, seit sie Josephs Zelle betreten hatten. In der gesamten Zeit hatte er das Gefühl gehabt, sich selbst bloß noch von außen zu betrachten. Jetzt kam er wieder zu sich, und mit seinem Geist kehrte auch seine Stimme zurück.

»Stimmt des?«

»Wos?«, entgegnete Hartl, ohne ihn anzusehen.

»Mir kinna koan foltern«, sprach Lugg. Er achtete darauf, seine Aussage nicht etwa wie einen Vorschlag klingen zu lassen, sondern sie so endgültig klingen zu lassen, wie er sie empfand.

»Du host gsagt, des is da oanzige Weg, dassma des im Dorf klärn kinna. Deswegn hob i zuagstimmt. Und wenn ers war, dann hod a an Tod verdient, do bin i da Letzte, der Skrupel hätt. Aber Folter geht sauber z weit.«

Hartl gab ihm keine Antwort, sondern ging unbeirrt weiter

auf die Hintertür des Wirtshauses zu. Lugg blieb unvermittelt stehen. Es dauerte einen Moment, bis Hartl und Hias bemerkten, dass das Knirschen im Kies nur noch durch zwei Schuhpaare entstand und sie sich zu ihm umdrehten.

»Gib ma etz a Antwort, Hartl, oder i bin raus. Und zwar auf da Stell.«

Lugg wusste, dass er nichts gegen den Bürgermeister ausrichten konnte. Doch auch wenn er bereits bis zu den Knien in diesem Sumpf stand, den sie in den letzten Wochen geschaffen hatten, war er noch immer ein Mann mit Prinzipien. Er würde kein stummer Mitläufer wie Brenner oder der Pfarrer werden. Das war er sich selbst, seiner Familie und seinem Stand im Dorf schuldig. Und er war es auch Joseph schuldig. Zwar war er keineswegs von dessen Unschuld überzeugt, doch solange er auch nicht vom Gegenteil überzeugt war, würde er sich Hartl entgegenstellen, koste es, was es wolle.

Zu Luggs Überraschung wurde Hartls Miene weich, fast milde.

»So weit werds ned kumma, mach da koane Sorgn«, sagte Hartl mit einer solch sanften Stimme, wie sie Lugg, soweit er sich erinnern konnte, noch nie aus dem Mund des Bürgermeisters gehört hatte. »Der wird scho weich, glaubs ma. I wollt eam bloß Angst macha.«

Lugg war verwirrt, fühlte sich jedoch auf eigenartige Weise beruhigt. Er kannte Hartl nur als das harte, konsequente Dorfoberhaupt, dessen Entscheidungen man besser nicht anzweifelte. Nun hatte er zum ersten Mal einen Hauch des Charismas gespürt, das Hartl in diese Position gebracht hatte. Zwei Sätze hatten genügt, um das Vertrauen wiederherzustellen, das Lugg noch eine Sekunde zuvor beinahe vollständig verloren hatte.

Lugg nickte und ging zögerlich weiter. Der Pfarrer war bereits im Inneren des Hauses verschwunden, als Hartl im Türrahmen stehen blieb und Lugg den Weg versperrte. Als er erneut die Stimme erhob, klang sie noch immer sanft, doch in seinen Worten schwang jetzt auch eine Drohung mit. Lugg fühlte sich an ein sanftes Brummen auf einer Sommerwiese erinnert, das sich letztlich als ein Schwarm Hornissen entpuppt.

»Dazua ghört aber aa, dass er ned jedn Dog wos zum Essn griagt vo eich, is des klar?«

Lugg zuckte zusammen. Natürlich wusste er, dass seine Frau Joseph mit dem Nötigsten versorgte, er hatte sie mehr als einmal auf dem Weg zum Bierkeller beobachtet. Und auch wenn er es Mini gegenüber nie zugeben würde, ja sie sogar deswegen zurechtgewiesen hatte, beruhigte es doch sein Gewissen, dass sie zumindest insgeheim das in ihrer Macht Stehende taten.

Aber woher wusste Hartl davon? Lugg hatte es ihm nicht gesagt und Mini und Joseph wohl ebenfalls nicht. Oder hatte er nur geraten und an Luggs angsterfülltem Blick erkannt, dass er recht hatte? Lugg holte gerade Luft, um zu einer Rechtfertigung anzusetzen, als Hartl sich ohne ein weiteres Wort umdrehte und im Wirtshaus verschwand.

Lugg blieb allein im Hof zurück und wartete, bis sich sein Herzschlag wieder normalisierte. Schuldbewusst warf er einen Blick zurück zum Bierkeller.

Es würde alles ein gutes Ende finden. Er glaubte Hartl. Weil er ihm glauben wollte. Weil es so einfacher war.

34

»Mitzi? Bist du do?«

Fanny stand vor dem Haus ihrer Freundin und lauschte. Außer dem sanften Rauschen der Bäume konnte sie nichts hören, aus dem Inneren des Hauses drang kein Geräusch.

Sie klopfte an die Tür. Als sich wieder nichts regte, rief sie noch einmal nach ihrer Freundin.

Sie machte sich zwar noch keine allzu großen Sorgen, doch seit sich der Vorfall während der Jagd herumgesprochen hatte und die wüstesten Gerüchte über ihren Vater kursierten, hatte sie Mitzi kaum mehr im Dorf gesehen. Und selbst bei diesen Gelegenheiten war sie mit zu Boden gerichtetem Blick und zusammengeraffter Kleidung über die Straße gehetzt, hatte erledigt, was sie zu erledigen hatte, und war wort- und grußlos wieder verschwunden.

Sie verstand es natürlich. Mitzi hatte hart dafür gearbeitet, nicht mehr als Außenseiterin wahrgenommen zu werden. Alles, was sie im Laufe der Jahre erreicht hatte, war jetzt wieder verloren, nein, es war sogar noch schlimmer als je zuvor. Jetzt war sie nicht mehr nur die Tochter eines Einsiedlers, jetzt war sie die Tochter eines Mörders. Sie wurde behandelt wie eine Aussätzige, auch wenn sie bisher noch niemand direkt angegriffen hatte. So war das am Dorf, geredet wurde über die Leute nur dann, wenn sie nicht dabei waren.

Auch Fanny musste vorsichtig sein. Sie war jetzt verheiratet, eine ehrbare Frau und die Schwiegertochter des Bürgermeisters. Dies brachte nicht nur Vorteile mit sich, sie hatte sich von nun an ihrem Stand entsprechend zu verhalten. Ihre Röcke waren länger geworden, die oberen Knöpfe ihrer Blusen blieben geschlossen und die Haare zusammengebunden. Zudem achtete sie darauf, mit wem sie sich umgab. Die Tochter des Werwolfs, wie der Köhler neuerdings mit gedämpfter Stimme und gefolgt von Kreuzzeichen und Ausspucken genannt wurde, gehörte sicherlich nicht zum Kreis akzeptabler Bekanntschaften.

Doch beinahe zwei Jahrzehnte der Freundschaft konnte und wollte Fanny nicht so einfach hinter sich lassen. Trotzdem hatte sie, ohne es sich selbst wirklich eingestehen zu wollen, darauf geachtet, dass sie bei ihrem Aufstieg zum Köhlerhaus möglichst nicht gesehen wurde. Ein wenig schämte sie sich dafür. Doch auch sie musste eben sehen, wo sie blieb.

Da aus dem Haus weiterhin nichts zu hören war, drückte sie probeweise die Klinke herunter. Die Tür war nicht verschlossen, und so trat sie vorsichtig ein.

»Mitzi? I bins.«

Obwohl sie leise sprach, kamen ihr ihre Worte in dem stillen Haus unerhört laut vor. Sie hatte das Gefühl, unberechtigt in eine Welt einzudringen, die sie nicht stören sollte. Ein wenig fühlte sie sich wie in einer Kirche. Oder in einer Gruft.

Fanny sah sich in der Stube um. Sie war so oft hier gewesen, dass sie das Haus der Köhlers so gut kannte wie ihr eigenes. Es hatte sogar Zeiten gegeben, da war es ihr mehr ein Zuhause gewesen. Die Stube war nicht ganz so ordentlich aufgeräumt wie sonst. Auf dem Tischchen neben dem Ofen standen einige benutzte Teller, und auf dem Esstisch lagen Bücher und Zettel herum. Fanny warf nur einen flüchtigen Blick auf die Seiten. Natürlich konnte sie lesen und schreiben, doch die Affinität ihrer Freundin zu Büchern hatte sie nie wirklich nachvollziehen können. Während die Schule für sie selbst bloß ein notwendiges Übel gewesen war, hatte sie Mitzi regelrecht Spaß gemacht. Sogar in ihrer wenigen Freizeit hatte ihre Freundin gelesen und Briefe geschrieben. Offenbar schlug sie da ganz nach ihrem Vater, immerhin entstammte der Großteil der Bücher, die Mitzi verschlang, aus dessen Bibliothek.

Fanny hatte sich gerade damit abgefunden, dass Mitzi nicht zu Hause war, als ein lautes Scheppern sie aufschrecken ließ. Es kam unverkennbar aus der Richtung von Mitzis Kammer. Sie ging am Ofen vorbei, der, wie ihr auffiel, keine wohlige Wärme abstrahlte, sondern ganz kalt war. Der Flur, der tiefer ins Haus führte, war fensterlos und entsprechend finster.

Als sie hinter einer der vom Flur abgehenden Türen, die einen Spaltbreit offen stand, eine Bewegung wahrnahm, erkannte Fanny, dass sie sich geirrt hatte. Das Geräusch musste aus der kleinen Waschkammer gekommen sein, die sich noch vor Mitzis Zimmer befand. Nach einem kurzen Zögern ging Fanny darauf zu und öffnete die angelehnte Tür. Sie zuckte unvermittelt ein Stück zurück.

Auf dem Boden der kleinen Waschkammer lag eine Schüssel, die von dem kleinen Schränkchen, auf dem sie normalerweise stand, gerissen worden war. Seifiges Wasser rann daraus langsam auf die Tür und auf Fannys Füße zu. Neben der Schüssel kniete eine Gestalt, die Fanny erst auf den zweiten Blick als ihre Freundin erkannte. Mitzi trug nur eine Dirndlbluse und grobe Unterhosen sowie Wollstrümpfe. Aus dem Augenwinkel sah Fanny ein Kleid über einer Kante des Waschschränkchens hängen. Mitzis Haare waren zerzaust und hingen ihr in das bleiche, von Schweiß bedeckte Gesicht. Mit beiden Händen umklammerte sie einen auf dem Boden stehenden Nachttopf, aus dem der unverkennbare säuerliche Geruch von frischem Erbrochenem aufstieg. Fanny musste sich zusammenreißen, nicht ebenfalls zu würgen.

»Mitzi?«, stieß sie atemlos hervor.

Erst jetzt schien ihre Freundin sie zu bemerken. Sie zuckte zusammen und starrte Fanny an. Einen Sekundenbruchteil später griff sie hektisch nach dem Kleid. Sie zog es zu sich auf den Boden und hielt es sich schützend vor den bloßen Bauch.

Doch es war zu spät. Fanny hatte die Wölbung gesehen, die Mitzis eigentlich flachen Bauch nach vorne stehen ließ. Die gleiche Wölbung, die auch sie selbst unter ihrem Kleid trug und die sie bis zu dieser Sekunde mit reiner Freude erfüllt hatte.

»Wos machst du do?«, riss Mitzis Stimme sie aus ihren Gedanken. Ihr fester, klarer Tonfall passte nicht zu dem halb nackten Häufchen Elend, das dort vor ihr kauerte.

»Mitzi, geht's da guad?«, fragte Fanny mit ehrlicher Sorge.

»Freili, ois super. Wos moanstn du?«, antwortete Mitzi schnippisch.

Die Härte ihrer Worte traf Fanny wie ein Schlag ins Gesicht. Warum war Mitzi so grob zu ihr? Sie war die Einzige, die sich überhaupt noch um sie sorgte. Doch anstatt dankbar zu sein, behandelte Mitzi sie, als wäre sie an ihrem Schicksal schuld. Trotzdem riss Fanny sich zusammen und sprach mit sanfter Stimme weiter.

»I hob di seit Wochn nimmer draußn gseng.«

Etwas veränderte sich in Mitzis Gesicht. Erst sah sie Fanny ungläubig an, dann entfuhr ihr ein dunkles Lachen.

»I des dei Ernst?«, fragte Mitzi sie ruppig. »Griagst du überhaupt no irgendwas mit, was ned um di geht?«

Wieder trafen die Worte ihrer besten Freundin Fanny hart.

»Wos machst mi na etz so o?«, fragte sie verletzt. »I bin do, weil i mir Sorgn mach um di.«

»Dir is doch sunst aa wurscht, wias mir geht«, zischte Mitzi kalt.

Auch wenn es ihr extrem schwerfiel, nicht genauso herablassend zu antworten, beschloss Fanny, nicht auf Mitzis Provokation einzugehen. Sie war nicht hergekommen, um zu streiten. Stattdessen ignorierte sie den letzten Satz ihrer Freundin und deutete mit dem Kinn auf ihren Bauch.

»Willst ma du vielleicht irgendwos erzähln?«

»Na«, antwortete Mitzi knapp.

»Wia lang woaßt as scho?«, fragte Fanny unbeirrt weiter.

»Woaß i wos?«, gab Mitzi zurück.

Langsam schwand Fannys Geduld.

»Mitzi«, sagte sie, jetzt in sehr ruhigem Ton. »Erschtens bin i ned bleed, und zwoatns bin i aa schwanger.«

Mitzi riss die Augen auf. Auch wenn das nicht die geplante Art und Weise gewesen war, wie Fanny ihrer Freundin die Neuigkeit hatte berichten wollen, hatte die Nachricht ihre Wirkung offensichtlich nicht verfehlt. Fanny lächelte und strich sich über den Bauch. Sie machte sich bereit, die nun folgenden Glückwünsche entgegenzunehmen, doch Mitzi überraschte Fanny mit ihrer Reaktion erneut.

»Vo wem?«, fragte sie tonlos.

»Vo wem?«, wiederholte Fanny belustigt. »Vom Toni natürlich. Wos moanst du denn?« Was wollte Mitzi ihr denn unterstellen? Dass sie sich als verheiratete Frau zu einem anderen ins Bett legte?

»Aber … so schnell?«, murmelte Mitzi scheinbar mehr zu

sich selbst. Dann weiteten sich ihre Augen, als ihr etwas klar zu werden schien.

»Deswegn hod des mit da Hochzeit doch so schnell geh miassn«, kam Fanny ihr mit verschwörerischer Miene zuvor, wurde dann aber ganz ernst. »Aber sog des bitte koam, gell?«

Mitzi sah ihr kurz in die flehenden Augen, dann lachte sie ein weiteres Mal bitter.

»Wem soll i denn wos verzähln?«

»Und bei dir?«, fragte Fanny unvermittelt, woraufhin Mitzi sie nur verständnislos ansah. »Wer wars bei dir?«, wiederholte sie deswegen ihre Frage.

Plötzlich wirkte Mitzi traurig, klein und verletzlich kauerte sie vor ihr. War Fanny gerade noch beeindruckt gewesen, wie stark und selbstbewusst Mitzi erschien, obwohl sie in Unterwäsche neben ihrem eigenen Erbrochenen auf dem Boden der Waschkammer saß, wünschte sie sich jetzt nichts sehnlicher, als ihre Freundin in den Arm nehmen zu können. Doch irgendetwas hielt sie zurück.

»Des mecht i da ned sogn«, sagte Mitzi schließlich.

»Wieso ned? I sogs koam!«, bettelte Fanny, deren Neugier jetzt erst recht geweckt war.

»Wirklich ned. Es geht ned.« Scham schien in Mitzis Stimme mitzuschwingen.

Fanny ging in die Hocke, gab ihr Bestes, den beißenden Geruch aus dem Nachttopf zu ignorieren, und rückte nah an ihre Freundin heran. Sie sah Mitzi tief in die Augen. Dieser Blick glich zwischen den beiden Freundinnen einem heiligen Schwur. Was auch immer von jetzt an zwischen ihnen gesagt wurde, musste die absolute Wahrheit sein. Allerdings war es dabei bisher noch nie um etwas Ernsteres als eine halb gare

Schwärmerei für einen der Burschen oder eine geklaute Bierflasche aus dem Vorrat von Fannys Vater gegangen. Fanny fragte sich, wie es passiert war, dass sie beide in den letzten Wochen aufgehört hatten, bloß Mädchen zu sein. Fanny versuchte, dem Blick noch etwas länger standzuhalten, bis sie sicher war, dass auch Mitzi verstanden hatte, worum es ging. Dann wagte sie einen erneuten Vorstoß.

»Etz kumm, sog halt!«, flehte sie förmlich. »I hobs dir doch aa erzählt!«

Mitzi sah nicht zur Seite und Fanny war sich sicher, dass sie das große Geheimnis jetzt preisgeben würde. Stattdessen verzerrte sich ihr Gesicht zu einer wütenden Grimasse, und sie stieß Fanny in einer ruckartigen Bewegung von sich weg, sodass diese das Gleichgewicht verlor und fast nach hinten umgefallen wäre. In einer Schreckenssekunde wurde ihr die Gegenwart des Nachttopfs wieder allzu bewusst. Fanny konnte sehen, dass Mitzi diese impulsive Tat im gleichen Moment bereute, aber getroffen und verletzt war sie trotzdem. Sie sah, wie sich die Augen ihrer Freundin mit Tränen füllten.

»Fanny, i konns da ned sogn«, sagte sie mit brechender Stimme. »Versteh des bitte.«

Fanny fühlte sich wie vor den Kopf gestoßen. Sie konnte Mitzi nicht verstehen. Wo war das Vertrauen zwischen ihnen hin? Wo war ihre Freundschaft hin, von der sie sich beide so oft geschworen hatten, dass sie nie enden würde, egal was passieren sollte? Damals hatte Fanny gedacht, Mitzi wäre diejenige, die zuerst den Schritt aus dem unbeschwerten Leben hinaus tun würde, dass sie eines Tages weggehen würde, nach München oder vielleicht sogar Berlin. Dass sie das Dorf, die Enge, die Verpflichtungen und ihren Vater hinter sich lassen würde.

Dass sie auch sie hinter sich lassen würde. Trotzdem war Fanny sich immer sicher gewesen, dass ihre Freundschaft bestehen bleiben würde. Mitzi hätte ihr Briefe geschrieben, und auch wenn ihr die Begeisterung für das Schreiben fehlte und sich die Neuigkeiten im Dorf in Grenzen halten würden, für eine Antwort hätten auch ihre Schreibkünste genügt. Und irgendwann hätte Mitzi geschrieben, dass sie verlobt wäre, wahrscheinlich mit einem Grafen oder einem berühmten Schauspieler. Dann wäre Fanny zu ihr gefahren, in Mitzis riesige Stadtwohnung, und sie hätten ein goldenes Kleid gekauft in einer Boutique und letztlich hätte sie auf der Hochzeit ihrer besten Freundin getanzt, die ganze Nacht.

Doch als sie jetzt zu Mitzi sah, erkannte sie das Mädchen von damals kaum wieder. Vor ihr saß eine Fremde, eine traurige, verängstigte Frau, zu der sie nicht durchdringen konnte. Mitzi war schon in der Vergangenheit Schlimmes widerfahren und seit der Treibjagd hatte sie einen weiteren Schicksalsschlag erleiden müssen. Doch offenbar war noch so viel mehr im Leben ihrer Freundin passiert, von dem Fanny keine Ahnung hatte.

Sie fragte sich, wann sie Mitzis Vertrauen verloren hatte. Natürlich, sie war mit der Hochzeit und der Schwangerschaft beschäftigt gewesen, sie war aus ihrem Elternhaus in das riesige Haus der Aichingers gezogen, das Bürgermeisterhaus, das Haus, in dem sie jetzt leben würden. Hartl, der ihr immer Angst eingeflößt hatte, war jetzt auf einmal ihr Schwiegervater, und Toni, der schöne Toni, war ihr Ehemann. Natürlich hatte sie sich in dieser turbulenten Zeit ein wenig um sich selbst gedreht, und sie gab zu, dass sie ihre Freunde dabei vernachlässigt hatte, allen voran Mitzi. Die Morde, die Anschuldigungen gegen Mitzis Vater, das alles war für Fanny zum denkbar ungünstigsten Zeitpunkt gekommen. Sie schämte sich aufrichtig, ihre Freundin damit alleingelassen zu haben. Aber andererseits war Mitzi schon vorher komisch gewesen. Kalt und abweisend, vor allem desinteressiert. Es schien Fanny, als hätte sie ihre beste Freundin in dem Moment verloren, als sie zu Toni Ja gesagt hatte. War das vielleicht der Preis? Musste man, um erwachsen zu werden, seine Kindheit hinter sich lassen? Und alle, die darin eine Rolle gespielt hatten?

Während Fanny hilflos zusah, wie Mitzi Tränen über die Wangen liefen, gingen ihr die Geschehnisse der letzten Wochen durch den Kopf. Es war kaum mehr als ein Monat vergangen, doch es kam ihr vor wie ein halbes Leben. Und so gut sich für sie alles entwickelt hatte, so schlimm war es für Mitzi gekommen. Allein die Gerüchte über ihren Vater, die jetzt neu angeheizt und durch neue Geschichten ergänzt worden waren …

Mit einem Mal weiteten sich Fannys Augen. Konnte das sein? Sie dachte fieberhaft nach, wollte Gründe dagegen finden, doch es passte alles zusammen. Der Zeitpunkt, Mitzis Veränderung, ihre Weigerung, mit ihr über die Schwangerschaft zu sprechen … Fanny wurde übel. Sie stolperte rückwärts.

Nur schwer unterdrückte sie ein Würgen, stürmte aus der Waschkammer und durch das Haus, ohne sich noch einmal umzudrehen. Sie glaubte noch, Mitzi jetzt tatsächlich laut weinen zu hören, doch dann war die Haustür schon hinter ihr ins Schloss gefallen und sie schon halb über den Hof in Richtung ihres Dorfes.

35

Nicht einmal eine halbe Stunde später geschahen im Dorf viele Dinge so schnell nacheinander, dass später niemand mehr sagen konnte, wer zuerst mit wem geredet hatte. Es wusste auch später kaum noch jemand, von wem er die Neuigkeit zuerst gehört hatte, und weitererzählt hatte es ohnehin niemand. Gerüchte waren wie ein Gebüsch voller Karnickel. Man konnte versuchen, sie einzufangen, aber eines kam immer aus. Und wo eins war, waren bald wieder unzählige.

Aber hätte jemand die Geschehnisse an diesem Mittwochnachmittag aufmerksam verfolgt, so hätte er eine aufgebrachte, käseweiße junge Frau aus einem Haus am Waldrand stürmen sehen. Diese junge Frau wäre auf ein Haus zugelaufen, das sie erst seit Kurzem nicht mehr bewohnte, und hätte dort mit ihrer Mutter, die gerade Blumen goss, geredet, bevor sie ins Innere gestürmt wäre.

Während dieses kurzen Gesprächs hätte auch ihre Mutter langsam ihre Gesichtsfarbe verloren, hätte die Gießkanne, kaum dass ihre Tochter im Haus verschwunden war, unverrichteter Dinge abgestellt und wäre geradewegs über die Straße zum Nachbarhaus gegangen. Dort hätte sie ihrer ältesten Freundin, die gleichzeitig die Ehefrau des größten Grundbesitzers der Gegend ist, die Neuigkeiten kundgetan und wäre mit deren schockierter und verständnisloser Reaktion sehr zufrieden gewesen.

Da die Häuser der beiden Frauen etwa auf halbem Weg zwischen dem Waschhaus und dem Hof des Bürgermeisters lagen, hätte es sich ergeben, dass nur einen kurzen Augenblick später dessen Ehefrau, und die frisch gebackene Schwiegermutter der aufgebrachten jungen Frau, mit einem leeren Waschkorb an genau dem Gartenzaun vorbeigekommen wäre, hinter dem sich die beiden Frauen unterhielten.

Nachdem auch sie in verschwörerischem Ton und nach Beteuerung absoluter Geheimhaltung in die Geschehnisse eingeweiht worden wäre, hätte sie allerdings nicht sonderlich schockiert, sondern eher nüchtern interessiert gewirkt, was die Laune der beiden anderen Frauen deutlich gedämpft hätte.

Daher hätte die Bürgermeistergattin ihren Weg zeitnah fortgesetzt, hätte aber noch einen Zwischenhalt eingelegt, als sie auf der Bank vor dem Wirtshaus die Mutter der Wirtin im Schatten sitzen sah. Da die Frau des Bürgermeisters, auch im Interesse ihres Gatten, einen gewissen Ruf zu wahren hatte, und die Greisin gerade an den Waschtagen eine verlässliche Quelle für Gerüchte und den neusten Tratsch war, hätte sie sich ein wenig zu ihr gesetzt. Nachdem das Gespräch schnell auf die wesentlichen Punkte gelenkt und die Alte ebenfalls zu äußerster Verschwiegenheit verpflichtet worden wäre, wäre die schöne, hochgewachsene Frau in das Wirtshaus gegangen, um den Wocheneinkauf zu erledigen.

Der Zufall hätte es vielleicht so gewollt, dass ausgerechnet an diesem Tag nicht der Wirt, sondern die Wirtin hinter dem Tresen und damit vor dem Regal des Kramerladens gestanden hätte, wodurch eine weitere Abnehmerin für die ungeheuerliche Neuigkeit gefunden wäre. In diesem Falle wäre die Bürgermeistergattin aber wohl ähnlich enttäuscht gewesen wie zwei andere Frauen kurz zuvor, da die Wirtin auf ihre Ausführungen nicht einmal zurückhaltend, sondern eigentlich überhaupt nicht reagiert hätte.

Dann hätte die Wirtin den Einkauf abgewickelt und ihre Kundin freundlich verabschiedet, was vollkommen alltäglich war. Danach hätte sie jedoch etwas getan, was absolut nicht alltäglich war, sie hätte nämlich Gaststube samt Kramerladen unbeaufsichtigt gelassen, wäre durch Flur und Küche zur Hintertür gegangen und durch diese hinaus zur Treppe. Auf dieser hätte in vollkommener Apathie ihr Ehemann gesessen, was auch der Grund wäre, warum sie heute Lokal und Laden zu führen hätte.

Als er sie hörte, wäre er aus seiner Trance erwacht, hätte sie angesehen und sie hätte tief durchgeatmet, und dann mit sehr ruhiger und sehr ernster Stimme mit ihm gesprochen.

Doch es gab an diesem Mittwochnachmittag keinen aufmerksamen Beobachter, und so war es jedem einzelnen Beteiligten später möglich, so lange die eigene Unschuld zu beteuern, bis er sie schließlich selbst glaubte.

36

Heute fehlte Hias ein wenig der richtige Gesprächspartner, was in den Sitzungen so gut wie nie vorkam. Er hatte zweimal versucht, eine Unterhaltung mit Hartl zu beginnen, hatte aber einmal gar keine Antwort und einmal nur ein unverständliches Murmeln zu hören bekommen. Der Wirt schien heute ausschließlich körperlich anwesend zu sein und starrte mit glasigen Augen in den Raum hinein und durch alles, was sich darin befand, hindurch. Wäre Hias ein wenig frömmer gewesen, so hätte er Lugg vielleicht als vergeistigt beschrieben, doch als der Realist, der er war, vermutete er eher, dass der Wirt stockbesoffen war. Er roch zwar nichts, doch es befand sich ja auch der große Amtstisch zwischen ihnen.

So hatte er wohl oder übel mit Xaver vorliebnehmen müssen, bereute diese Entscheidung aber schon nach wenigen Sätzen. Xaver war nicht gerade dumm, eine gewisse Begriffsstutzigkeit konnte man jedoch nicht leugnen. Es wirkte meistens so, als befände der Landgendarm sich in einer ganz anderen Welt und müsste sich, bevor er antworten konnte, erst mühsam wieder aus dieser in die hiesige zurückkämpfen. Sich mit Xaver zu unterhalten, konnte deshalb eine recht anstrengende und zeitintensive Angelegenheit sein. Gerade war es aber am Pfarrer selbst, dümmlich nachzufragen.

»Bist du dir sicher?«

»Mei Tochter liagt ned«, gab Xaver gekränkt zurück. »Außerdem woaß doch eh scho as ganze Dorf.«

Den Tratsch im Dorf erfuhr Hias traditionell als Letzter. Ob das seinem Beruf oder seiner einnehmenden Persönlichkeit geschuldet war, wusste er nicht, und es war ihm auch egal. Auf jeden Fall durfte er sich nicht anmerken lassen, dass er von dem neuen Gerücht noch nichts mitbekommen hatte. Und als die moralische Instanz, die er qua Amt nun einmal war, war es an ihm, ein abschließendes Urteil zu fällen.

»Ekelhaft ist das«, verkündete er deshalb laut.

»Na ja kumm, wunderts di?«, fragte Xaver. »De ganze Zeit draußn in dem Haus …«

»Aber seine eigene Tochter …«, antwortete Hias schaudernd. »Das ist doch …«

»Fünf Morde traust eam zua, aber dass er mid seiner Tochter ins Bett geht, ned?«, gab Xaver belustigt und mit einer Schlagfertigkeit, die Hias ihm gar nicht zugetraut hätte, zurück.

Für einen Sekundenbruchteil war der Pfarrer beleidigt und wollte Xaver eine ebenso harsche Antwort geben, dann wurde ihm erst klar, was sein Gegenüber überhaupt gesagt hatte. Und dass er recht hatte. Noch vor wenigen Wochen wäre sein Urteil genau andersherum ausgefallen. Wären Hias Gerüchte über Inzucht im Köhlerhaus zugetragen worden, er hätte keine Sekunde daran gezweifelt. Doch einen Mord hätte er dem ruhigen, in sich gekehrten Einsiedler niemals zugetraut. Schon gar nicht einen so bestialischen, wie er hier gleich fünf Mal geschehen war. Doch während ihrer Befragungen, der Planung der Verhandlung und in ihren jetzt sehr regelmäßigen Ratssitzungen war Josephs Schuld zu einer unumstößlichen Tatsache geworden.

Kurz kam Hias das heilige Buch in den Sinn. Gerade Matthäus hatte einiges über Splitter im Auge des einen und Balken in dem des anderen geschrieben und darüber, dass ein Mann nicht richten solle, auf dass er selbst nicht gerichtet werde. Doch so schnell diese Gedanken kamen, so schnell schob Hias sie auch wieder beiseite. Das war die Amtsstube und nicht seine Kanzel, und damit kein Platz für Predigten.

»Ich traue dem Kerl inzwischen alles zu«, sagte er stattdessen trocken.

Als wäre dieser Satz sein Stichwort gewesen, öffnete sich schwungvoll die Tür und Steiner kam herein. Xaver holte sofort Luft, um ihm die Neuigkeiten kundzutun, erntete aber nur einen genervten Blick und ein Abwinken.

»I hobs scho gheard«, brummte Steiner im Vorbeigehen.

Er setzte sich in aller Ruhe an seinen Platz, worauf nicht nur Hias und Xaver ihr Gespräch beendeten, sondern auch Hartl aufhörte, auf verschiedenen Zetteln herumzukritzeln, wie er es die vergangene halbe Stunde getan hatte. Selbst der Wirt wirkte weniger abwesend und sah zu Steiner.

»Also Inzucht etz aa no, hm?«, fragte Steiner und eröffnete damit offiziell die Diskussion über die Neuigkeit, die bereits in aller Munde war.

»Scheint so, ja«, antwortete Hartl, als wäre nur er angesprochen worden.

»Guad für uns. Etz hamman in da Hand.«

»Wia moants ihr des?«, schaltete sich Xaver ein, was ihm einen missbilligenden Blick von Steiner einbrachte.

»Da Köhler is durch, dem is sei Leben scheißegal«, erklärte Hartl dem Landgendarm. »Des oanzige, wos eam no wichtig is, is sei Tochter. Damit kimma ...«

Hartl verstummte, als die Tür zur Amtsstube erneut mit Schwung geöffnet wurde und Konrad auf der Türschwelle erschien, auf welcher er stehen blieb.

Der Lehrer war den letzten Sitzungen ferngeblieben und hatte sich auch außerhalb des Rathauses rar gemacht. Seinen Unterricht bestritt er wohl noch, zumindest war Hias nichts Gegenteiliges zu Ohren gekommen. Da sich seine Wege mit dem Lehrer ohnehin selten kreuzten, hatte Hias erst von Xaver in einer der letzten Sitzungen erfahren, dass Konrad kaum noch im Dorf gesehen wurde.

War sein erstes Fehlen bei einer ihrer Versammlungen noch auf Unmut gestoßen und hatte sogar zu einiger Verzögerung geführt, war die Abwesenheit des Lehrers den anderen Mitgliedern schnell durchaus willkommen gewesen. Ganz abgesehen davon, dass Konrad vom Schulamt eingesetzt und kein gewähltes Mitglied des Rates, und genaugenommen nicht einmal ein echtes Mitglied des Dorfes war, bei Diskussionen war der überhebliche Stoderer auch grundsätzlich derjenige, der sich gegen einstimmige Beschlüsse stemmte und alles unnötig verkomplizierte.

Kurzum, niemand hatte den Lehrer vermisst, was vor allem Hartls Gesichtsausdruck mehr als deutlich machte.

»Ja do schau her, da feine Herr Schullehrer hod si aa a mal wieder entschlossn, zu uns zum stossn«, witzelte Hartl.

»Koa Angst, i bleib ned lang«, gab Konrad trocken zurück.

Dieser Satz ließ sie aufhorchen.

Selbst Lugg erwachte aus seiner Lethargie, und so wurde dem Lehrer bei seiner Ansprache, die er mit kräftiger Stimme vortrug, die ungeteilte Aufmerksamkeit der Anwesenden zuteil.

»I wollt eich fairerweis informiern, dass i morgn in da Friah zruck auf Minga fahr. I hob scho per Briaf um mei Versetzung gebetn und morgn hau i ob. Des, wos ihr da machts, geht gega jede Vernunft und jede Menschlichkeit. Und i konn des ned guadn Gewissns mitdrogn.«

Konrad machte eine Pause und nahm sich die Zeit, jedem Mitglied des Gemeinderats in die Augen zu sehen.

»Und ganz ehrlich gsagt, i hoff, dassds olle zum Deife gehts deswegn.«

Konrad ließ ihnen keine Zeit zu antworten, sondern verließ die Amtsstube nach diesem letzten Satz und warf die Tür mit solcher Wucht hinter sich ins Schloß, dass Staub, der sich dort wohl seit Jahrzehnten ungestört gesammelt hatte, von einem der Deckenbalken herabrieselte.

Hias sah sich eilig am Tisch um und war erleichtert, festzustellen, dass die anderen ebenso perplex und sprachlos über diesen Auftritt zu sein schienen wie er selbst.

37

Kathi nahm sich noch ein paar Augenblicke Zeit. Einerseits, um die kühle Abendluft zu genießen, andererseits, um sich zu sammeln.

Als sie an der Ecke vom Rathaus mit Konrad zusammengestoßen war, hatte sie zuerst befürchtet, die Sitzung des Gemeinderats wäre bereits beendet oder gar ausgefallen. In diesem Fall wäre sie aufgrund ihrer Verspätung zwar aus dem Schneider gewesen, die drei anderen aber hätten ein gewaltiges Problem gehabt.

Doch dann erkannte sie, dass er allein war. Außerdem bemerkte sie, wie aufgebracht und gehetzt er aussah, ein Zustand, den sie von dem ruhigen und besonnenen Lehrer nicht kannte. Doch mehr als ein paar Blicke waren ihnen nicht geblieben, dann war Konrad weitergehetzt. Dennoch hatten diese kurzen Blicke ausgereicht, um Kathi völlig aus der Bahn zu werfen.

Sie atmete noch einige Male tief durch. In ihrem aktuellen Zustand konnte sie nicht hineingehen. Das mit Konrad und ihr konnte sie nicht einmal in der Frauenrunde, in der es sonst keinerlei Geheimnisse gab, ansprechen. Ihr Mann war eben, wer er war, und ein Georg Siegfried Steiner wurde nicht von seiner Frau verlassen.

Abgesehen davon, wie hätte sie mit den Frauen über etwas sprechen können, das sie selbst nicht genau verstand? Nach neununddreißig Jahren Ehe war sie sich nicht mehr sicher, ob sie Schorsch, wie sie ihren Mann als Einzige nennen durfte, jemals geliebt hatte. Was sie aber sicher wusste, war, dass sie es schon lange nicht mehr tat. Was er für sie empfand, wusste sie ebenfalls nicht, über so etwas sprachen sie nicht.

Anfangs hatte sie seine Kälte schwer getroffen, doch mit der Zeit war sie sogar ganz froh darüber gewesen. Sie teilten sich ein viel zu großes Haus und ließen sich gerade so regelmäßig zusammen in der Öffentlichkeit blicken, dass es kein Gerede gab. Schorsch war immer schon still gewesen, doch inzwischen sprachen sie fast gar nicht mehr miteinander. Seine nächtlichen Besuche auf ihrer Bettseite waren schon nach wenigen Jahren immer seltener geworden und hatten irgendwann ganz aufgehört. Vielleicht hatte er eine andere, vielleicht sogar mehrere, vielleicht interessierte ihn das Körperliche auch einfach gar nicht mehr.

Das mit Konrad hatte erst viel später begonnen, in dieser Hinsicht hatte sie sich zumindest nichts vorzuwerfen. Ihre Gefühle für ihn hatten sie nicht von ihrem Mann entfernt, denn als sie den neuen Schullehrer damals zum ersten Mal gesehen hatte, war sie von Schorsch schon genauso weit weg, wie sie es heute war. Konrad war ihr von der ersten Sekunde an nicht mehr aus dem Kopf gegangen, und je näher sie sich unter verschiedensten Vorwänden kennengelernt hatten, umso tiefer waren ihre Gefühle geworden. Sie hatten nie darüber gesprochen, doch das war auch nicht nötig gewesen. Das Schweigen zwischen ihnen war ein anderes als das Schweigen in ihrem Haus. Es war eine angenehme Stille, ein Zeichen, dass sich zwei Seelen im Einklang miteinander befanden.

Konrad war mit seiner handfesten, unkomplizierten Männlichkeit und seinem feinen Humor alles, was Schorsch nicht war. Gleichzeitig hatte er aber auch die Eigenschaften, die sie vor langer Zeit an ihrem Mann gemocht hatte. Seine stille Intelligenz, seine analytische Ruhe erinnerten sie an Zeiten, in denen sie mehr gewesen war als die Frau des Mannes, vor dem sich insgeheim jeder im Dorf fürchtete.

Trotzdem hatte es lange gedauert, bis Konrad und sie sich nahegekommen waren, und auch das hatte ohne Worte funktioniert. Schorsch war irgendwo außer Haus, sie war zum Schulhaus gegangen, hatte geklopft und Konrad hatte sie wortlos hineingelassen. Sie waren in seine Kammer gegangen und zwei Stunden später hatte sie sich, noch nach ihm riechend, durch die Nacht nach Hause gestohlen.

Geweint hatte sie erst zu Hause, als sie sicher war, dass Schorsch noch immer nicht dort war. Sie wusste, dass sie eine Hure war, eine Ehebrecherin und eine Lügnerin. Doch sie hatte es nicht geschafft, ihre Tat zu bereuen. Sie weinte, weil sie seit Jahren wieder etwas gefühlt hatte. Gefühle, von denen sie nicht einmal mehr wusste, dass sie in ihr waren. Und genau aus diesem Grund hatte sie sich geschworen, dass es nie wieder passieren würde.

Es war wieder passiert, und sie hatte oft darüber nachgedacht, wie es wäre, mit Konrad zu leben. Natürlich nicht im Dorf, die Leute würden sie auf offener Straße anspucken. Sie müssten fortgehen, weit weg. Aber Schulen gab es überall, oder nicht? Trotzdem wusste sie, dass ihre Träume nur Träume waren. Ein Georg Siegfried Steiner wurde nicht von seiner Frau verlassen, so einfach war das.

Doch obwohl sie das beide wussten, war der stille Wunsch immer deutlich zwischen ihnen zu spüren gewesen. Doch bei ihrem ungeplanten Aufeinanderprallen gerade hatte sie nichts davon gespürt. In Konrads Augen hatte etwas anderes gelegen. War es Wut? Oder Angst?

Kathi atmete ein letztes Mal durch, dann betrat sie das Wirtshaus mit dem arglosen Lächeln, das von ihr erwartet wurde.

»Bin i z'spät?«, fragte sie.

Mini war die erste, die aufsah. Heute waren alle gekommen, und die Stimmung wirkte noch angespannter als sonst. Mini gehörte die Stirnseite des Tischs, ihr gegenüber saß Irmi, die Frau von Xaver Brenner, dem Landgendarm. An der rechten Tischseite, und damit in Blickrichtung zur Tür, saß Fine Aichinger, die Frau des Bürgermeisters.

Ursprünglich war ihre Frauenrunde eine lockere Angelegenheit in wechselnder Besetzung gewesen, erdacht von Mini, um Dinge zu besprechen, die nicht in die Öffentlichkeit des Waschhauses gehörten. Erst seit der Treibjagd und den darauffolgenden Ereignissen hatte die Runde eine Art offiziellen, wenn auch streng geheimen Charakter angenommen. Kathi fiel erst jetzt auf, dass die Frauenrunde zu einem fast perfekten Spiegel des Gemeinderats geworden war, gegen den sie insgeheim arbeiteten.

Mit einem Anflug von verzweifelter Belustigung stellte Kathi fest, dass ihr in diesem Sinne eigentlich ein doppeltes Stimmrecht zustehen müsste.

»Grod richtig. Sitz di her«, riss Mini sie mit resoluter Stimme aus ihren Gedanken.

Während Kathi ihrer Anweisung folgte und sich an die noch freie linke Tischseite setzte, fuhr Mini, jetzt wieder an alle gewandt, mit ihrer Ausführung fort, mit der sie offenbar schon zuvor begonnen hatte.

»Also wia grod gsagt, des ändert ois. D Mitzi is schwanger. Angeblich vo ihrm eigna Vatter.«

»Wos hoasst angeblich?«, fuhr Irmi sie an. »D Fanny hod gsagt …«

»D Fanny hod gsagt, sie glaubts«, unterbrach Mini sie scharf. »Es konn aa ganz wer anders gwesn sei. Da Joseph is ned da oanzige Mo im Dorf.«

»Ja, unsere warns scho mal ned«, warf Fine halb belustigt, halb ernst ein. »Und da Toni aa ned.«

Kathi musste sich zusammenreißen, um nicht genervt die Augen zu verdrehen. Auf Hartl und ihren Sohn ließ Fine natürlich nichts kommen. Dass Toni der größte Weiberheld im Dorf war, war nun wirklich kein Geheimnis. Das konnte auch für Fine nichts Neues sein, spätestens seit dessen überstürzter Hochzeit, nachdem er Irmis Tochter geschwängert hatte. War es da so unmöglich, dass er sich auch in Mitzis Kammer herumgetrieben hatte? Doch damit brauchte sie Fine nicht zu kommen, das wusste Kathi. Sie war schon immer so gewesen. Auch über ihre eigene glücklose Ehe mit Hartl, der sich mit ihr einfach eine wesentlich jüngere und attraktivere Frau als Trophäe gesucht hatte, machte Fine sich etwas vor. Sie war das beste Beispiel dafür, dass man alles irgendwann selbst glaubte, wenn man es anderen nur oft genug erzählte.

Vielleicht lag es an dem Zusammenstoß mit Konrad, aber heute schaffte Kathi es nicht, sich einen bissigen Kommentar zu verkneifen.

»Bist da do sicher?«, fragte sie Fine schnippisch.

»Wos soll des hoassn?«, fuhr Fine sie an. An dem aggressiven Ton in ihrer Stimme erkannte Kathi, dass sie einen wunden

Punkt getroffen hatte. Offenbar hielt sie ihren Sohn doch nicht für so unschuldig, wie sie vorgab.

»Na ja, des mit da Fanny war ja aa ned geplant, oder?«, setzte Kathi einen drauf, wohl wissend, dass sie damit ein offenes Geheimnis zum ersten Mal laut ausgesprochen hatte. Fine starrte sie fassungslos an.

»Des hob i dir im Vertrauen erzählt!«, zischte sie.

Damit hatte Fine Kathi nicht nur genau das Stichwort geliefert, das sie brauchte, auch die ungeteilte Aufmerksamkeit von Mini und Irmi war ihr sicher.

»San mir do herin ned im Vertrauen?«, fragte sie scheinbar naiv und machte eine theatralische Pause, um ihre Frage wirken zu lassen, bevor sie aussprach, was ihr schon den ganzen Tag auf der Seele brannte.

»Mir entscheiden do herin grod über as Lebm vo am junga Madl. Am schwangern Madl etz aa no! Wenn mir ihr ned weider helfa, dann schafft ses ned, des wissts ihr so guad wia i.«

Sie sah die Frauen einzeln an und stellte zufrieden fest, dass ihre Worte ihre Wirkung nicht verfehlt hatten. Dann wandte sie sich direkt an Mini, wohl wissend, dass sie die Wirtin auf ihrer Seite brauchte.

»Mini, du kennst an Joseph scho genauso lang wia i, und du warst aa meiner Meinung, dass er des auf koan Fall war. Und etz, wo d'Leid sogn, dass erd Mitzi gschwängert hod, glaubst as auf a Mal?«

»I hob überhaupt ned gsagt, dass i des glaub«, antwortete Mini selbstbewusst. Trotzdem meinte Kathi, ein Zögern gespürt zu haben.

»I hob nur gsagt, dass des ois ändert«, fuhr die Wirtin fort. »Und des duads aa. Sowohl da Joseph als aa d Mitzi hom etz as komplette Dorf gega sich. Und wenns uns ned genauso geh soll, miass ma extrem vorsichtig sei.«

Kathi nickte langsam. Mini hatte recht. Mit ihrer geheimen Runde bewegten sie sich ohnehin auf sehr dünnem Eis, doch bisher war es nie um etwas Ernsthaftes gegangen. Vor den toten Kindern im Wald hatten sie sich lediglich über die Verfehlungen ihrer Männer ausgelassen und es hin und wieder geschafft, mit weiblicher Intuition und einem freundlichen oder drohenden Wort an der richtigen Stelle die gröbsten Schnitzer des mächtigen Gemeinderats wieder auszubügeln.

Trotzdem war ihnen bewusst, dass ihr Einfluss nur aus dem Hintergrund heraus funktionierte. Kathi wusste zumindest von ihrem Ehemann, dass er beileibe kein Idiot war, und auch Hartl hatte nicht umsonst einen solch großen Einfluss, insofern wussten sie wohl zumindest im Ansatz, was ihre Weiber trieben, ließen sie aber gewähren. Doch wenn ihre Frauenrunde zum öffentlichen Gesprächsthema werden würde, würde sich das schnell ändern. Männliche Autorität und Macht funktionierten nicht, wenn eine Handvoll Frauen sie vor aller Augen untergrub.

Als die Frauen der einflussreichsten Männer des Dorfes genossen sie eine gewisse Narrenfreiheit, zogen aber natürlich auch eine Menge Neid auf sich. Kathi fiel, ohne groß nachzudenken, ein gutes Dutzend Frauen und Männer ein, die sie bei einer sich bietenden Gelegenheit mit Freuden ans Messer liefern würden.

»Also i glaubs ned«, sprach Kathi ihren nächsten Gedanken aus, ohne es richtig zu merken.

»I eigentlich aa ned …«, lenkte jetzt plötzlich auch Irmi ein. »Vielleicht hod d Fanny do einfach wos falsch verstandn …«

Kathi verkniff sich ein Schmunzeln. Wie schnell der Wind sich manchmal drehen konnte. Als Fine daraufhin schwieg, wandten sich alle Blicke ihr zu, was sie merklich unter Druck setzte. Schließlich hob sie abwehrend beide Hände.

»I woass ned, guad?«, rief sie nervös. »Duad ma leid! I woass ned, ob ers war, i woass ned, ob ers ned war, ob ers mit seiner Tochter treibt oder sunstwos, i woass überhaupt nix mehr schee langsam!«

Während sich Fines Atem langsam wieder beruhigte, herrschte betretenes Schweigen im Raum. Kathi wusste, dass es jetzt an ihr war, die Wunden, die sie aufgerissen hatte, wieder zu schließen. Ihr Ziel war schließlich erreicht.

»Macht ja nix«, sagte sie trocken. Dann fing sie an zu grinsen und steckte damit zuerst Fine an und dann auch alle anderen Frauen. Die aufgeheizte Stimmung im Raum war in Sekundenbruchteilen abgekühlt und für einen Moment waren sie wieder einfach vier Freundinnen, die sich heimlich im Wirtshaus trafen und über ihre Männer schimpften.

Doch die Erleichterung hielt nur wenige Augenblicke an, dann erinnerten sich alle daran, warum sie hier saßen. Nach einem Blick in die Runde ergriff Irmi das Wort.

»Also, wer woaß wos?«

Niemand antwortete, und mit einem Mal wurde Kathi gewahr, dass alle Blicke auf ihr ruhten. Ihr Herzschlag beschleunigte sich.

»Glaubts ihr, da Schorsch verzählt dahoam irgendwos?«, antwortete sie auf die Frage, die im Raum stand. »Der bringt doch eh kaum sei Goschn auf, und über sowos redt a scho garned. I bin genauso blank wia ihr.«

»Beim Hartl is as selbe«, pflichtete Fine ihr bei. »De zwoa

wern scho wissn, warums do so a Geheimnis draus macha. Ganz sauber is des doch ois ned. Am ehesten kriagst du no wos mid, oder?«

Mini, der Fines Frage gegolten hatte, zuckte nur mit den Schultern.

»Mei, i bring eam wos zum Essn, vui mehr is aa ned. Da Joseph redt nix, und da Luggi wird jedn Dog komischer. Den nimmt des Ganze vui mehr mid, als er zuagibt. So a harter Kerl ist da Lugg halt ned.«

Kathi schmunzelte und sah, dass sie nicht die Einzige war. Sie wussten alle, dass Mini nicht nur, wenn es um die Führung des Wirtshauses ging, die Hosen anhatte.

Doch viel mehr beschäftigte Kathi der Satz, den die Wirtin vorher über ihren Mann gesagt hatte. Die beiden liebten sich aufrichtig, und von allen Frauen hier am Tisch führte Mini wohl die harmonischste und liebevollste Ehe. Wenn sie in dieser Runde zugab, dass Lugg sich seltsam benahm, musste einiges im Argen liegen.

»Guad, dann kümmern ma uns um des, was ma wissen«, ergriff jetzt Fine wieder das Wort, die dem Kommentar von Mini offenbar deutlich weniger Bedeutung beimaß. »D Mitzi is aloans in der Hüttn oben, sie is schwanger, und sie braucht Hilfe. Von wem dass schwanger is, is etz erschtmal komplett wurscht. Des is a jungs Madl, und mir miassn uns kümmern, ganz einfach.«

Fine blickte sich in der Runde nach Zustimmung um und musste nicht lange suchen.

»Essn kriagts vo uns, da schick i d Vroni auffe. Des bissl fallt eh kaum auf«, beschloss Mini pragmatisch, als sei es das Selbstverständlichste auf der Welt, dass sie nicht nur gegen die ausdrücklichen Weisungen ihrer Männer handelten, sondern damit auch sämtliche Hinweise und Gerüchte ignorierten und sich auf die Seite eines mutmaßlichen Mörders und seiner geschändeten Tochter schlugen.

»Habts ihr koa Angst um eire Kinder?«, fragte Irmi plötzlich. Sie klang eingeschüchtert und vorsichtig, als trüge sie diese Frage schon lange in sich und traue sich eigentlich nicht, sie zu stellen.

Der plötzliche Themenwechsel verwirrte Kathi, die mit ihren Gedanken doch gerade ganz woanders gewesen war. Die Frage erschien unpassend, und auch dass gerade Irmi sie stellte, kam ihr falsch vor. Immerhin war ihre Tochter frisch verheiratet, und zwar nicht mit irgendjemandem, sondern mit Toni Aichinger. Damit hatte sich nicht nur Fannys, sondern auch Irmis Status quasi über Nacht gewaltig verbessert, was wohl auch einer der Gründe war, warum Irmi überhaupt noch mit am Tisch saß. Früher hatte sie nicht groß gestört, aber jetzt hatte sich ihr Zirkel verändert, war mehr Geheimgesellschaft als Kaffeekränzchen, und da wollten die Mitglieder sehr genau ausgewählt sein. Kathi hätte Irmi vermutlich nicht eingeladen, doch nun war sie eben dabei. Außerdem war sie Mutter und damit sogar direkter betroffen als Kathi selbst, also würde sie ihrem Mann gegenüber schon die Klappe halten. Zumindest hoffte Kathi das.

Kathi hatte Irmi nie besonders gut leiden können, auch früher nicht. Irmi strahlte diese Art selbstzufriedene, naive Arroganz aus, die man eher mit München verband als mit dem Land. In letzter Zeit war diese Abneigung noch gewachsen, was, wie sie sich eingestand, jedoch hauptsächlich an Kathis eigener Unsicherheit lag. Da sie selbst, genau wie Fine, erheblich jünger als ihr Ehemann war und sie beide aufgrund ihres Aussehens, nicht ihres Standes wegen auserwählt worden waren, fühlte zumindest sie sich noch heute manchmal wie eine Betrügerin, die das viele Geld, das große Haus und die feinen Kleider nicht verdient hatte. Sie waren einfach nur hübsche Gegenstände an der Seite ihrer mächtigen Männer. Irmi dagegen war mit ihrem Xaver, der erst Bäcker gewesen und nach seinem Fronteinsatz und seiner Verletzung zum Landgendarmen ernannt worden war, nie über das gesellschaftliche Mittelmaß hinausgekommen. Erst ihre schöne Tochter hatte ihnen durch ihre Heirat den sozialen Aufstieg ermöglicht.

Dann dachte Kathi über die toten Kinder nach. Ihr selbst war nie Nachwuchs vergönnt gewesen, und die der anderen, Fanny, Toni und Vroni, waren volljährig, wirkliche Sorgen mussten sie sich also alle nicht machen. Trotzdem erkannte Kathi, als sie sich am Tisch umsah, dass jede der Frauen in Gedanken versunken schien. Selbst wenn sie keine eigenen kleinen Kinder mehr hatten, sie alle kannten die Nachbarskinder, ihre Neffen und Nichten oder dachten einfach an die Kinder und Jugendlichen, die im Dorf umhertollten. Die kleine Evi, die angeblich so zerfetzt gewesen war, dass nicht einmal ihre Eltern am offenen Sarg trauern durften, hatte nur zwei Häuser weiter gewohnt. Kathi hatte sie aufwachsen sehen, hatte ihr beinahe jeden Tag zugelächelt, als sie, die Haare von ihrer Mutter zu einem strengen Zopf gebunden, an ihrem Haus vorbei zur Schule marschiert war. Kathi hatte miterlebt, wie sie von einem kleinen Mädchen zu einer jungen Frau geworden war. Erwachsen hatte sie nicht werden dürfen.

»Seit da Köhler eigsperrt is, war ja nix mehr«, riss Fine Kathi aus ihren Gedanken. Sie schien mehr zu sich selbst zu sprechen und es war nicht ganz klar, ob der Satz eine Antwort auf Irmis Frage oder das Ergebnis ihrer Grübeleien darstellte.

Kathi schnürte sich die Kehle zu.

»Fangst scho wieder o?«, stieß sie hervor.

»Hob i ned recht?«, keifte Fine zurück.

»Hörts etz as Streiten auf!«, mischte sich Mini harsch ein. Sie hatte nicht laut gesprochen, trotzdem lag eine Autorität in ihrer Stimme, die Kathi und Fine augenblicklich verstummen ließ. Die Wirtin sprach ruhig weiter, während sie gedankenverloren einige Salzkrümel, die auf dem Tisch lagen, mit dem Zeigefinger hin und her schob.

»Damit, dass ma ihr was zum Essn bringa, is ned erledigt. Koana woaß, wia lang si des mitm Joseph no ziagt.«

Kathi glaubte in den nüchtern hervorgebrachten Worten der Wirtin einen Unterton wahrgenommen zu haben, konnte ihn jedoch nicht wirklich deuten.

»Des Gerücht geht im Dorf um, des hoaßt mir braucha etz ned davo ausgeh, dass sie in absehbarer Zeit unterd Haum kummt«, fuhr Mini fort. Dann sah sie die Frauen auffordernd an.

»Also, wer hod a Idee?«

***

In der Gaststube des Wirtshauses gab es eine akustische Besonderheit, die sie mit den antiken Theatern Griechenlands gemein hatte. Stand man an einem bestimmten Punkt in dem Flur, der den Gastraum mit der Küche verband, konnte man selbst geflüsterte Worte von einem der Tische so deutlich hören, als säße man selbst daran.

Vroni war nie in Griechenland gewesen, und über die Architektur der dortigen Theater wusste sie ebenfalls nichts, die besagte Stelle im Flur hatte sie aber schon als kleines Mädchen entdeckt. Sie hatte das Geheimnis für sich behalten und sich fortan bevorzugt dort aufgehalten, sehr zum Leidwesen ihrer Mutter, der sie auf deren Weg in die Küche und zurück dadurch ständig zwischen die Beine kam.

Obwohl die Gespräche der meisten Säufer an den Tischen nun wirklich nicht von großem Interesse waren und sich meistens um die steigenden Preise für Saatgut, Werkzeug und – mit Abstand am schlimmsten – Bier oder um echte oder erfundene weibliche Eroberungen drehten, hörte Vroni stets gut zu. Diese unbemerkte Teilnahme an fremden Gesprächen ließ sie eine Welt betreten, die ihr als kleines Mädchen verborgen war. Hätte jemand sie am Tisch beim Lauschen erwischt, hätte ihr das vermutlich eine saftige Backpfeife eingebracht, doch hier im Flur war sie sicher. Die Erwachsenen waren viel zu laut und zu hektisch, um die Magie des Ortes zu entdecken, und auch wenn ihre Eltern sich anfangs gewundert hatten, warum Vroni mit ihren Puppen und Kreiseln ausgerechnet im Flur herumsaß, waren sie doch nie hinter ihr Geheimnis gekommen.

Auch jetzt stand Vroni noch ab und zu an dieser Stelle, wenn auch bei Weitem nicht mehr so oft wie früher. Als die Gespräche der Weiberrunde schließlich endgültig ihre Heimat im leeren Wirtshaus gefunden hatten, waren die Neuigkeiten schlagartig wesentlich interessanter geworden. Und als Vroni jetzt in dem dunklen Flur stand, bemüht, kein Geräusch zu machen, und den Frauen beim Schmieden ihres Plans zuhörte, erkannte sie, dass sich hier eine Chance für sie auftat. Die größte und vielleicht sogar einzige Chance, die sie jemals haben würde.

38

Es gab wenig Gutes, was Konrad über die Lehrerwohnung sagen konnte. Was sich großspurig Wohnung schimpfte, war eine Kammer direkt über dem Klassenzimmer und direkt unter dem Dach. Es zog erbärmlich, roch nach Staub und Schimmel und jeder Schritt auf den alten, krummen Dielen knarzte ohrenbetäubend. Das auffälligste Merkmal an ihr war ihre Größe, die Kammer war winzig klein. Neben dem Bett, einem Schrank und dem Schreibtisch war gerade noch ein enger Gang frei, durch den er sich bewegen konnte.

Gleich in der ersten Woche hatte Konrad von dem wackeligen Stuhl die Lehne abgeschraubt, damit er ganz unter den Schreibtisch passte und ein paar Zentimeter weniger Fläche versperrte. Aufgrund des begrenzten Raumes war es Konrad auch unverständlich, wie sich so viel Mist hatte ansammeln können.

Vor ihm auf dem Bett lag sein Lederkoffer, der gleiche Koffer, mit dem er vor nicht einmal einem Jahr im Dorf angekommen war. Sein bisschen Kleidung und Hausrat war schnell eingepackt gewesen, doch jetzt stand er vor der wirklichen Herausforderung: Kafka oder Hesse? Wilde oder London? Mann oder Fontane?

Konrad war stolzer Besitzer von zweiundzwanzig Büchern. Jedes von ihnen erzählte viel mehr als die reine Geschichte zwischen den Buchdeckeln. Manche hatte er gekauft, manche waren ihm geschenkt worden, eines hatte er sogar gefunden. Wenn er eines seiner Bücher in die Hand nahm, erinnerte er sich an das erste Mal, als er es gehalten hatte, war für einen Moment in dieser Zeit und an diesem Ort. Manche seiner Bücher hatte er so oft gelesen, dass er sie fast auswendig kannte, durch andere hatte er sich sehr mühselig quälen müssen. Doch Konrad hatte eine eiserne Regel: Ein angefangenes Buch wurde auch zu Ende gelesen. Erst dann durfte man sich ein Urteil erlauben. Gerne las er auch seinen Schülern aus seinen Büchern vor, wohl wissend, dass das für die meisten von ihnen eine willkommene Gelegenheit für Unsinn oder ein Schläfchen war. Doch wenn nur einer von ihnen zuhörte und sich vielleicht sogar noch etwas merkte, war das seiner Meinung nach mehr wert als ein ganzes Jahr Mathematik.

Konrad wusste, dass er den Großteil seiner Bücher zurücklassen musste, auch wenn es ihm das Herz brach. Aber Bücher konnte man ersetzen, hier in diesem Dorf konnte er keine Sekunde länger bleiben. Sein Plan war über die letzten Tage gereift, ihn noch länger vor sich her zu schieben, konnte er mit seinem Gewissen nicht vereinbaren.

Als eine der Dielen hinter ihm krachte, zuckte Konrad zusammen. Schnell drehte er sich um und hob das Buch, das er gerade in der Hand hielt, drohend über seinen Kopf.

»Dann stimmts also wirklich.«

Kathi stand vor der offenen Tür zu seiner Kammer. Ihr Blick war ausdruckslos. Konrad wunderte sich, wie sie das Schulhaus betreten, den Klassenraum durchquert und über die Treppe zu seiner Wohnung gelangt war, ohne dass er sie gehört hatte. Anscheinend war er mehr in seine Packerei vertieft gewesen, als ihm klar gewesen war. Andererseits war Kathi oft hier gewesen und auch sie wusste, wo sie ihre Füße hinsetzen musste, ohne dass das Holz ihre Anwesenheit lautstark verkündete.

Konrad sah sie an, die Hand mit dem Buch hatte er längst wieder sinken lassen. Er wollte vieles zu ihr sagen, dass er sich freute, sie zu sehen, dass es ihm leidtat. Er wollte, dass sie näher kam, wollte sie umarmen. Doch so wie sie dort im Türrahmen stand, starr und ungerührt, blieb auch ihm jedes Wort im Halse stecken.

»Du gehst weg?«, fragte sie, auch wenn es nicht wie eine Frage klang.

»I muass«, antwortete Konrad, dann räusperte er sich, weil er merkte, dass diese beiden Worte mehr ein Krächzen als Sprache gewesen waren.

»Du woasst, wos do grod passiert. Des konn i ned mit oschaun.«

»Und stattdessn haust ab?«, erwiderte Kathi kühl.

»I hau ned ab«, verteidigte Konrad sich. »I geh nach Minga und meld den Fall. Hoffentlich is no ned z spät.«

Kathi versank wieder in Schweigen, nickte nur bedächtig vor sich hin, und für einen Moment war Konrad vollkommen sicher, dass sie sich wortlos umdrehen, das Schulhaus verlassen und er sie nie wiedersehen würde. Doch dann hob sie den Kopf und sah ihm ernst in die Augen.

»Geh sofort.« In ihrer Stimme lag ein Nachdruck, den er nicht von ihr kannte.

»Wos?«, fragte er verwirrt.

»Geh sofort. De wolln di ned geh lassn. Wennst erst morgn friah gehst, sperrns di genauso weg wia an Joseph. Wennst as schaffn willst, muasst sofort los.«

Wäre die Situation eine andere gewesen, hätte Konrad sie sofort in die Arme geschlossen. Er kannte Kathis Stand im Dorf, auch wenn er kein Teil davon war. Sie war die Frau des Großbauern, wesentlich jünger und wesentlich attraktiver. In den Augen der meisten Dorfbewohner schien sie mit sich und der Welt im Reinen. Sie galt als ein bisschen naiv, je nachdem, wen man fragte, vielleicht sogar als ein wenig dumm. Eine reine Zierde, ein Hauserl. Aber Konrad hatte von Anfang an hinter diese Fassade, die sie bis zu einem gewissen Punkt sogar selbst pflegte, geblickt. Er kannte die hochintelligente, empathische Frau, die sie in Wirklichkeit war. Und es waren Momente wie dieser, die ihm sein Herz bis zum Hals schlagen ließen.

Sie hatte nicht nur ihn und seinen Plan durchschaut, über den er vor dem heutigen Abend mit niemandem gesprochen hatte, sondern auch ihre Frauenrunde und über die dahingeplapperten Erzählungen der Weiber sogar die Pläne des Gemeinderats. Und das alles in der Zeit, in der er nicht einmal fähig gewesen war, einen kleinen Koffer zu packen.

Als wollte er zumindest diesen Vorgang zu Ende bringen, legte er das nutzlos in seiner Hand liegende Buch in den Koffer. Dann ging er zögerlich einen Schritt auf Kathi zu. Was er an ihrer absurden Beziehung mit am meisten schätzte, war das wortlose Einvernehmen, die stille Kommunikation zwischen ihnen. Doch heute Abend konnte er sie nicht lesen. Und er wusste nicht, ob es an ihr lag oder an ihm selbst.

»Danke«, murmelte er.

Mehr als diesen einen Schritt traute er sich nicht zu gehen, und so stand er hilflos im Raum, viel zu weit von ihr entfernt. Plötzlich ging sie ohne jede Vorwarnung direkt auf Konrad zu. Kathi blieb erst stehen, als ihr Becken seines berührte, und küsste ihn. Der Kuss dauerte kaum länger als eine Sekunde, war aber so intensiv wie noch kaum einer ihrer Küsse zuvor. Konrad war sich sicher, dass er diesen Kuss bis zum Ende seines

Lebens auf seinen Lippen würde schmecken können. Dann löste sie sich von ihm und sah ihm erneut tief in die Augen.

»Konrad, versprich ma oans. Wennst as gschafft host, und wenn des ois vorbei is, bitte, kumm zruck.«

Konrad nickte. In diesem Moment hätte er ihr alles versprochen, doch er meinte es auch so. Er würde zurückkommen. Und wenn er das Dorf ein zweites Mal verließ, würde er sie mitnehmen. Egal, wohin.

»Versprocha«, antwortete er ernst und wusste in diesem Moment, dass ihre stille Verbundenheit noch immer da war. Sie schien es ebenfalls zu spüren, denn sie nickte nun und lächelte.

Dann gab sie sich sichtlich einen Ruck, drehte sich um und rannte beinahe die Treppe hinunter.

Konrad wollte ihr nach, wollte sie aufhalten, mit ihr zusammen fliehen. Doch er wusste, dass das nicht sein Weg war. Er hatte eine Verantwortung, und der würde er sich stellen.

Nachdem er das leise Klicken der Haustür unten gehört hatte, schloss Konrad die Schnallen an dem Lederkoffer, ohne auch nur noch einen Gedanken an seine Bücher zu verschwenden. Interessant, wie schnell sich Prioritäten ändern konnten.

Konrad war bereits seit einer Weile zum Aufbruch bereit, doch er hatte gewartet. Schweigend und auf dem gepackten Koffer sitzend. Wenn er sich schon davonstehlen wollte wie ein Dieb, so wollte er dies zumindest im Schutz der Dunkelheit tun und dabei nicht gesehen werden.

Er stand auf. Das Knacken seiner Gelenke, das er für gewöhnlich gar nicht mehr wahrnahm, klang jetzt in seinen Ohren wie das Brechen eines dicken Astes.

Konrad verließ das Schulhaus, ohne einen Blick zurückzuwerfen, und hatte es im gleichen Moment vergessen. Das hier war nie sein Zuhause gewesen, das Dorf nie seine Heimat und wäre es auch nie geworden. Es hätte die Ereignisse der letzten Wochen nicht gebraucht, um ihm das klarzumachen, aber sie hatten geholfen, seine Entscheidung schneller zu treffen. Ein Mal würde er noch zurückkehren, das hatte er Kathi versprochen. Vielleicht würde es ihnen zusammen gelingen, ein Zuhause zu finden.

Er blickte sich verstohlen um, die Straße war leer und kein Geräusch war zu hören. Nicht einmal Vögel oder Insekten waren unterwegs, so als würde sogar die Natur versuchen, ihm seine Aufgabe zu erschweren. Eigentlich hatte er mit dem Omnibus nach München fahren wollen. Der fuhr in der Früh um halb sechs und sammelte die wenigen Arbeiter ein, die in der Stadt bei Krauss und Maffei oder in den Motorenwerken arbeiteten. Der Omnibus hielt nur ein paar Hundert Meter die Straße hinunter und wäre der bequemste Weg gewesen. Aber zum einen wollte Konrad nicht so lange warten, und zum anderen glaubte er Kathi. Und wenn sie ihm ans Leder wollten, sollte er lieber so weit wie möglich vom Dorf entfernt sein. Deswegen hatte er beschlossen, sich zum Bahnhof zwei Dörfer weiter durchzuschlagen. Zeit würde er dadurch nicht gewinnen, aber zumindest Strecke zwischen das Dorf und sich bringen. An der Hauptstraße entlang wäre er gut zwei Stunden unterwegs und in der ganzen Zeit für etwaige Verfolger leicht zu finden, aber er kannte den Weg durch den Wald. Ging er diesen, würde er es locker in der Hälfte der Zeit schaffen.

Für einen Moment kam ihm in den Sinn, dass er eigentlich gegen jede Vernunft handelte, indem er einen dunklen Wald der gut einsehbaren Landstraße vorzog, zumal er ahnte, dass Joseph unschuldig und der wahre Mörder noch auf freiem Fuß war. Doch diesen Mörder vermutete Konrad nicht im Wald und nicht im Schatten. Dieser Mörder war kein Wolf, kein Monster und kein Gespenst, sondern menschlicher, als ihnen allen lieb war.

Konrad hatte noch nie bewusst darauf geachtet, wie laut oder leise seine Schuhe waren, und war selbst überrascht, dass sie kaum ein Geräusch machten. Einzig der Lederriemen an seinem Koffer gab ein gleichmäßiges Quietschen bei jedem seiner Schritte von sich. Als die Hauptstraße sich verbreiterte und in den Dorfplatz überging, machte sich ein Unwohlsein in Konrad breit und er glaubte für einen kurzen, irrationalen Moment, jemanden in seinem Rücken zu spüren. Er konzentrierte sich auf seine Atmung und entspannte sich etwas.

Die Zeit im Zug würde er nutzen müssen, um seinen Vortrag vorzubereiten. Die Vorgänge anzuzeigen, war schön und gut, aber er konnte schlecht ein ganzes Dorf wegen mittelalterlicher Ansichten anklagen. Er würde sich wohl auf Steiner und den Bürgermeister konzentrieren, der Schlange zuerst die Köpfe abschlagen. Freiheitsberaubung, Körperverletzung, Anstiftung zu Straftaten, da würde sich schon etwas finden lassen. Die anderen waren dumpfe Mitläufer. Außer dem Pfarrer vielleicht, aber der …

Konrad hörte unvermittelt ein Geräusch hinter sich, viel näher, als es hätte sein dürfen. Erschrocken drehte er sich um.

39

Inzwischen sah er wohl auch aus wie ein Gefangener.

Es musste für Mini wesentlich gefährlicher geworden sein, ihm etwas zu essen zu bringen, denn sie kam höchstens noch jeden zweiten Tag. Immerhin zu trinken hatte er. Trotzdem hatte Joseph Gewicht verloren, und fett war er noch nie gewesen. Seine Haare hingen ihm ins Gesicht, sie zurückzustreichen brachte nichts mehr, so fettig waren sie inzwischen.

Um den Zustand seiner Hände beurteilen zu können, musste er sie nicht einmal ansehen, der pochende Schmerz, der von ihnen ausging, verriet ihm alles. Er hatte zuerst auf die Tür eingeschlagen, dann auf die Wand und schließlich auf den Boden, bis ihm aufgefallen war, dass er seine Knöchel schon seit geraumer Zeit nicht mehr spüren konnte. Dann erst hatte er aufgehört und die blutigen Fetzen betrachtet, die einmal das Fleisch auf seinen Fingern gewesen waren. Das Gefühl in seinen Fingern war nach einiger Zeit zurückgekehrt und hatte sich in dumpfen, seinen ganzen Körper durchdringenden Schmerz verwandelt.

Wie das Tier, als das sie ihn behandelten, war er in die einzige Ecke seiner Zelle gekrochen, von der er einen Streifen Licht sehen konnte, und hatte sich dort auf den Boden gekauert. Abwechselnd betrachtete er die kleinen roten Tropfen, die von seinen ausgestreckten Händen in den Staub tropften, und den Mond, der sich in zäher Langsamkeit von links nach rechts über das Loch in der Wand bewegte. Wenn seine Finger aufhörten zu bluten, ballte er die Fäuste, atmete gegen den

Schmerz an, der seinen Körper daraufhin durchfuhr, und sah zu, wie sich neue rote Tropfen mit den alten, braun gewordenen vermischten. Gegen den Lauf des Mondes, der ihm hämisch die eigene Gefangenschaft vorhielt, konnte er nichts unternehmen, außer ihn anzustarren.

Als der Mond fast genau in der Mitte des Fensters stand, zogen Wolken auf und verdunkelten Josephs Welt. Unbeirrt starrte er dennoch weiter an die Stelle, wo der Mond gewesen war, bis seine Augen sich an die Schwärze gewöhnt hatten. Als ein Windstoß die Wolken dann zur Seite blies, war der Mond zurück und blendete ihn, wie es sonst nur die Sonne vermochte. Während er sich bei ihrem Anblick schnell abwandte, um die Augen zu schützen, hielt er den Schein des Mondes mit starrem Blick aus. In diesem Moment spürte Joseph eine Energie durch seinen Körper fließen, die er seit Jahren nicht mehr gefühlt hatte. War er gerade noch seinem Schicksal ergeben und bereit aufzugeben, machte sich jetzt Kraft, Wärme und Mut in ihm breit.

Seine Augen waren das Tor, durch das diese Energie in ihn eindrang, und sie schienen in Flammen zu stehen. Doch diese Flammen waren nicht zerstörerisch, zumindest nicht für ihn. Er war nicht das Opfer eines Brandes, er war das Feuer.

Plötzlich hörte Joseph, wie der Riegel zu seiner Zelle von außen geöffnet wurde. Er spannte seinen Körper an und machte sich bereit, dass sie zurückgekommen waren. Dass sie nachts kamen, konnte kein gutes Zeichen sein.

Er wartete nervös, doch die Tür öffnete sich nicht. Niemand kam herein, und auch sonst geschah nichts. Die Tür war aus stabilem Holz, das hatte er am heutigen Tag ausgiebig und schmerzhaft getestet, und ließ kaum Geräusche durch. Wenn

Hartl, Hias und Lugg sich auf der anderen Seite also nicht gerade anschrien, würde er sie nicht hören.

Und mit Sicherheit warteten sie dort, in dem dunklen Gang, auf ihn. Mit Sicherheit war das eine Falle. Sie wollten ihn hinauslocken und ihm dann Gott weiß was antun. Es musste eine Falle sein.

Aber was, wenn nicht?

40

Mitzi strich gedankenverloren den Staub von einem Glas mit eingeweckten Äpfeln. An dieses Glas konnte sie sich erinnern, es war gut zwei Jahre her, dass sie es selbst in das Regal in der Speisekammer gestellt hatte.

Die Äpfel stammten nicht von der Streuobstwiese oben auf dem Hügel, die war schon lange verpachtet. Als Kind hatte sie sich tagelang auf dieser Wiese aufhalten können, hatte zwischen den Bäumen Verstecken gespielt und je nach Jahreszeit alles gegessen, was sie dort finden konnte. Bloß die Beeren musste sie immer erst herzeigen, damit keine Vogelbeeren dabei waren. Vor dem Geschmack der Schlehen vor dem ersten Frost hatte sie allerdings damals niemand gewarnt, was der Grund war, warum sie diese Dinger bis heute nicht ausstehen konnte. Sie erinnerte sich noch, dass sie geweint hatte, als ihre Mutter ihr gesagt hatte, dass die Bäume jetzt jemand anderem gehörten. Sie hatte natürlich nicht verstanden, dass Obstbäume nicht allein Spaß, sondern vor allem eine Menge

Arbeit machten. Zu viel Arbeit für eine Frau, die sich allein um eine Landwirtschaft und ihre Tochter kümmern musste. Zumal auch die Schafe, die die Wiese zwischen den Bäumen kurz gehalten hatten, nicht mehr da waren.

Es war ja nicht so, dass sie die Bäume bräuchten. Direkt vor dem Haus standen noch vier weitere Obstbäume, ein Apfel, zwei Birnen und eine Zwetschge, die für den Hausgebrauch genug abwarfen. Im Laufe der Jahre war es Mitzis Aufgabe geworden, die Speisekammer mit Kompott, Most und eingelegten Früchten zu füllen.

Jetzt sah sie sich in der Speisekammer um. Im Moment war sie gut gefüllt. Nicht nur mit Obst und Gemüse aus ihrem eigenen Garten, auch beim Kramer hatte sie in letzter Zeit mehr eingekauft, als sie unmittelbar brauchten. Ganz als hätte sie geahnt, dass sie sich auf eine längere Zeit als Gefangene vorbereiten musste. Denn genau das war sie jetzt. Sie war nicht eingesperrt und vor ihrem Haus hielt auch niemand Wache, aber hinaus konnte sie trotzdem nicht. Was hätte sie tun sollen? Ins Dorf gehen, zum Bäcker, ihr Brot holen wie immer? Beim alten Hermann die Eier oder beim Kramer Bindfaden?

Zum ersten Mal verstand sie ihren Vater wirklich. Es war nicht nur die Traurigkeit, die ihn ans Haus fesselte. Es waren auch die Blicke. Dieselben Blicke, die auch sie jetzt gespürt hatte. Sie schmerzten. Die Verachtung, der Hass, vor alldem war sie bisher verschont geblieben, obwohl sie war, wer sie war. Doch das hatte sich jetzt geändert, und der runde Bauch, den sie unübersehbar vor sich hertrug, erinnerte jeden, der die Gerüchte vielleicht für einen Moment vergessen haben mochte, sofort wieder daran. Mehr als einmal auf ihrem Weg durchs Dorf hatte sie darüber nachgedacht, einfach laut über den Dorfplatz zu brüllen, wer der Vater des Kindes war. Dass ihr Vater unschuldig war, unschuldig des Mordes, das sowieso, aber auch dessen, was ihm – und ihr – jetzt vorgeworfen wurde. Ihr Vater liebte sie mehr als sein eigenes Leben, und er würde sie nie berühren, besonders nicht auf diese Art.

Doch wem wäre damit geholfen? Man konnte Gerüchte nicht mit der Wahrheit bekämpfen. Alles, was man damit erzeugte, waren neue Gerüchte. Das Einzige, was sie erreichen würde, wäre die Ehe ihrer besten Freundin zu zerstören, ihren Ruf und das Ansehen ihrer Familie. Andererseits, warum sollte sie sie schützen? Immerhin hatte Fanny in die Welt gesetzt, dass Mitzi von ihrem eigenen Vater schwanger war. Nicht mit Absicht, da war Mitzi sich sicher. Fanny war impulsiv, manchmal ein bisschen ungeschickt und ihr Mund war oft schneller als ihr Kopf, aber im Herzen war sie ein guter Mensch und wollte niemandem etwas Böses.

Stattdessen verfluchte Mitzi sich für ihre eigene Dummheit. Sie hatte alles vorher gewusst. Sie hatte sich mit Toni eingelassen, dem schönen Toni, dem größten Weiberhelden des Dorfes, obwohl sie hatte wissen müssen, wie es enden würde. Doch sie hatte seine Aufmerksamkeit genossen, die Blicke, die er ihr zuwarf, und hatte ignoriert, dass er dieselben Blicke auch jedem anderen Mädchen im Dorf zuwarf. Sie hatte ihn ihren Ersten sein lassen, und was eigentlich noch schlimmer war, sie hatte seine Schwüre, seine Lügen geglaubt. Sie hatte ihm geglaubt, dass er sie heiraten würde, wenn er erst seinen Vater überzeugt hatte, dass er mehr aus ihr machen würde als die Tochter des Einsiedlers.

Und nun stand sie hier, allein, mehr als je zuvor. Zuerst hatten sie ihr ihren Vater genommen, und jetzt hatten sie ihr auch noch ihr Leben genommen. Sie konnte in diesem Augenblick nicht ehrlich genug zu sich selbst sein, um herauszufinden, was davon schlimmer für sie war. Und sie konnte auch nicht ehrlich genug zu sich sein, um zu beantworten, ob sie noch Hoffnung hatte, eines von beiden je zurückzubekommen.

41

Trotz allem, was in dieser Nacht geschehen war, schien am Morgen darauf die Sonne, wie sie es seit Wochen nicht mehr getan hatte. Die sanften Strahlen brachen sich im Morgennebel und ließen den Tau auf den Grashalmen glitzern und funkeln. Selbst die Vögel schienen sich an diesem Anblick zu erfreuen und extra eine Stunde früher aufgestanden zu sein. Jeder, der aus dem Fenster seiner Kammer den Blick über die Wiesen und Felder ziehen ließ, erkannte sofort, dass dies einer der schönsten Tage des Jahres werden würde. Mochte man daraus ein übergeordnetes göttliches Desinteresse ableiten oder nicht, dem strahlenden Himmelskörper war das Schicksal der irdischen Kreaturen auf jeden Fall offensichtlich völlig egal.

Vroni war die Einzige, die zu dieser frühen Stunde schon unterwegs war. Seit einigen Tagen schlief sie schlecht, und nur sie selbst wusste, warum. Also hatte sie beim ersten Licht des Tages die Wäsche zusammengepackt und sich auf den Weg zum Waschhaus gemacht. Nicht dass sie unbedingt zu den Frühaufstehern gehörte, doch die Arbeit musste sowieso gemacht werden, und so hatte sie es wenigstens schnell hinter sich. Die frühe Stunde war mit einigem Mehraufwand verbunden, sie musste die Öfen anschüren und frisches Wasser holen, dafür hatte sie Platz und kam, je nachdem wie schnell sie mit Waschen war, einem Großteil der Weiber und ihrem Getratsche aus.

Abgesehen davon, dass es sowieso nur noch ein Thema gab und sie es nicht mehr hören konnte, war sie als Wirtstochter natürlich von allergrößtem Interesse. Das große Geheimnis, wo der Köhler eingesperrt war, war längst keines mehr, und so sah man plötzlich Leute im Wirtshaus, die es das letzte Mal bei einer Taufe oder einer Leich betreten hatten, es jetzt aber auf Neuigkeiten aus erster Hand abgesehen hatten. Vor ihren Eltern hatten die meisten Respekt oder schlicht Angst, sie aber wurde als neutrale Person angesehen und war das bevorzugte Ziel für Fragen aller Art. Auch deswegen ließ Vroni sich kaum noch im Gastraum sehen, und sie hatte keinen Anlass zu der Annahme, dass es im Waschhaus anders sein würde.

Daher war sie ganz froh, dass sie auf ihrem Weg dorthin bisher niemandem begegnet war. Als sie die kleine Holzbrücke überquerte, schreckte sie ein paar Gänse auf, die darunter offenbar die Nacht verbracht hatten, und freute sich hämisch darüber. Sie hasste diese hässlichen Viecher, seit sie als kleines Mädchen von einer gezwickt worden war. Der Martinstag hatte für sie deswegen auch nichts mit frierenden Bettlern und zerschnittenen Mänteln zu tun, sondern war ihr persönlicher Tag der Rache. Mit einer eisernen Disziplin, die weit über Genuss hinausging, stopfte sie dann Gänsefleisch, Blaukraut und Knödel in sich hinein, bis sie buchstäblich fast platzte. Dabei erging sie sich in der Vorstellung, das Tier, das die vergangene

Nacht im Backrohr verbracht hatte, wäre ein direkter Nachkomme der Gans, die ihr einst so schreckliche Schmerzen bereitet hatte.

Gut gelaunt sah sie dem letzten der Vögel nach, der sich mit einer unbeholfen wirkenden Mischung aus Fliegen und Stolpern von dannen machte, und ging vom Mühleck her auf den Dorfplatz zu. Sie ließ den Blick über die alten Mühlsteine gleiten, die an eine Hauswand gelehnt waren, als sie zwischen zwei der Steine etwas sah, das sie zunächst für ein großes Bündel Kleider hielt. Als sie näher kam, erkannte sie, dass das Bündel, oder was auch immer es war von einer groben Wolldecke bedeckt war. Sie blieb stehen und sah sich den Haufen ganz genau an, konnte jedoch keine Bewegung ausmachen.

Hatte es einer der Säufer nicht mehr nach Hause geschafft und sich stattdessen hier niedergelassen, um seinen Rausch auszuschlafen? Aber warum bewegte er sich dann nicht? Erfroren konnte er kaum sein, so kalt wurde es nachts bei Weitem nicht mehr. Und wo hatte er die Wolldecke her? Obwohl sich alles in ihr dagegen sträubte, ging Vroni auf das Bündel zu. Je näher sie kam, desto deutlicher glaubte sie, einen säuerlichen Geruch wahrzunehmen. Das war nicht der Geruch von Erbrochenem, den kannte sie nun wirklich zur Genüge, das hier roch anders, unangenehmer.

Sie stieß das stinkende Bündel mit der linken Fußspitze an und balancierte dabei den Waschkorb etwas umständlich auf dem rechten Oberschenkel. Ein gutes Dutzend fetter Kuhstallfliegen erhob sich brummend und umschwirrte ihren Kopf, und Vroni musste sich zusammenreißen nicht zu würgen. Das lag aber weniger an den Fliegen als an dem Gefühl, das an ihrer Fußspitze zu kleben schien. Ein Mensch war das auf keinen Fall unter dieser Decke. Was auch immer darunter lag, fühlte sich zu weich an, zu schwammig, irgendwie feucht … Sie konnte es nicht beschreiben.

Noch stärker als zuvor versuchte die animalische Seite ihres Verstandes sie zur Flucht zu bewegen, doch noch hatte die Neugier die Oberhand. Sie konnte nicht einfach weggehen und darauf warten, dass ein paar Stunden später jemand anderes das Bündel untersuchte. Sie stellte den Waschkorb auf den Boden, dann ging sie, ohne einen weiteren Gedanken an die Konsequenzen zu verschenken, zwei Schritte nach vorne und riss die grobe Wolldecke nach oben.

Ein bestialischer Gestank stieg ihr in die Nase und benebelte Vronis Sinne dermaßen, dass sie zuerst nicht erkennen konnte, was da vor ihr lag. Sie sah nur Fetzen, manche rot verfärbt, die meisten gelblich braun, bedeckt von einigen mutigeren Fliegen, die sich unter die Decke gewagt hatten und sich selbst von Vroni nicht stören ließen.

Erst nach einigen Augenblicken erkannte Vroni, was da vor ihr lag. Es waren Leinenfetzen, alle dreckig, einige sogar komplett durchtränkt, und Vroni müsste sich schon sehr irren, wenn es kein Blut wäre. Ob es der ekelhafte Mortl selber war oder ob einer der Kleinhäusler daheim geschlachtet hatte, konnte sie nicht sagen. Dazu, die dreckigen Fetzen ordentlich zu entsorgen, hatte es dann aber offenbar nicht mehr gereicht. Wie kam man denn auf die Idee, dann einfach alles zusammenzupacken und in eine Ecke zu schmeißen?

Jetzt, da die Neugier befriedigt und die Seele beruhigt war, beschloss Vroni, dass das alles wirklich nicht ihr Problem war. Sie dachte kurz darüber nach, das Bündel wieder zuzudecken, aber jetzt, wo sie wusste, worum es sich dabei handelte, wollte sie die Decke auf keinen Fall mehr anfassen. Stattdessen hob sie ihren Waschkorb auf und setzte ihren Weg fort. Unvermittelt musste sie grinsen, eine Mischung aus Erleichterung und Scham über ihren kurzzeitig festen Glauben, das nächste Opfer des Werwolfs vor sich zu haben, machte sich in ihr breit.

Als sie schließlich den Dorfplatz betrat, gefror das Grinsen in ihrem Gesicht. Von einer Sekunde auf die andere wurde ihr gesamter Körper taub. Sie schien einfach zu schweben, nicht mehr mit sich selbst oder der Welt verbunden. Sie merkte auch nicht, ob sie den Waschkorb fallen ließ oder ihn so fest umkrampfte, dass ihre Knöchel weiß wurden. Selbst die halbe Handvoll Urin, die sie verließ und ihre Schenkel hinablief, bemerkte sie nicht.

Sie starrte nur auf die Mitte des Platzes, wo der Lehrer auf dem Rücken lag, als wäre er nach einem Nickerchen noch liegen geblieben, um den Sonnenaufgang zu betrachten. Er war ordentlich angezogen und hätte sehr entspannt ausgesehen, wäre nicht das riesige klaffende Loch in seiner Kehle gewesen. Vroni starrte die Stelle an und fand, dass die Bezeichnung Loch eigentlich nicht richtig zutreffend war. Eigentlich sah es eher danach aus, als hätte jemand den gesamten vorderen Bereich des Halses herausgerissen. Der Bart des Lehrers war am Kinn in Blut getaucht, darauf folgte abwärts nur noch mehr Blut, ein paar Fleischfetzen und etwas Weißgelbliches, was vermutlich die Halswirbel waren. Erst auf Höhe der Brust sah alles wieder aus wie bei einem echten Menschen.

Vronis Herz begann wild zu schlagen, doch sie spürte nichts. Sie schrie nicht, weinte nicht und rannte nicht davon. Mit analytischem Blick betrachtete sie die Leiche, und vor allem die unwirklich große Blutlache um sie herum. Sie hatte gelernt, dass ein erwachsener Mann fünf bis sechs Liter Blut in sich hatte. Sie hatte aber nicht gelernt, nach wie viel diese Menge aussah, wenn sie auf einem Dorfplatz langsam von der Sonne getrocknet wurde.

Im Gegensatz zu den Hinterlassenschaften der Schlachtung wusste Vroni, dass das hier sehr wohl ihre Angelegenheit war. Und so dachte sie einerseits noch über das Blut nach, ein anderer Bereich ihres Hirns überlegte aber auch schon, wem sie jetzt Bescheid sagen musste, und in welcher Reihenfolge.

Diese Ruhe im Angesicht schlimmster Umstände erfasste Vroni an diesem wunderbar sonnigen Morgen zum ersten Mal, und so hatte sie auch keine Ahnung, dass dies eine Eigenschaft war, die sie mit ihrer Mutter gemein hatte.

Die Angst und das Entsetzen würden später kommen. Sie kamen nachts und ließen Vroni hochschrecken. Sie würde wissen, dass sie schlecht geträumt hatte, aber nicht, wieso. Ihre Träume würden nicht von Blut und Leichen handeln, und natürlich nicht von Wölfen und Mördern. So einfach machten Albträume es einem nicht. Sie bedienten sich an den Erinnerungen, die die Schlafende so gut vergraben hatte, dass sie nur im Traum herausdurften.

Vroni war in einem kurzen Moment überrascht, wie egal ihr die Sache zu sein schien, ihre Reaktion war offenbar rein körperlich. Das Gefühl kehrte gerade in ihren Körper zurück, ihre Arme und Beine kribbelten, und ihr Herz schlug so heftig, dass sie es von außen zu sehen glaubte. Die Leiche dagegen begann sie schon zu vergessen, während sie sie noch anstarrte.

42

Letztlich waren sie zu dritt, Lugg, Xaver und Toni. Den Toni hatten sie eigentlich nicht dabeihaben wollen, aber als Sohn des Dorfoberhaupts genoss er eine gewisse Narrenfreiheit. Außerdem war Eile geboten, und zu dritt wollten sie schon zumindest sein, immerhin wusste keiner, wie die Sache ausgehen würde. Daher war weder Zeit für große Diskussionen gewesen, noch hatte jemand Lust darauf verspürt. Es war etwas passiert, und darauf musste reagiert werden. Nachfragen konnte man später noch, jetzt galt es, den Zorn zu nutzen, den man in sich trug, und ihn in blanke Energie umzuwandeln. Nur als der Toni sich einen schweren Prügel vom Hof geholt hatte, hatte Lugg kurz gestutzt. Er wusste, dass es nicht friedlich ablaufen würde, wenn sie ihn nicht in der Zelle antreffen würden, und davon gingen sie alle aus. Aber der Toni war erstens nicht der Allerhellste und zweitens schon seit frühester Kindheit recht jähzornig, und beides konnte in Kombination mit einem Prügel dazu führen, dass die Befragung des Verdächtigen früher enden würde als geplant. Ob das unbedingt schlecht war, da gingen die Meinungen auseinander. Natürlich konnte man einen Menschen auch mit bloßen Händen umbringen. Lugg glaubte das, und Xaver wusste das. Aber das musste man bewusst tun, das ging nicht aus Versehen.

Ein Fremder hätte gerade sowieso nicht sagen können, wer von den drei Männern in diesem Moment der jähzornige war, denn wie sie so über den Hof des Wirtshauses auf den alten Bierkeller zurannten, hatten sie alle drei rote Köpfe, und ihre

Gesichter waren vor Wut verzerrt. Lugg war zuerst im Gang, musste aber nicht einmal ganz hinein, denn er sah schon von Weitem, dass die schwere Eichentür offen stand. Er fluchte mit einer Stimme, die dem Knurren eines Tieres nahekam, machte auf dem Absatz kehrt und drängte sich an den anderen Männern vorbei hinaus auf den Hof. Xaver und Toni folgten ihm nach einem Augenblick der Irritation.

Hätte Lugg die Tür zu der Zelle einen Moment länger betrachtet, hätte er wahrscheinlich entdeckt, dass sie nicht mit Gewalt aufgebrochen worden war, sondern dass der Riegel ordentlich von außen geöffnet worden war, und vielleicht hätte er sich darüber gewundert. Vielleicht aber auch nicht.

Draußen wandten sich die drei vom Wirtshaus ab und liefen in die entgegengesetzte Richtung. Ihr Ziel war der kleine, mit Rindenmulch gestreute Weg, der an einer Stelle des Hinterhofs direkt in den Wald hineinführte. Der Pfad diente inzwischen hauptsächlich dazu, dass Edi ein- zweimal im Monat ein wenig Kleinvieh, mal einen Hasen oder mit mehr Glück einen Fasanen, am Metzger Mortl vorbei direkt zum Wirt bringen konnte und so die gesamte Bezahlung in seine Tasche wanderte. Denn auch wenn der Mortl sein Neffe war, musste der Jäger sehen, wo er blieb. Und den Wirtsleuten war das ganz recht, erstens war das Fleisch so auf jeden Fall frisch, zweitens ein bisschen billiger und drittens trug der Edi das Geld ohnehin spätestens am nächsten Tag ins Wirtshaus zurück.

Der Waldweg hinter dem Wirtshaus war zwar kein Geheimnis, aber doch auch nicht öffentlich bekannt, zumindest hatte Lugg das bisher geglaubt. Deswegen wunderte er sich ein wenig, als Toni sie so zielsicher auf ihn zudirigierte. Zum Wundern blieb allerdings nicht viel Zeit. Ungefähr zwanzig Meter in den Wald hinein stand am Wegrand ein kleiner, verblichener und mit Moos bewachsener Granitstein. Ob er einmal ein Grabstein oder ein Grenzstein gewesen war, konnte längst niemand mehr erkennen, seiner Bedeutung war er jedoch in beiden Fällen beraubt.

Vor diesem Stein lag ein halb nackter, nur mit einer zerrissenen Hose bekleideter und blutverschmierter Mann, den sie bereits als den Köhler erkannten, bevor sie sein Gesicht gesehen hatten. Es war auch gut, dass sie sich so sicher waren, denn wirklich viel konnten sie von seinem Gesicht auch nicht erkennen. Auf Josephs Stirn klaffte eine große Wunde und das Blut, das ihm über die Augen und das halbe Gesicht gelaufen war, machte es schwer, die Konturen darunter auszumachen. Ob auch all das andere Blut, das an seinen Händen und seiner Brust, sein eigenes war, ließ sich nicht so leicht erkennen.

Als würden die drei Männer ihre Aggression spürbar vor sich her treiben, erwachte der Köhler, noch bevor sie ihn erreicht hatten. Er versuchte, sich aufzurappeln, doch da war Lugg, der seine Schritte beschleunigt hatte, seit er den Köhler erkannt hatte, schon bei ihm und trat Joseph, ohne seinen Lauf auch nur ein wenig abzubremsen, in die Rippen. Ein Knacken war zu hören und ein Keuchen, als sämtliche Luft aus dem Köhler wich. Lugg aber vernahm diese Geräusche nicht. In blinder Wut trat und prügelte er auf den hilfslos am Boden liegenden Mann ein. Er zielte nicht, traf Gesicht und Hoden genauso wie Arme und Beine, es war ihm völlig egal.

Hätte jemand ihn später gefragt, wo dieser Gewaltausbruch herrührte, hätte er es nicht sagen können. Vielleicht war es dem Gefühl geschuldet, einen guten Freund in einem wichtigen Moment verraten zu haben, und der Versuch, die eigene

Schuld in blinder Raserei zu vergessen, vielleicht wollte er Joseph auch eine lange Verhandlung ersparen oder wollte sie sich selbst ersparen. Er hatte für sich selbst darauf nie eine Antwort gefunden und er hatte sie auch nicht finden müssen, denn es hatte ihn nie jemand gefragt.

***

Xaver beobachtete, wie Toni versuchte, den extra mitgeschleppten Prügel sinnvoll einzusetzen. Er konnte jedoch nur einige wenige Treffer landen, da der Wirt mit solcher Ausdauer auf dem Köhler herumfuhrwerkte, dass die Gefahr bestand, eher ihm ein Bein oder gar das Genick zu brechen als dem Entflohenen. So verlor Toni sichtlich schnell die Lust an der Sache. Xaver Brenner, der sich generell in der zweiten Reihe recht wohlfühlte und seiner Meinung nach schon zu genug Gewalt für zwei Leben beigetragen hatte, stand zwei Schritte abseits und sah Lugg zu, der ohnehin keine Unterstützung benötigte.

Eine von Xavers frühesten Erinnerungen betraf seinen Großvater. Damals hatte noch jeder Bauer zu Hause geschlachtet, und bei ihnen war das die Aufgabe des Großvaters gewesen. An diesem Tag sollte es einer der Säue an den Kragen gehen, und dabei liefen zwei Sachen schief: Zum einen war die Sau etwas größer und schwerer als gewöhnlich, und der Großvater, obwohl immer noch ein Bär von einem Mann, wurde auch nicht jünger. Zum anderen war das Messer nicht ordentlich genug geschärft worden, was der Großvater auf die Großmutter und die wieder zurück schob, weil sie angeblich das gute Messer vom Opa nie auch nur berühren durfte und damit auch das Schärfen nicht in ihrer Verantwortung lag. So kam es dazu, dass die Sau, die zunächst recht ruhig zwischen den Knien des Großvaters gestanden hatte, sich in dem Moment, als sie den Schmerz des an ihrem Hals entlanggleitenden Messers spürte, losriss und die Flucht ergriff. Sein Großvater hielt es für unnötig, den Viechern vor dem Schlachten die Füße zusammenzubinden, deswegen kam sie aus und rannte um ihr Leben. Neben dem Bild, wie seine Großmutter eine halbe Stunde später das Blut, das die Sau im halben Hof verspritzt hatte, mit einer rostigen Gießkanne wegwusch, waren Xaver vor allem die Geräusche der Sau im Gedächtnis geblieben, die sie in ihren letzten Sekunden von sich gegeben hatte. Schrille Laute, gezeichnet von Schmerz und Angst, hervorgepresst aus einem geschundenen und zum Tode verurteilten Körper. Genau diese Geräusche machte Joseph gerade.

Der Köhler brüllte, schrie und flehte, Worte waren in diesem Geräusch aber nicht zu erkennen. Schließlich traf Lugg ihn einmal hart an der Schläfe, und die Geräusche erstarben. Xaver war kurz erleichtert, dass Joseph es jetzt hinter sich hatte, ob er nun tot oder bewusstlos war, doch dann sah er, dass Lugg nicht aufhörte, auf den erschlafften Körper einzuprügeln. Jetzt mischte er sich doch ein und versuchte, den rasenden Wirt von Joseph wegzuziehen, wobei ihn Toni nach kurzem Zögern unterstützte. Sie brauchten einige Zeit, bis sie Lugg ein paar Schritte weggezerrt hatten, wo er schwer atmend wieder halbwegs zu Sinnen zu kommen schien.

Xaver warf einen kurzen, aber fachmännischen Blick auf den Köhler. Er lag reglos am Boden, Blut lief aus der Wunde an seiner Stirn und aus Mund und Nase. Doch Joseph atmete, wenn auch sehr flach. Xaver war einigermaßen beruhigt. In einer Viertelstunde konnte es zwar ganz anders aussehen, aber für den Moment lebte der Köhler noch.

Wahrscheinlich wäre es für alle Beteiligten, sogar für das ganze Dorf, besser gewesen, der Wirt hätte ihn an diesem sonnigen Donnerstag einfach totgeschlagen. Es hätte kurz Gerede gegeben, aber immerhin war der Wirt der Wirt und der Köhler wahrscheinlich ein Mörder. In einem Jahr hätte niemand mehr darüber gesprochen, und in zehn wäre es eine Geschichte geworden wie hundert andere. Eine schauerliche, vielleicht sogar eine traurige, aber bloß eine Geschichte.

43

Wie oft hatte er sich jetzt schon überlegt, aufzuhören? Eigentlich ja immer nur dann, wenn er wieder einmal mit den Folgen seiner Sauferei zu kämpfen hatte. Grundsätzlich hatte Edi ja kein Problem damit. Er hatte kein Problem mit Alkohol, nur ohne, ein Satz, der zuverlässig für einen Lacher sorgte, wenn er ihn durchs Wirtshaus dröhnen ließ.

Aber wie zur Hölle hatte er es geschafft, einen Kratzer in sein verdammtes Fernglas zu bringen? Es war ein Zeiss, also ein absolut ordentliches Fabrikat, vermutlich so alt wie sein Vater, wurde seit Generationen gehegt und gepflegt und war bisher in tadellosem Zustand. Gut, man schaute durch und es machte Dinge größer, die Anforderungen daran waren also überschaubar. Aber jetzt war es so, wie wenn einem eine Wimper ins Auge hing und man sie nicht zu fassen bekam. Außer diesem verschissenen Kratzer würde er nichts anderes mehr sehen können.

Edi wischte ein letztes Mal über das Glas und hielt es schräg gegen die Sonne. Kein Staubkorn war darauf zu sehen, es war so gut wie perfekt. Bis auf diesen Kratzer. Vielleicht konnte man ihn rauspolieren? Tief konnte er ja nicht sein. Oder würde er es damit noch schlimmer machen? Er zog auch noch den zweiten Hemdszipfel aus der Hose und sammelte gerade Speichel im Mund, um auf das Glas zu spucken, als das Brechen eines Astes dicht hinter ihm ihn zusammenzucken ließ. Im Sitzen herumzuschnellen, nach dem Gewehr zu greifen und es hochzureißen, war eine einzige Bewegung, gesteuert von seinen Muskeln und nicht von seinem Gehirn. Edi ließ die Waffe jedoch genauso schnell wieder sinken, wie er sie hochgerissen hatte, als er in das dümmlich grinsende Gesicht seines Neffen blickte.

»Sieg Heil, Onkel Edi!«, raunzte Mortl grinsend und schlug die Hacken zu einem recht verunglückten Salut zusammen.

»Hear ma bloß mit dem Schmarrn auf«, gab Edi genervt zurück. Er war selbst erstaunt, wie verwaschen sein Satz klang. Bis eben hatte er sich für relativ nüchtern gehalten.

»A geh. Der gloane Schluchtnscheißer.«

Edi verdrehte die Augen. Zwei Sätze, und Mortl hatte wieder einmal alles zum Besten gegeben, was man über ihn wissen musste. Wie viel Dummheit konnte in einem einzelnen Menschen stecken? Dass man sie nicht aus dem Jungen herausprügeln konnte, war erwiesen, das hatte sein Bruder zeitlebens versucht.

Auch Edi interessierte sich nun wirklich nicht für die große Politik, aber dass der gloane Schluchtnscheißer, wie Mortl ihn bezeichnet hatte, vor allem aber seine Anhänger gefährlicher waren, als die meisten annahmen, das hatte sogar er mitbekommen. Dass sich dessen auch der Bürgermeister bewusst war, hatte eindrucksvoll die kaum verhohlene Erleichterung Hartls gezeigt, als klar war, dass der tote Junge im Wald keineswegs Mitglied der Hitlerjugend gewesen war, sondern lediglich eine abgetragene Uniform seines Münchner Vetters ausgeliehen hatte. So würden zumindest vorerst keine Horden dieser Kackhemden im Dorf einfallen, um das Ableben ihres Kameraden genauer zu untersuchen. Die Entwicklungen im Dorf waren schon ohne dieses Gschwerl finster genug.

»S san gfährliche Zeiten …«, teilte er seinen letzten Gedanken nur halb bewusst mit Mortl.

»Wos moanst?«, fragte Mortl, während er sich neben ihm auf dem umgefallenen Baumstamm niederließ.

»Des hätt uns genauso dawischn kenna. De hom einfach an Schuldign braucht.«

»Wos redstn für an Schmarrn?«, antwortete Mortl aufgeregt. »Da Köhler is …«

»Und wenns da Köhler ned waar, waars i!«, schnitt Edi ihm das Wort ab. »Verstehst du des ned, du Depp? Es san de Zeitn! Es san immer de gega uns, verstehst? Dazwischn gibts nix mer! De san as Dorf, und mir san ned as Dorf!«

Mortl starrte ihn mit aufrichtiger Verwirrung an.

»Wos redst du denn? Fralle san mir as Dorf!«

»Mir san ned as Dorf!« Edi realisierte, dass er jetzt brüllte. Dagegen tun konnte er jedoch nichts. Alkohol und der Wunsch, seinem hirnlosen Neffen ein wenig Vernunft einzubläuen, waren eine ungünstige Kombination.

»Mir san da Tod! Und vorm Tod hams Angst! Immer scho! Woast, fressn dans scho, do brauchas uns! Oba an Tod, den fiachtns!«

Mit einem Mal änderte sich der Ausdruck in Mortls Gesicht, seine Irritation wich Trauer. Er berührte Edi an der Schulter, als wäre er hier der Erwachsene und nicht andersherum.

»Kumm Edi, du bist bsuffa«, sagte er sanft. »Geh ma hoam, ha?«

Edi riss sich los und sprang auf. Für einen Moment kam er ins Schwanken, dann fanden seine Füße wieder sicheren Grund. Er beugte sich zu Mortl, legte ihm nun seinerseits schwer beide Hände auf die Schultern und sah ihm eindringlich in die Augen.

»Dei Vatter, der hods gwusst!«

Obwohl Edi sich mit seinem ganzen Gewicht auf Mortls Schultern stützte, stand dieser auf, als habe nur ein lästiger Käfer darauf Platz genommen. Er wischte Edis Hände mit einer beiläufigen Bewegung weg. Als er zu sprechen begann, klang Mortls Stimme bedrohlich.

»Mei Vatter«, entgegnete er mit mühsam unterdrückter Wut, »war a zamgsuffans, brutals Arschloch, der si ausschließlich um si selber wos gschissn hod. Und du, du bist ganz genauso. As Dorf hod koa Angst vor dir, am Dorf bist du scheißegal! Und do bist selber schuld! Aber mir werds ned so geh wia eich!«

Edi war unwillkürlich einen Schritt zurückgewichen.

»Dir werds ganz genau so geh! De fiachtn de Fremdn!«, entgegnete der Jäger barsch.

Unerwartet machte sein Neffe einen Satz nach vorn, worauf Edi zurückstolperte und jetzt endgültig das Gleichgewicht verlor. Er stolperte über eine Wurzel und schlug hart auf dem

Boden auf, wobei er sich auf die Zunge biss. Er schmeckte Blut. Unwillkürlich dachte er daran, dass das wiederum einer der Vorteile von Alkohol war. Wehtun würde es erst morgen.

»I bin koa Fremder!«, brüllte Mortl ihn an und riss ihn damit aus seinen Gedanken. »I bin in dem Dorf aufgwachsn!«

Edi musste grinsen. Da war es wieder, das große Kind. Zwei Meter groß, hundertfuchzig Kilo schwer, aber von nix eine Ahnung. Da ganze Bua a Depp, wie sein Vater immer gesagt hatte.

»Des entscheidn ned de Fremdn, obs fremd san«, sagte Edi lächelnd zu ihm und war im gleichen Moment sehr stolz auf diesen Satz. Er machte sich da nichts vor, so etwas Kluges sagte er selten.

Er fing an zu kichern, dann wurde ein richtiges Lachen daraus. Anstalten, aufzustehen, machte er keine. Mortl beobachtete seinen Onkel eine Zeit lang stumm, dann drehte er sich mit angewiderter Miene um und ging. Edi bemerkte es kaum.

44

Hartl drückte sich an die Mauer der Zelle und hielt damit gebührenden Abstand zu Joseph, den sie an einen Stuhl gefesselt hatten, aber auch zu Lugg. Zum einen wollte er kein Blut abbekommen, wenn Lugg wieder zuschlug, zum anderen rochen die beiden auch nicht gerade angenehm. Joseph stank nach Blut und Dreck, Lugg nach Schnaps, Schweiß und Verzweiflung.

Als Hartl zeitgleich mit Hias am Wirtshaus angekommen war, hatten die anderen drei den Köhler schon wieder in seine Zelle gebracht. Hartl sah Joseph an. Er war übel zugerichtet, sein Gesicht war verschwollen, er blutete aus zahlreichen Wunden und niemand konnte mehr erkennen, welche davon er bereits gehabt hatte, bevor Lugg über ihn hergefallen war. Denn anders konnte man das, was im Wald geschehen war, wohl nicht bezeichnen. Hartl hatte, als er die Zelle betrat, kaum glauben können, dass es der ruhige, meist zurückhaltende Wirt war, der hier vor ihm stand. Lugg hatte sein Hemd ausgezogen, seine sehnigen Muskeln traten durch die Beanspruchung der letzten Stunden deutlich hervor und sein Haar hing ihm nass in die glasigen Augen. Auch er war mit Blut bespritzt, doch es war nicht sein eigenes. Der Alkohol, den Hartl überdeutlich in Luggs Atem roch, mochte seinen Teil beigetragen haben, doch Schnaps allein konnte für diese blinde Raserei kaum verantwortlich sein. Hartl fragte sich, was diesen Menschen in so kurzer Zeit derartig verändert haben konnte.

Nichts lag ihm jedoch ferner, als sich über diesen Umstand zu beschweren. Er hatte befürchtet, es würde weitaus schwieriger werden, jemanden zu finden, der sich die Finger schmutzig machen würde. Dass der Wirt dies nun freiwillig übernahm, kam ihm äußerst gelegen.

Er selbst war weder körperlich dazu in der Lage, noch hätte es seinem Stand entsprochen. Selbiges galt für den Pfarrer, und dass Xaver zu nichts zu gebrauchen war, wurde heute deutlicher als je zuvor. Der Herr Landgendarm war nicht einmal fähig, die doch recht überschaubare Aufgabe, die Hartl ihm zugemutet hatte, nämlich ein gefaltetes Papier festzuhalten, ordentlich zu erfüllen. Xaver zitterte am ganzen Körper, das Blatt war schon jetzt zerknittert und Hartl widerte es an, wenn er daran dachte, es später wieder an sich nehmen zu müssen, da er förmlich sehen konnte, wie es sich mit Xavers Handschweiß vollsog.

Joseph spuckte einen Mund voll dunklem, dickflüssigen Blut aus, das Luggs Lederschuhe traf. Die konnte er jetzt wegschmeißen, Blut war aus Leder nicht mehr herauszubekommen, es hinterließ immer diese ekelhaften, rostbraunen Schlieren. Die Schuhe waren zwar nicht nagelneu, schade darum war es aber trotzdem. Hartl wusste schon, warum er sich in sicherem Abstand aufhielt.

»I wars ned.«

Es überraschte Hartl, mit welcher Kraft und Klarheit die Worte aus Josephs Mund kamen. Seine Lippen waren aufgeplatzt und ihm fehlten sicher mehr als ein paar Zähne, aber seinen Willen hatte Lugg bisher nicht brechen können.

Das schien dem Wirt in diesem Moment auch selbst aufzufallen, denn er knurrte und ballte seine rechte Hand zur Faust.

Jetzt war es an der Zeit, einzugreifen.

»Stopp«, sagte Hartl mit ruhiger Stimme. »Du bringst nan um sunst.«

»Genau des hob i vor«, gab Lugg zurück und sein Tonfall ließ Hartl nicht eine Sekunde am Ernst seiner Worte zweifeln. Er trat nun doch einen Schritt vor und legte dem Wirt eine Hand auf die Schulter.

»So machma des aber ned. Des is a ordentlicher Prozess«, sagte er in dem gleichen Tonfall zu ihm, den er Toni gegenüber benutzt hatte, als der ein kleiner Bub gewesen war und nur Unsinn im Kopf gehabt hatte.

Als Joseph ein seltsames, gurgelndes Keuchen von sich gab, sahen alle zu ihm. Es dauerte eine ganze Weile, bis Hartl erkannte, dass es sich dabei um ein Lachen handelte.

Der Köhler hob den Kopf, sah Lugg und ihm abwechselnd in die Augen und grinste dann breit. Seine noch verbliebenen Zähne waren blutverschmiert. Im Oberkiefer klaffte frontal eine große Lücke, was sein Grinsen in eine fürchterliche Grimasse verwandelte, die selbst einen hartgesottenen Kerl wie Hartl wohl noch einige Zeit in seinen Träumen verfolgen würde.

»Ordentlicher Prozess?«, wiederholte Joseph bitter. Sein fehlender Schneidezahn ließ ihn ganz leicht lispeln, ansonsten klang er jedoch absolut nicht wie jemand, auf den seit Stunden eingeprügelt wurde. »Ihr schlogts mi doud, scheißegal, wos i sog.«

Hartl verdrehte die Augen, und als Lugg sich zu ihm umdrehte, nickte der Bürgermeister kaum merklich. Mehr Anweisung war nicht nötig. Der Wirt schlug Joseph ansatzlos mit der Faust in die Magengrube, was diesen, soweit es seine Fesseln zuließen, zusammenklappen und das Grinsen aus seinem Gesicht verschwinden ließ.

Während der Köhler um Atem rang, ging Hartl vor ihm in die Hocke und brachte ihre Gesichter auf dieselbe Höhe. Er wartete, bis Josephs Pupillen ihn fokussiert hatten, bevor er sprach.

»Joseph, machs da doch ned so schwer. Du kummst aus der Sach nimma raus. Gibs einfach zua, dann host as wenigstns schnell hinter dir.«

»I hob nix gmacht«, schlug Joseph dieselbe Leier wieder an, was Hartl endgültig seines letzten guten Willens beraubte.

»Joseph, so werd des nix«, sagte er bedauernd, dann erhob er sich mühsam und trat einen Schritt zurück. Als er erneut anfing zu sprechen, tat er dies in dem hochoffiziellen Ton, den nur Pfarrer und Politiker in Perfektion beherrschten.

»Da Konrad hod in da Nocht dei Tür aufgsperrt und di freiglassn. Du bist eam gfolgt, host eam im Wolfsrausch an Hals aufgrissn und bist in Richtung Woid abghaut.«

Hartl hatte diese Rekonstruktion der vergangenen Nacht bewusst nicht wie eine Vermutung oder gar wie eine Frage formuliert. Vielmehr hatte er dem Delinquenten sein Geständnis damit in den Mund gelegt, sodass dieser nur noch reumütig zu nicken brauchte. Doch wie er vermutet hatte, tat Joseph ihm diesen Gefallen keineswegs. Vielmehr lachte dieser wieder gequält auf.

»Du host vergessn, dass i's mir dann nach dreihundert Meter anders überlegt hob, mir selber oans übern Hinterkopf gebn hab und bewusstlos auf eich gwart hab«, vervollständigte er die Geschichte des Bürgermeisters sarkastisch.

»Und an Hals hob i eam mit bloße Händ aufgrissn? Moanst des geht?«, fragte er dann und zog dabei die Augenbrauen hoch, als würde ihn Hartls Sicht der Dinge tatsächlich brennend interessieren.

»I konns gern amal ausprobiern«, mischte sich Lugg ein, und es war deutlich zu hören, dass er nicht scherzte.

»Köhler«, setzte Hartl, der sich von beiden nicht aus der Ruhe bringen ließ, wieder an, »i glaub, es waar etz langsam mal an der Zeit, dass du de Sach ernst nimmst. Mir hom Beweise gega di, für jeds Verbrechen, wos ma dir zur Last legn.«

Für eine Sekunde wirkte Joseph tatsächlich überrascht, dann verwandelte sein Unglauben sich vor ihren Augen in Wut.

»An Scheißdreck habts ihr!«, brüllte er. »I bin unschuldig, und des woasst du genau so guad wia jeder andere do herin!«

Joseph bedachte die Anwesenden mit einem eisigen Blick und Hartl musste sich nicht einmal umdrehen, um zu wissen, dass Hias und Xaver wie geprügelte Hunde aussahen. Nur Lugg reagierte überhaupt nicht. Der Wirt schien sich in einer ganz anderen Welt zu befinden.

»Mir hom di bluadig koane zwoa Minutn von na Leich aufgriffn, und zwar scho zum zwoatn Mal«, entgegnete Hartl ruhig. »Und du willst as immer no leugnen?«

Nun schien endlich auch der Köhler zu verstehen, dass er sich mit Jammern und Diskutieren nicht aus dieser Lage würde befreien können. Seine Augen weiteten sich und sein Körper erschlaffte vollends. Seine Stimme war noch immer erstaunlich kraftvoll, doch Hartl konnte den feinen Riss hören, der sie durchzog. Der Bürgermeister lächelte zufrieden. Bald hatte er gewonnen.

»Ihr wollts ma des ohänga!«, sagte der Köhler, jetzt mehr flehend als fordernd. »Mittn in da Nocht is da Riegel aufgmacht worn, und wo i raus bin, hod ma wer übern Schädl gschlogn. Sunst woaß i nix! Warum sollt i an Konrad umbringa? Wos wollts ma denn no alles ohänga?«

Hartls Lächeln wurde breiter und er zeigte auf Joseph, als habe ihn dieser gerade an etwas erinnert, das ihm entfallen war.

»Guad, dassd fragst!«, rief er gut gelaunt. Dann ging er zu Xaver hinüber, der ihm auf ein Nicken hin den verknitterten Zettel reichte. Als Hartl das feuchte Papier entgegennahm, musste er ein Würgen unterdrücken. Dann überwand Hartl sich, faltete das Blatt auseinander und strich es ein wenig glatt.

Zumindest die Tinte war nicht verlaufen, Hartl sah seine eigene präzise Handschrift klar vor sich. Er räusperte sich.

»Dir werd vorgeworfen das Folgende …« Er hatte vom Plauderton ins offizielle Beamtendeutsch, in dem kaum noch eine dialektale Färbung zu erahnen war, gewechselt. »Die Morde an den Halbwüchsigen Michael und Ferdinand Gschwend, Sebastian Steuber und Eva Brückl am einundzwanzigsten August, des Weiteren an Johanna Schneider am neunundzwanzigsten August Neunzehnzweiunddreißig. Hinzu kommt der Mord an Schullehrer Konrad Zankl in den Nachtstunden des heutigen Tages sowie …«

Hier machte Hartl eine wirkungsvolle Pause. Der nächste Halbsatz würde den Köhler brechen, da war er sich sicher.

»… der Mord an Lorenz Köhler, dem Sohn des Angeklagten, im Jahre Neunzehnhundertsechzehn«, vollendete er seinen Satz.

Er sah den Angeschuldigten prüfend an und war mit dessen Reaktion vollkommen zufrieden. Josephs Blick war leer. Jedes Leben schien aus seinen Augen gewichen zu sein. Er wirkte wie eine leere Hülle, wie eine Zeichnung eines Menschen, die ein verstörtes Kind gemalt hatte.

Ein paar Sekunden wartete Hartl ab, doch es war offensichtlich, dass Joseph nicht mehr fähig war, zu reagieren. Hartl holte Luft. Er hatte ihn gebrochen. Jetzt würde er ihn zerstören.

»Des Weiteren wirst du beschuldigt der Unzucht mit deiner Tochter Maria Köhler, welche schlussendlich zu einer Schwangerschaft führte.«

»Wos?«

Selbst für Hartl klang dieses Wort wie aus weiter Ferne, er mochte sich gar nicht vorstellen, wie es sich für den Köhler anfühlen musste. Er hatte sich mit dieser Aussage weit aus dem Fenster gelehnt, das wusste er. Zum Arzt hatte Mitzi natürlich niemand gezerrt. Aber Brenners Tochter – seine Schwiegertochter, an diesen Ausdruck sollte er sich wohl langsam gewöhnen – hatte ihren Bauch gesehen, und geleugnet hatte Mitzi es auch nicht. Bestätigt allerdings auch nicht, und an Josephs Reaktion war deutlich zu erkennen, dass er zumindest nichts von der Schwangerschaft gewusst hatte.

Hartl blickte auf den Köhler hinab und wartete darauf, dass sich das Gefühl des Triumphs einstellte. Doch es kam nicht.

Er war enttäuscht. Das sollte es jetzt gewesen sein? Vor ihm saß ein gebrochener Mensch, doch er war Hartl egal. Er langweilte ihn nicht einmal, er widerte ihn an. Dieses offen zur Schau getragene Elend, dieses Selbstmitleid machte ihn krank. Was hatte der Köhler denn verloren? Was war seine mickrige Existenz denn wert? Er würde ein paar Jahre weniger auf dem alten Hof vor sich hinvegetieren. Eigentlich sollte er ihm dankbar sein. Durch ihn, den Bürgermeister, das gewählte Oberhaupt der Gemeinschaft, hatte er endlich gelernt, wo sein Platz war.

Hartl gab sich Mühe, seine Abscheu nicht zu offen zu zeigen, wandte sich ab und erteilte mit einem knappen Winken dem Pfarrer das Wort, der sofort beflissentlich vortrat und Hartl das Papier abnahm.

***

Hias überflog die Worte, bewegte dabei stumm die Lippen und suchte die richtige Stelle. Als er sie gefunden hatte, las er zunächst still für sich noch ein wenig weiter, um sich auf keinen Fall zu verhaspeln.

Dieses Vorgehen hatte er sich bei seinen Predigten angewöhnt und es war ihm mittlerweile so in Fleisch und Blut übergegangen, dass er es gar nicht mehr bemerkte. Im Gottesdienst hatte es den Vorteil, dass die Gemeinde, irritiert von der plötzlichen Stille auf der Kanzel, die eigenen Gespräche einstellte und zumindest halbwegs aufmerksam wurde. Hier in diesem Kellerloch provozierte seine Verzögerung allenfalls Ungeduld, aber auch das fiel dem Pfarrer nicht auf. Als er schließlich bereit war, sah er Joseph mit göttlicher Gnade verströmender Miene an, bevor er zu sprechen begann.

»So weit zu den weltlichen Vorwürfen«, fasste er Hartls Teil der Ansprache noch einmal zusammen. Dann las er vor.

»Auf der kirchlichen Seite steht außerdem Hexerei, insbesondere zu dem Zwecke, dem Gläubigen vorzugaukeln, er könne die Form eines Wolfes annehmen, des Weiteren Paktieren mit dem Teufel, um aus dem Kirchendienst entlassen zu werden und den Besitz des Vaters respektive des Bruders sich anzueignen, die Liebe der Helena Steiner sich widernatürlich zu erwerben und zuletzt, um die eigenen Felder fruchtbar zu machen, die der Nachbarn aber verdorren zu lassen.«

Hias hatte den gesamten Absatz in einem einzigen Atemzug heruntergeleiert und bemerkte jetzt das Brennen in der Brust. Er überflog den von ihm verfassten Textabschnitt und beschloss, den restlichen Abschnitt, den er ohnehin zu weiten Teilen aus dem Hexenhammer abgeschrieben hatte, erheblich abzukürzen.

»Außerdem natürlich Mord und Blutschande, wie schon gesagt«, sagte er lapidar.

Sosehr er sich auch bemühte, nach außen hin und vor allem Joseph gegenüber gelassen zu wirken, in seinem Inneren brodelte es. Er wollte seinen Teil der Anklage möglichst schnell hinter sich bringen. Hias hatte Angst. Zwar genoss er als Pfarrer seine bevorzugte Stellung im Dorf, doch hauptsächlich deswegen, weil die Menschen ihm mit Ehrfurcht begegneten, er regelmäßig zum Essen eingeladen wurde und er sein Bier im Wirtshaus nicht zu bezahlen brauchte. Doch er war kein Machtmensch wie Hartl oder Steiner. Er war sie nicht gewohnt, und sie machte ihm Angst. Er fürchtete nicht um sein Seelenheil, er wusste, dass er ein gerechtes Werk tat. Der Köhler war ein Mörder, das stand außer Frage. Und er hatte im Wort des Herrn den Weg gefunden, Gerechtigkeit zu üben. Er war sich also sicher, Gott auf seiner Seite zu haben. Es wäre ihm trotzdem lieber gewesen, er müsste an dem von ihm gewählten Weg der Gerechtigkeit nicht aktiv teilnehmen. Doch dies war offenbar die Aufgabe, die der Herr ihm zugedacht hatte, und dessen Wege waren bekanntermaßen nicht zu ergründen.

Hias ließ den Zettel sinken und jetzt, da er seinen Blick notgedrungen von dem Geschriebenen lösen musste, traute er sich zum ersten Mal, Joseph anzusehen. Er wusste nicht sofort, ob er erleichtert oder enttäuscht war, als er feststellte, dass der nicht ihn, sondern Hartl ansah. Hias hatte den Eindruck, niemand im Raum habe ihm zugehört, ein Umstand, der ihm nicht fremd war. Ob seine Ansprache etwas damit zu tun hatte oder nicht, wusste Hias nicht, doch plötzlich brannte ein Feuer in den Augen des Köhlers und in seiner Miene spielte mühsam beherrschter Hass.

»Wo is er?«, presste Joseph hervor.

»Wer?«, fragte Hartl, und seine Irritation wirkte nicht gespielt.

»Da Steiner!«, präzisierte Joseph, deutlich lauter, aber noch immer kontrolliert. »Darum geht's doch, oder? Darum geht's seit sechzehn Jahr! Dass i sei Schwester gheirat hob! I hob damals ned amal gwusst, wer'd Leni is!«

Hias wurde mit einem Mal einiges klar. Nicht die Anklage der Hexerei war es, die den Köhler aus der Bahn geworfen hatte, nicht die Schwangerschaft seiner Tochter, ja, nicht einmal, dass sie ihm den Tod seines Sohnes anlasteten. Der kleine Halbsatz, er habe sich die Liebe seiner Frau erschlichen, hatte ihn verzweifeln lassen.

Hias war sich sicher gewesen, das sei es mit der renitenten Gegenwehr des Köhlers gewesen, doch davon war jetzt nichts mehr zu spüren. Stattdessen schien ihn ganz neue Energie zu durchströmen, und das weckte auch in Hias leise Zweifel.

Er fragte sich, ob der Köhler vielleicht sogar recht hatte?

Die letzten Sitzungen waren ein heilloses Durcheinander gewesen, Hartl, Steiner und er hatten sich die Stichworte nur so hin- und hergeworfen, alles basierend auf dem Plan, der ihnen eingefallen war. Brenner und der Wirt hatten sich herausgehalten, aber das war soweit nichts Neues. Der Vorwurf über Josephs Beziehung zu Mitzi war von Steiner gekommen, so viel wusste er noch. Aber auch das mit Leni? Hias konnte sich nicht erinnern.

Hartl schien es ähnlich zu gehen, oder er maß der Frage des Köhlers nicht halb so viel Bedeutung zu wie er.

»I hob koa Ahnung, vo wos du redst«, antwortete der Bürgermeister ruhig, und weder seine Stimme noch seine Mimik verrieten, ob er log. »Du bist angeklagt, de Punkte hom ma da grod vorglesn. Gibst as zua?«

Joseph ließ ihm nicht einmal Zeit, seinen letzten Satz zu Ende zu sprechen, da brüllte er Hartl schon mit solch einem Hass an, dass ihm mit Blut vermischte Speichelfäden aus dem Mund schossen.

»I gib nix zua! I wars ned!«

»Schod«, sagte Hartl resigniert und nickte Lugg zu, worauf dieser die Zelle verließ.

Hias war irritiert, er wusste nicht, wohin der Wirt ging. Hier war offenbar eine Absprache im Gange, über die er nicht informiert worden war. Während Hias Lugg noch durch die Tür hinterherblickte, wandte Hartl sich wieder an Joseph.

»Wia du ja aa selber scho ganz richtig festgstellt hast, is für a Verurteilung laut am Hexenhammer ned de Indizienlage relevant, sondern ausschließlich a Geständnis.«

Wieder einmal war Hias von der Eloquenz des Bürgermeisters beeindruckt. Seines Wissens war Hartl ein einfacher Bauernsohn, der lediglich die Volksschule besucht hatte und sich auch sonst keinerlei höherer Bildung schuldig gemacht hatte. Doch irgendwie schaffte er es, in jeder nur denkbaren Situation zu wirken, als sei er nicht nur Herr der Lage, sondern auch ausgewiesener Experte auf dem jeweiligen Gebiet. Dieses Talent, verbunden mit seiner unbestreitbaren Fähigkeit, jeden Menschen zu lesen wie ein offenes Buch, hatte ihm sein Amt beschert und Hias zweifelte nicht daran, dass er dieses bis zu seinem Tod nicht mehr abgeben würde.

»Mir hom dir etz mehr als gnua Gelegenheit gem, freiwillig zum gesteh, du weigerst di aber leider vehement«, fuhr Hartl sachlich fort. »Glücklicherweis hod da Hexenhammer aa für den Fall a paar Anleitungen parat. Mir homs a bissl angepasst, aber i denk, es werd trotzdem recht schnell zielführend sei.«

Hias wurde gleichzeitig heiß und kalt.

Der nüchterne Tonfall des Bürgermeisters täuschte beinahe darüber hinweg, was er gerade gesagt hatte. Oder hatte er sich verhört? Hias überlegte gerade, ob er etwas sagen sollte, erwähnen, dass das so nicht abgesprochen gewesen war, ob er moralische Bedenken äußern sollte und sich seinen letzten Rest Würde bewahren, als Lugg zurück in die Zelle kam.

Er hielt eine Beißzange in der Hand, eine von den großen, mit denen man Eisennägel aus Dachbalken ziehen konnte. Die Griffe waren verrostet, braun fleckig und hinterließen bestimmt Spuren an den Händen von jedem, der sie benutzte. Die Schneiden hingegen waren frisch geschärft, glänzten selbst in dem wenigen Licht hier unten gefährlich und machten deutlich, welche Macht noch immer in diesem alten, unscheinbaren Werkzeug schlummerte.

Nachdem Hias die Zange eine gefühlte Ewigkeit angestarrt hatte, sah er hinauf zu dem Mann, der sie hielt. Er glaubte, einen Fremden vor sich zu haben. Von dem zwar manchmal jähzornigen, doch stets fröhlichen Wirt war nichts geblieben. Anstelle der tiefen Lachfalten, die sich von seinen Augenwinkeln bis fast zu seinen Ohren zogen, war, als einzig sichtbare Emotion, eine tiefe Zornesfalte zwischen seinen Augenbrauen zu sehen. Lugg hatte Joseph fest im Blick, und seine gesamte Körperhaltung ließ wenig Interpretationsspielraum, was jetzt folgen würde. Trotzdem sah Hias zu Hartl hinüber und erschrak.

Der Bürgermeister sah ihn direkt und durchdringend an, so als hätte Hias eine Aufgabe zu erfüllen, auf die alle warteten. Als er die offensichtliche Ahnungslosigkeit des Pfarrers wahrnahm, wurde Hartls Blick noch intensiver. Mit einem Mal verstand der Pfarrer, und plötzlich wurde sein rastloser Geist ganz ruhig.

Er war es, der ihnen diesen Weg aufgezeigt hatte, nun war es auch an ihm, den Pfad mit ihnen zu beschreiten. Er musste vorangehen wie der Hirte, der seine Herde durch die finstere Au führte. Auch wenn er selbst das drohende Unheil fürchtete, so musste er jetzt der Stock und Stab sein, der die anderen stützte. Dies war seine Aufgabe, und er würde sie erfüllen, so wie der Herr es von ihm verlangte.

Ohne eine weitere Erklärung zu brauchen, trat Hias neben Joseph und sah aus dem Augenwinkel, dass Xaver dasselbe tat. Von beiden Seiten traten sie an den Köhler heran und lösten die Fesseln an seinen Handgelenken, bevor der verstand, was geschah. Doch sie ließen Joseph keine Zeit, die neu gewonnene Freiheit zu genießen, und hielten seine Handgelenke fest umklammert. Hias war froh, dass Xaver ihm in Körperkraft massiv überlegen war, denn so fiel es diesem zu, das linke Handgelenk zu halten.

Als Xaver den Arm von Joseph nach vorne hielt, begriff offenbar auch dieser endlich, was kommen würde. Er wand sich, zerrte und versuchte, sich aus dem Griff zu befreien, doch der massiv gebaute und kriegserprobte Brenner hielt das Handgelenk fest wie ein Schraubstock.

Hartl ging wieder ganz nah zu Joseph, der sich immer noch wand.

Hias fand, dass das Bedauern in seinem Blick tatsächlich aufrichtig wirkte.

»Joseph, letzte Chance etz«, sagte er noch einmal, und seine Stimme war kaum mehr als ein Raunen. »Sei vernünftig. Gibs zua und erspar da des Ganze. Mir wolln des ned macha.« Er sah Joseph eindringlich an, dann fügte er hinzu: »Aber mir werns dua.«

Joseph sah Hias mit einer unendlichen Qual in seinen Augen an. Bei allem, was noch geschehen sollte, war es dieser Blick, in dem Hias den größten Schmerz und die tiefste Verzweiflung las. Gleichzeitig lag aber noch etwas anderes darin. Mitleid?

»I hob nix gmacht«, flüsterte Joseph.

Hias hatte keine Gelegenheit mehr, über den Ausdruck im Blick des Köhlers nachzudenken, denn plötzlich ging alles sehr schnell. Hartl atmete mit hörbarem Bedauern aus und drehte sich um, Lugg trat zwei Schritte vor und setzte mit gekonntem Griff die Beißzange an Josephs linkem Zeigefinger an. Dieser hörte von einem Moment auf den anderen auf, sich zu winden.

Hias wusste es in diesem Augenblick noch nicht, aber ab diesem Tag würde er keine einzige Nacht mehr durchschlafen. Immer wenn er in Zukunft aus dem Schlaf hochschrecken würde, würde er sich fragen, ob es die Erinnerung an diesen letzten Blick des Köhlers war, mit dem er sie scheinbar vor allem bewahren wollte, was noch folgen sollte, oder die Erinnerung an das ekelhaft schmatzende Geräusch, das sie gehört hatten, als Lugg Joseph mit einem einzigen Zug den Fingernagel bis zur Wurzel herausgerissen hatte, die ihm nachts den Verstand raubte und das auch über das Brüllen des Köhlers hinweg noch gut zu hören war.

45

Wie in allen Orten und zu allen Zeiten gab es im Dorf Schauergeschichten. Diese Geschichten waren so alt wie die Menschheit, erst waren sie in Höhlen erzählt worden, dann an Feuern und schließlich in Wirtshäusern und Waschküchen. Früher handelten sie von Riesen und Trollen, Hexen und Feen. Später erzählten sie von umherziehenden Mördern, wilden Bestien und Wechselbalgen.

Die meisten dieser Geschichten hatten einen wahren Kern und waren über Generationen und über die Dörfer hinweg weitergegeben, ausgeschmückt und immer noch düsterer und grauenhafter geworden. Sie erklärten, was man sich nicht erklären konnte, waren Leitfaden und Regelwerk für die Kinder, Erziehungshilfe für die Mütter und Unterhaltung für die Abende, an denen man das eigene Leben für ein paar Minuten hinter sich lassen musste. Doch gefährlich waren diese Geschichten nicht. Sie machten Angst, gruselten und ließen den Zuhörer später in der Nacht einem Geräusch etwas länger nachhorchen als sonst, aber sie waren auch schnell wieder vergessen, spätestens nachdem man sie seinerseits, mit neuen Ausschmückungen versehen, erneut weitergegeben hatte.

Gefährlich waren die Geschichten, die niemand erzählte. Die Geschichten über Geschehnisse, von denen später alle so lange behaupteten, nicht dabei gewesen zu sein, bis sie es selbst glaubten. Die Geschichten, die ein ganzes Dorf vergessen konnte, noch bevor sie vorbei waren. Die Geschichten, von denen jene, die sie erlebt hatten, wenn man sie später nach ihnen fragte, nichts mehr wussten. Sie schliefen nicht mehr, aßen zu viel oder zu wenig, schlugen ihre Kinder und Frauen, versoffen Haus und Hof, verwandelten sich in völlig neue Menschen, aber sie wussten von nichts.

Diese Geschichten wurden nie erzählt. Denn es gab nicht nur niemanden, der sie erzählen wollte, genauso gab es auch niemanden, der sie hören wollte. Manchmal wurden die Folgen einer solchen Geschichte offenbar. Häuser waren abgebrannt, Menschen waren verschwunden, Ernten waren verdorben.

Dann war es Zeit für die Alten, neue Geschichten zu erfinden. Geschichten, die erzählt werden durften. Dann war es Zeit für Riesen und Trolle, Hexen, Feen und wilde Bestien. Denn so grauenhaft diese Geschichten auch waren, so waren sie doch immer unwirklich genug, dass man sicher sein konnte, so etwas würde im echten Leben nicht passieren.

Nicht in unserem Dorf.

46

Seit einer guten halben Stunde sah Mini dem Mädel jetzt zu, ohne dass die es auch nur bemerkte, und fragte sich, wie dumm man sich eigentlich anstellen konnte. So falsch, wie sie das Messer hielt, war es eigentlich ein Wunder, dass ihre Tochter noch Finger hatte. Und obwohl das Mädchen für eine Gelbe Rübe etwa viermal so lang brauchte wie sie, waren überall noch Reste der Schale zu sehen. Als sie die halbscharig geschälte Rübe schließlich mit dem kleinen Messer in sieben krumme, unterschiedlich große Stücke hackte, nur weil sie zu faul war, das große Messer dafür zu nehmen, platzte Mini endgültig der Kragen.

»Mogst des etz vielleicht amal gscheid macha?«, fauchte sie ihre Tochter an.

Vroni sah nicht einmal auf und stückelte weiter an der Karotte herum.

»Des werd scho grod no daugn.«

Mini griff in den großen Topf, der zwischen ihnen stand, holte, ohne auch nur hineinsehen zu müssen, eine Handvoll geschnittenen Gemüses heraus und hielt es Vroni vors Gesicht. Der Unterschied war deutlich zu erkennen. Während ihre eigenen Stücke ordentlich geschält, akkurat zwei Zentimeter dick und gerade waren, hatte Vroni fast ausschließlich krumme, dreckige Brocken in den Topf geschmissen.

»Na, des wird ned grod no daugn, wennst ma du da viertelte Gelberuam neischmeißt! De brauchan ja dann a Stund, bis durch san, und derweil verkocht ma da Rest!«, gab Mini zurück, vom Desinteresse ihrer Tochter noch mehr gereizt als von deren Unfähigkeit.

Vroni blickte ihre Mutter kurz an, sagte jedoch nichts und fuhr mit unverändert niedriger Motivation mit ihrer Arbeit fort. Mini kochte innerlich, riss sich aber zusammen und bemühte sich um einen freundlichen Tonfall, was ihr nur mit mäßigem Erfolg gelang.

»Vroni, wenn du des Wirtshaus amal im Griff ham willst, dann solltst etz langsam mal ofanga, dir a bissl a Arbeitsmoral zuazumlegn!«

Trotz ihres guten Vorsatzes, Vroni ganz ruhig mit sachlichen Argumenten zu überzeugen, war Mini beim letzten Halbsatz doch wieder laut geworden. Dies war dem Umstand geschuldet, dass Vroni währenddessen ein weiteres viel zu großes und miserabel geschältes Stück Karotte in den Topf geworfen hatte.

Jetzt ließ Vroni mit einem Scheppern ihr Messer auf die Tischplatte fallen und starrte ihre Mutter wutentbrannt an.

»Wer sogt denn, dass i des wui?«

»Wos wuistn sunst macha?«, giftete Mini zurück. »An Mo host ja wohl koan?«

»Ja, vielleicht weil i jedn Tag aufd Nocht do herin steh und Gmias schneidn muass!«

Vroni wurde mit jedem Satz lauter, also hielt auch Mini sich jetzt nicht mehr zurück.

»Ja wenn ma a Wirtschaft hod, dann muass ma halt aa ab und zua was arbeiten!«

»Und dann wunderst di, dass i do koan Bock drauf hob?«

»Aber Hauptsach gscheid bist! Also nommal: Wos wuist denn dann macha?«

Die Wirtin sah ihre Tochter herausfordernd an und machte sich schon bereit, auf das nächste Keifen ihrer Tochter noch lauter zu reagieren. Es war nicht annähernd der erste Streit dieser Art, und so etwas konnte sich über Stunden, mit Pausen sogar über Tage hinziehen. Immerhin wusste Mini, wo ihre Tochter ihr Mundwerk herhatte.

Doch ganz entgegen ihren Erwartungen wurde Vroni plötzlich still und dachte eine ganze Zeit lang nach, bevor sie die Frage beantwortete.

»I glaub, i dad gern studiern.«

Jetzt ließ Mini ebenfalls ihr Messer sinken. Sie starrte ihre Tochter an, wartete auf ein Grinsen oder, sollte es doch kein Witz gewesen sein, auf eine Erklärung.

»Studiern?«, wiederholte Mini tonlos.

»Ja«, gab Vroni zurück und mit diesem einen Wort verwandelte sie sich wieder in das trotzige Mädchen, das sie schon immer gewesen war, auch wenn sie es in letzter Zeit zu verbergen versuchte.

»Und wos is mit da Wirtschaft?«, fragte Mini. Sie wollte nicht gleich abweisend sein. Vielleicht hatte Vroni sich darüber ja Gedanken gemacht. Sie musste ja schon geraume Zeit über diese Sache nachdenken, zumindest glaubte Mini nicht, dass ihrer Tochter eine so weitreichende Entscheidung gerade beim Herrichten eines Eintopfes zugeflogen war. Doch ihre Hoffnung wurde schnell zerschlagen.

»Mama, des is ned mei Sach«, sagte Vroni kühl.

»Ned dei Sach?«, antwortete Mini fassungslos. »I hob des do alles aufbaut, damitst as du amal leichter hast wia i!«

Als sie sah, dass sich die Miene ihrer Tochter, anstatt Dankbarkeit oder zumindest Reue zu zeigen, noch mehr verfinsterte, wurde sie gegen ihren Willen doch wieder lauter.

»Woasst du eigentlich, wia schwer des is, als Frau wos zum erreichen?«

»Wos host denn erreicht, ha?«, keifte Vroni, »du arbeitst jeden Dog vo in da Friah bis aufd Nacht, und da Wirt, des is trotzdem da Papa! Du host doch überhaupt nix zum sogn! Du ned, und die ganzer heimlicher Frauenzirkel do aa ned! Ihr machts eich doch bloß wos vor! Entscheidn dan ollaweil bloß de Männer!«

»Ja, und wia soll des jemals anders wern, wennst einfach abhaust?«, schrie Mini jetzt. Sie fühlte sich wie erschlagen. Wie konnte das Dirndl gleichzeitig alles verstehen und so selten dumm sein? Und woher wusste Vroni von ihrer Frauenrunde?

Doch Mini blieb keine Zeit, länger darüber nachzudenken, da ihre Tochter ihr bereits eine Antwort um die Ohren schlug.

»Ja auf jeden Fall eher wenn i studier, wia wenn i d nächste Wirtin werd!«

Jedes dieser Worte schnitt Mini tief ins Herz, auch wenn sie sich das niemals anmerken lassen würde.

»Wos machst du denn do herin? De Maner ausm Dorf as Bier bringa, as Essn kocha und nachputzn, wenns beim Scheißn warn! Dann konn i heiratn aa!«

Noch bevor das Mädchen seinen letzten Satz ganz zu Ende gesprochen hatte, und bevor Mini reagieren oder es aufhalten konnte, stürmte Vroni aus der Küche. Mini blieb nichts, als ihr hinterherzubrüllen.

»Und as Gmias konn i etz aloans herrichtn, oder wos?«

»Des is dei Wirtshaus, ned meins!«, ertönte die ebenfalls gebrüllte Antwort ihrer Tochter von irgendwo weit hinten im Haus, bevor eine Tür zugeschlagen wurde. Diese Diskussion war zumindest für den Moment definitiv zu Ende.

Mini stand in der Küche und erlebte etwas, das ihr seit ihrer frühesten Jugend nicht mehr passiert war. Sie war sprachlos. Sie wollte wütend sein, Vroni hinterherrennen, sich den Respekt verschaffen, der ihr zustand, notfalls mit Prügeln. Aber was sollte das bringen? Es war nicht zu erwarten, dass ihre Tochter mit genug blauen Flecken plötzlich ein Einsehen haben und friedlich die Wirtschaft übernehmen würde. Dafür war sie zu sehr nach ihrer Mutter geraten.

Das außergewöhnlich große Selbstbewusstsein, die Sturheit und die große Klappe, die sie beide hatten, waren Eigenschaften, die Mini an ihrer Tochter normalerweise sehr schätzte und die Vroni immer wieder mal ein paar Groschen Trinkgeld einbrachten und dem vorlauten Spross des Wagners ein blaues Auge, nachdem er ihr beim Maibaumaufstellen an den Hintern gefasst hatte. Jetzt aber war es genau diese Sturheit, die Mini den letzten Funken Hoffnung raubte. Wenn Vroni sich in den Kopf gesetzt hatte, in die Stadt zu gehen, würden weder ihre Eltern noch sonst jemand sie aufhalten können.

Die Wirtin fragte sich zum ersten Mal, wo ihr Leben noch hinführen sollte. Sie war neunundfünfzig Jahre alt, hatte einen Weltkrieg überstanden, ein zweiter stand wohl kurz bevor – wenn man die Meinung einiger Stammtischbrüder teilte, hatte der erste noch gar nicht aufgehört – und in all diesen Wirrungen war Vroni auf die Welt gekommen, als Lugg und sie sich schon lange mit dem Dasein als kinderloses Ehepaar abgefunden hatten. Mini machte sich keinerlei Illusionen, ein weiteres Kind würden sie nicht bekommen. Wenn sich Vroni also nicht besann, und instinktiv wusste Mini, dass das nicht passieren würde, wäre das Wirtshaus in absehbarer Zeit ohne Wirt.

Also warum es überhaupt noch führen, wozu die ganze Mühe, wenn ihrem Erbe doch keine Zukunft beschert sein würde? Da könnten sie genauso gut mit ihrer Tochter nach München gehen, das bisschen Land, das ihnen gehörte, verkaufen und in einer kleinen Pensionärswohnung in der Stadt leben. Das Wirtshaus gehörte zwar Steiner, aber wenn der nächste Pächter zumindest das Inventar übernahm, würden da schon auch noch ein paar Mark bleiben. Wenn es denn einen nächsten Pächter gab.

Aber was dann? Faulenzen? Die letzten Jahre aufeinandersitzen, ohne Beschäftigung, und jeden Tag abwarten, wer von ihnen zuerst ins Gras beißen würde? Das kam für Mini nicht infrage. Sie hatte gearbeitet, seit sie wusste, was Arbeit war, vielleicht sogar schon früher. Vom Vater ungeliebt, allein aufgrund der Tatsache, dass sie eine Tochter war und kein Sohn, hatte sie heimlich und mit nur widerwilliger Duldung seinerseits alles gelernt, was ein Wirt wissen musste. Nach dem Tod ihres Vaters hatte Mini gegen den ausdrücklichen Willen ihrer Mutter das Wirtshaus übernommen und von einer heruntergekommenen Borzn in den Mittelpunkt des Dorfes verwandelt.

Sie würde nicht in die Stadt gehen. Sie würde ihr Wirtshaus führen, solange sie stehen konnte. Zwar würde sie letztlich in der Küche den Löffel abgeben und nicht wie ihr Vater hinter dem Tresen, aber sie würde mit dem Gewissen sterben, dass sie das Lebenswerk ihres Vaters vollendet hatte. Ob er das nun gewollt hatte oder nicht.

Minis Wut hatte sich gelegt und sie kümmerte sich weiter um ihren Eintopf. Mit Vroni und deren Flausen konnte sie sich später immer noch beschäftigen.

47

Genau genommen war es gar nicht so übel, nüchtern zu sein. Das Sonnenlicht blendete weniger stark, Gewehr und Rucksack waren halb so schwer, und man stolperte erheblich seltener über Wurzeln und herumliegende Äste.

Eigentlich hatte Edi sich heute Morgen ordentlich Mut antrinken wollen, hatte es sich dann aber anders überlegt. Wer so regelmäßig trank wie er, bei dem verwandelte es sich im Laufe des Tages nur noch in ein Nachschütten. Es war nicht so, dass der Alkohol seine Wirkung verlor, nur ließ sie immer schneller nach. Irgendwann bekämpfte Edi mit dem nächsten Schluck bloß noch das Zittern seiner Hände. Er wusste, dass das nicht gesund war, aber um jetzt noch etwas zu ändern, dafür war es zu spät. Dazu fehlte ihm die Kraft, und wenn er ehrlich war, auch die Lust. Wenn er wie üblich schon mit einem Obstler in den Tag startete, war die beruhigende Wirkung spätestens mittags dahin. Dann half nur noch, immer mehr zu trinken, bis er die angenehmen Wolken wieder spüren konnte, die seinen Geist einhüllten, mit denen er sich wieder fühlte wie früher, als er sich als kleiner Bub mit dem frischen Heu zugedeckt hatte. Doch das, was er vorhatte, war zu wichtig, als dass er sich diesen Zustand erlaubte. Es erforderte einen klaren Verstand. Erst im letzten Moment würde er sich einen Schluck genehmigen.

Er war vor dem ersten Sonnenstrahl aufgestanden, hatte frisches Wasser geholt und sich im Zuber gewaschen. Es war eiskalt gewesen, doch danach fühlte er sich frisch und vor allem wach. Seine Montur hatte er über Nacht draußen ausgelüftet und sein Gewehr hatte er gleich doppelt mit Ballistol behandelt. Das Metall schimmerte matt und der Lederriemen war weich wie Butter. Weil er schon dabei gewesen war, hatte er auch seinen Feldstecher mit dem Öl behandelt, auch wenn er den heute nicht brauchen würde.

Edi genoss die kühle Morgenluft und die Stille des Waldes. Obwohl er es besser wusste, gab er sich der Illusion hin, ganz allein im Holz zu sein. Er hörte nur seine eigenen Schritte, das leise Klappern der metallenen Schnallen seines Rucksacks und das noch leisere Knarzen des dicken Seiles, das er über der linken Schulter trug. Obwohl er so vollgepackt war, spürte er kein

Gewicht auf seinen Schultern. Er fühlte sich so leicht wie seit Jahren nicht mehr.

Edi fragte sich, wer ihn vermissen würde. Er war nicht gerade eine geachtete Person im Dorf. Das Fleisch, das er brachte, fraßen sie, und wenn die alte Milchkuh oder der Hofhund krank waren, dann riefen sie auch nach ihm. Doch hinter seinem Rücken war er für die meisten doch nur ein Mörder und ein Säufer.

Mit dem Zweiten hatten sie recht, das musste er ihnen zugestehen. Doch gegen die erste Bezeichnung hatte er sich Zeit seines Lebens gewehrt. Als sein Vater und sein Großvater noch im Amt waren, war der Jäger ein angesehener Mann gewesen, der Hüter des Waldes, der das Dorf beschützte und – zusammen mit dem Metzger – versorgte. Und beide Berufe waren in der Hand seiner Familie.

Und jetzt? Mortl, dem er aufgrund der familiären Bande eigentlich zu einer gewissen Loyalität verpflichtet war, war ein missratener, bisweilen grausamer Bengel und zudem ein Vollidiot. Anstatt das Geschäft seines Vaters ordentlich weiterzuführen, ließ er es verkommen wie sich selbst. Wäre Edi nicht für den Nachschub an frischem Fleisch zuständig, sowohl Wild als auch von den Bauern, würde Mortl eines Tages in einer leeren Metzgerei stehen und sich nicht erklären können, wie das passiert war. Immerhin das Wursten beherrschte er, und sein Leberkas war, wenn auch etwas zu salzig für Edis Geschmack, recht ordentlich. Trotzdem war es kein Geheimnis, dass die gesündesten Bauern im Dorf diejenigen waren, die selbst schlachteten.

Edi hatte die Stelle erreicht, den kleinen Abhang mitten im Wald. Es musste vor Urzeiten einen Erdrutsch gegeben haben, und jetzt zog sich ein Riss quer durch den ganzen Wald. An einigen Stellen brachte man kaum die Hand hinein, an anderen war der Graben mehrere Meter breit. Dort, wo Edi jetzt stand, gab es mitten im Wald eine Kante, hinter der es etwa vier Meter in die Tiefe ging. Der Boden fiel an dieser Stelle von einer Sekunde auf die andere steil ab. Kannte man diese Stelle nicht und ging im Dunkeln darauf zu, war eine gebrochene Hüfte noch das Geringste, was man zu befürchten hatte. Zumal am Boden der Schneise einige dürre, trockene Bäumchen wuchsen, die den Sturz nicht bremsen, sondern sich dem armen Verunglückten eher noch tief ins Fleisch graben würden.

Am Rand des Abhangs stand eine riesige Rotbuche. Ein Teil ihres dicken Wurzelwerks ragte über die Klippe hinaus. Ihr dickster Ast erstreckte sich weit über den Abgrund hinweg, als wolle er einem Fallenden eine letzte Rettung anbieten. Über genau diesen Ast warf Edi mit einer geübten Bewegung jetzt ein Ende des Seils und band das andere Ende am breiten Stamm des Baumes fest. Mit einem kräftigen Ruck überprüfte er, ob der Knoten hielt. Das Seil ächzte und zog sich fester um den Stamm zusammen. Edi stellte bei dieser Gelegenheit fest, dass auch seine Körperkraft erheblich von seinem Alkoholpegel abhängig war. Dieser Umstand war ihm bisher tatsächlich nicht bewusst gewesen.

Er lehnte das Gewehr und seinen Rucksack, die er bis jetzt noch immer auf dem Rücken gehabt hatte, gegen den Baumstamm und streckte sich kurz. Dann fischte er wenig elegant über dem Abhang nach dem dort baumelnden Ende des Seils. Die Schlinge hatte er schon zu Hause geknotet, jetzt brauchte er sie sich nur noch um den Hals zu legen. Er ging drei Schritte rückwärts, bis das Seil sich leicht spannte.

Er überlegte, wie lange es wohl dauern würde, bis sie ihn fanden. Und wer es sein würde. Mortl würde sein Fehlen wohl als Erster bemerken, vielleicht auch der Wirt. Aber würden sie ihn suchen? Wahrscheinlich frühestens am nächsten Tag, und auch dann erst einmal bei ihm zu Hause. Er hatte die Tür unverschlossen gelassen, damit sie hineinkonnten. Er hatte auch überlegt, einen Brief zu hinterlassen. Aber erstens war Schreiben nie seine Sache gewesen, und zweitens hatte er auch nicht gewusst, was er ihnen hätte hinterlassen sollen. So war er aufgebrochen, ohne sich zu verabschieden.

Immerhin würde er in einiger Höhe hängen, die Tiere würden ihn also nicht anfressen. Das hätte ihm nicht gefallen. Er wusste selbst nicht genau, wie gläubig er war, wie wichtig am Himmelstor ein unversehrter Körper sein würde und ob er dieses Tor überhaupt zu Gesicht bekommen würde, nach allem, was er getan hatte. Fromm war er auf jeden Fall nie gewesen, aber je nachdem, wem man zuhörte, war der Herrgott ein rachsüchtiger oder ein verzeihender. Wenn Letzteres zutraf, hatte Edi vielleicht noch eine Chance, Buße zu tun.

Jetzt wäre der Moment gekommen, einen kräftigen Schluck aus seinem Flachmann zu nehmen, und aus alter Gewohnheit hatte Edi die Hand schon in der Tasche, doch zog sie leer wieder heraus. Er merkte, dass er sich keinen Mut anzutrinken brauchte. Er hatte keine Angst. Er atmete ein letztes Mal die frische Waldluft ein, verabschiedete sich stumm von seinem Holz und ging ruhig und mit festem Schritt auf den Abhang zu. Ohne Zörgern schritt er über die Kante hinaus. Als Edis rechter Fuß ins Leere trat, stoppte das Seil kaum eine halbe Sekunde später mit einem leisen Knacken seinen Sturz abrupt.

48

Er wurde nicht sauber.

Er wusch und wusch und wusch, zuerst nur mit Wasser, dann mit der Kernseife, dann mit der Bürste. Seine Hände waren rot und brannten, aber sie wurden nicht sauber. Sie fühlten sich trocken und rissig an, sogar während er sie ins Wasser hielt.

In der Schüssel waren rote Schlieren, die unwirklich durch das Wasser schwebten. Sein Blut? Das des Köhlers? Lugg spürte seine Hände nicht, also konnte er es nicht sagen. Seine Knöchel waren aufgeplatzt, also musste es sein Blut sein. Aber war es nur seines? War das Blut des Köhlers schon ganz abgewaschen?

Drei Mal hatte Lugg das Wasser in der Schüssel ausgetauscht, jedes Mal hatte er den Topf ein bisschen länger auf dem Ofen gelassen. Obwohl es nicht kalt war im Zimmer, stieg feiner Dampf aus der Waschschüssel auf, also war das Wasser wohl sehr heiß. Spüren konnte er es nicht.

Wieder griff er nach der Seife, bedeckte seine Haut bis hinter die Handgelenke mit Schaum. Dann nahm er die Bürste, die grobe, mit der Mini die Töpfe schrubbte, und rieb die Seife tief in seine Haut, in die Risse, die offenen Knöchel, die Kratzer. Er erwartete, dass es brennen würde. Es musste brennen. Aber er spürte nichts. Und als er seine wunden Hände wieder ins Wasser tauchte, waren sie nicht sauberer geworden.

Er wusste nicht, wie lange er sie schon wusch, als sich das Wasser zum vierten Mal rosa färbte, gab er auf. Sollten eben alle seine Hände sehen, das Blut, das an ihnen klebte. Lugg ließ die Schüssel stehen, wo sie war, ließ Seife und Bürste darin schwimmen. Darum würde er sich später kümmern. Oder Mini. Oder sonst wer. Wie betäubt, als könnte er nicht nur seine Hände, sondern seinen gesamten Körper nicht mehr spüren, stolperte er in die leere Gaststube. Er fühlte sich betrunken, war es aber nicht. Zeit, das zu ändern. Vielleicht würde das ja helfen.

Automatisch griff er im Vorbeigehen nach einem Krug, stellte ihn unter den Zapfhahn und ließ ihn dort stehen. Bier war nicht genug. Er wühlte zwischen den Flaschen unter der Theke herum, bis er gefunden hatte, was er suchte. Mit einem Schnippen seines rechten Daumens entkorkte er die staubige Flasche und trank den Himbeergeist, als wäre er Wasser. Lugg trank gierig und in riesigen Schlucken, der Schnaps lief ihm aus den Mundwinkeln, den Hals hinunter und versickerte in seinem Hemd.

Endlich kam das ersehnte Brennen. Er trank weiter, genoss es, endlich etwas zu fühlen und ignorierte die Warnungen seines Körpers. Erst als er die Flasche zur Hälfte geleert hatte und spürte, dass er sich bei einem weiteren Schluck auf der Stelle übergeben würde, hörte er auf. Er senkte den Kopf, augenblicklich begann die Welt, sich zu drehen. Er versuchte, die Flasche gerade auf den Tresen zu stellen, schaffte es aber nicht. Sie fiel um und rollte die Theke entlang, ergoss den Großteil ihres restlichen Inhalts über das polierte Holz und fiel letztlich zu Boden, während Lugg ihr hilflos dabei zusah. Das Klirren des zerbrechenden Glases nahm er wie aus weiter Ferne wahr. Beim Versuch, die Scherben aufzuheben, verlor er das Gleichgewicht und musste sich mit beiden Händen am Tresen festhalten.

Er beugte sich tief über den Tresen, atmete durch und wartete, bis der Raum aufhörte zu rotieren. Als er es schaffte, die Augen wieder zu öffnen, sah er seine Hände vor sich, und die Wut kehrte zurück. Er schlug mit der Hand auf den Tresen, dass die Gläser klirrten. Die Wunden an seinen Knöcheln brachen sofort wieder auf, Blut begann zu fließen, und diesmal kam auch der Schmerz.

Er schlug ein weiteres Mal zu, noch fester, dann mit beiden Händen, wieder und wieder. Erneut vermischte sich Blut mit klarer Flüssigkeit. Und ganz langsam, aber stetig, mit jedem Schlag, mit jedem Schmerz ein bisschen mehr, kehrte Lugg in die Welt zurück, die er vor einiger Zeit verlassen hatte. Er war wieder er selbst, obwohl das nicht stimmte. Er war jemand, aber nicht derselbe, der er letzte Woche, ja gestern gewesen war. Er spürte Wut, Hass, auf sich selbst und auf Joseph, und Hartl, auf den Pfarrer und das ganze Dorf, auf seine eigene Machtlosigkeit, auf die vor allem anderen. Lugg prügelte immer weiter auf das Holz ein, wollte schreien, doch das dumpfe Klopfen seiner Fäuste blieb das einzige Geräusch in dem großen Raum.

***

Sie hatte ihn lange gehört, bevor sie ihn sah. Sie hatte ihn beobachtet, vom dunklen Flur aus, schweigend, und war sich nicht sicher, ob sie Mitleid oder Verachtung empfand. Lugg war nie der harte Kerl gewesen, für den das Dorf seinen Wirt hielt. Das wusste Mini, und das liebte sie an ihm. Doch das, was da in der Gaststube fuhrwerkte, war nicht ihr Mann. So hatte sie sich schließlich abgewandt, um ihn zumindest nicht sehen zu müssen, wenn sie ihn schon hören musste.

Als er zu ihr in die Küche kam, erschrak sie trotzdem. Er schnaufte schwer und laut, sah aus blutunterlaufenen Augen nicht sie an, sondern durch sie hindurch. Von seinen zerschundenen Händen tropfte dickes Blut auf den Boden. Und kurz nachdem sie ihn sah, roch sie ihn auch.

Dieser Geruch, diese schwere, dicke Mischung aus Alkohol, Angst und Verzweiflung war es, die sie bis zum Herd zurückweichen ließ, als Lugg auf sie zukam. Zum ersten Mal, seit sie sich kannten, wich Mini vor ihm zurück. Sie sah seinen leeren Blick, sah seine Körperhaltung und wusste, dass sie ihm nur noch so helfen konnte.

Sie wusste nicht, ob er sie gesucht oder nur zufällig gefunden hatte, vermutlich wusste er das selbst nicht. Als er sie mit einer groben Bewegung, und noch immer, ohne ihr in die Augen sehen zu können, herumdrehte, den Aufschrei, den sie nicht unterdrücken konnte, ignorierte, ihren Oberkörper gegen die nach altem, eingebranntem Schmalz stinkende Herdplatte drückte, ihr Kleid nach oben und ihre Unterhose nach unten riss und an seiner eigenen Hose herumfummelte, da ließ sie über sich ergehen, was sie über sich ergehen lassen musste, schweigend und ohne sich zu wehren.

Erst als er fertig war, die Hose hochgezogen und die Küche verlassen und vermutlich noch auf dem Gang vergessen hatte, was er ihr gerade angetan hatte, weinte sie. Nicht wegen der Schmerzen oder der Erniedrigung.

Sie weinte für ihn. Weil er es nicht konnte.

49

Steiner zog sich den Stuhl, der in der Ecke stand, heran, setzte sich keinen Meter entfernt Joseph gegenüber und betrachtete ihn aufmerksam. Obwohl er vorgewarnt gewesen war, hatte ihn der Anblick im ersten Moment schockiert.

Der Köhler war an den Stuhl gefesselt, was auch gut war, denn offensichtlich hielten seinen Oberkörper allein die Fesseln noch aufrecht. An den Fingern seiner linken Hand fehlten sämtliche Nägel, die Kuppen waren blutig und verkrustet, die Hand selbst zu einer Art Klaue gekrümmt. Das linke Bein des Köhlers war merkwürdig verdreht und das Knie sah geschwollen aus. Sein Kopf war tief auf die Brust gesunken, die Haare klebten verschwitzt und zu einem guten Teil blutdurchtränkt an seiner Stirn, auf der eine halb verkrustete Platzwunde zu erkennen war. Sein linkes Auge war komplett zugeschwollen und seine Lippen aufgeplatzt.

Zuerst hatte Steiner gedacht, der Mann wäre tot oder zumindest bewusstlos. Das hätte ihn keineswegs gewundert, denn er musste unfassbare Schmerzen leiden. Doch dann hatte Steiner gesehen, dass Josephs rechtes noch relativ intaktes Auge geöffnet war und er regelmäßig blinzelte. Joseph musste also wach sein. Trotzdem hatte er nicht reagiert, weder als Steiner hereingekommen war, noch als er sich gesetzt hatte.

Trotzdem fing Steiner unbeirrt an zu sprechen und ließ keine Emotion erkennen. »Host di also fürn hartn Weg entschiedn«, stellte er fest. »Warum wunderts mi ned?«

Steiner wartete ab, doch Joseph reagierte auch weiterhin nicht.

»Joseph, de wern des durchziang«, fuhr er daher fort. »De wern di foltern, bisd as zuagibst. Seit da Konrad tot is, host im ganzn Dorf koan mehr auf deiner Seitn.«

»I hob damals ned amal gwusst, wer'd Leni is.«

Dieser scheinbar vollkommen zusammenhanglose Satz, den Joseph mit erstaunlich klarer Stimme hervorbrachte, ohne den Kopf zu heben, brachte Steiner für einen Moment vollkommen aus dem Konzept. Dann setzte er zu einer Antwort an, verstummte aber, als Joseph ihn direkt ansah. Dieses eine strahlend blaue Auge, das mit so unerbittlicher Kraft aus dem ansonsten zerstörten Gesicht leuchtete, gehörte zu dem Schrecklichsten, das Steiner in seinem langen und an grausamen Anblicken nicht armen Leben gesehen hatte. Er starrte Joseph an und sein Mund wurde mit einem Schlag staubtrocken.

»I hob ned gwusst, dass sie dei Schwester is«, ergänzte Joseph.

»Wos fangstn etz damit o?«, fragte Steiner, der seine Verwirrung nicht zu spielen brauchte. Begriff dieser Trottel immer noch nicht, in welcher Lage er war? Wie kam er jetzt auf Leni?

Joseph sprach unbeirrt weiter, als hätte Steiner gar nichts gesagt.

»I war jung. Und sie war die scheenste Frau, die i jemals gseng hob.«

»Glaubst du, es geht da drum?«, fragte Steiner, dem langsam dämmerte, worauf Joseph hinauswollte. Von einer Sekunde auf die andere wurde seine Brust eng. Er musste sich extrem bemühen, um seine Gelassenheit aufrechtzuerhalten.

»Sie war de oanzige für mi, woasst?«, fuhr Joseph fort. »Es war die Hölle für mi, als sie gstorm is.«

Etwas in Steiner riss. Er war nie jemand gewesen, der herumbrüllte, seine Autorität entfaltete ihre volle Wirkung, wenn er ruhig und überlegt sprach, das wusste er. Doch jetzt schrie er, wie er es seit Jahren, vielleicht Jahrzehnten nicht getan hatte. Seine Halsschlagader schwoll an, Schweiß trat ihm auf die Stirn und seine eigene Stimme klingelte in seinen Ohren, noch verstärkt durch die glatten Wände des Kellers.

»Sie hod si umbracht! Weil du in Selbstmitleid dasuffa bist!«

Joseph sah ihn starr an, unendliche Traurigkeit lag in seinem offenen Auge.

»Sie hod si ned umbracht.«

»Na, stimmt«, gab Steiner ihm recht. »Du host as umbracht. Du host zwoa Jahr lang zuagschaut, wia mei Schwester kaputt ganga is.«

»Und etz bringst du dafür mi um?«

Steiner lachte auf.

»Des hod nix mit meiner Schwester zum dua. Es hod damit zum dua, dass du sechs Leid umbracht hast.«

»I hob überhaupt koan umbracht!«, entgegnete Joseph, jetzt ebenfalls fast schreiend. »Und des woasst du ganz genau.«

Steiner lächelte. Jetzt wehte der Wind wieder aus der richtigen Richtung. Er war leise, Joseph war laut. Er hatte die Macht, der Mann auf dem Stuhl war hilflos. Steiner ließ Joseph seine Macht noch eine Sekunde lang spüren, dann antwortete er, wieder sachlich, ruhig und in dem Wissen, am längeren Hebel zu sitzen.

»I woass überhaupt nix. Aber dafür gibt's ja den Prozess. Damit du des alles endlich zuagibst.«

»I werd gar nix zuagem! Und wenns mi folterts, bis i hi bin«, entgegnete Joseph erstaunlich abgeklärt. So hatte er die Zeit in seiner Zelle also genutzt, dachte Steiner. Er hatte sich nicht nur mit seinem unvermeidlichen Schicksal abgefunden, er hatte sogar einen für ihn selbst sinnvollen Grund – und einen Schuldigen – ausgemacht.

Das wirklich Amüsante war, Steiner hatte tatsächlich keine Sekunde an seine Schwester gedacht. Er hasste den Köhler von ganzem Herzen für das, was er Leni angetan hatte, er hatte ihn auch schon nicht leiden können, bevor seine Schwester sich ausgerechnet mit dem verlorenen Sohn vom Köhlerhof eingelassen hatte und ihn dann sogar geheiratet hatte.

Es ging ihm nicht um die Mitgift, auch ohne sie besaß er noch mehr Land als der Rest des Dorfs zusammen, es ging ihm um den Stand. Der alte Köhler war ein respektabler Mann gewesen, eine komplette Blamage war die Hochzeit also nicht gewesen. Doch über Joseph, der das Dorf verlassen und als großkopferter Stadtmensch zurückgekehrt war, wurde sich schon damals das Maul zerrissen, und es war über die Jahre keineswegs besser geworden. Und so wurde aus der Steiner Leni, der hübschen Tochter des Großbauern, aus seiner kleinen Schwester, langsam die Köhler Leni, die Frau des Einsiedlers, und irgendwann die Mutter des toten Kindes.

Nach ihrem Tod war der Hass wie ein glühendes Messer gewesen, das in seiner Brust steckte. Wäre das Mädchen nicht gewesen, das bei allem Makel eben doch auch die Tochter seiner kleinen Schwester war, er hätte den Köhler getötet. Er wäre noch in der Nacht, in der Doktor Eibl, der mittlerweile auch nicht mehr lebte, zu ihm gekommen war und ihm mit einer Mischung aus Mitleid und Furcht mitgeteilt hatte, dass er bei Leni nur noch den Tod feststellen konnte, zum Köhlerhof gelaufen und hätte Joseph mit den eigenen Fäusten den Schädel eingeschlagen. Doch das war sechzehn Jahre her, und das Messer steckte zwar noch immer in seiner Brust, doch die Klinge war erkaltet und Steiner hatte sich, auch wenn er das nie für möglich gehalten hatte, an den Schmerz gewöhnt.

Hatte seine tote Schwester in den ersten Tagen und Wochen nach ihrem Ableben jede wache und beinahe jede schlafende Minute seine Gedanken beherrscht, war es doch immer weniger geworden, je mehr sein Leben ohne sie fortschritt, bis er sich dabei ertappte, seit Monaten nicht an sie gedacht zu haben. Doch in Augenblicken wie diesen, wenn irgendjemand taktlos oder unwissend genug war, ihn an Leni zu erinnern, war es, als würde das Messer herumgedreht. So dick sein Panzer gegen jede Gefahr von außen inzwischen auch war, dieser Stachel steckte direkt in seinem Herzen.

Nun würde er, nach all den Jahren, tatsächlich noch seine Rache bekommen, wenn auch ganz anders und aus völlig anderen Gründen, als er gedacht hatte. Und er musste sich dafür noch nicht einmal die Hände schmutzig machen. Er schämte sich einzig für die Tatsache, dass Joseph ihn erst darauf hatte bringen müssen. So war es mit allgegenwärtigem Hass, irgendwann war es fast unmöglich, ihn in die richtige Richtung zu lenken.

Steiner war sich nicht sicher, wie lange er in seinen Gedanken versunken gewesen war. Viel Zeit konnte nicht vergangen sein, denn der Köhler sah ihn noch immer trotzig an. Diese Resistenz würde jedoch schnell vergehen, denn Steiners Abschweifen hatte ihm nicht nur eine heimliche Freude über eine späte Vergeltung beschert, ihm war auch etwas wieder eingefallen, was Hartl vor einiger Zeit gesagt hatte und was er an dem Tag, das musste er offen zugeben, nicht mit der nötigen Aufmerksamkeit beachtet hatte. Er lächelte Joseph kameradschaftlich an.

»Des dad i mir guad überlegn an deiner Stell. Woasst Joseph, i kenn di lang gnua, und i glaub dir des.« Steiner ließ eine fein dosierte Menge Anerkennung in seinem Tonfall mitschwingen. »Du dadst as leugnen, bis da Lugg di aus Versehen tatsächlich umbringt. Aber es san ned alle so wia du. Manche Leid dadn so a Behandlung ned so lang durchhaltn …«

Er machte eine wirkungsvolle Pause, während er sich erhob, in aller Seelenruhe den Stuhl wieder zurück in die Ecke stellte und sich den Staub vom Janker klopfte. Erst als er schon die Türklinke in der Hand hatte, wandte er sich noch einmal Joseph zu und vollendete seinen Satz.

»Dei Tochter zum Beispiel.«

Steiner gab Joseph keine Gelegenheit, zu antworten, er verließ die Zelle, schloss die Tür und schob den Riegel vor.

Als er Josephs Gebrüll dumpf durch die Eichentür dröhnen hörte, lächelte er zufrieden. So klang ein Mann, den nur noch ein seidener Faden vom endgültigen Wahnsinn trennte.

50

Endlich hatten die Astern sich geöffnet, und der Garten bekam wieder etwas mehr Farbe. Zwar lugten schon seit einer guten Woche die kleinen rosa Herbstzeitlosen zwischen den Steinen hervor, für die Blütenpracht, die im Hochsommer herrschte, waren sie jedoch nur ein schwacher Ersatz. Trotzdem sah Hartl sie gern an, vor allem, da sich die letzten Bienen und Schmetterlinge des Jahres gerne in den kleinen, hochgiftigen Blumen aufhielten.

Er hatte sie nie gepflanzt, sie waren irgendwann einfach von selbst zwischen den Steinen hervorgekommen und erschienen seitdem jedes Jahr zuverlässig, sobald der Herbst sich ankündigte. Zusammen mit den übrig gebliebenen Veilchen und Stiefmütterchen waren sie zwar ein schöner Anblick, trotzdem war Hartl erst dann wieder ganz mit seinem Garten zufrieden, wenn die Astern aufmachten.

Er hatte im letzten Frühjahr auf dem Jahrmarkt in der Kreisstadt zwei verschiedene Sorten gekauft, und der Händler hatte ihm versichert, auch diese Sorten, eine belgische Züchtung und eine aus Neuengland, seien mehrjährig. Trotzdem hatte Hartl bis zuletzt gezweifelt, immerhin verdienten diese Marktler ihren Lebensunterhalt damit, den Leuten das zu erzählen, was sie hören wollten. Zur Rechenschaft wurden sie ja selten gezogen, wenn ihr Betrug auffiel, waren sie längst über alle Berge, und mehrere Jahre nacheinander kamen die wenigsten von ihnen in dieselbe Stadt.

Doch jetzt standen die Astern in ihrer ganzen Pracht vor

ihm, abwechselnd gepflanzt, die belgischen in einem kräftigen Rosa, einen guten Meter hoch, die neuenglischen etwas kleiner und in einem sanften, fast ins Dunkelblau gehenden Violett. Die Blüten waren ein bisschen größer als in ihrem ersten Jahr und Hartl bildete sich ein, auch die Farben wären etwas kräftiger.

Er hatte nicht viel Zeit, die unaufdringliche Schönheit der Blumen zu bewundern. Die violetten blühten nur vier bis sechs Wochen, die rosaroten kaum doppelt so lang. Und ein drittes Mal würden sie wohl beide nicht herauskommen. Doch das gehörte eben dazu. Wahre Schönheit war vergänglich und mit viel Arbeit verbunden. Nur so blieb sie etwas Besonderes.

Er ging an den Blumen entlang, betrachtete sie aufmerksam und überprüfte jede einzelne Blüte, jeden Stängel und jedes Blatt ganz genau. Hie und da fand er ein paar vertrocknete Blätter oder Triebe, die an der falschen Stelle wuchsen. Beides zwickte er mit einer geübten Bewegung von Daumennagel und Kuppe des Zeigefingers ab und sammelte sie in der hohlen Hand. Später würde er alles auf den Kompost werfen, wo sich hoffentlich auch in diesem Jahr wieder mindestens ein Igel einnisten würde. Die kleinen Tiere hielten ihm die Schnecken aus den Beeten und die Mäuse aus dem Keller. Außerdem mochte er ihren Anblick, wenn er abends noch eine Pfeife rauchte und sie im Halbdunkel durch den Garten tippelten.

Hartl ging zu einem der großen Steintröge im hinteren Teil des Gartens, in den er einst einen winzigen Salbei eingesetzt hatte, der heute ein wuchernder Busch war. Mit seinen Blumen konnte Fine nichts anfangen, die Kräuter aber mochte auch sie.

Hartl befühlte die Erde und stellte fest, dass der Salbei dringend Wasser brauchte. In den letzten Tagen hatte es nicht viel geregnet und ein Strauch dieses Ausmaßes soff mehr als jedes andere Gewächs in seinem Garten.

Er drehte sich herum, um die Gießkasse von seinem kleinen Brunnen zu holen, und blieb abrupt stehen, als er eine Gestalt in dem Steinbogen, der den Eingang zu seinem Garten bildete, stehen sah.

Er brauchte ein paar Augenblicke, um die Frau zu erkennen. Mitzi, die Tochter des Köhlers, trat aus dem Halbschatten und sah ihn eindringlich an. Trotz allem, was ihr und ihrer Familie geschehen war, stand sie aufrecht und selbstbewusst vor ihm, nicht wie ein Opfer oder eine Bittstellerin, sondern wie eine Königin, die ihrem Untertanen einen Besuch abstattete. Sie trug ein schlichtes Kleid, und ihr schwangerer Bauch stach zwar nicht gerade hervor, doch wer wusste, wohin er sehen musste, dem blieb er nicht mehr verborgen.

Hartl straffte sich und ging auf sie zu. Der Salbei würde warten müssen. Er fragte sich, was die junge Frau von ihm wollte.

51

Der Hof des alten Bernhard Aichinger, Hartls Vater und Tonis Großvater, war eindrucksvoll gewesen. Ein dreistöckiges Haupthaus, ein Nebengebäude, zwei Stadl, der Stall und der auch damals schon große Garten waren umgeben von zweiundvierzig Hektar Land. Das Land war zum großen Teil Wald, der Rest Weideflächen für Vieh und Ackerland. Der Garten war ebenfalls Nutzfläche, allerdings für den heimischen Herd. Tonis Großmutter hatte mit Passion Gemüse und Obst gepflanzt, gepflegt und geerntet, auf den Tisch kam, was gerade reif war.

Nachdem die Großeltern kurz nacheinander gestorben waren, hatte sein Vater den Hof stückweise immer weiter verkleinert. Wald und Felder wurden verpachtet, das Vieh verkauft und die beiden Heustadl abgerissen. Der Stall stand zwar noch, wurde aber nicht genutzt und verfiel zunehmend. In ein paar Jahren würde Hartl ihn wohl ebenfalls abreißen.

Der Verkauf von Ländereien an die Gemeinde sowie die regelmäßigen Pachteinnahmen hatten es seinem Vater als Bürgermeister erlaubt, die anstrengende Landwirtschaft endgültig an den Nagel zu hängen und trotzdem noch über Generationen hinaus ein sehr anständiges Auskommen zu haben. Sein Vater hatte sich bei diesen recht grenzwertigen Geschäften vermutlich im Grab herumgedreht, aber Hartl war nie ein Bauer gewesen. Er hatte keinen großen Antrieb, mit seinen Händen zu arbeiten, wenn er es auch mit seinem Kopf tun konnte.

Gegenläufig zur Verkleinerung des Hofes war der Garten immer weitergewachsen und war jetzt in klare Bereiche unterteilt.

Geblieben und gewachsen war bloß der Garten – der ganze Stolz seines Vaters – und die alte Obstbaumwiese hinter dem Haus. Hier stand das Gras höher, Kraut und Unkraut teilten sich die Ressourcen der Erde und die Natur durfte Natur sein.

In diesem als Holzgarten bezeichneten Teil befand sich auch der Hackstock, an dem Toni mit bloßem Oberkörper stand und das getrocknete Brennholz spaltete, um es danach an der Hauswand ordentlich für den Winter aufzuschichten.

Toni würden, ohne groß denken zu müssen, zwanzig Dinge einfallen, die er gerade lieber täte, als Holz zu hacken, doch es war nun mal seine Aufgabe. Er war zwar jetzt verheiratet und hatte mit dem Ausbau des Nebengebäudes zumindest auf dem Papier ein eigenes Haus, trotzdem hatte sich nichts verändert. Er stand immer noch unter der Herrschaft seines Vaters, und wenn der ihn an den Hackstock schickte, dann hatte er zu gehorchen. Aber er musste zugeben, es war ein durchaus akzeptabler Preis dafür, dass das Nebenhaus jetzt ihm gehörte und seine Mutter Fanny am Tag nach ihrer Hochzeit feierlich erlaubt hatte, sich aus dem Gemüsegarten zu bedienen, außerdem war er auch ganz froh, seiner Ehefrau für ein paar Stunden zu entkommen. Die weißen Tauben waren längst ausgeflogen und es wurde mit jedem Tag deutlicher, dass sie außer einem ungeborenen Kind und neuerdings einem Nachnamen absolut nichts verband.

Er fragte sich, ob es bei seinen Eltern ähnlich war. Die beiden waren länger verheiratet, als er auf der Welt war, eine ungeplante Schwangerschaft konnte also nicht der Grund gewesen sein. Besondere Zuneigung spürte er jedoch nicht gerade zwischen den beiden, und er konnte sich auch nicht daran erinnern, dass das jemals anders gewesen wäre. Seine Eltern waren einfach zwei Menschen, die im gleichen Haus lebten, sich um Garten, Alltag und um ihn kümmerten und meistens zusammen aßen.

Vielleicht war das normal, vielleicht gab man irgendwann auf und lebte stumm neben dem Menschen her, mit dem man zufällig das Haus teilte. Zumindest war auch er selbst auf dem besten Weg dahin, es ebenso zu handhaben.

Fanny war kein schlechtes Mädchen, sie war hübsch, aufmerksam, ihre Kocherei wurde unter der Anleitung seiner Mutter zunehmend besser und auch nachts gab sie ihm normalerweise, was er wollte. Aber er würde nicht gerade sagen, dass er sie liebte. Allerdings hatte er noch nie das Gefühl gehabt, eines seiner Mädchen zu lieben. Wenn er eine hatte, hatte er schon immer nach der Nächsten Ausschau gehalten, und eigentlich auch immer nach mehr als nur einer und auch schon, bevor er die jeweils Nächste so weit hatte.

Nachdenklich ließ er die Axt, die er für den nächsten Schlag erhoben hatte, sinken. War sein Vater früher genauso gewesen wie er? Toni schüttelte sich innerlich, über so etwas wollte er jetzt nun wirklich nicht nachdenken. Doch er wusste auch, dass seine Mutter gut zwanzig Jahre jünger war als sein Vater … Er schob die Gedanken beiseite, ließ die Axt in den Hackstock fahren, warf das Scheit, das noch darauf lag, auf den Haufen und wischte sich mit dem nackten Unterarm den kalt gewordenen Schweiß von der Stirn.

Als hätte sein Vater gespürt, dass über ihn nachgedacht wurde, sah Toni ihn vom Haus her mit schnellem Schritt und mit starrem Blick auf sich zustapfen. Toni wusste nicht, was er wollte, aber es schien wichtig zu sein. Daher wischte er sich die Hände an der Hose ab und trat ein paar Schritte auf seinen Vater zu.

Allerdings kam er nicht mal zu einer Begrüßung, denn Hartl verpasste ihm, ohne seinen Schritt zu stoppen, eine so gewaltige Ohrfeige, dass er rückwärtstaumelte, über den Haufen mit den gerade gespaltenen Scheiten stolperte und lang hinfiel.

Für einen Moment war Toni tatsächlich schwarz vor Augen und es brummte laut in seinen Ohren. Nach einigen Sekunden erst lichtete sich der Schleier und Toni sah seinen Vater fassungslos an. Der stand über ihm, funkelte ihn an, sagte aber kein Wort.

Toni kannte dieses Schweigen. Es war eine Eigenheit seines Vaters, die er längst nicht mehr ablegen konnte und die Toni deutlich machte, dass er richtig in der Scheiße saß. Er zog den Kopf ein und machte sich auf einen weiteren Schlag oder ein verbales Donnerwetter gefasst. Doch stattdessen stellte sein Vater ihm leise, aber mit sehr eindringlicher Stimme eine Frage.

»Sog amal, bist du wirklich so blöd, oder is dir bloß alles scheißegal?«

»Wos hob i denn gmacht?«, fragte Toni, teils aus altem Reflex, teils weil er es wirklich nicht wusste.

»Konnst du dein Schwanz ned in da Hosn bhaltn, ha?«, bellte Hartl, nur mühsam beherrscht. »Willst mi vorm ganzn Dorf blamiern?«

Toni starrte seinen Vater an. Er hatte noch nie in so einem Ton mit ihm gesprochen, geschweige denn über dieses Thema. Und in diesem Fall wusste Toni tatsächlich nicht, worauf sein Vater hinauswollte. Dass es um eines seiner Weiber ging, war ihm schon klar, aber um wen? Und warum? Seit er verheiratet war, war überhaupt nichts gewesen. Das lag zwar zugegebenermaßen weniger an seinem tief empfundenen Respekt vor der Unverletzlichkeit der Ehe, sondern vielmehr daran, dass eben auch jedes Mädchen im Dorf über seine Ehe Bescheid wusste, nichtsdestotrotz hatte er sich nichts vorzuwerfen.

»Wos moanst du denn?«, fragte er deswegen noch einmal nach, zögerlich und in ständiger Erwartung einer weiteren Schelle.

»Dass du Volldepp d Tochter vom Köhler gschwängert host, moan i! Konnst du eigentlich no dümmer sei?«

Toni wurde heiß und kalt und er spürte, wie sein Gesicht rot anlief. Er hatte gewusst, dass ihn diese Sache irgendwann einholen würde, seit dem Tag, als Mitzis Vater bei der Treibjagd aus dem Wald gestolpert war. Zwischenzeitlich war er beruhigt gewesen, als die Gerüchte mit der Inzucht aufgekommen waren. Er hatte vermutet, dass es nur zwei Personen im Dorf gab, die die Wahrheit kannten. Ihrer besten Freundin konnte sie es ja kaum erzählt haben. Dass sein Vater darauf gekommen war, ließ ihn vermuten, dass er ein wesentlich größeres Problem hatte als erwartet.

»Des hob i ned gwusst«, stieß er kleinlaut hervor.

»Aso, des host du ned gwusst!«, äffte Hartl ihn nach. »Ja dann! Aber wia des geht, woasst scho, oder?« Sein Vater zog die Augenbrauen hoch, als habe er ein aufrichtiges Interesse an Tonis Antwort. Dann zeigte er mit großer Geste auf das Nebengebäude. »Des host ja bei da Fanny aa recht eindrucksvoll bewiesn! Aber nummoi konn i des ned hibiang.«

Diese Worte verletzten Toni mehr, als er zugeben wollte. Sicher, nachdem er ihm die Sache gestanden hatte, hatte sein Vater sofort die Zügel in die Hand genommen, war noch am selben Abend, wohl wissend, dass Fanny gerade dasselbe Gespräch mit ihren Eltern führte, und bewaffnet mit einer Flasche feinsten Grappas zu den Brenners gefahren, und keine zwei Tage später war das Aufgebot bestellt gewesen. Doch als

»Hinbiegen« hatte Toni es trotzdem nie empfunden. Es war ja nichts Besonderes, sein Vater war ein Mann, der Probleme löste, ohne viel Aufhebens zu machen, deswegen war er ja auch der Bürgermeister. Und gerade der Umgang seiner Mutter mit Fanny hatte ihm bisher das Gefühl gegeben, seine Eltern würden seine Ehe befürworten, vielleicht mehr als er selbst. Seine Mutter hatte sogar geweint in der Kirche.

Und das mit Mitzi sollte ihm jetzt das Genick brechen? Selbst wenn sie überall herumerzählen würde, dass es sein Kind wäre, wer würde ihr das glauben? Kannte sein Vater die Gerüchte nicht? Das bezweifelte Toni. Er beschloss, es noch einmal mit Dummstellen zu versuchen.

»Aber i hob denkt, ihr Vatter …«

»As Denkn solltst bleim lassen, do host koa Talent dafia«, unterbrach sein Vater ihn harsch. »Machs Holz, und dann gehst zu deiner Frau. Und vo de andern Weiber haltst di fern. Is des klar?«

Toni erkannte, dass das Gespräch beendet war, und versuchte, sich mit einem unverständlichen Gemurmel, das alles und nichts bedeuten konnte, aus der Affäre zu ziehen. Doch als er sich aufgerappelt hatte und sich wieder zum Hackstock umdrehen wollte, packte sein Vater ihn hart am Ohr, zog sein Gesicht in sein Sichtfeld und sah ihn finster an.

»Ob des klar is?«, fragte er etwas lauter und mit einem Tonfall, der jeden Widerspruch sofort ausschloss.

»Ja!«, keuchte Toni, und der Laut war eine Mischung aus einem Ausruf und einem Schmerzenslaut. Diese erzieherische Maßnahme hatte sein Vater schon sehr lange nicht mehr gebraucht, und Toni hatte vergessen, wie empfindlich seine Ohren waren.

Hartl ließ ihn los, warf ihm noch einen eindringlichen Blick zu, dann drehte er sich um und ging, ohne ein weiteres Wort zu sagen, zum Haus zurück.

Toni sah ihm hasserfüllt nach, er bebte innerlich. Sein Vater schaffte es auch jetzt noch ohne Probleme, ihm das Gefühl zu geben, als sei er noch ein kleiner Junge. Solange er auf seinem Grund und Boden lebte – und auch die vermeintliche Freiheit des eigenen Hauses war letztendlich nur eine Illusion –, würde sich daran nichts ändern. Früher hatte er zu seinem Vater aufgesehen, hatte ihm nachgeeifert und wollte sein wie er. Seit einigen Jahren ertappte er sich immer wieder bei dem Gedanken, dass es ihm eigentlich nicht ungelegen käme, wenn sein Vater einen Unfall hätte oder sich doch einmal mit dem Falschen anlegen würde. Toni erschrak vor sich selbst, vertrieb seine finsteren Gedanken und machte sich stattdessen wieder ans Holz.

Trotzdem konnte er nichts dagegen unternehmen, dass er manches Mal, wenn er mit der Axt weit über den Kopf ausholte, nicht an das Holzscheit dachte, das vor ihm stand.

52

Irmi und Fine waren schon aus der Tür, Kathi hatte noch ein bisschen länger gebraucht, sich zum Gehen fertig zu machen. Vielleicht wollte sie auch einfach von ihnen allen am wenigsten nach Hause. Mini sah ihr eine Zeit lang schweigend zu, dann fasste sie sich ein Herz. Wenn es eine Gelegenheit gab, die

Sache anzusprechen, dann jetzt. Sie brauchte sich nichts bestätigen lassen. Sie kannte die Menschen im Allgemeinen und Kathi im Besonderen gut genug, um zu wissen, was los war. Aber mit ihr reden, das musste sie. Gerade als Kathi aufstand, sprach Mini sie an.

»Kathi?«

Ihre Freundin zuckte zusammen, als würde sie Prügel erwarten. Sie drehte sich um und war sichtlich erleichtert, als sie im Blick der Wirtin nichts als Mitgefühl sah.

»Wia gehts da?«

Mini sah, wie Kathis Augen sich bei dieser Frage sofort mit Tränen füllten, sie aber trotzdem versuchte, sich nichts anmerken zu lassen.

»Wieso fragst?«, sagte sie kühl. Doch ein einziger Blick genügte auch Kathi, um zu wissen, dass Mini Bescheid wusste. Jetzt ließ sie ihre Tränen ungehindert über ihr Gesicht fließen und stand für einen Moment wie ein hilfloses Reh im Raum, bevor sie sich wieder auf die Bank fallen ließ.

»Woasst du, wos as Schlimmste is?«, flüsterte Kathi. »Koana frogt. Er ist weg, und es is, als waar er nie do gwesn. Er war ganz alloa, und et homs nan irgendwo verscharrt, und er is wieder alloa. Er hod koan ghabt.«

»Er hod di ghabt«, antwortete Mini sanft.

Kathi sah Mini ernst an, und die war nicht sicher, ob es Trauer, Wut oder Schuld war, die in diesem Blick lag.

»Und wos hods eam bracht?«

Mini antwortete nicht, und es vergingen einige endlose Sekunden, bevor Kathi weitersprach.

»Mir wollten weg, host des gwusst?«

Mini nickte. »I hobs ma dacht.«

»Glaubst, sie hom nan deswegn umbracht? Glaubst, es war mei Schuld?«

»Dei Schuld war des auf koan Fall!«, antwortete Mini schärfer, als sie beabsichtigt hatte. »Des derfst nie glaum!«

»Sie hom nan umbracht. Des woaß i.«

Es klang, als würde Kathi mit sich selbst sprechen, dann aber sah sie Mini in die Augen. Offenbar fand sie im Blick der Wirtin die Bestätigung, die sie brauchte, denn sie nickte bedächtig, bevor sie sich aufraffte und schweigend das Wirtshaus verließ.

Mini sah ihr durch die verschlossene Tür nach, sie schaffte es noch nicht, aufzustehen. Vermutlich war Kathi die Tragweite ihrer Worte selbst nicht bewusst, doch sie hatte eine Wahrheit ausgesprochen, die in dieser Härte, in dieser Konsequenz noch nicht ausgesprochen worden war. Eine Wahrheit, die sie, genau wie jeder andere im Dorf, zu ignorieren beschlossen hatte.

Sie hatten ihn umgebracht.

Das hier, wenn überhaupt etwas, war nicht die Tat eines mystischen Wolfs oder eines wahnsinnigen Mörders. Hier war ein Mann, ein Mitglied ihres Dorfes, ob Zuagroaster oder nicht, bestialisch ermordet und für alle sichtbar liegen gelassen worden. Tote Kinder, so unfassbar auch diese Taten waren, konnte man allzu leicht einem Monster, menschlich oder nicht, in die Schuhe schieben. Doch hier war ein erwachsener Mann umgebracht worden. Ein Mann, der unbequem geworden war. Das war keine willkürliche Tat, und das schränkte den Kreis der Verdächtigen erheblich ein.

So oder so, sie alle kannten den Mörder, hatten mit ihm gesprochen, ihn auf der Straße gegrüßt, vielleicht mit ihm gegessen.

Vielleicht wohnte eine von ihnen mit ihm unter einem Dach.

Mini fing an zu zittern und konnte nichts dagegen unternehmen. Denn auch diese Wahrheit war zwar bereits ausgesprochen worden, doch erst jetzt verstand sie wirklich ihre Bedeutung.

Es war einer von ihnen.

53

»I gibs zua.«

»Den Mord an Eva Brückl.«

»I gibs zua.«

»Den Mord an Konrad Zankl.«

»I gibs zua.«

»Die Unzucht mit Maria Köhler, die zu deren Schwangerschaft führte.«

Diesmal antwortete Joseph nicht. Er konnte nicht. Er starrte Hias, der mit dem handgeschriebenen Zettel in der zitternden Hand vor ihm stand, nur hasserfüllt an. Offenbar hatte sein Zögern, sein Blick oder etwas anderes, das in diesem Moment von ihm ausging, eine gewisse Wirkung, denn obwohl er noch immer gefesselt war, wichen Hartl, Steiner und Xaver, die in ihrer Eigenschaft als Zeugen im Halbkreis hinter dem Pfarrer standen, instinktiv einen Schritt zurück. Lugg dagegen, etwas abseits stehend und nach Schweiß und Schnaps stinkend, spannte seinen Körper erwartungsvoll an.

Der Wirt gefiel sich mittlerweile recht gut in seiner Rolle

als Folterknecht, und das war einer der wesentlichen Punkte, die Joseph das Genick gebrochen hatten. Von Steiner und Hartl hatte er nichts anderes erwartet, die beiden waren nur die sichtbaren Auswüchse des Geschwürs, aus dem dieses Dorf bestand. Um ihre Macht zu erhalten, würden die beiden alles tun, und dass er dabei über die Klinge sprang, war höchstens ein positiver Nebeneffekt. Doch den Wirt hatte er, wenn auch nicht als Freund, dann doch zumindest als neutralen Faktor empfunden.

Meistens waren ihre Gespräche zwar nicht über den Kauf eines Beutels Kaffee oder einer Rolle Bindfaden hinausgegangen, doch in den rar gesäten Fällen, wo die Gaststube leer, Lugg allein und sie beide, Joseph in seiner matten Traurigkeit und Lugg in seinem stillen Grübeln, fähig gewesen waren, mehr als zehn Worte zu wechseln, hatte Joseph den Wirt als intelligenten und einfühlsamen Mann kennengelernt, mit dem man durchaus Gespräche beinahe philosophischer Natur, auf jeden Fall aber weit über die üblichen Themen Landwirtschaft, Wetter und Weiber hinaus, führen konnte.

Doch dieser ruhige, besonnene Mensch schien verschwunden zu sein. Er wurde ermordet, genau wie die Kinder, wie Konrad, wie der letzte Rest Anstand und Menschenverstand, der das Dorf davor bewahrt hatte, ins finstere Mittelalter zurückzufallen.

Joseph hatte lange durchgehalten, länger als jeder, inklusive ihm selbst, es erwartet hatte. Mini hatte ihm geholfen, hatte ihm von ihren Plänen erzählt, hatte ihn ein wenig Zuneigung spüren lassen, die zwar nur eine fade Erinnerung an frühere Zeiten war, doch trotzdem wie Balsam für seine Wunden. Sie hatte ihm die Hoffnung gegeben, zu glauben, dass alle wieder zur Vernunft kommen würden, dass sie ihn gehen lassen würden.

Er hätte Mitzi genommen, ein wenig Geld und seine wertvollsten Bücher, alles andere hätte er zurückgelassen. Sie wären weit weg gegangen, hätten ein neues Leben begonnen, bis das Dorf und all seine Bewohner irgendwann nur noch eine dunkle Erinnerung gewesen wären.

Sie hätten Leni und Lenze verlassen müssen. Doch die Erinnerung an die Toten lebte in ihren Herzen weiter, nicht dort, wo sie begraben waren.

»Die Unzucht mit …«, setzte Hias erneut an und riss Joseph damit aus seinen Gedanken.

»I gibs zua«, fiel er dem Pfarrer ins Wort. Er hatte aufgegeben. Er bestand nur noch aus Schmerz, Enttäuschung und Einsamkeit, sein Leben war ihm nichts mehr wert. Wenn er durch seinen Tod das Leben seiner Tochter schützen konnte und das Leben ihres Kindes, das er nie kennenlernen würde, dann sollte es so sein. Es gab schlechtere Gründe, um abzutreten, und vielleicht würde Mitzi ihrem Sohn oder ihrer Tochter irgendwann von ihm erzählen und dabei alles ein bisschen schöner zeichnen, als es gewesen war.

»Hexerei sowie das Schließen eines Paktes mit dem Teufel zur Verschaffung persönlicher Vorteile.«

»I gibs zua.«

Hias ließ den Zettel sinken und sah Joseph lange an, der seinem Blick aus reinem Trotz standhielt.

Joseph glaubte einen letzten Rest Bedauern, vielleicht sogar Reue über das Gesicht des Pfarrers huschen zu sehen, dann war er verschwunden. Hias stopfte das Papier in seine Hosentasche und fuhr in staatstragendem Ton, als wäre seine gesamte Gemeinde in der Zelle versammelt, fort.

»Der Angeklagte Joseph Eustachius Köhler hat sich vor Zeugen sämtlicher Anklagepunkte für schuldig bekannt und übergibt seine Seele in die Hand Gottes. Nach geltendem Recht wird der Angeklagte drei Mal zum Tode verurteilt. Für die Morde soll er gerädert, für die Blutschande geköpft und für die Hexerei auf dem Scheiterhaufen verbrannt werden. All dies soll vor Zeugen geschehen, auf dass seine Seele Läuterung erfahre und er trotz seiner Verbrechen in das heilige Reich Gottes eingehen kann. Das Urteil ist in genau drei Tagen nach der Verkündung zu vollstrecken.«

Joseph ertrug diese sogenannte Urteilsverkündung stoisch und ohne sich zu rühren, fest entschlossen, ihnen keinen Moment des Triumphs zu gönnen. Als Hias aber eine lange Pause machte, wurde Joseph doch nervös. Das war es noch nicht gewesen, das spürte er.

Der Pfarrer hatte gerade sein Todesurteil verlesen, trotzdem zitterte er jetzt mehr als zuvor und atmete so schwer, dass es Joseph schon vom Zusehen in der Brust schmerzte. Der Pfarrer wirkte, als stünde ihm das Schwerste erst noch bevor. Nach langem Zögern hob Hias wieder an zu sprechen und tat es in einer Hektik und Geschwindigkeit, die mehr als deutlich machte, dass er es schnell hinter sich bringen wollte. Schon nach wenigen Worten war Joseph klar, dass seine Ahnung ihn nicht getäuscht hatte.

»Des Weiteren wird auch Maria Köhler, in ihrer Unmündigkeit gestützt durch das Geständnis ihres Vaters, beschuldigt, sich durch den widernatürlichen Beischlaf mit Joseph Eustachius Köhler wissentlich mit dem Teufel eingelassen zu haben und daher ebenfalls als Hexe verurteilt. Sie soll wie ihr Vater vor Zeugen auf dem Scheiterhaufen ihr Ende finden, auf dass ihre Seele Läuterung erfahre und sie trotz ihrer Verbrechen in das heilige Reich Gottes eingehen kann.«

Dies waren die gesamten Worte, die der Pfarrer an diesem Tag in der Zelle des verurteilen Köhlers sprach, auch wenn Joseph den Großteil von ihnen nicht mehr hatte hören können.

Als der Name seiner Tochter fiel, zerbrach der letzte Rest Menschlichkeit in ihm und sein Geist und sein ganzes Leben wurden schwarz. Er durchschaute ihr Spiel nun, verfluchte sich selbst für seine Dummheit und seine Leichtgläubigkeit und verfluchte das Dorf für das, was sie ihm angetan hatten und noch antun würden. Er war schon immer der Meinung gewesen, nicht gläubig zu sein, doch in dieser Sekunde spürte er deutlich, wie auch der letzte Funken einer Hoffnung an eine höhere Macht erstarb. Würde es einen gerechten Gott geben, er würde Donner, Hagelstürme und Erdbeben schicken, würde die Erde auftun und dieses verfluchte Dorf und alle, die in ihm lebten, in den tiefsten Kreis der Hölle schicken.

Auch wenn das Urteil erst in drei Tagen vollstreckt werden sollte, in dieser Sekunde starb Joseph Eustachius Köhler. Zurück blieb eine Hülle, und in ihr lebte ein Tier. Ein Tier, das nur Rache, Wut und Hass kannte. Eine Bestie, die, wenn sie nicht angebunden wäre, jeden Menschen in dieser Zelle mit bloßen Händen zerfetzen würde.

***

Um seine Urteilsverlesung vollenden zu können, musste Hias die Lautstärke immer weiter steigern und zum Schluss regelrecht schreien, damit seine Worte im animalischen Gebrüll des Köhlers noch zu hören waren.

Hatte Hias bis zum Schluss gehofft und geglaubt, dass sie schon alle wieder aus dieser Sache herausfinden würden, so war diese Hoffnung jetzt auch bei ihm dahin.

Sie würden den Werwolf töten.

Tag 1

54

Fanny stand am Dorfplatz und wusste nicht genau, wieso.

Daran, keine Aufgaben zu haben, hatte sie sich schon beinahe gewöhnt. Sie war jetzt mit einem reichen Mann verheiratet, für die einfachen Hausarbeiten gab es Personal und das Mittagessen, dessen Zubereitung, wenn auch unter der strengen Führung und Anleitung ihrer Schwiegermutter, immerhin noch in ihre Zuständigkeit fiel, war noch zu weit entfernt, um mit den Vorbereitungen zu beginnen.

Ihr war natürlich klar, dass diese Schonfrist, die sie als frischgebackene und obendrein schwangere Ehefrau gerade bekam, mit der Geburt ihres Kindes schnell enden würde, und so versuchte sie die viele freie Zeit, so ungewohnt sie war, zu genießen. Sie besuchte ihre Eltern, freundete sich mit dem hauseigenen Gemüsegarten an und ging viel spazieren.

Ihre Mutter hatte ihr nahegelegt, das zu tun, um sich die Geburt zu erleichtern. Sie hatte es nicht genau verstanden, aber es ging wohl um irgendetwas mit Muskulatur und der Lage des Kindes bei regelmäßiger Bewegung. Und frische Luft war ja nie verkehrt.

Ihre Spaziergänge waren auch nicht das Problem. Das Problem waren die Momente, in denen sie sich selbst dabei ertappte, wie sie irgendwo stand und vor sich hin glotzte und nicht sagen konnte, wie lange sie das schon tat. Das waren die Momente, in denen sie diese Leere in sich spürte. Ähnlich tief innen wie Hunger oder Durst, doch ohne, dass die Lösung so nahelag. Es fehlte etwas, das spürte sie ganz deutlich, aber sie wusste nicht, was es war. Es hatte sich so viel in so kurzer Zeit verändert, manches war besser geworden, manches nicht, insgesamt war sie zufrieden.

Sie hatte verstanden, dass sie jetzt kein Mädchen mehr war, sondern eine Frau, und sie versuchte, sich entsprechend zu verhalten, nur hatte ihr nie jemand gesagt, wie das ging. Sie hatte immer geglaubt, das würde einfach irgendwann passieren, wenn man älter wurde. Ihr kam der Gedanke, dass ihre eigene Mutter nicht viel älter gewesen war als sie jetzt, als sie ihr Kind bekommen hatte. Woher hatte sie gewusst, wie man erwachsen war? Ihre Mutter war immer liebevoll gewesen, hatte Fanny alles beigebracht und sie selten geschlagen, sogar in der Zeit, als ihr Vater weg gewesen war. Wer hatte ihr gezeigt, wie man eine Mutter war? Und eine Ehefrau?

In ihren Gedanken versunken ließ Fanny ihren Blick über den Dorfplatz streifen, der für einen frühen Vormittag unter der Woche recht stark bevölkert war. Seit der Hunger vorbei war und die meisten sogar wieder eine Mark auf der hohen Kante hatten, nahm man sich wieder die Zeit, mit seinen Nachbarn zu sprechen und sogar dann durch das Dorf zu gehen, wenn man gerade nichts Dringendes dort zu erledigen hatte. Und während die Häuser und Gärten noch vor einigen Jahren dumpf und grau ausgesehen hatten, gab es jetzt sogar im Herbst wieder vereinzelt Blumen in den Kästen vor den Fenstern zu sehen. Die schlimme Zeit war noch lange nicht vorbei, das wusste sogar Fanny, doch es war wieder so etwas wie Hoffnung zu spüren.

Um nicht reg- und sinnlos mitten auf dem Platz herumzustehen, zog sie sich ein wenig in den Schatten, den das Wirtshaus um diese Uhrzeit warf, zurück und beobachtete die anderen Menschen. Die Waschweiber waren mit ihren Körben unterwegs, ein paar Frauen hatten Brot und Semmeln in ihren Körben. Fanny sah die Niedermayerin mit einem Korb, in dem sich eine absurde Menge, bestimmt fünfzehn Stück, dieser ekelhaften weißen Brezen mit diesem Salzstaub befanden, und fragte sich, wer zur Hölle die alle essen sollte. Ihr war schon unbegreiflich, wie überhaupt jemand diese Dinger essen konnte, und dann noch so viele?

Fanny mochte die klassischen Brezen, die braunen mit Hagelsalz, so wie sie gehörten. Das Einzige, was sie von den weißen bekam, waren rissige Lippen vom Salzstaub und unfassbaren Durst. Die weißen Brezen waren die Spezialität vom Schlossbeck, und das war vermutlich einer der Hauptgründe, warum sie den Kirchbeck schon immer sympathischer fand.

Die Hebauf war selbstverständlich auch unterwegs. Fanny kannte sie nur unter diesem Namen und hatte keine Ahnung, wie sie wirklich hieß. Das war aber auch nicht wichtig, denn es wurde nie mit ihr, sondern ausschließlich über sie gesprochen. Wahrscheinlich ging es dem halben Dorf so wie ihr, denn es schien auch niemand zu wissen, wie lange sie schon tat, was sie tat, oder wie alt sie genau war. Sie hatte diesen seltsam alterslosen, verbissenen Gesichtsausdruck und eine krumme Haltung von ihrem Tagwerk, sie hätte vierzig oder siebzig sein können.

Die Älteren erzählten, sie hätte einmal eine Schwester gehabt, die gestorben sei, woraufhin sie verrückt geworden sei, andere sagten, sie wäre schon immer verrückt gewesen, etwas Genaues wusste niemand. Die Hebauf strich tagein, tagaus durch die Straßen und sammelte alles vom Boden, was dort ihrer Meinung nach nicht hingehörte. Ob der Wind ein heruntergefallenes Blatt auf den Weg geweht oder ein Kind ein Bonbonpapier fallen gelassen hatte, war egal, sie sammelte mit stoischer Ruhe, krumm geworden vom vielen Bücken und stetig unverständlich vor sich hin murmelnd, alles auf. Dabei achtete sie weder darauf, wem sie im Weg stand, noch, was um sie herum passierte.

Jeder hatte sich an sie gewöhnt, und sie gehörte zum Dorf wie der zauberhafte Duft, wenn die beiden Bäcker die ersten Ladungen Brot aus den Öfen holten, oder der deutlich weniger zauberhafte Duft, wenn Mortl seine Metzgerei aufsperrte. Jedes Dorf brauchte vermutlich seine Verrückten, und wenn ihre sich darauf beschränkte, die Straßen sauber zu halten, gab es ja wohl Schlimmeres.

Fanny wurde kurz kalt, als ihr mit einem Schlag bewusst wurde, was sie da eigentlich gerade gedacht hatte. Hatte sie wirklich die Hebauf als die Verrückte des Dorfes bezeichnet? Nach allem, was passiert war?

Sie schämte sich vor sich selbst und wunderte sich, wie schnell die Menschen sich selbst an so Grauenvolles gewöhnen konnten. Die Toten waren tot, so schrecklich das auch war, und der Mörder saß hinter Gittern. Mehr bekam man als Außenstehender ja nicht mit, und das Leben ging weiter. Musste weitergehen.

Sie schob die Gedanken beiseite und beobachtete die Hebauf dabei, wie sie irgendetwas Rotes in ihre Tasche schob – wohin sie all die Sachen wohl brachte? –, als sich die Rathaustür öffnete und der Bürgermeister heraustrat. In Fanny regten sich mehrere Gefühle gleichzeitig. Ein Teil wollte ihrem Schwiegervater freudig zuwinken, ein anderer wollte sich noch weiter in den Schatten drücken, um sich vor ihm zu verbergen. Sie fragte sich, wo dieses zweite Gefühl herkam.

Doch Hartl hatte ohnehin weder Augen für sie noch für sonst jemanden. Er hatte ein Blatt Papier, Hammer und Nägel in der Hand, ging, ohne jemanden anzusehen oder gar zu begrüßen, zu der hölzernen Anschlagtafel, die rechts neben der Rathaustür angebracht war, und begann damit, seinen Aushang anzuschlagen.

Fanny fiel auf, dass nicht allein sie ihn beobachtete. Auch die anderen Bürger auf dem Dorfplatz waren neugierig, welche Mitteilung wohl so brisant sein mochte, dass der Bürgermeister sie höchstpersönlich an die Tafel nagelte. Kaum hatte er sein Werk vollbracht und war wieder im Rathaus verschwunden, bewegten sich die Ersten, natürlich so, als hätten sie von dem Vorgang nichts mitbekommen und würden aus gänzlich anderen Gründen plötzlich dicht an der Rathauswand entlanggehen wollen, auf den Aushang zu.

Der Inhalt schien wirklich bahnbrechende Neuigkeiten zu enthalten, denn anders, als wenn dort zum Kirchenfrühstück oder zum Handarbeitskranz eingeladen oder ein weiterer Versuch ausgerufen wurde, die Ruine auf dem Schlossberg zu retten, blieben die Menschen vor dem Aushang stehen, tuschelten, winkten andere heran und lasen die Schrift mehrfach und mit scheinbar großem Interesse. Als ungefähr ein Dutzend Männer und Frauen einen Halbkreis bildeten und die Stimmen aufgeregter wurden, ging auch Fanny auf das Rathaus zu und bahnte sich einen Weg zur Tafel.

Doch anders als die anderen lud das, was sie las, sie keineswegs dazu ein, zu verweilen und das Gespräch zu suchen. Fanny zitterte und wollte losrennen, Wort für Wort wurde der

Wunsch stärker. Und als sie schließlich beim vorletzten Absatz angekommen war und den zweiten Namen las, der auf dem Papier niedergeschrieben war, gab sie dem Gefühl nach und lief davon.

Sie kümmerte sich nicht darum, ob ihr jemand nachschaute, natürlich taten sie das, oder ob sie über sie herzogen, natürlich taten sie auch das. Fanny rannte immer schneller auf das Haus zu, von dem die Leere ausging, die sie in ihrer Brust spürte.

Sie hatte sich, vor allem von ihrer Schwiegermutter, erfolgreich einreden lassen, als schwangere Frau müsse sie etwas behäbiger sein, dürfe nicht schwer heben und sich nicht schnell bewegen, das Wohlergehen des Buben, denn selbstverständlich hatte Toni für einen männlichen Stammhalter gesorgt, dafür brauche man keinen Arzt, das sehe man an der Form des Bauches, stehe an oberster Stelle. Doch als sie jetzt, zum ersten Mal, seit sie sich morgens dreimal übergeben hatte und ihre Mutter sie, einer spontanen Eingebung und vielleicht auch der Erinnerung an gewisse nächtliche Geräusche, die sie zu ignorieren beschlossen hatte, folgend, zum Apotheker geschleppt hatte, wieder rannte, fühlte Fanny sich genauso schnell und leichtfüßig wie immer. Sie hatte auch nicht den Eindruck, dem Inhalt ihres Unterleibs damit irgendeinen Schaden zuzufügen.

Schritt für Schritt kam der Waldrand näher und Fanny war beinahe an ihrem Ziel angekommen. Es trennten sie nur noch gut fünfzig Meter vom Köhlerhaus, als mit einem Poltern dessen Tür aufflog und außen gegen die Hauswand krachte, sodass der marode Putz an zwei Stellen abplatzte.

Aus einem Reflex zog sich Fanny schnell in das Schlehengebüsch zurück, neben dem sie stehen geblieben war. Die Dornen spürte sie nicht. Zuerst passierte gar nichts, dann kamen vier

Männer aus dem Haus, die Mitzi herauszerrten, die kreischte, schrie und sich mit Händen und Füßen wehrte, soweit das möglich war, da sie an beidem festgehalten wurde. Zwei der Männer kannte Fanny nicht, in einem der beiden anderen erkannte sie den Wirt und in dem letzten, was viel schlimmer war, ihren eigenen Vater.

Fassungslos und nicht fähig, zu sprechen oder einzugreifen, drückte sie sich tiefer in die Schlehe und sah zu, wie die vier Männer Mitzi in Richtung Rathaus zerrten. Die Dornen schnitten sich in ihre Beine, ihre Arme und ihr Gesicht, aber Fanny spürte sie noch immer nicht.

Sie verachtete ihren Vater, der sich für diese Schweinerei hergab. Ihr Vater, der für sie immer ein Beschützer, ein Riese gewesen war, und der jetzt geduckt und mit emotionslosem Gesicht tat, was ihm andere sagten, und dabei half, ihre beste Freundin, ein Mädchen, das in seinem Haus gegessen, geschlafen, gelacht und geweint hatte, ins Verderben zu führen.

Aber noch viel mehr verachtete sie sich selbst. Denn sie war es, die nicht für Mitzi da gewesen war, die sie allein gelassen hatte in einer Situation, die sie selbst sich nicht einmal vorstellen konnte, und sie war die, auch wenn Fanny das nie gewollt hatte, die das Gerücht in die Welt gesetzt hatte, das Mitzi jetzt das Leben kosten würde.

Nachdem Mitzi und ihre Henker aus Fannys Sichtfeld verschwunden waren und sie das Schreien ihrer Freundin nur noch leise in der Ferne hören konnte, schaffte es der Schmerz endlich, seinen Weg in ihr Gehirn zu finden, und erinnerte sie daran, dass sich Hunderte kleine schwarze Dornen in ihr Fleisch gruben. Doch anstatt zurückzuweichen, drückte Fanny sich noch tiefer in das Gebüsch, konzentrierte sich auf jeden einzelnen Stich und genoss, wie der Schmerz von außen zumindest für ein paar Sekunden den Schmerz im Inneren verdrängte.

55

Früher war die Metzgerei ein Aushängeschild des Dorfes gewesen. Sogar die aus dem Nachbardorf kamen ab und zu, natürlich heimlich und mit gesenkten Blicken, und holten sich den unglaublich guten kaltgeräucherten Waldspeck vom Michl. Der Michl hatte eine ganz eigene, streng geheime Sur, über die im Wirtshaus regelmäßig sinniert wurde. Wacholder, Rosmarin und Knoblauch waren recht leicht herauszuschmecken, trotzdem schaffte es keiner der Bauern, die dem Saukarree vom Michl in ihren eigenen Räucheröfen Konkurrenz machen wollten, auch nur annähernd an seinen Geschmack heranzukommen.

Der alte Michl war auf seine eigene Art ein schlauer Mann gewesen und hatte die Drohung des Krieges und des Hungers früher erkannt als die meisten anderen. Deswegen hatte er die Ladenfläche seiner Metzgerei auf das absolute Minimum reduziert. Es konnten nie mehr als drei Kundschaften im Geschäft sein, und wenn die erste wieder hinauswollte, mussten die beiden anderen ebenfalls kurz hinaustreten. Die Schlange der Wartenden reichte an einem Samstag, wenn alle einen Schweinsbraten für den folgenden Tag wollten, nicht selten bis zur Kirche. Den so gewonnenen Platz investierte Michl in die

Vergrößerung der Reifekammer und konzentrierte sich fortan fast ausschließlich auf das Räuchern. Rind und Schwein von den Bauern, Reh und Hirsch von seinem Bruder Edi, sogar Gänse und Puten, alles kam in die Sur, wurde im Hof in der von da an Tag und Nacht köstlich dampfenden Räucherkammer über Buchenholz, das Michl eigenhändig schlug, geräuchert und kam für Tage und Wochen in die Trocknung, wo es unter der ständigen Kontrolle des Metzgers an großen Eisenhaken hing, bis es perfekt war.

Wenn der Michl gelegentlich ein paar Bier zu viel hatte, verkündete er gerne, dass sogar König Ludwig der Dritte bei ihm seinen Speck holen ließ, was sich freilich nicht beweisen ließ. Ohne Zweifel war aber, dass der Plan des Metzgers voll aufging, denn als der Krieg kam und jeder versuchte, sein Hab und Gut in Sicherheit zu bringen und sich auf das Schlimmste vorzubereiten, rannten die Leute, die es sich leisten konnten, ihm die Tür ein, kauften kiloweise geselchte Würste, Bauchspeck, der so schwarz war, dass man die Hände waschen musste, nachdem man von ihm gegessen hatte, große Karreestücke und dünne Rindsfilets, bevor das Geld nichts mehr wert war und sie nur noch Steckrüben fressen konnten. Michls Waren wurden in Kaminen versteckt, in hölzernen Truhen und unter den Kartoffeln gelagert und vermittelten ein bisschen Sicherheit in einer unsicheren Zeit.

Der Alte kam mit dem Schlachten, Räuchern, Aufhängen und Verkaufen kaum hinterher, und sobald er stehen konnte, half Mortl, sein Bub, im Geschäft mit. Für die wissenschaftliche Exaktheit, mit der sein Vater das Räuchern betrieb, konnte er sich zwar nie begeistern, mit den Jahren wurde jedoch ein wirklich passabler Wurstmacher aus ihm. Alles, was Michl nicht brauchen konnte, das überschüssige Fett, die Schwarten und die minderwertigen Teile der Tiere, all das verarbeitete er, mit einem ähnlich intuitiven Gefühl für Gewürze wie sein Vater ausgestattet, zu Würsten, Leberkas und Sulzen, und gab so der zwar begehrten, aber doch recht einseitig gewordenen Auslage der Metzgerei wieder ein wenig Auswahl zurück.

Im vergangenen Jahr schließlich hatte Michl das Geschäft ganz seinem Sohn übergeben, und von da an war es stetig bergab gegangen. Der Alte konnte nicht mehr, der Junge wollte nicht, und so wurden die Rauchwaren erst weniger, bis sie schließlich ganz verschwanden. Mortl blieb beim Wursten, ansonsten gab es eben das, was am wenigsten Aufwand bedeutete, und so stapelten sich hauptsächlich große, rohe Fleischstücke im Laden, von denen Mortl auf Wunsch widerwillig etwas abschnitt. Dazu kam, dass er es auch mit der Frische nicht so genau nahm. Hatte Michl stets ganz genau auf die Würste und das Fleisch geachtet, und sie, sobald sie auch nur leicht schmierig oder silbergrün wurden, rigoros entsorgt oder wenn seine Frau nicht schaute, einigen Kunden, von denen er wusste, dass sie mit dem Geld nicht gerade um sich werfen konnten, mit einem verschwörerischen Zwinkern mit in ihr Packerl geschmuggelt, ließ Mortl das Zeug eben liegen, bis es verkauft war oder tatsächlich schimmelte.

Die Sauberkeit des Ladens war auf dem gleichen Niveau wie Mortls persönliche, und so begrüßte die Kundschaft innerhalb kürzester Zeit statt des verführerischen Duftes von Buchenrauch und geheimen Gewürzen der süßliche Geruch von Aas in der Metzgerei. Zusperren musste er freilich trotzdem nicht, am Sonntag gab es Braten und wo ihre Frauen das Fleisch dafür hernahmen, war den Männern herzlich egal. Doch mit der überregionalen Berühmtheit des Geschäfts war es schnell vorbei.

Immerhin war der Alte nach der Übergabe schnell gestorben – man munkelte, auch das habe er, wie den Krieg, vorausgeahnt – und hatte den steilen Verfall seines Lebenswerks nicht mehr mit ansehen müssen, dachte sich Xaver, der jetzt zögernd vor der Tür der Metzgerei stand, traurig war es trotzdem. Er hatte den Michl gern gemocht, früher waren sie Freunde gewesen. Die ganz große Zeit der Metzgerei hatte Xaver zwar nicht miterlebt, während des Krieges war er mit anderen Dingen beschäftigt gewesen, den Verfall aber hatte er nur zu gut mitbekommen.

Xaver betrat den Laden, und irgendwie schaffte es sogar die kleine Glocke, die beim Öffnen der Tür anschlug, unappetitlich zu klingen. Vielleicht hatte dieser Eindruck aber auch einfach mit dem Geruch zu tun, der ihm im gleichen Moment in die Nase stieg. Xaver sah sich in dem kleinen Laden um. Der alte Michl hätte wahrscheinlich drei Viertel der Auslage sofort in den Müll verfrachtet und seinem Sohn anschließend eine gehörige Tracht Prügel verpasst. Schaden würde Mortl eine solche auf keinen Fall, aber das war nicht Xavers Aufgabe.

Er war zurückgekommen und hatte sich geschworen, nie wieder Befehle zu geben. Zum Glück hatte seine Irmi das verstanden und hielt ihn nicht für einen faulen Hund, wie der Rest des Dorfes es tat. Trotzdem sagte auch sie immer wieder, dass er zu gutmütig war, und vermutlich hatte sie damit recht. Wäre dem nicht so, würde jetzt nicht er hier stehen und schon die zweite abstoßende Aufgabe dieses Tages erfüllen.

Seine erste Wahl wäre zwar der Jäger gewesen, aber er hatte sich schließlich überzeugen lassen, dass dessen fortgeschrittenes

Alter, vor allem aber dessen fortgeschrittener Alkoholismus der Aufgabe, für die ja doch ein gewisses Maß an Präzision vonnöten war, nicht gerade dienlich wären. Dazu kam der Umstand, dass Edi seit einigen Tagen niemand mehr gesehen hatte. Nicht einmal Lugg, und das war wirklich ungewöhnlich.

Xaver ging nicht davon aus, dass jemand sich die Mühe gemacht hatte, zu Edis Hütte hinauszugehen, um nach ihm zu sehen. Vermutlich wäre es aufgrund seines leidigen Amts sowieso seine Aufgabe gewesen, das zu tun, im Moment hatte er jedoch weiß Gott Besseres zu tun. Edi würde schon wieder auftauchen, und wenn nicht, dann eben nicht. Vielleicht war er von seinem Hochsitz gefallen, hatte sich beim Putzen seiner Flinte in den Bauch geschossen oder es schlussendlich doch noch geschafft, sich totzusaufen. Oder er hatte einfach genug vom Dorf und war grußlos verschwunden. So oder so, ein Besuch konnte warten.

Vom Klingeln der Glocke aufgeschreckt, betrat jetzt Mortl durch die Hintertür das Geschäft und komplettierte das unansehnliche Bild damit vollends. Er trug ein speckiges Unterhemd mit gelben Schweißrändern unter beiden Achseln, eine derbe Cordhose und eine dicke Lederschürze, die von Fett, Dreck, Blut und Wasser so gefleckt war, dass es unmöglich war, herauszufinden, von welchem Tier das Leder ursprünglich stammte. Er war schlecht rasiert, seine Haare klebten noch fettiger an seiner Stirn als sonst und die gekräuselten Haare, die auf seiner Brust, seinen Oberarmen und seinen Schultern wuchsen, drängten sich auf unangenehme Art und Weise am dürftigen Stoff seines Unterhemds vorbei.

Xaver hatte, während der Metzger sich die blutigen Hände abwischte und der Schürze damit ein paar neue Flecken verpasste, das Gefühl, an diesen Ort unberechtigt eingedrungen zu sein, und wollte sich schon entschuldigen, als ihm einfiel, dass die Tür und damit der Laden ja geöffnet war. Unwillkürlich fragte er sich, wie Mortl wohl aussehen würde, wenn die Metzgerei geschlossen hatte, wenn das offenbar der Aufzug war, in dem er Kunden empfing, beschloss aber, dass er das lieber gar nicht wissen wollte.

Xaver betrachtete Mortl, der ihn nur fragend anblickte, noch einen Augenblick aufmerksam, während er sich die richtigen Worte zurechtlegte. Er sah hinter der ungewaschenen und abstoßenden Fassade das breite Kreuz, die mächtigen Oberarme und die massive und aufrechte Haltung des Mannes und wusste, dass er, wenn er zusagen würde, auf jeden Fall der Richtige für die Aufgabe war.

Und daran, dass Mortl zusagen würde, zweifelte Xaver keine Sekunde.

56

»Etz schau ned so«, sagte Joseph, setzte ein zwar gequältes, aber durch und durch aufrichtiges Lächeln auf, und ließ seine Augen leuchten.

Er war schon immer ein guter Schauspieler gewesen, sein ganzes Leben. Er hatte den braven Christen gespielt, den Priester, dann den Bauern, den Wirtshausbruder, hatte immer den gespielt, den die anderen sehen wollten. Er war eine einzige Erfüllung von Erwartungen gewesen, und doch war er nie gut genug. Dann war Leni gekommen, und plötzlich hatte er genügt. Er durfte er selbst sein, eine Person, die er erst selbst wieder finden musste, und Leni hatte ihm dabei geholfen. Die Liebe zu ihr musste er nicht spielen, auch nicht die Liebe zu seiner Tochter und zu seinem Sohn. Er hatte aufgehört zu spielen, war ein echter Mensch geworden, war unvorsichtig geworden. Und er hatte dafür geblutet, einmal, noch einmal und jetzt zum dritten und letzten Mal.

In ihm lebte nichts mehr, dieser Joseph, der nur ein paar Jahre leben durfte, ein paar voll Glück und dann viel mehr voll Schmerz, war tot. Er war nur noch eine Hülle, doch spielen konnte er noch immer.

Auch Mini liebte er oder hatte es getan, als er es noch konnte, wenn auch auf andere Weise. Er hatte sie nie in sein Bett gelassen und sie hatte ihn nie in ihres eingeladen, ihre Gefühle füreinander hatten diese Bestätigung nie gebraucht. Und weil sie auch jetzt noch zu ihm kam, ihm Hoffnung brachte, obwohl sie beide wussten, dass es längst keine mehr gab, schuldete er es ihr, noch eine letzte Rolle zu spielen.

Für ihn gab es keinen Schmerz mehr, sein Schmerz hatte gewonnen, hatte ihn aufgefressen und nichts übrig gelassen. Doch er sah den Schmerz in Minis Augen, und solange er den lindern konnte, würde er es tun.

Doch heute lag nicht nur Schmerz in ihrem Blick, sondern auch Wut und ein unausgesprochener Vorwurf. Er setzte dieses breite Lächeln auf, mit dem er früher jedes Herz gewinnen konnte und das auch Mini einfach erwidern musste. Ein stechender Schmerz durchfuhr ihn, als seine frisch verschorften Wunden an den Mundwinkeln wieder einrissen. Er versuchte, es zu verbergen, doch er sah an einem Zucken von Minis

Augenlid, dass sie es sehr wohl bemerkt hatte. Heute erwiderte sie sein Lächeln nicht.

»Warum host des gmacht?«, fragte sie ihn tonlos und sprach damit die Frage endlich aus, die im Raum gestanden hatte, seit Mini hereingekommen war.

»Des woasst genau«, antwortete Joseph schnell, bevor seine Fassade bröckeln konnte.

»Und wos is etz gwunna?«

»I hob gwusst, dass da Steiner a falscher Hund is, aber des hätt i ned amal eam zuatraut.«

Joseph musste aufpassen. Die Rolle, die er spielte, näherte sich gefährlich dem Toten, der in seiner Hülle lag und drohte, echte Gefühle aufzureißen.

Zum Glück wurde Mini zuerst schwach. Die Anklage verschwand aus ihrem Blick und machte Platz für Trauer und Verzweiflung. Sie sah ihn hilflos an.

»Wos soll ma na etz macha?«

»Des werd scho, Mini«, lächelte Joseph sie aufmunternd an. »De hom si do in wos verrennt. Des kinnas ned durchziang.«

»Du kennst as ned.« In Minis Stimme lag eine tiefe Resignation.

»I kenns genauso guad wia du. Und es gibt immer no as Dorf.«

»As Dorf?«, fiel Mini ihm ins Wort. Es klang beinahe wie ein Lachen, doch es lag keine Freude darin. »As Dorf is gega di, Joseph. Dafür hams gsorgt.«

»Gega mi vielleicht. Aber ned gegad Mitzi.«

Wieder schrammte er gefährlich nah an seinem alten Selbst vorbei. Doch diese eine Hoffnung wollte, konnte und durfte er nicht aufgeben. Wenn er das akzeptieren würde, wenn er glauben würde, dass seiner Tochter, dem letzten Rest, der ihm noch geblieben war, dasselbe Schicksal bevorstand wie ihm selbst, dann würde er auf der Stelle den Verstand verlieren. Er würde einfach aufhören zu existieren. Deswegen war er überzeugt, dass Mitzi gerettet würde, und ließ seinen Geist andere Möglichkeiten gar nicht erst durchspielen.

»Ja, und wos is mit dir?«, fragte Mini und riss ihn damit aus seinen Gedanken.

Er durfte ihr nicht sagen, was er wirklich dachte. Also setzte er das Lächeln wieder auf und ignorierte den Schmerz.

»I hobs da doch scho mal gsagt«, antwortete er in dem lässigsten Tonfall, den er hinbekam. »I bin scho aus ganz andere Sachan sauber raus.«

Jetzt endlich reagierte Minis Mimik auf das, was Joseph ihr vorspielte, und sie lächelte ebenfalls. Überzeugt wirkte sie dabei aber nicht im Geringsten.

»Und etz hau ab«, fuhr Joseph ernster fort. »Wenn dei Mo hoam kummt und du bist bei mir, is da Deife los.«

Für einen Moment sah Mini aus, als wollte sie widersprechen. Doch dann nickte sie traurig und stand auf. Automatisch sammelte sie den leeren Teller vom Boden, doch dann wandte sie sich nicht direkt zur Tür, sondern ging noch einmal zu Joseph. Vorsichtig berührte sie seine Wange, und ihre Hand war das Weichste, was er jemals gefühlt hatte.

Ihn überkam der kaum unterdrückbare Wunsch, den Kopf zu drehen und ihre Hand zu küssen, doch er widerstand der Versuchung. Stattdessen sah er ihr tief in die Augen und in ihren Blicken lag alles, was sich in den letzten Jahren angestaut hatte, Liebe, Sehnsucht, Verzweiflung, Trauer und Angst, und all das in einer Endgültigkeit, die sie beide schweigend erkannten und akzeptierten.

Sie verließ die Zelle, und erst nachdem sie sich noch einmal umgedreht hatte und er ihr noch einmal aufmunternd zugezwinkert hatte, konnte er seine Maske fallen lassen.

57

Mini fragte sich, ob sie wohl gerade zum letzten Mal mit Joseph gesprochen hatte.

Sie ging über den Hinterhof, den leeren Teller in der Hand. In der Hütte lag der Köter, schon schlafend, aber er stellte trotzdem ein Ohr halb auf und blinzelte, als sie näher kam. Dieses Mal würde er aber leer ausgehen, es hatte ohnehin nur einen Kanten Brot und einen recht schrumpligen Apfel gegeben.

Joseph hatte schon lang aufgehört, wählerisch zu sein. Den Apfel hatte er samt Butzen gegessen und als sie ihm vor drei Tagen einen Rest Obatzden, kaum mehr als einen Löffel, von der Vroni sauber versalzen und viel zu warm, gebracht hatte, war er förmlich darüber hergefallen. Sogar die Zwiebelringe, die danebenlagen, zusammen bestimmt eine halbe, und zwar eine von den scharfen Gemüsezwiebeln, hatte er komplett verschlungen.

Mini fragte sich, ob er wohl inzwischen sogar Fleisch essen würde, wenn sie es ihm geben würde, schämte sich aber sofort für den Gedanken. Außerdem gab es sowieso kein Fleisch mehr, der Jäger brachte nichts mehr, Gott weiß, wieso.

Sie war schon fast an der Tür, als sie ein Geräusch hörte, das eigentlich viel zu leise hätte sein müssen, um es zu hören. Die Nacht war still, doch so still war sie eigentlich nie, dass sie etwas von der Straße her hörte, vor allem nicht so ein sanftes Klacken. Das waren keine Eisennägel von Arbeiterstiefeln oder ein Kupferbeschlag, damit der Spazierstock länger hielt. Dieses Geräusch kannte sie von früher, als der Hund noch kleiner und hin und wieder im Haus gewesen war.

Mini stellte den Teller am Treppenaufgang ab und schlich sich, bemüht, selbst kein Geräusch zu machen, um das andere kaum hörbare nicht zu vertreiben, in Richtung Straße.

Ihr fiel auf, wie hell der Mond heute schien. Er warf richtige Schatten, wie es eigentlich nur die Sonne tat, und das, obwohl Wolken am Himmel standen. Doch so klar und rein die Welt aussah, so dumpf fühlte sie sich an, als wären die Wolken nicht am Himmel, sondern direkt um Minis Kopf herum, vielleicht sogar in ihrem Kopf. Die Wolken dämpften alles, machten ihre Bewegungen langsamer, schluckten jedes Geräusch außer jenem, dem sie gerade folgte.

Als sie um das Hauseck herum trat, sah sie ihn. Er stand mitten auf der Straße und schien sie direkt anzusehen. Da war keine Angst in seinem Blick, aber auch keine Drohung. Mini blieb stehen, sie wusste nicht, wie sie sich verhalten sollte. Sie hatte noch nie einen Wolf gesehen, kannte ihn nur aus Erzählungen.

In den Geschichten ihrer Mutter und ihrer Großmutter war er ein Monster, eine blutrünstige Bestie, die einen bei lebendigem Leibe zerfetzte, wenn man den Fehler beging, ihm zu nahe zu kommen, der tötete, was ihm über den Weg lief, Tiere, Menschen, Kinder, vor allem Kinder. Und jetzt stand er vor ihr, keine fünf Meter entfernt, und war nichts von alledem.

Mini spürte Respekt, Bewunderung, ja sogar Zuneigung dem Tier gegenüber. Sie wusste, dass der Hund vom Wolf abstammte, doch keine Sekunde konnte man dieses majestätische Wesen mit den schwachen, verweichlichten Kötern verwechseln, die der Mensch aus seiner Blutlinie gemacht hatte.

Er stand noch immer bewegungslos vor ihr und blickte ihr in die Augen.

Sein Fell glänzte bläulich im Mondschein, seine helle Schnauze leuchtete und seine Augen sahen je nach Lichteinfall blau oder gelb aus. Doch sie wirkten nicht, als würden sie das Leuchten des Mondes nur reflektieren, für Mini sah es aus, als käme das seltsame Licht der Nacht genau aus diesen Augen. Sie sah, wie sein breiter Brustkorb sich hob und senkte und wie seine Nasenlöcher zuckten. Er schien sie zu wittern, schien zu versuchen, ihre Angst zu riechen. Doch sie hatte keine Angst, sie empfand dieses wunderschöne Tier nicht als Bedrohung.

Einen Moment sahen beide sich an, ohne sich zu bewegen oder ein Geräusch zu machen. Dann ließ Mini sich behutsam auf die Knie nieder, schloss die Augen und streckte eine Hand in Richtung des Wolfes aus.

Lange geschah nichts. Dann hörte Mini wieder das Geräusch, das sie zu ihm geführt hatte, das leise Klacken von Krallen auf dem harten Boden der Straße. Das Geräusch wurde lauter, und sie glaubte schon, den heißen Atem des Tieres auf ihrer Hand zu spüren, erwartete die Berührung seiner Schnauze. Ihr war egal, ob er sie liebkosen oder zerreißen würde, sie hatte sich der Macht, der Urgewalt, die der Wolf ausstrahlte, vollkommen ergeben. Doch sie wusste, er war kein Dämon, kein Schreckgespenst. Wenn er etwas Übernatürliches sein musste, dann war er ein Engel, ein Schutzgeist, ein Gott des Waldes.

Das Klacken verstummte und jetzt wusste Mini, dass sie jede Sekunde seine Schnauze an ihren ausgestreckten Fingern spüren würde. Ihr Atem wurde schneller und schwerer, ihr Körper bebte. Obwohl sie in einer kühlen Nacht draußen auf der Straße kniete, war ihr so heiß, dass es kaum zu ertragen war. Am liebsten hätte sie sich die Kleider vom Leib gerissen. Stattdessen öffnete sie ihre Augen.

Sie war allein.

Genau wie ihr Arm von selbst kraftlos zu Boden sank, füllten sich auch ihre Augen ohne ihr Zutun mit Tränen, die wenig später über ihr noch immer glühend heißes Gesicht liefen.

Sie wusste selbst nicht, wie lange sie anschließend noch so auf der Straße gekniet hatte oder wie sie wieder zurück ins Haus gekommen war. Auch viel später erzählte sie nie jemandem von dieser Begegnung, Lugg sowieso nicht, auch Joseph nicht und keiner der Frauen, sie schwieg so lange, bis sie nicht mehr wusste, ob es Wirklichkeit oder ein Traum gewesen war, und so lange, bis sie nicht mehr wusste, ob sie es überhaupt einmal gewusst hatte.

Tag 2

58

Auf dem Dorfplatz herrschte eine Betriebsamkeit wie vor einem Volksfest. Die Stimmung war zwar nicht gerade ausgelassen, das wäre nun wirklich nicht angebracht gewesen, trotzdem waren auch Menschen unterwegs, die man nur recht selten sah. Alles griff Hand in Hand, das Wenigste wurde abgesprochen, wie von selbst wusste jeder, was zu tun war, für jeden Bereich fand sich jemand, der die Leitung übernahm, ohne sich als etwas Besonderes zu fühlen und ohne dass jemand ihm diese Stellung neidete. Jeder kannte jeden, jeder wusste, was der andere vielleicht besser konnte und was wiederum ihn selbst auszeichnete und keiner versuchte, mehr zu sein, als er war. Vor allem aber schien sich niemand zu drücken, wie es bei ähnlichen Anlässen sonst an der Tagesordnung war.

Das halbe Dorf schien strebsam über den Platz zu eilen. Alte, Junge, Männer, Frauen und Kinder, und selbst die standen nicht wie sonst üblich im Weg herum, sondern folgten brav und taten, was ihnen aufgetragen wurde, obwohl sie nicht im Geringsten verstanden, was hier vor sich ging. Es schien etwas in der Luft zu liegen, eine Aura der Ernsthaftigkeit, der Anspannung, und – manche verbargen es besser als andere – der Vorfreude.

Das Dorf war eben immer noch ein Dorf, und wenn es einen Anlass gab, wenn endlich mal wieder etwas los war, dann stürzte es sich darauf wie ein Verhungernder auch auf den schimmligsten Kanten Brot. Auch wenn man sich später schmerzhaft erbrach, für den Moment war der Hunger gestillt.

Paula Sackl, inzwischen legendär, weil Entdeckerin der ersten Leiche und damit quasi Ursprung sämtlicher grausiger Ereignisse, fegte zusammen mit drei anderen Weibern den Dorfplatz, als wollten sie die bösen Geister vertreiben, und schaffte es, obwohl sie in die gleichen graubraunen Kleider gehüllt war, das gleiche farblose Tuch um die Haare gebunden hatte und den gleichen in die Jahre gekommenen, geflickten Reisigbesen in den Händen hielt, von dem genauso einzelne Zweige abstanden wie bei den drei anderen, allein aufgrund ihres neu gewonnenen Selbstbewusstseins förmlich zu leuchten und die anderen komplett neben ihr verschwinden zu lassen. Die vier Frauen entfernten sich in alle Himmelsrichtungen voneinander, angefangen hatten sie exakt in der Mitte des Platzes, was ihr Kehren wie eine einstudierte Choreografie aussehen ließ, aber gleichzeitig völlig ungeplant und natürlich wirkte.

Und auch in der bereits gekehrten Mitte des Platzes tat sich etwas, das an einen Tanz erinnerte, auch wenn hier deutlich mehr geflucht und geschwitzt wurde. Schon kurz nach Sonnenaufgang hatten sie mit Pickeln eine ungefähr halbmetergroße kreisrunde Stelle vom Kopfsteinpflaster befreit und noch ein wenig tiefer gegraben und dabei den Teil der Anwohner, die nicht eh schon unterwegs waren, aus ihren Betten geholt. Ob der Bürgermeister dazu die Erlaubnis oder gar den Auftrag erteilt hatte, war nicht ganz klar. Auch hier galt, die Aufgabe musste erfüllt werden, also wurde sie erfüllt. Zumal in dieser Sache der Waldbauer Gustl, der Wagner, federführend war, und wenn der etwas anpackte, wurde es ordentlich gemacht.

Und so stand er jetzt, drei Stunden später, mit vier Helfern in der Mitte des Platzes und richtete einen dicken Pfahl auf. Sie waren alle erprobte Maibaumaufsteller, und so bedienten sie sich auch jetzt der bewährten Methode. Doch obwohl der Pfahl keine drei Meter lang und höchstens einen halben dick war, die Schwalben, die sie zum Aufrichten benutzten, dementsprechend keine zwei Meter lang und sie alle fünf wirklich keine Grischperl – der Waldbauer konnte in puncto Kreuz und Oberarme problemlos mit dem Metzger mithalten und zwei der anderen waren bei der freiwilligen Feuerwehr – schwitzten sie alle ordentlich. Sie waren eben nur zu fünft, während sie beim Aufstellen des Maibaums zwischen dreißig und fünfzig Mann waren, und der Pfahl wog bestimmt eine halbe Tonne, immerhin hatte der Waldbauer sich nicht lumpen lassen und einen guten Buchenstamm herschaffen lassen. Die Eichen hatte er natürlich nicht aus dem Lager geholt, die waren zu teuer und zu selten, aber dass es Hartholz war, darauf hatte er schon geachtet.

Nach einer Zeit, die den Umstehenden wesentlich kürzer vorkam als den Beteiligten, stand der Pfahl schließlich, war im Wasser, so gut es ging, und mit Keilen fixiert. Er konnte problemlos einem Sturm standhalten und die Männer waren zufrieden mit sich und ihrer Arbeit. Einen Augenblick gönnten sie sich, um zu verschnaufen und mit in die Hüften gestemmten Armen ihr Werk nickend zu begutachten, dann wandte sich jeder der nächsten Aufgabe zu. Es gab noch einiges zu tun, und der Tag war schon halb vorbei.

Nachdem seine Helfer verschwunden waren, machte auch der Waldbauer Platz für die Jugendlichen, die schon gewartet hatten und jetzt anfingen, Reisig, dicke Äste und alles, was sie teils mit Schubkarren, teils unter den Armen hierhergebracht hatten, um den Pfahl herum aufzuschichten.

Als der Wagner wenige Minuten später zurückkehrte, waren sämtliche Augen auf ihn gerichtet, und das lag nicht nur an dem nicht unerheblichen Lärm, den er veranstaltete. Er rollte ein eisenbeschlagenes Wagenrad mit fast zwei Metern Durchmesser auf den Platz, und der Wiggerl, der ewige Lehrling des Waldbauern, trug ihm ein grob zusammengezimmertes Gestell hinterher.

Das Rad hingehen war offensichtlich von Meisterhand gefertigt und sah nagelneu aus. Da ein Rad dieses Kalibers höchstens an einer Kutsche oder einem großen Bierwagen gebraucht wurde und beides im Dorf nicht vorhanden war, ging schnell das Gerede los, der Waldbauer habe es extra für diesen Anlass angefertigt, was aber aufgrund der Spontaneität der Sache eigentlich unmöglich war, außerdem hatte auch niemand etwas gehört oder gesehen.

Der Waldbauer selbst hüllte sich darüber in Schweigen, auch später. Den wahren Ursprung des Rades fand er selbst so armselig, dass er ihn niemals zugeben würde. Er hatte es aus reiner Langeweile gebaut, einfach nur, um zu sehen, ob er es hinbekommen würde. Als sein Vater die Wagnerei noch geführt hatte, hatte der kleine Gustl von den herrschaftlichen Kutschen des Königs geträumt, allen voran natürlich vom goldenen Galawagen, ohne dass er sie jemals gesehen hätte. Allein die Erzählungen reichten ihm, um sich den Prunk der königlichen Kutschensammlung vorstellen zu können. Und so beschloss er schon damals, dem König ebenfalls eine Kutsche zu bauen, die größte und schönste, mit der er von da an nur noch fahren würde.

Jetzt war der Märchenkönig fast ein halbes Jahrhundert tot, wegen Eisner gab es überhaupt keine Monarchie mehr, und der Waldbauer hatte weder dem Königshaus noch sonst jemandem je eine Kutsche gebaut. Generell wurde nichts mehr aus Holz, sondern alles aus Blech und Stahl gebaut, und so beschloss er mit Mitte sechzig, einfach mal ein Rad zu bauen, und zwar ein großes. Nach einigen Wochen, in denen er immer wieder mal, meistens alleine und nur wenn es nicht anders ging, mit dem Wiggerl daran herumbaute, war es fertig. Der Waldbauer war ein genügsamer Mensch, und jetzt, wo er wusste, dass er es konnte, sah er keinen Grund, den Rest der Kutsche auch noch zu bauen, und verräumte das Rad irgendwo in seiner Werkstatt. Er hätte sich zwar einen anderen Anlass gewünscht, um es schließlich doch der Öffentlichkeit zu präsentieren, innerlich war er aber doch stolz wegen der anerkennenden Blicke derer, die etwas davon verstanden.

Die Halterung, die zu bauen er dem Wiggerl überlassen hatte, passte ebenfalls, das Rad stand relativ genau in fünfundvierzig Grad und stabil war es auch. Gustl nickte zufrieden, ignorierte die Blicke von allen, die offensichtlich das Gespräch mit ihm suchten, und stapfte zurück in seine Werkstatt. Er hatte sein Tagwerk mehr als getan. Schade um das Rad war es trotzdem ein bisschen.

Je mehr der zu erledigenden Aufgaben vollbracht waren, umso lockerer wurde die Stimmung. Die Männer, die seit dem Morgengrauen hart geschuftet hatten, verzogen sich nach Hause oder ins Wirtshaus, den Dorfplatz übernahmen jetzt die Frauen und die Kinder. Die Kleinsten tollten herum und waren herrlich aufgeregt, weil sie nicht begriffen, was hier vor sich ging und es ihnen von den Älteren niemand erklären wollte.

Aus den anfänglichen ernsten Gesprächen über das Bevorstehende war längst der alltägliche Tratsch geworden, die Frauen rotteten sich zu verschiedenen in ihrer Besetzung ständig wechselnden Grüppchen zusammen, es wurde gescherzt und gelacht.

Einer der Halbstarken, vermutlich Ignaz oder Flori, versuchte, an dem frisch aufgestellten Pfahl hinaufzuklettern und fing sich, kaum dass seine Füße den Boden verlassen hatten, dafür vom Wiggerl eine solche Schelle ein, wie sie nur ein Mann mit Händen wie Tellern und dem Intellekt eines Neunjährigen verteilen kann. Ignaz oder Flori flog in hohem Bogen vom Pfahl, nahm beim Aufkommen noch einen Teil der spitzen Äste und Zweige auf dem Boden mit und brachte erst den nötigen Sicherheitsabstand zwischen sich und Wiggerl, bevor er ihn lautstark beschimpfte, was aber im allgemeinen Tumult ebenso unterging wie der eigentliche Anlass dieser Vorbereitungen.

Es gab etwas zu tun, es wurde etwas gemacht, es war, als wäre niemand verschwunden, ermordet oder gefoltert worden. Der Mensch war halt nur begrenzt leidensfähig, drohte keine unmittelbare Gefahr, ging das Leben weiter. Die Eltern der toten Kinder würden wohl nicht an den Vorbereitungen teilnehmen und die wenigen, die noch Zweifel an der Schuld des Köhlers hatten, dachten nicht im Traum daran, diese Zweifel auch zu äußern. Und wen man nicht hörte, der war auch nicht da.

Die Tür des Rathauses öffnete sich, heraus kamen zwei Frauen. Die eine war die Frau des Bürgermeisters, die andere die des größten Bauern der Gegend. Von der ausgelassenen Stimmung auf dem Platz nahmen sie ebenso wenig Notiz wie voneinander. Es war allseits bekannt, dass die beiden sich gut kannten, fast befreundet waren, doch jetzt gerade wirkten sie, als wären sie Fremde, hätten sich nicht einmal bemerkt, obwohl sie nacheinander durch dieselbe Tür gingen. Wortlos gingen sie durch die Menge, erst als sie am Wirtshaus vorbeikamen, wo die Wirtin auf der Bank neben der Tür saß und das Treiben auf dem Dorfplatz distanziert betrachtete, nickte die Frau des Bürgermeisters ihr zu, allerdings auf eine Art und Weise, dass man es verpasste, wenn man im falschen Moment zwinkerte. Die Wirtin hätte es eigentlich bemerken müssen, denn sie sah der Frau des Bürgermeisters direkt in die Augen und blinzelte in diesem Moment auch nicht, trotzdem zeigte sie keine Reaktion.

Ob Kathi und Fine ein gemeinsames Ziel hatten, oder sich ihre Wege später trennten, ob Mini ihnen vielleicht sogar folgte, ob sich ihnen noch andere Frauen anschlossen oder ob jede ihrer Wege ging, sich um Wäsche, Essen, Garten und Kinder kümmerte, hätte keiner sagen können. Immerhin gab es einen Holzpfahl inmitten eines Holzhaufens und ein nagelneues Wagenrad mit fast zwei Metern Durchmesser zu betrachten.

59

Steiner wusste, dass die Truhe hier irgendwo sein musste. Seit gefühlten Stunden schob er Kisten durch den Keller und fragte sich nicht zum ersten Mal, wie viel Scheißdreck sie eigentlich besaßen. Zu seiner Ehrenrettung konnte er immerhin sagen, dass nicht alles von diesem Mist tatsächlich ihm gehörte. Ein guter Teil stammte noch von seinem Vater, und als Kathis Eltern gestorben waren und sie ihr Haus aufgelöst hatten, war das meiste von deren Besitztümern ebenfalls ungesehen in den Keller gewandert. Er gehörte bestimmt nicht zu den Menschen, die unnötiges Gerümpel ansammelten, und er hätte hier schon lange einmal ausmisten sollen. Aber natürlich fiel ihm das immer nur dann ein, wenn er gerade gebückt und mit Staub in der Lunge hier unten stand und etwas suchte.

Schließlich fand er die Truhe und strich andächtig über die bronzenen Beschläge. Als er jung gewesen war, hatte diese Kiste eine große Anziehungskraft auf ihn ausgeübt, weil sie die einzige mit einem Schloss gewesen war. Irgendwann hatte ihm sein Vater den Inhalt zwar gezeigt und irgendwann war das Schloss auch verschwunden, als Steiner jetzt den Deckel öffnete, hielt er dennoch unterbewusst den Atem an.

Er schlug das Öltuch zur Seite und hob das Schwert heraus. Woher sein Vater es hatte, wusste Steiner nicht. Sein Vater hatte nicht über den Krieg, über den Bruderkrieg, wie er ihn genannt hatte, gesprochen, weder über seine Rolle darin, noch wofür er das Schwert erhalten hatte, und Steiner hatte nach einigen Backpfeifen auch gelernt, nicht mehr danach zu fragen. Das Schwert war für eine einfache Waffe zu filigran gearbeitet, war aber doch mehr als ein einfacher Paradesäbel, denn es war, wie Steiner nur zu gut wusste, höllisch scharf. Sein Vater war als Offizier im Krieg gewesen, als Steiner noch ein kleiner Junge gewesen war, dem Schwert sah man sein Alter aber nicht an. Weder auf der Klinge noch dem Kreuz oder dem wie ein Löwenkopf gearbeiteten Knauf gab es einen Hauch von Rost. Sein Vater hatte es zeitlebens regelmäßig mit Ballistol geölt und stets in dieser Truhe und im Öltuch aufbewahrt. Ein Handwerker hält sein Werkzeug in Ordnung, das war immer eines seiner Prinzipien gewesen, und egal wie lange der Krieg vorbei war, ein Schwert war für ihn ein Werkzeug.

Dass es jetzt, obwohl Steiner wohl seit zwanzig Jahren nicht mehr daran gedacht hatte, noch immer in einem so tadellosen Zustand war, sprach wohl sowohl für die Luftfeuchtigkeit in seinem Keller als auch für das Öl. Sogar der strenge Geruch nach Anis und Baumharz, der Steiner sofort in seine Kindheit zurückversetzte, stieg noch leicht aus dem Tuch auf. Wider besseres Wissen fuhr er mit dem Daumen über die Schneide und war gleichermaßen beeindruckt und schockiert, als sich sofort ein dicker Blutstropfen bildete. Er hatte nicht einmal einen Schmerz gespürt.

Vorsichtig, fast andächtig legte er das Schwert zurück in die Truhe, schloss den Deckel und nahm sie mit nach oben.

60

»De Zeit hamma aber nimmer!«, rief Irmi aus.

Fine musste sich zusammenreißen, um nicht über den Tisch zu greifen und sie zu schütteln. War die Frau tatsächlich so dumm, oder stellte sie sich nur so? Seit einer Dreiviertelstunde drehten sie sich im Kreis, weil dieses Schaf sich querstellte. Fine nahm den letzten Rest ihrer Geduld zusammen, sah Irmi an und erklärte es ihr noch einmal. Wenn sie es dann wieder nicht begriff, konnte sie für nichts mehr garantieren.

»Irmi, schau: Da Omnibus kummt in da Friah um viere. Zwoa Stund auf Minga nei, zruck sollts schneller geh, da fahrt er nimmer alle Käffer ab. I woaß vom Hartl, dass vor Mittag ned ofanga wern. Es wird knapp, aber es sollt scho geh.«

»Des hod da Konrad aa versuacht.«

Dass jetzt auch Kathi einen Einwand äußerte, nahm Fine endgültig den Wind aus den Segeln. Sie verstummte und blickte sich in ihrer Runde um. Von dem verschwörerischen Geist vergangener Tage war in diesem Moment nichts zu spüren. Kathi war seit Konrads Tod so sehr in sich zusammengefallen, dass spätestens von da an jeder wusste, was zwischen ihnen gewesen war. Vielleicht jeder außer ihrem Mann, oder es war ihm einfach egal. Auch Mini, die eigentlich durchaus als Anführerin ihres kleinen Geheimzirkels gesehen werden durfte, war ein Schatten ihrer selbst und starrte ausdruckslos vor sich hin. Und Irmi war entweder noch begriffsstutziger, als Fine gedacht hatte, oder arbeitete absichtlich dagegen. Also hatte Fine heute die Führungsrolle übernommen und konnte auch mit einem, wie sie fand, sehr akzeptablen Plan aufwarten. Doch einfach war es nicht, die Hoffnung aufrechtzuerhalten, wenn alle anderen scheinbar längst aufgegeben hatten.

Um das Schweigen zu brechen, das seit Kathis Äußerung herrschte, fuhr Fine zwar immer noch zielstrebig, aber in etwas sanfterem Ton fort.

»Des is unser oanzige Chance. I hobs probiert.« Sie versuchte, in den Gesichtern der Frauen zu erkennen, ob alle verstanden, was sie meinte, dann sah sie zu Kathi.

»Kathi, du host as aa probiert. De san wia bled.« Sie glaubte, Zustimmung in den Augen von Kathi zu erkennen, auch wenn diese sie nicht ansah.

Sie mochten sich nicht sonderlich, trotzdem teilten sie ein Schicksal. Sie waren die Frauen von einflussreichen Männern, und sie beide wussten normalerweise, wie sie von denen bekamen, was sie wollten. Doch so praktisch das war, wenn es darum ging, das frischere Stück Fleisch vom Metzger zu bekommen, oder wenn weggeschaut werden musste, wenn eine ihrer Freundinnen den Zaun in der falschen Farbe gestrichen hatte, hier stieß ihr Einfluss an seine Grenzen. Früher war das einfacher gewesen, dachte Fine. Einmal das Nachthemd an der richtigen Stelle gerafft, und schon erfüllte Hartl ihr jeden Wunsch. Doch diese Zeiten waren vorbei. Fine wusste nicht, wie es bei den Steiners zu Hause aussah, doch zumindest ihr Mann hatte an so etwas überhaupt kein Interesse mehr. Fine machte sich jedoch keine Illusionen, selbst wenn sie noch einundzwanzig wäre und Hartls Lenden voll im Saft stünden, um Joseph zu retten, würde auch das kürzeste Nachthemd nicht ausreichen.

»I hob wirklich Angst«, fügte Fine schließlich, beinahe flüsternd, hinzu.

»Und wer soll geh?«, fragte Irmi pragmatisch. Fines intimes Geständnis schien sie völlig kaltzulassen. »I konn ned gega mein eigenen Mo arbeiten.«

Fine, die darauf keine Antwort wusste, sah Kathi an. Als die ihren Blick spürte, riss sie erschrocken die Augen auf.

»Spinnst du? Da Schorsch daschlogt mi.«

Irmi lachte unwillkürlich auf. Als sie in Kathis Augen erkannte, dass das nicht nur so dahingesagt war, verschwand das Grinsen jedoch und Irmi erblasste.

Fine sah Irmi an, die sofort den Blick senkte. Ob sie sich ihrer Reaktion schämte oder nur vermeiden wollte, ein weiteres Mal gefragt zu werden, war nicht klar. Mini starrte weiter nur vor sich hin und schien von der gesamten Diskussion nichts mitzubekommen. Keine der Frauen schien bereit, den Weg nach München auf sich zu nehmen.

Fine überlegte, ob sie es selbst tun musste. Es war ihr Plan, also war es auch ihre Verantwortung, oder? Wie gefährlich konnte es sein?

Aus dem Haus schleichen, mit dem Omnibus nach München, zur Polizei, alles erklären, Joseph retten. Den eigenen Ehemann und mindestens vier weitere ans Messer liefern, im ganzen Dorf geächtet werden, vielleicht würde die Polizei ihr gar nicht glauben? Vielleicht konnte Steiner sie schmieren oder alles rechtzeitig vertuschen? Was würde dann mit ihr passieren? Wäre sie die Nächste auf dem Scheiterhaufen? Noch vor einer Woche hätte sie sich für solche Gedanken selbst ausgelacht, aber inzwischen schien alles möglich.

»I machs«, riss eine Stimme Fine aus ihren finsteren Gedanken. Sie blickte sich hektisch am Tisch um und brauchte einen Moment, um festzustellen, dass die Worte aus dem Gang zur Küche gekommen waren.

Fine drehte sich um, dort stand Vroni, Minis Tochter, die sie offenbar belauscht hatte. Die Frau des Bürgermeisters sah aus dem Augenwinkel, dass sogar Mini beim Anblick ihrer Tochter aus ihrer Apathie erwacht war. Vroni gab ihnen keine Gelegenheit, Fragen zu stellen, sondern sprach direkt weiter.

»I machs«, wiederholte sie. »Nach mir schaut koana, und an Weg kenn i aa.«

»Du bleibst do«, entgegnete Mini zwar matt, aber keinen Widerspruch duldend. »Des is sauber z gfährlich.«

»Wos is gfährlich? As Bus fahrn?«, gab Vroni schnippisch zurück.

In jeder anderen Situation hätte Fine schmunzeln müssen. Es war schon wirklich sehr offensichtlich, wessen Tochter Vroni war.

»Sogar wenn mi irgendwer seh sollt, dann sog i halt, i triff mi in Minga mit meiner Freindin.«

»Um viere in da Friah«, ergänzte Mini trocken.

»Soll i eich helfa oder ned?«, fragte Vroni.

Ihr Angebot hatte nichts Heroisches oder Selbstloses an sich, sie wirkte vielmehr, als wäre sie einfach genervt von der Diskussion dieser alten Schachteln. Und eigentlich wussten diese alten Schachteln ganz genau, dass Vroni ihre einzige Chance war. Dass Mini es nicht wahrhaben wollte, war verständlich, immerhin ging es um ihr eigen Fleisch und Blut.

Daher riskierte Fine es, sich mit sanftem Ton direkt an die Wirtin zu wenden.

»Mini, dei Tochter hod scho recht. Auf uns passn unsere Maner auf wiad Hachten. D Vroni konn problemlos weg. Für de Möglichkeit sollt ma dankbar sei.«

Mini löste den strengen Blick von ihrer Tochter, sah zuerst Fine und dann die beiden anderen Frauen ihrer Runde an. Als sie erkannte, dass sie sich fügen musste, nickte sie kaum merklich und erteilte mit dieser einen Geste ihren Freundinnen ihre Zustimmung, ihrer Tochter die Erlaubnis und sich selbst eine Absolution.

Fine sah wieder zu Vroni und glaubte für einen kurzen Augenblick, ein zufriedenes Lächeln über ihr Gesicht huschen zu sehen, das Fine nicht nachvollziehen konnte.

61

So besoffen war er noch nie gewesen, da war er sich absolut sicher.

Es gab mehrere Stadien sowie mehrere Verläufe eines Vollrausches, aus denen sich wiederum unzählige Variationen bildeten, und Lugg hatte im Laufe seines Lebens vermutlich alle durchlaufen. In einem normalen Rausch, wie er in neunzig Prozent der Fälle eintrat, fing man an, wurde lockerer, beschwingter, soff weiter, bis einem schwindlig wurde und man nicht mehr sprechen konnte, und hörte irgendwann auf. Entweder, weil man vernünftig genug war, weil der Körper irgendwann die Segel strich und man entweder unter den Tisch sank oder sich die Seele aus dem Leib kotzte oder weil der Wirt einen vor die Tür beförderte.

Letzterer Fall trat bei Lugg äußerst selten ein. Es war zwar auch schon vorgekommen, in diesen Fällen hatte es sich aber um die Wirtin gehandelt, die ihn rausgeschmissen hatte, und nach Hause zu gehen war daraufhin auch keine Option mehr gewesen. Das war ein ehrlicher, anständiger Rausch, am Tag darauf ging es einem zumeist dreckig und man wusste, wofür man bezahlt hatte.

Doch es gab diese andere Art von Rausch, die weder fröhlich noch gesellig war, bei der man auch nicht einfach aufhören konnte. Man soff und soff und spürte genau, wie sich das Gift im Körper breitmachte. Die Glieder wurden so schwer wie die Augen, aber der Körper tat einem einfach nicht den Gefallen, aufzugeben. Ab einem gewissen Punkt jeglicher Vernunft beraubt, trank man immer weiter, grimmig vor seinem Glas sitzend. Diese Art des Besaufens war keine Freude, sie diente nicht einmal dazu, zu vergessen. Stattdessen wurde jeder bittere Gedanke mit jedem weiteren Schluck noch bitterer und größer, bis man nicht mehr entfliehen konnte. Der Körper bestand nur noch aus Schmerz, die Außenwelt hatte keine Gelegenheit mehr, durch die vom Alkohol betäubte Hülle zu dringen, und der Geist war ganz in seinem Inneren gefangen. Diese Art von Rausch hörte nie auf, und man konnte ihn allein nicht verlassen.

Ein guter Wirt erkannte die grimmigen Gesichter der Säufer, die in einem solchen Rausch feststeckten, und das war der Moment, in dem er das Waschen seiner Gläser oder was er sonst gerade tat, um nicht einzuschlafen, bis endlich alle nach Hause gegangen waren, zu unterbrechen und sich diesem armen Säufer zuzuwenden hatte. Lugg hatte selbst viele von ihnen angesprochen, sich nach ihrem Tag erkundigt oder sie mit irgendeiner, oft erfundenen, Anekdote aus der Reserve gelockt. Wenn sie sich ihm dann öffneten, hatte Lugg Dinge erfahren, die er nie hatte wissen wollen.

Er hatte grausame Geschichten von verschiedenen Fronten verschiedener Kriege gehört, von Dingen, die den Männern angetan worden waren und die sie anderen angetan hatten, hatte von Misshandlungen liebloser Väter oder viel zu liebevoller Pastoren erfahren, von kleinen Schwestern, die mit Rattengift umgebracht worden waren, weil der Vater den Verdacht hegte, er könnte nicht der eigentliche Vater sein, und falls doch, hätte er ohnehin lieber einen Sohn gehabt, erfuhr von Intrigen aus Neid und Habgier, von Untreue, Unzucht und Vergewaltigung. Lugg bemühte sich, all diese Geschichten sofort wieder zu vergessen, und er hoffte, die jeweiligen Erzähler würden es auch irgendwann schaffen, damit die tiefen, eiternden Wunden in ihrem Inneren irgendwann heilen konnten.

Nun steckte Lugg selbst in diesem Rausch fest, seit Tagen, Wochen oder Monaten, er wusste es nicht mehr, und es gab niemanden, der ihn befreien konnte. Selbst Mini, die Einzige, die es vielleicht gekonnt hätte, hatte sich abgewandt, und so sehr er sich ihre Hilfe wünschte, war Lugg doch froh darüber. Er war zu tief in den Abgrund geraten, er glaubte nicht, dass sie ihn noch herausholen konnte. Und er hatte Angst davor, was er tun würde, wenn sie es versuchen würde.

Seine Erinnerungen waren verschwommen, doch er wusste, er hatte schreckliche Dinge getan. Hauptsächlich hatte er sie Joseph angetan, das wusste er, doch er spürte, dass da noch mehr gewesen war. In seinen kurzen halbwegs klaren Momenten sah er seiner Frau in die Augen und erblickte nichts als Verachtung, Hass und Angst. Er liebte sie. Das hatte er immer getan und würde es für immer tun. Und auch wenn er es in seinem momentanen Zustand nicht sehen konnte oder wollte, glaubte er, dass auch in ihr noch Liebe war, sogar jetzt noch. Doch um ihre Liebe zurückzugewinnen, hätte er wieder er selbst werden müssen, und das schaffte er nicht ohne ihre Liebe. Dieser Widerspruch würde ihn das Leben oder zumindest den Verstand kosten.

Lugg wusste nicht, wo er sich gerade befand, spürte aber plötzlich ein unerträgliches Bedürfnis nach frischer Luft. Sein Körper trug ihn, dirigiert von jahrelanger Routine, durch die Türen und Gänge des Wirtshauses bis zur Hoftür. Als er an dem Garderobenspiegel vorbeikam und versehentlich hineinsah, war er zum ersten Mal froh, dass das alte Ding so angelaufen war. Das wenige, das er erkennen konnte, reichte, um ihm seinen mehr als erbärmlichen Zustand zu offenbaren. Er konnte sich nicht erinnern, wann er sich zum letzten Mal umgezogen hatte, und so sah seine Kleidung auch aus. Breite Schweißränder am Hals und unter den Armen, helle Flecken, die vermutlich Bier und Schnaps, und dunklere, die vermutlich Blut waren und schwarzer, teilweise verkrusteter Dreck. Sein Dreitagebart war eher zwei Wochen alt, sein Haar, das in letzter Zeit auch schlagartig dünner geworden zu sein schien, war zu lang und stand fettig und verschwitzt in alle Richtungen. Wenn er auch noch so roch, wie er sich fühlte, verstand er gut, warum das Wirtshaus leer war.

Als würde sein Gehirn diesen seltenen Moment der Klarheit nutzen, um ihm sein gesamtes Elend zu offenbaren, stieg ihm genau in diesem Augenblick sein eigener Gestank in die Nase, und der Drang, nach draußen zu kommen, war stärker denn je. Er riss die Tür auf, fiel die Stufen zum Hof hinab, blieb auf den Knien liegen und erbrach sich an Ort und Stelle.

Als nur noch bittere Galle kam, wischte er sich seinen Mund am Hemdsärmel ab und der verkrustete Stoff ließ ihn annehmen, dass er das nicht zum ersten Mal getan hatte. Er fühlte sich aber tatsächlich etwas besser und folgte dem spontanen Impuls, sich den Dorfplatz näher anzusehen. So lief er außen um das Wirtshaus herum, betrat die Straße und wankte auf das Rathaus zu, das allein durch die schiere Größe seiner Silhouette, die sich schwarz vom dunkelblauen Nachthimmel abhob, zu erkennen war. Es war tatsächlich größer als alle anderen Gebäude, die Kirche und die Mühle einmal ausgenommen. Heute kam es ihm jedoch riesenhaft vor. Riesenhaft und bedrohlich.

Je näher Lugg ihm kam, desto dichter schien der Nebel zu

werden, der über den Boden zog und den Eindruck vermittelte, er würde durch eine knöcheltiefe Flüssigkeit waten. Lugg trat ein wenig mit dem linken Fuß in der Luft herum, erreichte damit aber nur, dass er das Gleichgewicht verlor und fast gestürzt wäre. Der Nebel ließ sich von seinem Gewedel nicht beeindrucken.

Als er am Dorfplatz angekommen war, glaubte er zuerst, er hätte es in seinem Suff tatsächlich geschafft, sich zu verlaufen, denn der Platz war vollkommen leer. Weder der große Holzpfahl stand in der Mitte des Platzes, noch war das Gestell mit dem Wagenrad zu sehen. Der Nebel war dicht, aber er reichte keinesfalls aus, um beides zu verbergen. Vielleicht hatten sie die Sachen nachts an eine der Hauswände gestellt, um sie vor Wind und Wetter zu schützen? Das ergab keinen Sinn, vor allem in Anbetracht der Zeit, die sie gebraucht hatten, den Pfahl aufzustellen, trotzdem drehte Lugg sich suchend um.

Kaum hatte er das getan, glaubte er, einen kalten Windstoß im Nacken zu spüren. Nachdem er seine wenig elegante Drehung vollendet hatte, blieb er wie angewurzelt stehen und starrte zur Platzmitte. Der Nebel war so plötzlich verschwunden, wie er aufgezogen war, Scheiterhaufen und Rad waren weiterhin nicht da. Stattdessen stand genau an der Stelle, wo sich ein drei Meter langer, gen Himmel gerichteter Pfahl hätte befinden sollen, ein riesiger schwarzer Wolf, der Lugg mit rot leuchtenden Augen anstarrte.

Mit einem Schlag schien die Temperatur in den einstelligen Bereich zu fallen, Lugg begann zu zittern, und als der Wolf mit höllischer Langsamkeit die Zähne fletschte, stiegen links und rechts von seinem Kopf kleine Wolken seines heißen Atems auf. Ein dünner Speichelfaden troff aus dem Mund des Tiers auf den Boden und Lugg bildete sich ein, ein leises Zischen zu hören.

Lugg wusste, dass er träumte, es musste einfach ein Traum sein. Aber war es nicht so, dass man aufwachte, wenn man merkte, dass man träumte? War das nur eine Geschichte? Oder war es vielleicht anders, wenn man besoffen war? Lag er gerade mit aufgeschlagenem Schädel in seinem eigenen Erbrochenen vor seiner Hoftür? Erfror er gerade? War es dafür schon kalt genug?

All seine Gedanken endeten abrupt, als der Wolf anfing, langsam auf ihn zuzugehen. Lugg hörte das bedrohliche Klacken seiner Krallen auf dem Boden und stellte mit Erschrecken fest, dass das Ungeheuer mit jedem Schritt größer wurde. War es ihm anfangs so groß wie ein überdurchschnittlicher Hund vorgekommen, hatte es beim nächsten Schritt schon die Ausmaße eines Kalbs, dann die eines Pferdes. Als der Wolf auf fünf Schritte heran war, nahm er Luggs gesamtes Sichtfeld ein. Rathaus und Dorfplatz verschwanden hinter dem Tier. Jetzt konnte er auch seinen Atem riechen, ein Dampf aus Verwesung, Tod und Gewalt hüllte ihn komplett ein, vernebelte seine Sicht und machte es ihm unmöglich, sich zu bewegen.

Lugg hatte bereits mit seinem Leben abgeschlossen und hoffte nur noch, dass es schnell gehen würde, als der jetzt kirchturmhohe Wolf direkt vor seinem Gesicht das Maul öffnete und seine gelben rasiermesserscharfen Zähne entblößte. Aus dieser Nähe war der Atem des Tiers nicht mehr zu ertragen, er raubte Lugg die Luft zum Atmen und es dauerte nur Sekunden, bis der Wirt in eine gnadenvolle Ohnmacht sank.

62

Das, was von dem Menschen, der einst Joseph Köhler gewesen war, noch übrig war, sah zu, wie die Tür geöffnet wurde. Es erkannte, dass es Mini war, die hereinkam, erkannte sogar, wie gehetzt sie aussah, noch stärker als die letzten Male. Der Rest von Joseph Köhler hörte, dass sie etwas sagte, doch erst, als sie ihn fassungslos anstarrte, hörte er auf, durch sie hindurchzustarren.

»Hau ab!«, wiederholte sie, ihrem Gesichtsausdruck nach zu urteilen zum zweiten Mal. »Da Lugg schlaft sein Rausch aus, de andern lenkn ihre Maner ab. Etz oder nia.«

Sie durchbohrte ihn mit ihren Augen und deutete auf die offene Tür.

Er sah sie an, dann lächelte er. Sein Geist war tot, wenn er eine Seele gehabt hatte, dann hatte sie ihn verlassen, aber der Körper, die Hülle, die weiterhin alle für Joseph Köhler hielten, funktionierte noch. Also antwortete er.

»Da Riegel war scho mal offn.«

Er lächelte bitter und reizte Mini damit offensichtlich zur Weißglut.

»Spinnst etz?«, zischte sie ihn an. Erst als sie hinter seine Fassade blickte, wurde ihre Stimme sanfter, doch nicht weniger eindringlich. »Joseph, de bringan di morgn um.«

Sie liebte ihn, das wusste er. Und er liebte sie. Nicht so, wie sie ihn liebte, nicht wie sie sich wünschte, dass er sie lieben sollte, trotzdem war seine Liebe aufrichtig und tief. Doch Joseph war tot, daran änderte auch Liebe nichts mehr. Dafür war es zu spät.

»Des is doch etz aa scho wurscht, oder?«

»Wurscht?« Mini klang fassungslos. »Mir is des ned wurscht! Und wos is mit ›Mir san scho aus härtere Sachan sauber raus‹?«

»Und wos is mit eierm Plan?«

Der Rest von Joseph beobachtete Minis Reaktion genau und wusste, dass er sie verletzt hatte, auch wenn er das nicht gewollt hatte. Er wollte nie jemanden verletzen, und doch schien er Zeit seines Lebens nichts anderes getan zu haben. Er beschloss, es ihr zu erklären.

»Mini, de ham mei Tochter.«

»Um de kümmern mir uns aa no! Etz muasst erschtmal du raus.« Minis Antworten kamen viel zu schnell, sie wirkten wie einstudiert, als hätte sie ihr Gespräch heimlich vor dem Spiegel geprobt.

»I lass mei Kind ned alloa.« Josephs Körper stockte nach diesem Satz, als Erinnerungen in seinem Inneren aufstiegen, aus Bereichen, die tot sein sollten. Ohne genau zu wissen, was er sagte, fügte er hinzu »Ned no a Mal.«

»Joseph, i moans ernst. Des is koa Spaß mehr. De bringan di um.«

»Dann sollns mi umbringa.« Er sah Mini fest in die Augen. »Vielleicht weckt des an Rest vom Dorf auf. Vielleicht weckts as sogar selber auf.«

Mini starrte ihn an. War das von ihrer Beziehung übrig geblieben? Dass sie nicht mehr verstand, was er ihr sagen wollte? Fühlte sich der Tod so an? Blieb man in der Welt, nur niemand konnte einen mehr verstehen?

»Du wuist ma ernsthaft sogn, dir is egal, wennst stirbst?«

Er sah ihre Tränen und unterdrückte deshalb sein eigenes Schmunzeln. Er musste Rücksicht nehmen. Sie wusste nicht, dass er längst tot war.

»Ja«, sagte er stattdessen. »Wennd Mitzi dafür lebm derf.«

Jetzt sah er es. Endlich hatte sie es verstanden.

»Joseph … Bitte …« Ihre Stimme war kaum noch ein Flüstern. Sie konnte es noch nicht zugeben, aber sie hatte es verstanden.

»Mini, i geh ned.«

Er schenkte ihr ein Lächeln, ein Lächeln, in dem all die Liebe war, die Joseph Köhler, der Mensch, der er einmal gewesen war, je für sie empfunden hatte, vielleicht sein letztes Lächeln. Dann zog er sich wieder zurück in sich, blickte durch sie hindurch.

Bemerkte, wie sie ihn noch minutenlang anschaute, wie sie weinte und wie sie schließlich ging und die Tür hinter sich schloss.

63

Vroni schüttete den Inhalt der kleinen Tasche, die ihre Mutter ihr gegeben hatte, zum dritten Mal zurück auf ihr Bett. Sie bemühte sich, keinen Lärm zu machen, was bei den knarzenden Dielen keine leichte Aufgabe war. Es war mitten in der Nacht, und auch wenn ihre Mutter natürlich Bescheid wusste, ihr Vater sollte sie auf keinen Fall dabei erwischen, wie sie sich nachts aus dem Haus stahl. Doch auch ihre Mutter würde Verdacht schöpfen, sollte sie einen Blick in die Tasche werfen. Außer Vroni entschied sich noch ein viertes Mal um.

Sie betrachtete die Dinge, die auf ihrem Bett verstreut lagen. Zuerst fiel ihr Blick auf das kleine hellblaue Büchlein, das sie von ihrem Lehrer bekommen hatte. Sein erstes Schuljahr im

Dorf war ihr letztes gewesen und sie hatten sich von Anfang an gut verstanden. Als er ihnen von Fabeln erzählt hatte, die alten aus Griechenland genauso wie die neueren von Goethe, Lessing oder Gellert, hatte er ihre Begeisterung für die kurzen, treffenden, manchmal bösartigen Geschichten schnell erkannt und ihr eines Tages dieses Buch, das eher ein dünnes Heft war, heimlich zugesteckt. Es stammte, wie er sagte, aus seiner persönlichen Sammlung, enthielt auf sechsundfünfzig Seiten fast ebenso viele Fabeln, und sie könne es ruhig haben, weil er die Geschichten so oft gelesen habe, dass er sie auch ohne Buch problemlos aufsagen konnte.

Seitdem hatte sie redlich versucht, es ihm gleichzutun, und hatte das Buch unzählige Male gelesen. Die Geschichten von schlauen Füchsen, stolzen Störchen, dummen Bären und gemeinen Katzen waren ihr ein wertvoller Begleiter und jetzt, da der Lehrer tot war, eine tröstende Erinnerung geworden. Sie kannte inzwischen ebenso jedes Wort, und wenn sie nur für einen halben Tag unterwegs wäre, gab es keinen sinnvollen Grund, das Buch mitzuschleppen.

Dasselbe galt für ihr zweites Lieblingskleid – das andere hatte sie an – und einige Briefe, die ihr wichtig waren. Das alles, zusammen mit ein paar Mark, die ihre Mutter ihr für Bus und Tram zugesteckt hatte, sah nicht aus wie das Gepäck für einen kurzen Ausflug in die Stadt, sondern wie das Nötigste, das man für eine Flucht zusammenrafft.

Vroni starrte auf die Dinge, die vor ihr auf dem Bett lagen, als ihr klar wurde, dass sie ihre Entscheidung getroffen hatte. Schlagartig wurde ihr kotzübel, und sie wusste nicht, ob vor Aufregung oder aus Ekel vor sich selbst. Wieder fing das Rad in ihrem Inneren an, sich zu drehen.

Sie zögerte noch kurz, dann raffte sie alles zusammen, stopfte es zurück in die Tasche und verließ, ohne sich noch einmal umzudrehen, ihr Zimmer. Hinter ihrer Türschwelle hielt sie einen Augenblick inne und lauschte in die Stille hinein. Sie hörte keinen Laut, ihre Eltern konnten ebenso gut schlafen wie außer Haus sein. Sie schlich die Treppe hinab, öffnete die Haustür und huschte lautlos auf die Straße hinaus, wo der dichte Nebel sie schnell verschluckte.

Tag 3

64

Mitzi hatte sich immer für stark gehalten, ganz die Tochter ihrer Mutter. Sie hatte viel durchgemacht, genug für mehrere Leben, aber sie hatte sich nie unterkriegen lassen. Sie war stark geblieben, hatte sich zusammengerissen. Sie musste stark sein, seit sie denken konnte, und viel früher, als gut für sie war.

Als sie ihren Bruder verloren hatte, war sie jung gewesen, zwar alt genug, um zu verstehen, dass er fort war, aber jung genug, um ihn mit der Zeit zu vergessen. Ihre Eltern waren dazu nicht fähig gewesen, und deren Verfall hatte sie umso heftiger erlebt. Als sie auch noch ihre Mutter verloren hatte, hatte Mitzi nicht einmal trauern dürfen. Stattdessen hatte sie sich um ihren Vater gekümmert, der sich doch um sie, um seine Tochter hätte kümmern müssen.

Wieder hatte sie sich zusammengerissen und weitergemacht. Ihr Vater liebte sie, das wusste sie. Und sie hatte gelernt, die wenigen Augenblicke, in denen er ihr das auch zeigen konnte, aufzusaugen wie Nahrung. Jedes Lächeln, jede Berührung und jede winzige erkennbare Zuneigung ihres Vaters ersetzten ihr ein Gespräch, einen Tag, an dem er es nicht aus dem Bett schaffte, und einen der zahlreichen Momente, in denen er sie unverwandt anstarrte, bis er sie endlich erkannte.

Sie hatte immer weitergemacht, die meiste Zeit allein. Doch die Einsamkeit, die sie jetzt gerade erfuhr, war neu.

Sie hatte Mini so lange bedrängt, bis die schließlich eingeknickt war, daher wusste Mitzi, was sie ihrem Vater angetan hatten. Vermutlich hatte Mini ihr nur einen Bruchteil erzählt, doch selbst das war für sie kaum aushaltbar gewesen. Als sie Mitzi geholt hatten, war sie davon ausgegangen, dass nun sie an der Reihe war. Und sie war überzeugt gewesen, dass sie auch das durchhalten würde.

Doch sie folterten sie nicht. Sie versuchten auch nicht, ihr ein Geständnis zu entlocken. Es kam überhaupt niemand. Sie hatten sie in ein dunkles Loch irgendwo unter dem Rathaus geworfen und dort scheinbar vergessen. Mitzi wusste, dass Mini sich um ihren Vater kümmerte, ihm Essen brachte und so viel Hoffnung, wie ihr möglich war. Zu ihr kam die Wirtin nicht. Mitzi ging davon aus, dass sie nicht wusste, wo sie gefangen gehalten wurde. Sie hoffte es. Denn die Alternative wäre, dass es sie nicht interessierte. Dass ihr Leben es nicht wert war, dafür das eigene zu riskieren. Ihr Leben und jenes, das in ihr heranwuchs.

In dem Loch, in das sie Mitzi gesteckt hatten, gab es kein Tageslicht und keine Geräusche. Irgendwann wurde sie müde, schlief ein, und irgendwann wachte sie wieder auf. Das war zwei Mal geschehen, deswegen ging sie davon aus, dass es heute so weit war. Der angekündigte dritte Tag war angebrochen, der Tag ihrer sogenannten Verhandlung.

Sie wusste nicht, was auf sie und ihren Vater zukam, nur wie es enden würde, wenn nicht noch ein Wunder geschah.

Ein Teil von ihr, ein Teil, der viel größer war, als sie sich eingestand, wollte in Panik verfallen, wollte um ihr Leben schreien, wollte alles tun, damit sie sie freiließen. Doch sie unterdrückte diesen Teil, wie sie es schon als Kind gelernt hatte.

Sie riss sich wieder zusammen, vielleicht zum letzten Mal in ihrem Leben. Sie wusste, dass sie auch diesen Tag überstehen würde.

Immerhin würde sie ihren Vater wiedersehen.

So oder so.

65

Über die Vorgänge dieses Tages detaillierte Informationen herauszubekommen, war im Nachhinein so gut wie unmöglich.

Viele Menschen waren anwesend, doch während einige von den wenigen, die nicht dort gewesen waren, später behaupteten, sie wären doch da gewesen, leugneten wiederum andere, die dort gewesen waren, später ihre Anwesenheit. Nicht jeder bekam alles mit, viele achteten auf unterschiedliche Dinge, und bevor gar nicht mehr darüber gesprochen wurde, wurde sehr viel darüber gesprochen und Erlebtes und selbst Gesehenes vermischten sich mit den Erzählungen und Interpretationen der anderen, Lücken in der eigenen Erinnerung wurden mit den Details anderer geschlossen, bis die Geschichten nicht mehr zu unterscheiden waren.

Während manche die Geschehnisse, grausig oder nicht, ausschmückten und Dinge dazuerfanden, um aus ihrem Platz in der Menge schnell einen in der ersten Reihe zu machen, verschwiegen andere, die tatsächlich in der ersten Reihe gestanden hatten, was sie gesehen hatten, oder milderten es ab, um die eigene Schuld am Geschehenen, wenn schon nicht durch aktives Mitwirken, dann doch zumindest als Zuschauer, als Mitwisser und damit doch auch Mittäter, geringer zu halten, als sie diese selbst empfanden.

Als Faustregel galt, je weniger einer erzählte, desto mehr hatte er gesehen, doch auch wer nichts gesehen hatte, konnte nur erzählen, was ihm selbst erzählt worden war.

Bis dann gar nicht mehr darüber gesprochen wurde.

66

Sie hatten ihm die Fesseln abgenommen, seine Wunden notdürftig versorgt, ihm Kleidung gegeben und ihn mitten in der Nacht aus dem ranzigen Bierkeller in eine Dachkammer des Rathauses verfrachtet. Damit er nicht das ganze Dorf zusammenbrüllte, hatten sie ihm irgendeinen Lappen in den Mund gestopft, der nach Moder und Staub schmeckte. Gebrüllt hatte er nicht, diese Genugtuung wollte er ihnen nicht geben. Zu wehren hatte er sich trotzdem gewusst.

Die Kammer hatte keine Fenster, nur durch die Spalte zwischen den Ziegeln fiel Sonnenlicht hinein und ließ den Staub, der in der Luft tanzte, glitzern. Das und die brütende Hitze, die seit dem ersten Tageslicht stetig zunahm, zeigte Joseph, dass draußen ein herrlich sonniger Tag wartete.

Er musste grinsen. Überhaupt war Joseph die Kontrolle über seine Emotionen vollkommen abhandengekommen. Befand er sich die meiste Zeit in der angenehmen Lethargie, an die er sich gewöhnt hatte und die er inzwischen sogar mochte, verfiel er Sekunden später in lodernden Hass und schlug alles und jeden in seiner Umgebung kurz und klein. Sofern er nicht wieder irgendwo festgebunden war. Und die abgrundtiefe Trauer, die er in einem Moment noch wegen seines Schicksals und vor allem des Schicksals von Mitzi empfand, verwandelte sich im nächsten in eine hämische Belustigung. Die Dummheit und Ignoranz dieser Bestien, die es selbst wagten, sich Menschen zu nennen, ließ ihn laut auflachen.

Joseph vermutete, dass er wahnsinnig geworden war. Allerdings hatte er immer gedacht, der Wahnsinn wäre ein recht zufriedener Zustand, dass man mit seiner Zurechnungsfähigkeit auch alle sinnvollen Gedanken und Probleme verlieren würde. Doch dem war nicht so. In seinem Inneren brodelte es, es schien nur, als hätte sein Verstand beschlossen, innen und außen von jetzt an strikt zu trennen.

Als Hartl und Xaver die Kammer betraten, musste Joseph erneut grinsen. Zum einen amüsierte ihn, wie beide sich an der Wand entlang drückten, um gebührenden Abstand zu ihrem Gefangenen zu halten, zum anderen gefielen ihm Xavers blutig verkrustete Lippe und das Veilchen, das sich über Nacht zu einem schmerzhaft aussehenden Gelbviolett entwickelt hatte. Das war den immer noch pochenden Schmerz in seiner fingernagellosen linken Hand mehr als wert. Joseph hatte es gar nicht im Besonderen auf Xaver abgesehen, ganz im Gegenteil. Xaver war vermutlich der Unschuldigste von der ganzen Bande, ganz einfach, weil er mit Abstand der Dümmste war. Zumindest war er dumm genug gewesen, neben Josephs Stuhl stehen zu bleiben, nachdem sie ihm schließlich die Fesseln abgenommen hatten. Er war sofort aufgesprungen, nach vorne geschnellt und hatte es noch geschafft, zwei, drei wirklich gute Treffer zu landen, bevor seine Beine, von der plötzlichen Belastung völlig überfordert, unter ihm weggebrochen waren. Er und der fette Landgendarm waren fast zeitgleich auf dem Boden aufgekommen.

Inzwischen war das Blut in seine sämtlichen Extremitäten zurückgekehrt und dieser Vorgang war schmerzhafter gewesen als so manche Folter, die das kleine rote Buch seinen Peinigern empfohlen hatte. Die ganze Nacht war er in der Kammer auf und ab gelaufen. Gesessen hatte er in letzter Zeit wirklich genug, und schlafen konnte er, wenn er tot war. Dieser Gedanke ließ ihn noch breiter grinsen.

Hartl missdeutete sein Lächeln als Provokation und presste sich unwillkürlich noch dichter an die Wand. Dennoch bemühte er sich um einen gelassenen Tonfall, als er ihn schließlich ansprach.

»Gehst so mit, oder ned?«

Joseph dachte nicht daran, zu antworten. Sein Lächeln verschwand und mit einem einzigen Blick zeigte er dem Bürgermeister all seinen Hass, all das Feuer, das noch in ihm steckte. Als Hartl schließlich näher kam und ihn am Arm packte, spuckte ihm Joseph mitten ins Gesicht. Der Speichel traf Hartl knapp unterhalb des rechten Auges, und die schaumige Flüssigkeit lief ihm zäh über das Gesicht.

Als hätte er damit gerechnet, zuckte Hartl nicht einmal zurück, sondern verpasste Joseph ohne Zögern einen solchen Haken in die Magengrube, dass ihm für eine Sekunde schwarz vor Augen wurde. Erst als Joseph sich zusammenkrümmte und sich Mühe gab, dem Bürgermeister weder vor die Füße zu kotzen noch ihm das Erfolgserlebnis zu gönnen, dass er zu

Boden ging, wischte Hartl sich mit dem Hemdsärmel das Gesicht trocken.

Joseph war beeindruckt, mit welcher Gewalt dieser alte Mann noch immer zuschlagen konnte. Wäre Hartl zwanzig Jahre jünger, er könnte ihn problemlos totschlagen. Wahrscheinlich würde er es sogar heute noch schaffen.

Als wären der dumpfe Schlag und Josephs Keuchen ein vereinbartes Signal gewesen, betrat jetzt auch Lugg die Kammer. Der Wirt packte Joseph, zusammen mit Xaver, jeder unter einen Arm, und sie zerrten ihn aus der Kammer und die breite hölzerne Außentreppe nach unten.

Joseph dachte, jetzt würde er die Aufbauten, die er in der Dunkelheit und dem Nebel vergangene Nacht nur schemenhaft hatte erkennen können, deutlich sehen. Auch wenn er längst wusste, worum es sich dabei handelte, hätte ihn das Ergebnis der vorübergehenden Einheit des Dorfes doch interessiert. Als er dem Ende der überdachten Treppe jedoch näher kam und seine Augen sich endgültig an die Helligkeit gewöhnt hatten, reichte sein Blick keine drei Meter weit.

Der ganze Dorfplatz war voller Menschen, dicht gedrängt, Männer, Frauen und Kinder. Viele trugen ihre feinste Tracht. Ob sie direkt nach dem Gottesdienst hierhergekommen waren, oder ob dieser ihm zu Ehren heute ausfiel, konnte Joseph nicht sagen. Welcher Wochentag war, wusste er schon lange nicht mehr, und die Glocken waren heute nicht geläutet worden. Es schien, als wollte Hias das Auge und Ohr des Allmächtigen heute nicht unbedingt auf den Dorfplatz lenken.

Einige der Anwesenden kannte Joseph, andere hatte er noch nie gesehen, und die schiere Menge der Anwesenden ließ ihn vermuten, dass sich auch ein paar Auswärtige unter die Zuschauer gemischt hatten. So ein Spektakel bekam man schließlich nicht jeden Tag geboten, ein Volksfest war ein Scheißdreck dagegen.

Obwohl er sich sicher gewesen war, auf alles vorbereitet zu sein, erschrak Joseph doch bei einigen der Gesichter. Er war nicht sonderlich beliebt, das wusste er, und dass sein Schicksal bei manchen eher Freude als Trauer auslöste, auch. Doch hier standen Menschen, die er zwar nicht unbedingt seine Freunde, doch immerhin Bekannte genannt hatte, mit denen er hin und wieder ein Bier getrunken oder ein Gespräch beim Bäcker geführt hatte, denen er seine Felder verpachtete, ohne jemals nach der Zahlung dieser Pacht zu fragen, die ihn auf der Straße immer noch gegrüßt hatten, ohne Angst zu haben, mit dem Einsiedler gesehen zu werden. Er hatte nicht mit einem strahlenden Helden gerechnet, der ihn retten würde, nicht einmal mit Protesten oder auch nur Widerworten. Aber warum waren diese Menschen hier? Warum schauten sie sich das an? Warum blieben sie nicht zu Hause? War es Neugier? Oder die Angst, ihre Abwesenheit könnte zur eigenen Ächtung im Dorf führen?

Zu weiteren Überlegungen kam Joseph nicht mehr, denn sie hatten das Ende der Treppe erreicht. Josephs Fuß, der noch eine Stufe mehr erwartet hatten, trat viel zu fest auf das Pflaster, was ihn straucheln ließ. Das war der Moment, in dem die ersten Zuschauer ihn bemerkten und erkannten. Auf einen Schlag löste sich die stille Anspannung, die über der wartenden Meute geschwebt hatte, auf und verwandelte sich in höllischen Lärm. Als hätten sie noch nie etwas anderes getan, wurde Joseph von allen Seiten beschimpft und angeschrien. Er spürte etwas Hartes, vermutlich einen Stein, an der Hüfte und etwas Weicheres, vermutlich einen Essensrest, an der Schläfe. Sehen und hören konnte er zwar, doch sein Verstand weigerte sich, das Geschehen aktiv zu verfolgen. Während der Wirt und der Gendarm ihn durch die Menge zerrten, fühlte er sich, als wäre er von einer hohen Brücke in einen Strudel geworfen worden, der ihn zwar stetig in Bewegung und unter Wasser hielt, ihn aber immer wieder genauso lange an die Oberfläche ließ, dass es ihm nicht vergönnt war, zu ertrinken.

Er sah das Wagenrad nicht, das schräg an eine Holzkonstruktion genagelt war, er sah den Eisenkorb nicht, der einen halben Meter neben dem Rad stand, er sah das Feuer nicht, das in dem Korb brannte, und er sah das lange Werkzeug nicht, das in der Glut steckte. Als sie ihn mit gespreizten Gliedern mit einem groben Seil an den Hand- und Fußgelenken an das Rad banden, wehrte er sich aus Leibeskräften, bis er an den Armen und Beinen blutete, doch das war allein die instinktive Reaktion seines Körpers.

Er selbst dachte noch immer über die Menschen nach, die ihm das antaten. Denn es waren nicht fünf, es waren fünfhundert oder fünftausend. Er schrie auch nicht, obwohl sie ihm den stinkenden Lappen offenbar irgendwann aus dem Mund genommen hatten. Und er sah den Mann nicht, der frisch gewaschen, rasiert und gekämmt, mit frisch gewaschenem Ornat und gestärktem Kragen und einer Selbstsicherheit, die bei ihm lange nicht mehr gesehen worden war, über den Platz schritt und vor dem sich die Menge teilte wie das Meer vor dem Propheten.

***

Hias leuchtete, er spürte es ganz genau. Die Gläubigen wichen vor ihm zurück, spürten die Macht Gottes, die ihn durchströmte. Er schritt in die Mitte des Platzes, und als hätten alle nur auf ihn gewartet, bildete sich ein Kreis um ihn und das Gebrüll verstummte. Es dauerte nur wenige Augenblicke, bis der ganze Dorfplatz, bis die ganze Menge, die ganze Gemeinde schwieg.

Er wartete, genoss das Schweigen, das nur ihm galt, genoss, wie jeder Anwesende den Atem anhielt, wie selbst die Kinder aufhörten zu quengeln, damit er sprechen würde. Und als er sprach, tat er es mit einer Stimme, die nicht nur ausreichte, um seine Kirche an Heiligabend zu erfüllen. Diese Stimme hätte den größten Dom, die mächtigste Kathedrale erfüllt, und diese Stimme brachte den andächtig schweigenden Dorfplatz jetzt zum Dröhnen.

»Liebe Gemeinde!«, hob er an. Das hatte er eigentlich nicht vorgehabt, doch jetzt, da die Worte heraus waren, fand er sie durchaus passend.

»So haben wir uns heute hier versammelt, um den Angeklagten, Joseph Eustachius Köhler, sowie seine Tochter, Maria Köhler, ihrer gerechten Strafe zuzuführen und ihre unsterblichen Seelen dem Allmächtigen zu übereignen.«

Während er sprach, ging er vor den Anwesenden auf und ab, als hätte er nie etwas anderes getan. Dem, was hinter ihm geschah, wandte er dagegen den Rücken zu, als ginge es ihn überhaupt nichts an.

»Da der Angeklagte seine Sünden und damit auch die seiner Tochter eingestanden hat, darf ihnen die gerechte Strafe zuteilwerden und ihre Seelen dem Paradies übereignet werden. Die reinigende Kraft des Feuers wird sie von ihren Verbrechen läutern.«

Diese Worte hatte er fast wörtlich aus dem Malleus Maleficarum übernommen und hatte befürchtet, er könne sie nicht alle behalten. Doch jetzt, als er vor seinen gebannten Zuschauern stand, kamen sie ihm über die Lippen, als wären es seine eigenen oder als hätte Gott sie ihm persönlich auf die Zunge gelegt.

Er machte eine Kunstpause und ließ seinen Blick über die Menge schweifen. Die meisten hingen an seinen Lippen und lechzten danach, dass er endlich weitersprach, trotzdem sah er vereinzelt auch zweifelnde Gesichter. Als er weitersprach, legte er daher eine schulmeisterliche Strenge in seine Stimme.

»Manche unter uns mögen sich fragen, ob es nicht im Sinne des Herrn wäre, Nachsicht zu üben und Barmherzigkeit walten zu lassen?«

Er ließ seine Frage einen Moment im Raum stehen, bevor er fortfuhr.

»Ich sage euch, gefährliche Zeiten brechen an! Gerade jetzt sammelt der Teufel seine Heerscharen! Gerade jetzt machen die dunklen Mächte sich bereit und gerade jetzt müssen wir entschlossener sein als jemals zuvor! Jede Hexe, jeder Dämon, der am Leben gelassen wird, wird weiter Böses tun, wird weiter Übel in die Welt tragen und wird weiter das Reich des Satans vorbereiten! Jede Hexe, die wir am Leben lassen, werden wir bitter bereuen!«

Spätestens jetzt war er überzeugt, dass an diesem Tag der Herr persönlich durch ihn sprach, denn keines dieser Worte hatte er vorbereitet. Sie flossen aus ihm heraus, direkt in die Herzen seiner Zuhörer. Er sah keinen Zweifler mehr. Auch mit der Ruhe war es vorbei, ein Gemurmel wurde lauter, und in diesem Summen, bedrohlich wie aus einem Hornissennest, lag eine Wut und Gewalt, die nur mühsam unterdrückt wurde. Ein zufriedenes Lächeln breitete sich auf dem Gesicht des Pfarrers aus. Er sprach weiter, jetzt wieder etwas leiser, um die Menge zum Zuhören zu zwingen.

»Heute am dritten Tag nach Verkündung soll das Urteil vollstreckt werden, wie Gottes Ordnung es verlangt.«

Dieser Satz gehörte wieder zum offiziellen Protokoll und war das Kommando für Xaver, sich durch die Menge zum Rathaus zu drücken. Sekunden nachdem er es betreten hatte, trat er bereits wieder heraus, gefolgt von einer Gestalt, die die Menge raunen und tuscheln ließ.

Dem Landgendarmen, der zwar breit gebaut, aber nicht sehr groß war, folgte eine Gestalt von gut zwei Metern und so massiv wie ein Gebirge. Obwohl der Scharfrichter eine schwere Ledermaske trug, erkannte ihn jeder, der im Dorf lebte, sofort. Trotzdem teilte sich die Menge, denn jedem war beigebracht worden, dass man den Scharfrichter nicht berühren durfte.

Morgen war er wieder der Metzger, doch heute war er unantastbar. Morgen und an jedem Tag danach würde nicht mehr darüber gesprochen werden, deswegen musste man sich heute einreden, man habe ihn unter der Maske nicht erkannt, damit man morgen wieder das Geselchte von ihm kaufen und ihm dabei in die Augen sehen konnte.

Die Menge verstummte, als der Scharfrichter sich auf Joseph zubewegte. Hias ging einen Schritt zur Seite, um ihm Platz zu machen. Der Scharfrichter bückte sich, und seine Hose hing so tief, dass die Zuschauer seine Arschbacken hätten sehen können, würden sie nur hinsehen, was sie natürlich nicht taten, weil man den Scharfrichter nicht zu lange und zu genau ansehen durfte, auch das war jedem beigebracht worden.

Er hob zwei dicke Schmiedehandschuhe vom Boden auf und zog sie an. Dann holte er das Werkzeug aus dem Feuer und hob es nach oben, wie um seine Qualität zu prüfen. Die Menge, die genau wusste, dass diese Vorstellung nur ihr galt, reagierte angemessen, raunte und tuschelte, wie das Protokoll es verlangte. Es handelte sich um eine langstielige Greifzange aus der Schmiede, deren Kopf rot glühte. Selbst die Griffe schienen brennend heiß zu sein, denn von den Schmiedehandschuhen stieg dünner Rauch auf.

Hias, der für einen Moment selbst wie gebannt auf das archaische Werkzeug gestarrt hatte, sammelte sich und sprach weiter, bevor die Meute unaufmerksam werden konnte.

»So soll Joseph Eustachius Köhler also als Buße für die von ihm gestandenen Morde auf das Rad gebunden und alle Glieder sollen ihm zerschmettert werden. Ob der Hinterhältigkeit und Grausamkeit seiner Verbrechen soll die Strafe verschärft werden. So soll er zuvor mit der glühenden Zange gerissen werden, sieben Mal für einen jeden der von ihm verübten Morde.«

Noch während Hias sprach, bewegte sich der Scharfrichter langsam auf Joseph zu. Und als wäre er aus einem tiefen Schlaf erwacht, kam plötzlich Leben in den Köhler. Er riss die Augen so weit auf, dass es schien, als müssen sie jeden Moment aus den Höhlen fallen. Seine Atmung beschleunigte sich, und er stemmte sich mit aller Kraft gegen seine Fesseln, ohne die geringste Aussicht auf Erfolg. Jede Faser seines Körpers strahlte nackte Todesangst aus.

Hias drehte sich um, bevor der Scharfrichter sein Opfer erreichte. Derartige Grausamkeiten musste er sich nicht ansehen.

Stattdessen konzentrierte er sich auf seine Gemeinde. Ausnahmslos alle Augen waren auf Joseph gerichtet, manche verstört, manche beschämt, aber alle in gespannter Erwartung. Als ein erstaunlich lautes Zischen und kurz darauf ein markerschütternder Schrei ertönten, musste Hias sich bemühen, um nicht zusammenzuzucken. Er durfte keine Schwäche zeigen, er war der Richter Gottes, ein gerechter Vollstrecker des himmlischen Willens. Wenn er taumelte, wie sollte seine Gemeinde an die gerechte Sache glauben? Wie sollten sie wissen, dass Gott ihnen vergeben würde, ja schon längst vergeben hatte?

Trotzdem war er kurz davor, sich zu übergeben, als der Geruch ihm in die Nase stieg, ein Geruch von verbranntem Fleisch, abstoßend und zugleich erschreckend appetitlich, was es noch abstoßender machte. Ein Geruch, als wäre der Braten ein wenig zu lang im Rohr geblieben. Hias musste sich mit Gewalt daran erinnern, dass er hier einen Menschen roch.

Da sich plötzlich alles um ihn herum drehte, konzentrierte Hias sich auf einzelne Gesichter, die er in der Menge ausmachte. Als es zum zweiten Mal zischte, erkannte er das Moser Liesl, die zusammenzuckte und das Gesicht verzog, als würde sie selbst die Zange spüren. Auch beim dritten und vierten Schrei des Köhlers litt ein großer Teil der Menge mit ihm, und so sollte es auch sein. Das Feuer reinigte nicht nur den Sünder, denn sie waren alle Sünder, und ein Feuer suchte sich selbst sein Ziel. Die meisten Mütter hielten ihren Kindern Augen und Ohren zu, aber viel zu viele taten es nicht. Doch Hias sah auch andere Reaktionen, vor allem unter den jungen Männern. Hier wurde begeistert gegrinst und es schien, als würden sie die Vorstellung genießen. Während des fünften Zischens und des fünften Schreies suchte Hias in der Menge nach Hartls Sohn und fand ihn schließlich, als die Zange zum sechsten Mal am Köhler riss. Der Junge, ein Mann war er nun wohl, stand neben seinen beiden Freunden und es hätte nur noch gefehlt, dass ihm der Sabber aus dem offenen Maul troff. Sein Grinsen war manisch, nicht eine Sekunde wendete er den Blick vom Köhler ab, nicht ein einziges Mal zuckte er zusammen, auch nicht als der Köhler zum siebten Mal grauenvoll aufschrie. Hias musste wegsehen, dieser Anblick war für ihn schlimmer, als der des Köhlers es sein konnte.

***

Toni hatte die Schreie des Köhlers noch im Ohr, als der Scharfrichter die Zange zurück in das Feuer steckte, wo die Flammen Blut und Fleisch entweder entfernen oder für alle Ewigkeit einbrennen würden. Toni ließ sich davon nur kurz ablenken, dann fand sein Blick wieder zum Wesentlichen zurück. Niemand hatte sich die Mühe gemacht, Joseph das Hemd für seine Strafe zu öffnen, und so war der Anblick erträglicher, als er es wohl sonst gewesen wäre. Verbrannter Leinenstoff verschmolz mit verbranntem Fleisch, dazwischen und darunter breitete sich frisches rotes Blut aus, lief an dem geschundenen Körper herab und tropfte zu Boden.

Für einen Augenblick sah Toni zu dem Pfarrer, der sich zu Joseph umgedreht hatte und leicht zu schwanken schien. Toni grinste breit. Letztlich war es wie beim Schlachten, man wusste erst, ob man es aushielt, wenn man mittendrin war. Toni für seinen Teil fand es großartig. Denn ihm war klar, was die meisten hier offensichtlich immer noch nicht verstanden hatten.

Das, was da in der Mitte des Platzes an das Rad gebunden war, das, was da schrie und keifte und stank, das war kein Mensch, weder der Köhler noch sonst jemand. Das war ein Dämon, eine Kreatur, ein Teufel, und sie taten das einzig Richtige. Gottes Werk oder nicht, das war ihm egal, glauben sollten die, die es nötig hatten. Toni musste nicht glauben, er wusste.

***

Der Scharfrichter griff inzwischen nach dem schweren Vorschlaghammer, der neben dem Feuerkorb stand, und sah zu Hias. Obwohl der Hammer nicht heiß war, hatte der Henker die Handschuhe anbehalten, als wüsste er, dass sie ihn zusammen mit seiner Maske noch weiter entmenschlichten, aus ihm endgültig eine Figur aus einem Schauermärchen machten, eine Gruselgestalt, die zum Leben erwacht war.

Wieder verschwamm Hias' Blick leicht, doch er nickte kaum merklich. Daraufhin ging der Vollstrecker zu Joseph und hob den Vorschlaghammer über den Kopf. Hias wollte sich gerade wieder von der Szenerie abwenden und suchte eine Ausrede dafür, als er etwas hörte. Er gab dem Scharfrichter ein Handzeichen, worauf dieser den Hammer sinken ließ, und trat auf den Köhler zu.

Aus der Nähe waren der Geruch und der Anblick unerträglich, trotzdem beugte Hias sich über Joseph, um dessen kraftloses Gemurmel verstehen zu können. In seinem Ekel und seiner Anstrengung vergaß er für einen Moment sogar seinen offiziellen Tonfall.

»Du muasst lauter redn«, sagte er, zum Glück so leise, dass kaum jemand außer dem Köhler ihn gehört haben dürfte.

»I bin unschuldig!«, brüllte dieser plötzlich mit einer Kraft, die den Pfarrer zurückschrecken ließ.

Doch dieses Wanken hielt nur Sekunden, dann erhob Hias sich mit einem für die Menge gut sichtbaren Kopfschütteln und wies den Scharfrichter mit einem Nicken an, fortzufahren. Als der sich auf Joseph zubewegte, sah dieser ihm direkt in die Augen.

»Und du, Mortl, moanst du, irgendwer do woaß ned, wer du bist? Bringst as ohne Maskn ned fertig, du feiger Hund?«, rief er ihm zu.

Der Henker stockte, stellte den Vorschlaghammer ab und für einen Moment fürchtete Hias, dass hier etwas ganz gewaltig schiefgehen könnte. Dann griff der grobschlächtige Mann in seinen Nacken, zog die Maske herab und ließ sie achtlos zu Boden fallen.

Die Menge spielte die ihr zugedachte Rolle perfekt mit und wieder wurde erschrocken die Luft eingezogen und geraunt, als hätten sie alle den Metzger erst jetzt erkannt. Mortl war verschwitzt und sein Gesicht schmutzig, doch Reue oder Zweifel waren darin nicht zu erkennen. Vielmehr sah er aus, als würde ihm seine Aufgabe großen Spaß bereiten. Das Grinsen, das sich jetzt in seinem Gesicht ausbreitete, hatte Hias erst vor wenigen Minuten bei Toni gesehen. Beide wirkten zu berechnend, als dass Hias glauben konnte, sie seien dem Wahnsinn verfallen, doch Vernunft lag in ihren Augen auch keine mehr, zumindest nicht am heutigen Tag. Mortl schwang den Hammer wieder in die Luft und ging auf Joseph zu, der erneut begann, sich in seinen Fesseln zu winden.

»Ihr geht's alle zum Deifl! Alle miternand!«, brüllte Joseph, sah Mortl an und meinte das ganze Dorf. Mehr konnte er nicht mehr sagen, denn schon sein letztes Wort ging in einen Schmerzensschrei über, als Mortl den Vorschlaghammer auf sein linkes Schienbein schmetterte und mit diesem einen gewaltigen Hieb jeden Knochen darin zertrümmerte. Vier Mal holte Mortl aus, vier Mal ließ er den Hammer niederfahren, brach dem Köhler beide Beine und Arme, bis dessen Schreie zu einem schwachen Wimmern wurden. Das alles schien keine zehn Sekunden zu dauern und den Metzger nicht die geringste Anstrengung zu kosten.

Hias sah ihm ebenso fasziniert zu wie der Rest der Menge, er sah nicht die rohe Gewalt, er sah nur die geübten, geschmeidigen Bewegungen, mit denen der sonst so unbeholfen und grobschlächtig wirkende Mortl seine Arbeit verrichtete. Erst als er fertig war und den blutigen Hammer wieder zu Boden stellte, wie ein Schreiner seine Säge weglegt oder ein Maler seinen Pinsel, da blickte Hias wieder in die Gesichter der Zuschauer, fest überzeugt, Abscheu und Entsetzen zu erblicken. Doch seltsamerweise schien die Begeisterung der Anwesenden eher zu steigen, als zu sinken. Zwar weinte hie und da ein kleines Kind und wurde von seiner Mutter getröstet oder ignoriert, doch die Abscheu schien aus den Mienen der Menschen verschwunden zu sein. Hias war verwirrt, denn er kannte diese Art von Stimmung nicht.

Er hatte sein bisheriges Leben ohne große Gewalt erlebt, als Kind behütet von Mutter und Großmutter, später entfernt von der echten Welt im Priesterseminar, dann von allen geschätzt und geachtet in diesem Dorf. Er war nicht dabei gewesen, als die Jäger und Treiber den Köhler aus dem Wald zogen, er hatte keine der Leichen mit eigenen Augen gesehen, und selbst die Gräuel des Krieges hatten ihn nie wirklich erreicht. Er wusste nicht, was er vor sich hatte, hatte nie miterlebt, wie Menschen wieder zu den Tieren wurden, die sie wirklich waren, und in diesen Blutrausch fielen, der sich am Leid anderer ergötzte. Ihr Verstand funktionierte in diesen Augenblicken nicht, in diesen Momenten übernahm der Instinkt, der genau wusste, es gab nur fressen oder gefressen werden, und der genau wusste, auf welcher Seite er stehen wollte.

Doch natürlich hatte sich nicht das ganze Dorf wie von Zauberhand in blutrünstige Bestien verwandelt, das wusste auch Hias. Und jetzt, wo er den ersten Schock überwunden hatte, sah er es auch. Er sah die Menschen, die er kannte, sah Steiner und Hartl, deren Mienen wie aus Eisen gegossen waren und die keine Gefühlsregung erkennen ließen, sah ihre Frauen, die Angst, Trauer und Verzweiflung kaum zu verbergen versuchten. Natürlich konnte er es über die Entfernung und über hundert Köpfe hinweg nicht erkennen, doch Hias hätte geschworen, Tränen in den Augen der Wirtin zu sehen, während ihr Mann neben ihr ebenfalls verstört und angewidert aussah. Doch wie viel dieser in seiner gefährlichen Mischung aus Alkoholismus und Depression überhaupt noch von dem, was um ihn herum geschah, mitbekam, war ohnehin fraglich.

Plötzlich hörte er, wie Mortl neben ihm tief aus der Lunge Schleim hochzog und dicht neben dem polierten Schuh des Pfarrers ausspuckte. Unwillkürlich betrachtete Hias den zähen Klumpen Rotz am Boden und sah, dass ihn Schlieren von Blut durchzogen. Hatte Mortl sich bei der Anstrengung auf die Zunge gebissen? Oder faulte sein Zahnfleisch einfach vor sich hin? So oder so, die Unverfrorenheit des Metzgers riss Hias aus seinen Gedanken und gerade noch rechtzeitig, bevor das Dorf unruhig wurde, fuhr er mit seiner Zeremonie fort.

»Sodann soll Joseph Eustachius Köhler als Buße für die von ihm verübte Blutschande und die widernatürliche Verführung seiner Tochter Maria Köhler mit einem Schwert der Kopf abgeschlagen werden, sodass er zu Tode komme.«

***

Steiner hatte sich geweigert, es zu bringen, auch wenn es ihm gehörte, und auch Hartl wollte diese Aufgabe nicht übernehmen. Er hatte sich überhaupt geweigert, irgendwie in den Vordergrund zu treten. Natürlich war er da, immerhin war er der Bürgermeister, doch er hielt sich bedacht im Mittelfeld auf, um alles sehen zu können, doch selbst nicht gesehen zu werden. Die Aufgabe, dem Scharfrichter das Öltuch zu bringen, hatte er Xaver übertragen.

Hartl beobachtete, wie Mortl es entgegennahm, den Stoff aufschlug, das Schwert herausholte und es gegen das Licht hielt. Wie zuvor raunte die Menge pflichtbewusst. Sie hatten das Pflegeöl von dem Schwert entfernt, jetzt blitzte und funkelte die Klinge im Sonnenlicht, als wäre sie gestern geschmiedet worden und hätte nicht ein Vierteljahrhundert in einem Kartoffelkeller verbracht.

Als Mortl mit der erhobenen Klinge so dastand, ähnelte er für Sekunden einem Ritter von einem alten Gemälde. Und als ob ihm dies bewusst war, ließ er das Schwert prüfend zweimal aus dem Handgelenk kreisen, was ihm vereinzelte Lacher und absurderweise sogar ein wenig Applaus einbrachte. Hartl glaubte zu hören, dass das lauteste Lachen und Klatschen aus Tonis Richtung kam, sicher war er sich aber nicht.

***

Hias erkannte, dass dieser doch so ernste Anlass zu einem Schauspiel zu verkommen drohte, weil Einzelne versuchten, der Situation durch kindische Späße die Grausamkeit zu nehmen. Also nahm er seine ehrwürdigste Gottesdiensthaltung ein, streckte beide Arme wie zum Gebet aus und legte ein wenig Schwermut und Mitgefühl in seine Stimme. War er gerade noch der Richter Gottes, der gnadenlose Vollstrecker gewesen, war er jetzt wieder der sanftmütige Hirte, dem allein daran gelegen war, den verlorenen Sohn in dessen letzten Minuten in den Schoß der Mutter Kirche zurückzuführen.

»Die Gottesordnung sieht vor«, setzte er an und klang dabei beinahe freundlich, »dass dem Angeklagten ein letztes Wort gewährt wird.«

Er wandte seinen Blick fragend zum Köhler und wusste, dass mehrere Hundert Augenpaare in seinem Rücken es ihm gleichtaten. Joseph schaffte es kaum, seinen Blick zu erwidern, geschweige denn zu sprechen. Dieser Mann war längst tot, er weigerte sich nur noch, es zu akzeptieren. Der Tod würde eine Erlösung für ihn sein. Doch Erlösung gewährte hier nur er, und deswegen ging Hias einen Schritt näher an Joseph heran, sprach jedoch in unverminderter Lautstärke weiter. Seine Worte gehörten der Gemeinde, nicht dieser gebrochenen Gestalt.

»Also?«

Als Hias sah, dass Josephs Lippen sich tatsächlich bewegten, beugte er sich tief über ihn. Ihn interessierten die letzten Worte des Köhlers brennend. Wenn er sich in letzter Sekunde doch noch dem Herrn und der Kirche zuwandte, würde Hias seine Worte wiederholen, würde den Triumph des Herren über die Ungläubigen in das Volk hineinbrüllen. Und wenn es wieder nur eine Beleidigung, ein Frevel oder eine dahergeredete Unschuldsbeteuerung war, dann wäre er sowieso der Einzige, der sie hören würde.

Joseph atmete tief ein, doch anstatt zu sprechen, versuchte er, Hias das Blut in seinem Mund ins Gesicht zu spucken. Doch selbst dazu fehlte ihm die Kraft, und so rann ihm nur blutiger Schaum am Kinn herab. Das entlockte Hias ein bösartiges Grinsen, das er einzig den Köhler sehen ließ. Bevor er sich und seine Stimme wieder erhob, ließ er es sorgfältig verschwinden. Während er sprach, holte er ein kleines Fläschchen mit Öl aus seiner Tasche.

»Ich salbe dich mit geweihtem Öl«, setzte er an, »im Namen des Vaters, des Sohnes und des Heiligen Geistes.« Er träufelte das Öl auf seine Finger und malte Joseph damit ein Kreuz auf die Stirn. Dieser versuchte es zu verhindern, brachte aber kaum mehr als eine winzige Bewegung seines Kopfes zustande.

»Auf dass getilgt werde, was durch unerlaubtes oder schändliches Tun angerichtet wurde«, beendete Hias seine Ölung und trat einen Schritt zurück. Durch die zahlreichen blutigen Wunden blieb ein Kreuz aus Blut auf der Stirn des Köhlers zurück. Hias machte noch zwei weitere Schritte rückwärts und starrte den Köhler an, der ihm direkt in die Augen sah. Wie er dort vor ihm lag, die Glieder zerschmettert, die Brust zerrissen und das Haupt von Blut getränkt, da sah Hias mit einem Mal nicht mehr das Monster, zu dem sie alle den Köhler in den letzten Wochen gemacht hatten. Als hätte das Kreuz, das Hias ihm selbst verliehen hatte, ihn wieder zum Menschen gemacht, lag plötzlich kein verurteilter Verbrecher mehr vor ihm, hier lag eine arme Seele, die die Male der Passion Christi trug.

Gerade wollte Hias den flehenden Augen des Gepeinigten nachgeben und auf den Köhler zugehen, als Mortl mit einem einzigen gewaltigen Hieb das Schwert niedersausen ließ und den Kopf Joseph Köhlers von den Schultern trennte, der daraufhin durch die Speichen des Rades nach hinten fiel.

Den Aufschrei, der durch die Menge ging, hörte Hias nicht, auch nicht die Kinder, die anfingen zu weinen, weil ihre Mütter ihnen die Hände, die sie hielten, fast brachen. Er hörte auch nicht das Klirren des Schwertes, das der Metzger achtlos auf den Boden fallen ließ, und dachte nicht darüber nach, ob dies eine zu spät einsetzende Reue oder einfach der Pragmatismus der erfüllten Aufgabe war. Hias starrte noch immer die Stelle an, an der noch vor einer Sekunde zwei Augen um Erlösung, um seine Hilfe gebeten hatten. Er achtete nicht auf das Blut, das unaufhörlich aus dem geschundenen Körper strömte. Er bemerkte nicht, dass jetzt niemand in der Menge, der Meute, dem Mob mehr Begeisterung zeigte. Er war nicht fähig, sich zu bewegen oder auch nur den Blick abzuwenden. Er konnte nicht begreifen, warum die Augen plötzlich verschwunden waren. Erst als das Murmeln um ihn herum lauter und unruhiger wurde, erwachte er aus seiner Versteinerung.

»Zuletzt soll Joseph … soll Joseph Eustachius Köhler als Buße für seinen Pakt mit dem Teufel und für … und für Hexerei … er soll …«

Hias sah sich hilflos in der Menge um. Jetzt hatte er nicht mehr das Gefühl, zu leuchten. Obwohl die Sonne unverändert schien und der Tag herrlich war wie seit Wochen nicht mehr, hatte er das Gefühl, es wäre plötzlich sehr dunkel und sehr kalt. Dann fing er den Blick des Bürgermeisters auf, und Dunkelheit und Kälte steigerten sich noch weiter.

Und mit einem Mal verstand er, was sie getan hatten. Er verstand die volle Tragweite ihrer Taten und er verstand, was er dazu beigetragen hatte. Und in Hartls Blick erkannte er noch etwas anderes. Dass es noch nicht vorbei war, noch lange nicht. Er hatte seinen Teil zu erfüllen, oder er würde als Nächstes über die Klinge springen. Er riss sich zusammen und spielte, mit dröhnenden Ohren und verschwommener Sicht, die Rolle des Mannes, der er vor einer Minute noch zu sein geglaubt hatte.

»Soll Joseph Eustachius Köhler für seine Sünden auf den Scheiterhaufen gebracht und dort verbrannt werden. Durch jenes soll seine Seele gereinigt werden, sodass er ins Paradies einziehen kann«, betete er die auswendig gelernte Zeremonie herunter, als plötzlich aus Richtung des Rathauses ein herzzerreißendes Heulen ertönte. Obwohl immer wieder Kinder weinten, Frauen kreischten und mehr als einer sich mitten in der Menge übergeben hatte, drehten sich zu diesem Geräusch alle um.

***

Mitzi war die Einzige, die den Schrei nicht hörte, und wenn, hätte sie nie geglaubt, dass er aus ihrem Mund gekommen sein könnte. Sie hatten sie aus dem Loch gezerrt, in das sie sie gesperrt hatten, Fannys Vater und ein anderer Kerl, kein Wort hatten sie gesagt, sie nicht einmal angesehen, egal wie sehr sie gefleht hatte.

Xaver Brenner, an dessen Tisch sie gegessen, in dessen Garten sie die Sonne genossen und unter dessen Dach sie mehr als einmal geschlafen hatte, mit dessen Tochter sie aufgewachsen war und von dem sie nie auch nur einen bösen Blick, geschweige denn ein lautes Wort gehört hatte, dieser Mann hatte getan, als würde er sie nicht kennen, als wäre sie nicht mal ein Mensch, sondern ein Stück Vieh.

Nur ein paar Sekunden hatte sie gehabt, um sich an das Tageslicht zu gewöhnen, um zu verstehen, wo sie war, und um zu erkennen, dass das ganze Dorf, ja eigentlich viel mehr Menschen, als in dem Dorf lebten, auf dem Platz versammelt waren und etwas anstarrten.

Sie war ihren Blicken gefolgt und sah nur Blut. Blut und etwas darunter, etwas, das nur aus Wunden und Schmerz zu bestehen schien. Etwas, das zertrümmert und verbrannt und zerstückelt war. Dann hatte sie verstanden, was die Menge, was diese Tiere, diese Monster anstarrten. Und dann hatte jedes Verstehen aufgehört.

Mitzis Blick wurde immer enger, sie blickte durch einen langen schwarzen Tunnel durch ein winziges Fenster. Sie hörte, wie riesige Wassermassen von hinten durch ihren Kopf tobten, vor ihren Augen zusammenschlugen und jedes Geräusch unter sich begruben. Sie beobachtete sich selbst wie von außen dabei, wie ihr Körper Dinge tat, die er eigentlich nicht tun konnte. Sie sah sich zu, wie sie einen Schrei, ein Heulen ausstieß, das einen Platz voller Menschen verstummen ließ, wie sie sich aus dem Griff von zwei erwachsenen Männern, die weit mehr als das Doppelte von ihr auf die Waage brachten, losriss, wie sie den kleineren von ihnen gegen die Rathausmauer stieß, als sie losrannte, hin zu diesem blutigen Etwas, das einmal ihr Vater gewesen war.

Niemand kam auf die Idee, sie aufzuhalten, manche wichen zurück, alle sahen fassungslos zu, wie Mitzi sich, noch immer brüllend und heulend, vor der Leiche in den Dreck geworfen hatte. Vor diesem Körper, der ihr, als er noch ihr Vater gewesen war, Geschichten vorgelesen hatte, der ihren Kopf gestreichelt und den Schmerz weggepustet hatte, wenn sie sich das Knie aufgeschlagen hatte. Sie versuchte verzweifelt, ihn loszubinden, seine Fesseln zu lösen und ihn mitzunehmen, mit ihm wegzugehen, weg von diesen Teufeln, weg von allem, was hier geschah.

Sie hätte es wohl sogar geschafft, wäre in diesem Moment nicht Mortl hinter ihr aufgetaucht und hätte sie weggezerrt. Wie eine verwundete Katze wand sie sich, kreischte und brüllte und ging mit Fäusten, Tritten und Fingernägeln auf den Metzger los. Der schaffte es nicht, sie richtig zu packen und konnte sich schließlich nur helfen, indem er ihr mit der Faust ins Gesicht schlug. Sofort erschlaffte Mitzi und sank benommen in seine Arme.

Jetzt waren auch Xaver und Toni, der sich einen Weg aus der Masse gebahnt hatte, zur Stelle und halb führten, halb trugen sie die beinahe bewusstlose Mitzi zum Scheiterhaufen. Dort banden sie sie mit den vorbereiteten Stricken fest, während Hias, der sich wieder ein wenig im Griff hatte, weitersprach.

***

»Des Weiteren soll auch Maria Köhler für das wissentliche Paktieren mit dem Teufel auf den Scheiterhaufen gebracht und dort verbrannt werden. Durch jenes soll ihre Seele gereinigt werden, sodass sie ins Paradies einziehen kann.«

Während Toni und Xaver Mitzi fesselten, schnitt Mortl Josephs Körper mit einer Routine, als hätte er keinen Menschen, sondern eine Sau oder einen Hirsch vor sich, mit geschickten

Handgriffen vom Rad und warf ihn auf den Scheiterhaufen. Dann aber zögerte er doch zumindest einen kurzen Moment, bevor er sich nach dem Kopf des Köhlers bückte, ihn an den Haaren packte und hinterherwarf. Glücklicherweise hatte der Kopf mit dem Gesicht nach unten auf dem Boden gelegen und verschwand nun fast vollständig zwischen den aufgehäuften Ästen. Bei einem weiteren Blick in die flehenden Augen hätte Hias augenblicklich den Verstand verloren, da war er sich vollkommen sicher.

»Credo in deum patrem omnipotentem, creatorem coeli et terrae; Et in Iesum Christum, filium eius unicum, dominum nostrum, qui conceptus est de Spiritu sancto, natus ex Maria virgine, passus sub Pontio Pilato, crucifixus, mortuus et sepultus«, murmelte Hias.

Dies war, neben dem obligatorischen Vaterunser, eines der wenigen Gebete, die er auch auf Latein beherrschte, er hatte es buchstäblich bis zum Erbrechen wiederholen müssen, mit dem Rohrstock war es ihm ins Gehirn geprügelt worden. Trotzdem hatte er es bestimmt seit zwanzig Jahren nicht mehr in dieser Sprache vorgetragen, im Dorf hätte ihn niemand verstanden. Es gab schon einen Grund, warum die alte lateinische Wandlung Hoc est corpus meum von ungebildeten Bauern zu Hokuspokus verballhornt worden war und die Messe seitdem nur noch in Rom auf Latein gehalten wurde.

***

Während ein Pfarrer, um nicht den Verstand zu verlieren, weiterhin seinem Geist erlaubte, über Latein, Glaubensbekenntnisse und übergriffige Padres nachzudenken, und ein Metzger, der glücklicherweise noch immer die Schmiedehandschuhe trug, ein brennendes Holzscheit aus dem Feuerkorb nahm, kam ein Mädchen, das an einen Pfahl gebunden war, langsam wieder zu Bewusstsein. Der Metzger bemerkte das nicht, oder er gab vor, es nicht zu bemerken, oder vielleicht nicht einmal das, und ließ das Scheit in das Reisig fallen, das augenblicklich Feuer fing.

Als hätte das Mädchen diesen Impuls gebraucht, war es wieder völlig bei sich. Es zerrte und riss an den Fesseln und schrie um ihr Leben.

»Hearts auf! Bitte! Bitte lassts mi! I bin schwanger! I bin schwanger!«, schrie es, und wurde immer lauter, je näher die Flammen ihm kamen.

Je lauter das Mädchen und das Prasseln des Feuers wurden, umso stiller wurde die Menge. Alle starrten sie an, sahen ihr dabei zu, wie sie um ihr Leben kämpfte. Weit hinten in der Menge fuhr ein etwa gleichaltriges Mädchen, das einst ihre beste Freundin gewesen war, sich unbewusst mit den Fingern über den eigenen Bauch, während heiße Tränen unbemerkt über ihr Gesicht liefen und im Boden versickerten.

***

Um die Aufmerksamkeit der Menge wieder auf sich zu ziehen, steigerte der Pfarrer seine Lautstärke immer weiter, bis er beinahe schrie. Für die Menge blieben seine Worte trotzdem allenfalls ein Nebengeräusch.

»Descendit ad inferna, tertia die resurrexit a mortuis, ascendit ad coelos, sedet ad dexteram dei patris omnipotentis, inde venturus est iudicare vivos et mortuos; Credo in Spiritum sanctum, sanctam ecclesiam catholicam, sanctorum communionem, remissionem peccatorum, carnis resurrectionem, et vitam aeternam. Amen.«

Die letzten Worte brüllte er mittlerweile, doch von Auferstehung der Toten und ewigem Leben war gerade nichts zu spüren, und auch an die Vergebung der Sünden hätte gerade niemand geglaubt, selbst wenn ihn jemand verstanden hätte. Als sein Gebet beendet war, stand der Pfarrer hilflos auf dem Dorfplatz, unbeachtet von der Menge.

Das Flehen des Mädchens war mittlerweile unartikuliertem Geschrei und Kreischen gewichen, als die Flammen ihr Kleid erreichten und sich schnell daran nährten. Es dauerte keine drei Sekunden, bis ihr halber Körper in Flammen stand.

Als hätten sie es einstudiert, wich die Menge immer weiter zurück, ohne den Blick von den Flammen zu nehmen. Nur ein Mann, der Wirt des Dorfes, löste sich mit einem Mal aus der Masse und ging auf den Scheiterhaufen zu, bis er direkt neben dem Pfarrer stand.

***

Ohne die geringste Gefühlsregung zog Lugg die Luger 08 aus dem Hosenbund und schoss Mitzi mit einem einzigen gezielten Schuss mitten ins Gesicht. Er hörte, wie ihr Schreien erstarb und war für diesen einen Moment glücklich, dass er zumindest diesen winzigen Teil seiner unfassbaren Schuld tilgen konnte. An Erlösung glaubte er nicht, weder in dieser Welt noch in der nächsten. Er hatte sie nicht verdient und er wollte sie nicht. Er hoffte nur, dass die anderen ebenso zur Hölle gehen würden wie er selbst. Er würde dort auf sie warten.

Noch bevor der Knall seines Schusses ganz verklungen war, und lange, bevor irgendjemand verstehen konnte, was gerade geschah, steckte er sich den Lauf seiner Waffe in den Mund und drückte, ohne zu zögern, ein weiteres Mal ab.

***

Der Körper des Wirts fiel in sich zusammen, und als wären die beiden Schüsse das lang ersehnte Zeichen gewesen, das endlich allen erlaubte, diesen Ort des unendlichen Grauens zu verlassen, stürmte mit einem Mal die ganze Meute auseinander, durcheinander und übereinander. Sie rissen die Wirtin mit sich, die schrie und heulte, es aber nicht schaffte, auch nur in die Nähe ihres toten Mannes zu kommen.

***

Noch immer auf demselben Fleck und jetzt umringt vom Tod, stand der Pfarrer. Sein Gesicht war mit dem Blut des Wirts bespritzt. Mit versteinerter Miene fuhr er sich langsam durch das Gesicht und betrachtete danach ungläubig seine Finger.

Was war geschehen?

Er verstand es nicht. Müsste jetzt nicht eine höhere Macht eingreifen und alles wieder in Ordnung bringen? Sollte Gott nicht zumindest zu ihm sprechen, ihm sagen, dass es recht und gut war, so wie er es noch vor einer Stunde getan hatte? Wieso strahlte der Himmel noch immer, wo doch hier unten die Hölle losgebrochen war?

Hias stand auch dann noch auf dem Platz, als die Schaulustigen wieder in ihren Häusern saßen, als die Frauen des Dorfes sich um die Wirtin kümmerten und sie davon abhielten, doch noch zu ihrem Mann zu rennen. Als die Mütter bereits Geschichten für ihre Kinder erfanden und die gnädigen Seelen der Jugendlichen bereits die ersten Details verschwimmen ließen. Den Geruch verbrannten Fleisches würden sie alle noch ein paar Tage in der Nase und in den Häusern haben, doch das Vergessen setzte bereits jetzt ein.

Hias würde es nicht vergessen. Auch wenn die Hölle in seinem Dorf nicht mehr lichterloh brannte, sondern nur noch schwach glomm, in ihm lief jedes Wort, das er gesagt, jede Entscheidung, die er getroffen hatte, und jedes Verbrechen, das er nicht verhindert hatte, immer und immer wieder ab und bildete seine eigene persönliche Hölle, aus der es kein Entkommen gab.

Er fragte sich, ob nur er sich so fühlte und ob Lugg nun feige oder tapfer gewesen war. Ihrem Schöpfer würden sie alle entgegentreten, und sie alle würden sich für ihre Taten rechtfertigen müssen. Lugg hatte nur den Anfang gemacht. Bisher hatte Hias geglaubt, im Sinne des Herrn zu handeln.

Jetzt war er sich nicht mehr sicher.

67

Es wurde kein Wort gesprochen. Selbst die Gänse schnatterten nicht, es war kein Vogel zu hören.

Eine Frau holte zum siebten Mal mit ihrer Gießkanne Wasser aus dem Brunnen und spülte die letzten Reste Blut von den Steinen des Dorfplatzes. Es sickerte, unendlich verdünnt, in feinen Rinnsalen durch die Zwischenräume des Pflasters, wo es schließlich verschwand.

Zwei Männer mit Schaufeln luden Asche in Schubkarren. Einige größere Stücke befanden sich noch darin, es war nicht zu erkennen, ob es sich um zu Kohle gewordenes Holz oder um etwas anderes handelte. Sie würden alles am Waldrand verscharren.

Ein nagelneues Wagenrad wurde gereinigt und zurück in die Werkstatt gebracht. Es würde in den nächsten Jahren immer weiter hinter Bretter, Säcke und Regale wandern, und irgendwann wäre es, als sei es nie da gewesen, als hätte es das Rad nie gegeben.

Eine Metzgerei öffnete ihre Tür erst wieder, als ein neuer Schlachter ins Dorf kam, denn der alte war verschwunden, genau wie sein Onkel. Der neue war ein Auswärtiger, ein Zuagroaster, doch das machte keinen Unterschied.

In der Kirche saß der Pfarrer, allein im Halbdunkel in der ersten Kirchenbank. Hin und wieder warf er einen Blick nach rechts, als würde er auf jemanden warten. Doch heute, und von da an für immer, blieb er allein.

Das Wirtshaus war geschlossen, niemand wusste, ob es wieder öffnen würde. Niemanden störte es, denn im Moment wollte niemand Bier trinken.

Doch das würde sich ändern. Die Leute würden wieder feiern, manche von ihnen würden heiraten, andere würden Kinder bekommen, andere würden sterben. Die Erlebnisse würden verblassen, irgendwann zu Geschichten werden und irgendwann zu Mythen.

Ein Haus am Waldrand würde langsam verfallen und irgendwann würde keiner mehr wissen, wem es einmal gehört hatte. Nur die Kinder würden sich dem Haus nähern, als Mutprobe, denn sie würden wissen, dass es darin Geister gab, eine Hexe oder vielleicht einen Werwolf.

Das Leben würde weitergehen.

Weil es das immer tat.

Weil es das musste.

Danksagung

Beim Film geht alles schneller, deswegen bestehen meine Dankesworte im Abspann, seit ich Filme mache, aus nur vier Wörtern, die ich einer einzigen Frau widme.

Hier ist etwas mehr Platz und mehr Zeit, zu lesen, und deswegen möchte ich meinen Dank noch auf vier weitere Frauen ausweiten, nämlich auf Marie, Gesa, Charlotte und – auf andere Weise, aber genauso wertvoll – Christine, die mir geholfen haben, aus *Hundswut* das Buch zu machen, das es geworden ist.

Die Widmung soll aber aus denselben vier Wörtern bestehen wie seit nunmehr über elf Jahren:

Für Mone.

Für immer.

Edi (Jäger)

Neffe Mertl

Zankl

Konrad (Lehrer)

Georg Sigfrid Steiner

Kathi

Eltern

Köhler

Joseph

~~Leni~~

Mizi

~~Lenzl~~

Aichinger

Bernhard (Hartl)

↳ Bürgermeister

Fine

Toni

Kramer

Lugg (Ludwig)

Mini —— Walli (Älteste im Dorf)

Vroni

Matthias Lechner [Hias]

(Pfarrer)

Ratsmitglieder